Etty Hillesum est née à Middlebourg, en Zélande, en 1914 et est décédée en 1943 dans un camp de concentration polonais. Son journal, *Une vie bouleversée* a connu un succès foudroyant aux Pays-Bas lors de sa publication en 1981.

DU MÊME AUTEUR

Lettres de Westerbork
Seuil, 1988

Les Écrits d'Etty Hillesum
Journaux et lettres : 1941-1943
Seuil, 2008

J'avais encore mille choses à te demander...
(nouvelles traductions et présentations
par Alexandra Pleyshoyano)
Bayard, 2009

La Paix dans l'enfer
« Points Sagesses », n° Sa283, 2013

Etty Hillesum

UNE VIE BOULEVERSÉE

Journal 1941-1943

*Traduit du néerlandais
par Philippe Noble*

suivi des

LETTRES DE WESTERBORK

*Traduites du néerlandais et annotées
par Philippe Noble*

Éditions du Seuil

TEXTE INTÉGRAL

Une vie bouleversée

TITRE ORIGINAL
Het verstoorde leven

SOUS-TITRE ORIGINAL
Dagboek van Etty Hillesum, 1941-1943

Lettres de Westerbork

TITRE ORIGINAL
Het Denkende hart van de barak

ISBN 978-2-02-024628-6
(ISBN *Une vie bouleversée* 2-02-008629-8, 1re publication
ISBN *Lettres de Westerbork* 2-02-010358-3, 1re publication)

AVANT-PROPOS
PAR PHILIPPE NOBLE

A la fin de 1981, les Pays-Bas comptaient une célébrité de plus. On venait en effet de publier de larges extraits du journal intime qu'une jeune femme d'Amsterdam avait tenu de 1941 à 1943, avant de disparaître à Auschwitz : Etty Hillesum, déportée anonyme, entrait dans l'Histoire avec quarante ans de décalage.

Le succès de ce journal fut foudroyant. En l'espace de quelques mois, il ne connut pas moins de huit réimpressions. Les années suivantes, on en publia d'autres extraits, puis des lettres, avant qu'une édition plus savante ne vînt rassembler, en 1986, tous les écrits conservés d'Etty Hillesum. D'où provenait l'extraordinaire engouement suscité par ces écrits ? Leur intérêt n'est ni littéraire (bien qu'on y trouve des choses superbes), ni historique (bien qu'ils offrent un excellent témoignage sur le camp de Westerbork, par exemple). Il est humain, éthique, métaphysique. C'est la personnalité d'Etty et son étonnant cheminement intérieur qui, tout de suite, suscitèrent l'admiration, voire la ferveur. Etty est une sainte, écrivait J. Heldring, l'un des premiers commentateurs néerlandais du journal. C'est en tout cas une femme qui choisit volontairement la déportation, faisant ainsi de la *shoah* un *martyre* au sens chrétien du terme, suggère J. G. Gaarlandt, l'éditeur du journal.

Mais qui était Etty Hillesum ? Quelle fut sa vie, avant que le vent de l'Histoire ne vînt la happer ? Née à Middelburg, en Zélande, le 15 janvier 1914, Esther (dite Etty) était la fille de Louis Hillesum, docteur ès lettres classiques, et de Rebecca Bernstein. On ne saurait imaginer parents plus dissemblables. Louis Hillesum, en dépit d'un humour très vif, était le type même de l'universitaire d'autrefois, enseignant et chercheur austère qui préférait au grand air l'ombre des bibliothèques. Rebecca était vive, fantasque et assez instable. Socialement aussi, tout les séparait : Louis appartenait à la bonne bourgeoisie juive d'Amsterdam ; Rebecca était arrivée dans la même ville en 1907, à l'âge de vingt-six ans, fuyant les pogroms de sa Russie natale. Une fois installée, elle avait fait venir ses parents et son frère, qui continuèrent bientôt leur route d'émigrants anonymes vers les États-Unis. Elle demeura seule en Hollande, vivant de leçons particulières de russe, et se maria en 1912.

Etty alliait la curiosité intellectuelle de son père au caractère passionné de sa mère. Elle avait deux frères cadets, Jacob (Jaap), né en 1916, et Michaël (Mischa), en 1920. Le premier fit des études de médecine ; le second, enfant prodige, se consacra très vite entièrement au piano et commençait peu avant la guerre une carrière de concertiste. Les deux frères d'Etty étaient psychologiquement fragiles, surtout Mischa, qui dut être soigné pour schizophrénie. Après une scolarité assez peu brillante au lycée de Deventer dont son père était le proviseur, Etty vint étudier le droit à Amsterdam. Elle semble y avoir mené une vie assez insouciante, entourée de nombreux amis et habitant le plus souvent avec son frère Jaap. Au printemps de 1937, cependant, elle emménageait chez un comptable, Han Wegerif, propriétaire d'une grande maison toute proche du Concertgebouw. Veuf, Wegerif demanda à Etty de diriger son ménage ; il devint aussi son amant. La courte vie d'Etty est ainsi jalonnée de relations amoureuses avec des hommes beaucoup plus âgés qu'elle. Elle demeura chez Wegerif jusqu'en 1943. C'est là qu'elle écrivit l'essentiel de son journal.

Etty avait obtenu sa maîtrise en droit en 1939 ; elle avait entrepris parallèlement des études de russe que la guerre et l'occupation l'empêchèrent de terminer. Elle n'en donnait pas moins, comme sa mère autrefois, de nombreuses leçons particulières dans cette langue.

La famille Hillesum ne pratiquait nullement sa religion de façon orthodoxe, mais n'avait pas non plus coupé les ponts avec la tradition, moins sans doute par conviction que par souci d'identité culturelle. Etty, par exemple, avait appris l'hébreu et fait partie un moment d'un mouvement de jeunesse sioniste. Durant ses années d'études à Amsterdam, elle ne donne pas l'impression d'avoir évolué dans un milieu spécifiquement juif ; ses amis étaient plutôt des « intellectuels de gauche » qu'unissait une commune opposition au fascisme. C'est seulement apres 1940, sans doute, qu'elle redécouvrit ses liens avec « son peuple » et développa une foi très personnelle, teintée de mysticisme, en marge de toute religion établie.

A cet égard, sa rencontre avec Julius Spier, en février 1941, devait être décisive. Cette rencontre eut lieu dans les conditions les plus banales : un autre locataire de Wegerif, l'étudiant Bernard Meylink, avait donné à Etty l'adresse de ce psychologue. La première consultation produisit chez elle une sorte de choc – qui la détermina entre autres à tenir désormais son journal. On sait que Spier y joue un rôle central.

Originaire de Francfort, Julius Spier (1887-1942) était un ancien homme d'affaires qui, depuis une retraite prématurée en 1926, se consacrait à ses deux passions dans la vie, le chant et la « chirologie », c'est-à-dire l'étude de la personnalité grâce à la « lecture » des mains. Après une analyse de formation chez Carl-Gustav Jung, Spier avait ouvert un cabinet de psychochirologie à Berlin où, bien qu'il fût juif, il put demeurer sans trop être inquiété jusqu'en 1939 : il comptait parmi ses clients des nazis éminents. Il émigra ensuite aux Pays-Bas et s'installa à Amsterdam où vivait déjà sa sœur, mariée à un agent de change néerlandais.

Le journal d'Etty nous apprend quelles relations complexes se tissèrent entre la jeune femme et le psychologue quinquagénaire : Etty fut à la fois sa cliente, son élève, sa secrétaire et son amie de cœur. Quel que soit le jugement que l'on puisse porter sur la personnalité de Spier, cet « homme couvert de femmes » au magnétisme un peu charlatanesque, on ne saurait nier la profondeur de son influence sur Etty, notamment en matière religieuse. Qu'il fût converti ou non, Spier avait apparemment une sensibilité plutôt chrétienne et c'est dans cet esprit qu'il fit relire à sa jeune disciple la Bible et lui fit connaître saint Augustin.

Spier tomba malade au cours de l'été 1942 et mourut le 15 septembre – à la veille d'être déporté. Etty se trouvait alors à Amsterdam, mais elle avait déjà effectué deux brefs séjours au camp de Westerbork.

Bien qu'essentiellement personnel et « intime » au plein sens du terme, le journal d'Etty laisse entrevoir l'étau qui se referme sur les Juifs de Hollande. D'abord exclus de la fonction publique – et, pour les étudiants, de l'université –, privés de leurs patrimoines commerciaux, ils furent, à partir de 1941, systématiquement isolés du reste de la population : assignation à résidence dans certains quartiers, transfert à Amsterdam pour certains Juifs d'autres villes, interdiction d'entrer dans la plupart des magasins, d'acheter à certaines heures, de circuler dans les parcs et jardins, d'emprunter les transports en commun, port de l'étoile jaune... Aucune de ces mesures n'est propre aux

Pays-Bas ; elles y furent seulement appliquées avec plus de système et de rigueur qu'en Belgique ou en France, par exemple.

Dans la plupart des villes néerlandaises, les Allemands avaient suscité la création de « conseils juifs » présidés par des notables de la communauté locale. Censés représenter cette communauté, ils servaient en réalité, sous la contrainte, de relais aux décisions prises par l'occupant. Le plus important de ces conseils, celui d'Amsterdam, se transforma bientôt en une institution nationale, sorte de gouvernement de la communauté juive au rôle très ambigu.

Lorsque les déportations massives commencèrent en juillet 1942, le Conseil juif recruta pour la forme un grand nombre de nouveaux employés, fournissant ainsi une protection au moins temporaire aux heureux élus. Etty avait des amis au Conseil et, à la prière instante de son frère Jaap, accepta de poser sa candidature à un emploi ; elle fut engagée le 15 juillet. Son journal nous apprend qu'elle détestait sa position de privilégiée et en ressentait un profond malaise. Aussi, lorsque le Conseil décida de détacher une partie de son personnel au camp de Westerbork pour y assurer un service d'« aide sociale aux populations en transit », Etty demanda aussitôt son transfert. C'est dans ces conditions qu'elle arriva le 30 juillet à Westerbork, non en déportée mais de sa propre initiative et en qualité de « fonctionnaire ».

L'histoire du camp de Westerbork est surprenante et complexe. Contrairement à ce que l'on pourrait croire, sa construction ne fut pas décidée par les Allemands mais par les Néerlandais, et date d'avant la guerre. Au début de 1939, en effet, le gouvernement néerlandais avait résolu – avec l'assentiment de la principale organisation juive du pays – de regrouper en un même camp des réfugiés juifs allemands ou apatrides, qu'ils fussent entrés légalement ou illégalement aux Pays-Bas. On ne souhaitait pas favoriser leur installation dans le pays, mais plutôt préparer leur réémigration, notamment vers la Palestine. Pour installer ce camp, on avait choisi l'un des rares endroits peu peuplés et relativement inhospitaliers des Pays-Bas, une lande inculte de la province de Drenthe, à une trentaine de kilomètres seulement de la frontière allemande. Le sol tourbeux, les vents d'ouest dominants, générateurs de tempêtes de sable, et la rigueur ordinaire du climat dans ce Nord-Est des Pays-Bas n'y rendaient pas le séjour particulièrement agréable, en dépit du relatif confort des bâtiments de bois : il s'agissait au départ de petites maisons divisées en appartements plutôt que de grandes baraques collectives. Les premiers réfugiés s'y installèrent en octobre 1939. Au moment de l'invasion allemande de mai 1940, Westerbork comptait environ huit cents « résidents » ; cette population ne s'accrut que modérément durant les deux premières années de l'occupation : on transféra surtout au camp d'autres Juifs allemands, qui demeuraient jusque-là normalement dans diverses villes des Pays-Bas.

Le grand changement se produisit le 1er juillet 1942. Westerbork passa sous commandement allemand – sans que le commandant néerlandais fût le moins du monde congédié – et devint officiellement *Polizeiliches Durchgangslager*, « camp de transit policier ». Quinze jours plus tard arrivaient les premiers convois en provenance d'Amsterdam et destinés officiellement au renforcement de l'« effort de travail » demandé par l'Allemagne en guerre. En réalité, l'application de la *solution finale* avait commencé aux Pays-Bas.

De juillet 1942 à septembre 1944, les quelque cent mille Juifs néerlandais déportés « transitèrent » tous par

Westerbork. De semaine en semaine, avec de rares interruptions, quatre-vingt-treize convois les emportèrent vers Auschwitz, Sobibor – de mars à juillet 1943 – ou, pour les plus « privilégiés », vers Theresienstadt ou Bergen-Belsen. Ces convois, qui partaient le mardi, rythmaient la vie du camp et faisaient peser sur ses occupants une menace terrible. Chaque fin de semaine, la tension montait pour culminer dans la nuit du lundi au mardi, la « nuit du convoi », durant laquelle les chefs de baraque faisaient l'appel des partants. C'est cette incertitude, cette angoisse qui faisaient de la vie à Westerbork un enfer, comme le souligne Etty à plusieurs reprises, et non les conditions matérielles du séjour. Celles-ci, en effet, étaient meilleures que dans bien d'autres camps – même situés aux Pays-Bas, tels Vught ou Amersfoort : peu de violences physiques, peu de travaux vraiment pénibles, une nourriture convenable et des soins médicaux aussi bons que possible dans les conditions données.

En fait, la grande originalité du camp résidait dans son organisation, dont au moins deux lettres d'Etty, les deux plus longues – datées de décembre 1942 et du 24 août 1943 –, donnent une assez bonne idée. Au sommet, le commandant allemand assisté d'un petit groupe de SS et de gendarmes néerlandais, chiens de garde du troupeau ; mais l'administration interne, y compris le maintien de l'ordre dans l'enceinte des barbelés, était presque entièrement déléguée aux Juifs eux-mêmes ou plus exactement, parmi eux, aux plus anciens résidents du camp. Ceux-ci s'étaient en effet organisés en « services » couvrant les différentes activités de cette petite communauté humaine, alors que le camp était encore placé sous commandement néerlandais. Les Allemands ne firent qu'entériner cet état de choses. Était-ce un bon système ? On a souvent affirmé qu'il créait une sorte de tampon entre les SS et la masse de la population du camp. Mais comme les différents chefs de service étaient eux-mêmes responsables sur leur vie de la bonne exécution des décisions allemandes, les adoucissements qu'ils pouvaient y apporter paraissent assez illusoires.

En réalité, cette organisation instituait une inégalité fondamentale entre Juifs : les uns, les notables, les *Prominenten*, se protégeaient en aidant les Allemands à administrer les autres, la grande masse. Et en participant à leur déportation. Chaque semaine, en effet, le commandant réunissait les *Dienstleiter*, les « chefs de service », et leur communiquait les exigences venues de La Haye : le prochain convoi devait comprendre tant de personnes. A eux d'en constituer la liste nominale, à partir du fichier du camp. Les *Diensleiter* établissaient d'ordinaire une liste un peu supérieure au nombre demandé, ce qui laissait à certains, prévenus par de judicieuses indiscrétions, la possibilité de plaider leur cause. Commençaient alors des tractations cauchemardesques dont Etty donne un compte rendu saisissant dans sa lettre des 5-9 juillet 1943, à propos de son ami Philip Mechanicus[1]*.

Ce système faisait naturellement une large place à la corruption et entretenait une hostilité sourde, mais profonde, entre Juifs néerlandais, presque tous exclus des fonctions importantes, et Juifs allemands, omniprésents dans l'administration. Du reste, tout n'était qu'inégalité à Westerbork. Chacun avait ou espérait obtenir une place sur une « liste » spéciale qui le « protégerait » de la déportation. On avait un conjoint non juif, on était baptisé, on était volontaire pour le départ en Palestine, on avait fourni

1. On trouvera de plus amples renseignements sur Philip Mechanicus et les autres personnes citées dans les lettres, ainsi que de nombreux détails sur la vie du camp, dans les *Notes* figurant à la fin de ce volume.

des devises (liste Puttkammer), on espérait prouver des origines « aryennes » (liste Calmeyer), on avait fait partie du Conseil juif... Il existait même un service particulier, celui des requêtes *(Antragstelle),* qui se chargeait avec une diligence remarquable de réunir les pièces nécessaires à l'obtention de telles garanties. Les Allemands ne décourageaient pas ce genre de tentatives. Ils y trouvaient parfois la source d'un fructueux trafic et, plus généralement, exploitaient cyniquement cette vérité psychologique : l'espoir entretenu jusqu'au dernier moment permettait à beaucoup d'accepter l'inacceptable.

Au milieu de cette agitation tragique, mais aussi dérisoire, Etty disposait d'un poste d'observation exceptionnel. Elle faisait partie – on l'a vu – du premier groupe de fonctionnaires envoyé par le Conseil juif à Westerbork. Elle fut affectée à l'un des services existants, la *Registratur,* où étaient enregistrés les nouveaux arrivants ; en outre, elle faisait office d'assistante sociale en collectant notamment les messages envoyés par les déportés vers « l'arrière », selon l'expression consacrée. Elle s'inventait d'ailleurs elle-même toutes sortes de tâches et se dépensait sans compter. La fatigue, jointe sans doute au choc nerveux de la confrontation avec ce nouvel univers, eut très vite raison de sa santé. Heureusement, grâce à son statut officiel, Etty pouvait sortir du camp. Elle revint à Amsterdam du 14 au 21 août 1942, puis du début de septembre au 20 novembre. Après un troisième et bref séjour, elle quittait de nouveau le camp le 5 décembre, cette fois pour une période de six mois durant laquelle elle fut hospitalisée à Amsterdam avant de retrouver sa chambre dans la grande maison de Han Wegerif.

Elle reprit le chemin de Westerbork le 5 juin 1943, après avoir refusé les offres de plusieurs amis qui voulaient l'aider à se cacher. Sa situation devait dès lors rapidement changer. En juillet 1943, les autorités allemandes décidèrent de mettre fin au statut particulier des quelque cent vingt membres du Conseil juif présents au camp et de réduire en même temps leurs activités. Une moitié d'entre eux devait rentrer à Amsterdam ; l'autre restait à Westerbork, mais perdait le privilège de sa liberté de circulation : les membres de ce second groupe devenaient de simples « résidents », non déportables en principe, mais tout de même détenus. Etty choisit de demeurer au camp parce que ses parents et son frère Mischa, victimes de la grande rafle des 20-21 juin, y étaient arrivés entre-temps. Seul Jaap, interne à l'Hôpital israélite, se trouvait encore à Amsterdam. Elle espérait, grâce à ses bonnes relations avec quelques *Prominenten,* pouvoir protéger en particulier ses parents, très menacés comme toutes les personnes âgées.

Le sort de la famille Hillesum se joua très vite. Diverses démarches avaient déjà été entreprises auprès des autorités allemandes pour permettre à Mischa d'échapper à la déportation. Willem Mengelberg, le chef d'orchestre du Concertgebouw – connu pour ses excellents rapports avec l'occupant –, était même intervenu. Cependant aucune de ces tentatives n'aboutit, dans la mesure où Mischa exigeait que ses parents pussent bénéficier de la même protection que lui. Les choses en restèrent là jusqu'au début de septembre 1943, où Mme Hillesum mère eut l'idée funeste d'écrire personnellement à H.A. Rauter, commandant en chef de la police et des SS aux Pays-Bas. Cette lettre déchaîna apparemment la fureur de ce haut dignitaire nazi qui, le 6 septembre, donna l'ordre de déporter immédiatement Mischa « avec toute sa famille ». Dans les tractations précédentes, il n'avait jamais été question d'Etty, dont la position était en principe assurée. Mais le commandant de Westerbork, Gemmeker, interpréta la consigne au sens large et, le 7 septembre, malgré les ultimes démarches de ses amis, Etty partait pour Auschwitz en même temps que son frère et ses parents.

Louis et Rebecca Hillesum moururent pendant le transport ou furent gazés dès leur arrivée. Hommes et femmes valides furent employés à des travaux si durs que leur survie ne dépassa pas quelques mois. Sur les neuf cent quatre-vingt-sept personnes déportées le 7 septembre, huit seulement survécurent. Etty serait morte le 30 novembre 1943, Mischa le 31 mars 1944.

Jaap Hillesum fut transféré à Westerbork après le départ des siens ; il eut la « chance » d'être déporté à Bergen-Belsen, mais mourut en avril 1945 dans le train qui évacuait les détenus, probablement touché lui aussi par l'épidémie de typhus qui avait ravagé le camp. Ainsi disparut, conformément au vœu de Rauter, toute la famille Hillesum.

Etty Hillesum n'est pas une historienne, et pourtant ses lettres constituent, avec le journal de Philip Mechanicus, l'un des plus saisissants documents que nous possédions sur Westerbork, cette antichambre de l'Holocauste. Si Mechanicus rend compte au jour le jour des rapports de forces, des mouvements d'opinion et de l'impitoyable lutte pour la vie à l'intérieur du camp, Etty donne en quelques lettres une vision moins précise, plus fragmentaire, mais entièrement passée au crible de sa vie intérieure. On n'oublie pas sa description visionnaire d'une nuit d'enfer, celle du convoi du 24 août 1943, ni le portrait subtil qu'elle brosse du commandant, le séduisant, énigmatique et sinistre *Obersturmführer* Gemmeker, souverain absolu de tout un peuple « en transit » – un peuple dont Etty avait choisi délibérément de partager le sort.

D'autres lettres, plus prosaïques, ne nous renseignent pas moins sur la vie du camp et ses privations. Et, toujours,

Etty se montre plus préoccupée du sort des autres – y compris de ceux qui n'ont pas perdu leur liberté – que du sien propre. Ses lettres circulaient beaucoup entre ses amis, on se les lisait et on les commentait. C'est pourquoi la mention des destinataires n'a souvent qu'une valeur indicative. La plupart sont cependant adressées à Han Wegerif et aux occupants de sa maison : son fils Hans, la servante Käthe et l'infirmière Maria Tuinzing. On trouvera dans les *Notes* quelques précisions sur les autres destinataires.

Le journal et les lettres d'Etty Hillesum forment un tout indissociable. La méditation personnelle qui vibre à travers le journal se poursuit dans les lettres, même si celles-ci sont en général plus factuelles, plus descriptives. On comprend, à la lecture, qu'Etty n'établissait aucune distinction de principe entre l'écriture du journal et l'activité épistolaire. Ses pensées intimes, ses émotions ne sont protégées par aucun secret : elle s'en ouvre naturellement à ses amis, qui tous connaissent ses amours et son évolution spirituelle. Ses lettres sont une sorte de journal épistolaire. C'est pourquoi la réunion en un volume des deux documents disponibles en français, les pages de journal d'*Une vie bouleversée* et les *Lettres de Westerbork*, s'imposait. Un dernier pas reste à franchir : la publication en France de l'intégralité des écrits d'Etty[1]*.

1. J'ai puisé la plupart des renseignements contenus dans cette introduction, ainsi que dans les notes, dans les ouvrages suivants :

– *Etty, De nagelaten geschriften van Etty Hillesum,* Ed. Balans, Amsterdam 1986, 876 p.

– Philip Mechanicus, *In Dépot, Dagboek uit Westerbork,* Polak & Van Gennep, Amsterdam 1978 (2e édition), 304 p.

– J. Presser, *Ondergang, De vervolging en verdelging van het Nederlandse jodendom,* La Haye, Staatsuitgeverij, 2 vol. 8e éd.

Une vie bouleversée
Journal 1941-1943

Dimanche 9 mars. Eh bien, allons-y ! Moment pénible, barrière presque infranchissable pour moi : vaincre mes réticences et livrer le fond de mon cœur à un candide morceau de papier quadrillé. Les pensées sont parfois très claires et très nettes dans ma tête, et les sentiments très profonds, mais les mettre par écrit, non, cela ne vient pas encore. C'est essentiellement, je crois, le fait d'un sentiment de pudeur. Grande inhibition ; je n'ose pas me livrer, m'épancher librement, et pourtant il le faudra bien, si je veux à la longue faire quelque chose de ma vie, lui donner un cours raisonnable et satisfaisant. De même, dans les rapports sexuels, l'ultime cri de délivrance reste toujours peureusement enfermé dans ma poitrine. En amour, je suis assez raffinée et, si j'ose dire, assez experte pour compter parmi les bonnes amantes ; l'amour avec moi peut sembler parfait, pourtant ce n'est qu'un jeu éludant l'essentiel et tout au fond de moi quelque chose reste emprisonné. Et tout est à l'avenant. J'ai reçu assez de dons intellectuels pour pouvoir tout sonder, tout aborder, tout saisir en formules claires ; on me croit supérieurement informée de bien des problèmes de la vie ; pourtant, là, tout au fond de moi, il y a une pelote agglutinée, quelque chose me retient dans une poigne de fer, et toute ma clarté de pensée ne m'empêche pas d'être bien souvent une pauvre godiche peureuse.

Essayons de retenir un peu le temps fort de cette matinée, bien qu'il m'ait déjà presque échappé. Un instant, par un raisonnement serré, je l'avais emporté sur S.[1]. Ses yeux limpides et purs, sa bouche charnue et sensuelle ; sa silhouette massive de taureau et ses mouvements d'une légèreté aérienne, libérés : l'esprit et la matière sont encore en pleine lutte chez cet homme de cinquante-quatre ans. On dirait que je suis accablée sous le poids de cette lutte. Je suis ensevelie sous cette personnalité et ne puis plus me dégager ; mes problèmes personnels, que je sens être à peu près du même ordre, se débattent au petit bonheur. Bien sûr, il s'agit de tout autre chose, je ne puis le formuler exactement, ma sincérité n'est peut-être pas encore assez impitoyable, et ce n'est pas non plus une mince affaire que de pénétrer au fond des choses par le seul biais du langage.

Première impression, au bout de quelques minutes : visage pas très sensuel, type étranger, physionomie familière pourtant, qui me faisait penser à Abrascha, mais ne m'était pas absolument sympathique.

Deuxième impression : des yeux grisâtres, vieux comme le monde, intelligents, incroyablement intelligents, qui parvenaient à détourner longtemps l'attention de cette bouche charnue, sans y réussir tout à fait. Très impressionnée par son travail : l'exploration de mes conflits les plus profonds grâce au déchiffrement de mon second visage, mes mains. Mais aussi une impression très désagréable, quoique vague et fugitive : dans un moment d'inattention, j'avais cru qu'il parlait de mes parents ; mais lui : « *Non, tout cela, c'est vous : des dons de réflexion philosophique et d'intuition* » et divers autres compliments ; « *tout cela, c'est vous*[2] ». Il disait cela comme on glisse un gâteau dans la main d'un petit enfant : « Eh bien, tu n'es pas content ? » Oui, toutes ces belles qualités sont à vous, et vous n'êtes pas contente ? J'ai eu alors un ins-

1. S. est le « psycho-chirologue » allemand Julius Spier.
2. En allemand dans le texte ; sauf indication contraire, ce sera le cas de tous les passages en italiques.

tant de dégoût, vaguement humiliée ou peut-être seulement choquée dans mon sens esthétique, en tout cas je l'ai trouvé, sur le moment, assez écœurant. Mais j'ai retrouvé ensuite ces yeux merveilleusement humains, qui se posaient calmement sur moi et me sondaient du fond d'abîmes gris, des yeux que j'aurais voulu embrasser. Puisque je suis lancée sur ce sujet : il y eut un autre moment, ce même lundi matin (cela remonte à quelques semaines), où il me déplut. Son élève, Mlle Holm[1]. Venue le trouver il y a un an, couverte d'eczéma de la tête aux pieds. A commencé un traitement avec lui. Complètement guérie aujourd'hui. Elle lui voue une sorte d'adoration, quelle sorte exactement, je n'ai pu encore le discerner. A un moment donné, il fut question de mon « ambition », qui se ramène à la volonté de résoudre mes problèmes moi-même. Mlle Holm dit alors d'un air significatif : « L'être humain n'est pas seul au monde. » C'était dit d'un ton gentil et convaincant. C'est alors qu'elle a parlé de l'eczéma dont elle avait été couverte, même sur le visage. S. s'est tourné vers elle et a dit, avec un geste que je ne saurais décrire exactement mais qui m'a fait une impression très désagréable : « *Et quel teint a-t-elle aujourd'hui, hein ?* » On aurait dit un maquignon vantant sa marchandise à la foire. A ce moment-là aussi je l'ai trouvé répugnant, sensuel, un peu cynique, pourtant c'était autre chose.

A la fin de la séance : « *Et maintenant nous nous demandons : comment allons-nous pouvoir aider cette personne ?* » A moins qu'il n'ait dit : « *Voilà quelqu'un qui a besoin d'aide.* » Il m'avait déjà conquise par ce qu'il m'avait montré de son talent, et je ressentais un grand besoin d'assistance.

Et puis sa conférence. Je n'y allai que pour voir l'homme avec du recul, pour prendre sa mesure à distance avant de me livrer à lui de toute mon âme. Bonne impression. Conférence de haut niveau.

1 Adri Holm.

Homme charmant. Rire charmant, malgré toutes ces fausses dents. Impressionnée ce jour-là par une sorte de liberté intérieure qui émanait de lui, par une souplesse, une aisance, une grâce très particulières dans ce corps massif. Visage très différent cette fois-là, d'ailleurs il change à chacune de nos rencontres ; seule chez moi, je ne puis plus me le représenter. J'assemble comme un puzzle tous les traits qui m'en sont connus, mais cela ne forme pas un tout, les contrastes brouillent l'image. Parfois, un instant, ce visage s'impose clairement à moi, mais pour s'éparpiller aussitôt en autant de fragments contradictoires. Un vrai supplice.

Il y avait beaucoup de femmes et de jeunes filles charmantes à cette conférence. Il était touchant, l'amour de quelques jeunes « aryennes » – un amour dont je sentais pour ainsi dire la présence tangible en suspens dans l'atmosphère – pour ce Juif berlinois émigré, qui avait dû venir du fond de l'Allemagne pour leur apporter un peu d'ordre intérieur. Dans le couloir se tenait une jeune fille [1], mince, fragile, au petit visage un peu maladif. En passant – c'était l'entracte –, S. échangea quelques mots avec elle, et elle lui donna en retour un sourire venu du fond de l'âme, d'un abandon si passionné, si intense, que j'en eus presque mal. Je sentis monter un vague sentiment d'insatisfaction, un doute : n'était-ce pas un peu louche ? Et puis cette impression : cet homme vole le sourire de cette jeune fille, toute l'affection que cette enfant lui offre, il la ravit à un autre, à l'homme qui sera un jour à elle. C'est odieux, c'est malhonnête, et cet homme est dangereux.

Visite suivante : « *Je peux payer vingt florins.* » – « *Bon, vous pouvez venir ici pendant deux mois, mais même par la suite, je ne vous laisserai pas tomber.* »

Me voilà donc chez lui, moi et mon « *occlusion de l'âme* ». Il allait remettre de l'ordre dans ce chaos inté-

1. Cette jeune fille est en réalité Liesl Levie, avec qui Etty se liera plus intimement l'année suivante. Elle a survécu à la guerre et réside maintenant en Israël.

rieur, en orientant lui-même les forces contradictoires qui agissent en moi. Il me prenait pour ainsi dire par la main, disant : « Voilà, c'est ainsi qu'il faut vivre. » Toute ma vie j'ai eu ce désir : si seulement quelqu'un venait me prendre par la main et s'occuper de moi ; j'ai l'air énergique, je ne compte que sur moi, mais je serais terriblement heureuse de m'abandonner. Et voilà que ce parfait inconnu, ce monsieur S., cet homme aux traits compliqués, s'occupait de moi, et en une semaine il avait déjà fait des miracles. Gymnastique, exercices respiratoires, quelques paroles lumineuses, libératrices, à propos de mes dépressions, de mes rapports aux autres, etc. Tout à coup j'avais une vie différente, plus libre, plus fluide, la sensation de blocage s'effaçait, un peu de paix et d'ordre s'installaient au-dedans de moi – toute cette amélioration sous la seule influence, pour l'instant, de sa personnalité magique, mais elle ne tardera pas à se fonder psychiquement, à devenir un acte conscient.

Mais revenons au présent. « *Corps et âme ne font qu'un.* » C'est sans doute en vertu de cet axiome qu'il se mit en devoir de mesurer mes forces dans une sorte de lutte. Or mes forces devaient se révéler plutôt grandes. C'est alors qu'est arrivée cette chose étonnante : j'ai envoyé au tapis ce colosse. Toute ma tension intérieure, toute l'énergie accumulée se sont libérées et je l'ai étendu là, abattu physiquement mais aussi psychiquement, comme il devait me l'avouer ensuite. Jamais personne n'y était parvenu. Il ne comprenait pas comment j'avais fait. Sa lèvre saignait. Il me permit de la nettoyer à l'eau de Cologne. Une petite besogne étrangement familière. Mais il était si « libre », si innocent, si ouvert, si naturel dans ses mouvements, même lorsque nous avons roulé tous deux à terre ; et même lorsque, serrée entre ses bras, enfin domptée, j'étais étendue sous lui, il est resté de marbre, alors même que je m'abandonnais fugitivement au charme physique qui émanait de lui. Pourtant cette lutte n'avait rien que de bon, c'était nouveau pour moi, inattendu, libérateur, même si par la suite l'incident devait agir fortement sur mon imagination.

Dimanche soir, dans la salle de bains. J'ai fait une véritable toilette morale. Ce soir, au téléphone, sa voix a mis mon corps en révolution. Mais je me suis reprise en jurant comme un charretier, je me suis dit que je n'étais plus une fillette hystérique. Tout à coup j'ai fort bien compris les moines qui se flagellent pour dompter une chair impure. Un bref mais violent combat contre moi-même, et ma fureur a fait place à une grande clarté, une grande paix. Maintenant je me sens parfaitement bien, nettoyée de l'intérieur. Une fois encore, S. est vaincu. Pour combien de temps ? Je ne suis pas amoureuse de lui, je ne l'aime pas, mais d'une façon ou d'une autre je sens que sa personnalité, inachevée, encore en lutte avec elle-même, pèse lourdement sur moi. Plus pour l'instant. En ce moment je le vois avec un certain recul : un être vivant qui lutte, partagé entre ses forces primitives et sa spiritualité, un homme aux yeux limpides et à la bouche sensuelle.

La journée avait si bien commencé : clarté et lucidité dans ma tête (il faudra noter cela plus tard) ; puis très grave dépression ; j'avais le crâne pris comme dans un étau ; je me suis enlisée dans des méditations « profondes », beaucoup trop profondes ; et derrière tout cela le vide du « pourquoi ? » – mais contre cela aussi on luttera.

« Mélodiquement le monde roule des mains de Dieu » : toute la journée j'ai eu en tête ces mots de Verwey [1]. Moi aussi je voudrais « rouler mélodiquement des mains de Dieu ». Et maintenant, bonne nuit.

1. Albert Verwey (1865-1937), poète et critique néerlandais, ami de Stefan George.

Lundi matin, 9 heures. Ma fille, ma fille, au travail cette fois, ou je t'aplatis. Surtout ne va pas penser : ici j'ai un peu mal à la tête, là j'ai un peu mal au cœur et pour l'instant je ne me sens pas très bien. C'est parfaitement indécent. Tu as du travail, un point c'est tout. Pas de rêveries, pas de pensées grandioses ni d'intuitions fulgurantes – faire un thème, chercher des mots dans le dictionnaire, voilà ce qui compte. Encore une chose que je vais devoir apprendre, en luttant de toutes mes forces : bannir de mon cerveau tous les fantasmes et toutes les rêveries et faire un grand ménage intérieur pour laisser la place aux choses de l'étude, humbles ou élevées. A vrai dire je n'ai jamais su travailler. C'est comme pour la sexualité. Si quelqu'un a fait impression sur moi, je suis capable de me plonger des jours et des nuits dans des fantasmes érotiques ; je ne me suis encore jamais vraiment rendu compte, je crois, de la déperdition d'énergie que cela représente, et si un vrai contact s'établit, la désillusion est grande. La réalité ne rejoint pas une imagination trop enflammée. Cela s'est vérifié aussi avec S. Ce jour-là je m'étais fait une idée bien précise de ma visite et j'allai chez lui dans une sorte d'excitation joyeuse ; j'avais passé un petit maillot de gymnastique sous ma robe de laine. Mais rien n'alla comme prévu. Il était de nouveau froid et distant, si bien que je me raidis tout de suite. Et la gymnastique fut un vrai fiasco. Quand je fus devant lui en maillot, nous nous lancions des regards aussi gênés qu'Adam et Ève après avoir croqué la pomme. Il tira les rideaux, ferma la porte à clé, toute la liberté coutumière de ses gestes avait disparu, j'aurais voulu me sauver en pleurant tant c'était affreux ; quand nous avons roulé sur le sol je me suis agrippée à lui, avec sensualité mais aussi avec dégoût ; ses gestes à lui étaient d'ailleurs un peu louches, et tout me dégoûtait. Tout eût été différent si je ne m'étais pas complue d'avance à ces fantasmes. C'était un choc brutal et formidable entre mon imagination exaltée et l'effet dégrisant de la réalité – laquelle prenait cette fois l'aspect d'un homme qui rajustait piteusement sa chemise froissée dans son pantalon et transpirait abondamment.

Dans mon travail, c'est la même chose. Il est des moments où je suis capable de percer et d'analyser avec beaucoup d'acuité une matière quelconque, de grandes pensées vagues, à peine saisissables, ce qui me donne un vif sentiment d'importance. Mais si j'essayais de noter ces pensées, elles se ratatineraient, se réduiraient à néant, et c'est pourquoi je n'en ai pas le courage ; je serais sûrement trop déçue de voir la montagne accoucher d'une souris, en l'occurrence un petit essai de rien du tout.

Mais il y a une chose dont tu dois te persuader une bonne fois, ma petite : ce n'est pas la concrétisation de grandes idées vagues qui t'apportera quoi que ce soit. L'essai le plus mince, le plus insignifiant que tu parviens à écrire vaut mieux que tout le flot d'idées grandioses dont tu te grises. Garde tes pressentiments et ton intuition, c'est une source où tu puises, mais tâche de ne pas t'y noyer ! Organise un peu tout ce fatras, un peu d'hygiène mentale, que diable ! Ton imagination, tes émotions intérieures, etc., sont le grand océan sur lequel tu dois conquérir de petits lambeaux de terre, toujours menacés de submersion. L'océan est un élément grandiose mais, l'important, ce sont ces petits lambeaux de terre que tu sais lui arracher. Le thème que tu vas faire compte plus que toutes les pensées profondes sur Tolstoï et Napoléon qui te sont venues dernièrement en pleine nuit, et la leçon que tu donneras vendredi soir à cette fille pleine de bonne volonté, plus que toute ta philosophie dans le vide. N'oublie jamais cela. Ne surestime pas ces orgies de vie intérieure, ne va pas te croire pour autant au nombre des « élus » et supérieure aux gens « ordinaires » dont la vie intérieure t'est, après tout, parfaitement inconnue ; mais si tu continues à te griser et à te délecter de tous tes remous intérieurs, tu n'es qu'une chiffe molle et une bonne à rien.

Ne perds pas de vue la terre ferme et cesse de gigoter impuissante au milieu de l'océan. Et maintenant, ce thème !

Mercredi soir. [...][1] Mes migraines prolongées : masochisme. Ma pitié complaisamment étalée : sensualité. La pitié peut être créatrice, mais peut aussi consumer vos forces. Se gorger de grandes idées – mieux vaut le réalisme. *Ce qu'on exige de ses parents.* On doit considérer ses parents comme des gens à la destinée achevée. Désir de prolonger des moments d'extase : une erreur. Bien compréhensible évidemment : on a connu une heure de vie intellectuelle ou spirituelle intense, on subit tout naturellement ensuite une retombée. J'avais l'habitude de m'en plaindre, de me sentir fatiguée et de souhaiter chaque fois le retour de ces moments au lieu de passer aux petites tâches quotidiennes. La voilà bien mon « ambition ». Ce que je mets sur le papier doit être parfait d'emblée, je refuse de faire mes gammes. Je ne suis pas non plus convaincue de mes dons, ce sentiment n'est pas entré organiquement en moi ; dans des moments proches de l'extase je me sens capable de monts et merveilles, pour retomber ensuite dans des abîmes d'incertitude. Tout cela, faute d'un travail quotidien et régulier à ce pour quoi je me crois le plus douée : l'écriture.

En théorie, je le sais depuis longtemps ; il y a quelques années j'ai écrit sur un bout de papier : lors de ses rares visites, la grâce doit trouver une technique toute prête. Mais cette idée, sortie tout droit de ma tête, ne s'est pas encore « incarnée » en moi. Est-il vrai qu'une phase nouvelle de ma vie vient de commencer ? Mais ce point d'interrogation est déjà une erreur. Une phase nouvelle a bel et bien commencé ! La lutte est déjà pleinement engagée. Mais non, je ne devrais pas parler de « lutte » en ce moment où je me sens si bien, pleine d'harmonie intérieure et de santé ; disons plutôt : la prise de conscience est pleinement engagée, et tout ce que j'avais en tête de belles formules théoriques bien ciselées va désormais descendre dans mon cœur et s'y faire chair et sang. Il faudra aussi se défaire de cette conscience exacerbée, je savoure

1. Passage supprimé dans l'édition néerlandaise.

encore beaucoup trop cette situation intermédiaire, tout doit devenir plus naturel et plus simple, et on finira peut-être par se sentir enfin adulte et capable d'assister à son tour d'autres créatures de cette terre et de leur apporter un peu de clarté par son travail, car c'est cela qui importe finalement.

15 mars, 9 heures et demie du matin. [...] Hier après-midi nous avons lu ensemble les notes qu'il m'avait prêtées. Et lorsque nous sommes arrivés à ces mots : « *Mais il suffirait d'un seul homme digne de ce nom pour que l'on pût croire en l'homme, en l'humanité* », alors, dans un élan spontané, je l'ai enlacé. C'est un problème de notre époque. La haine farouche que nous avons des Allemands verse un poison dans nos cœurs. « On devrait les noyer, cette sale race, les détruire jusqu'au dernier » – on entend cela tous les jours dans la conversation, et on a parfois le sentiment de ne plus pouvoir vivre cette époque maudite. Jusqu'au jour où m'est venue soudain, il y a quelques semaines, cette pensée libératrice qui a levé comme un jeune brin d'herbe encore hésitant au milieu d'une jungle de chiendent : n'y aurait-il plus qu'un seul Allemand respectable, qu'il serait digne d'être défendu contre toute la horde des barbares, et que son existence vous enlèverait le droit de déverser votre haine sur un peuple entier.

Cela ne signifie pas qu'on baisse pavillon devant certaines idéologies, on est constamment indigné devant certains faits, on cherche à comprendre, mais rien n'est pire que cette haine globale, indifférenciée. C'est une maladie de l'âme. La haine n'est pas dans ma nature. Si j'en venais (par la grâce de cette époque) à éprouver une véritable haine, j'en serais blessée dans mon âme et je devrais tâcher de guérir au plus vite. Autrefois, je voyais le conflit ainsi (mais comme c'était superficiel !) : quand je sentais la haine s'opposer à tous mes autres sentiments, je croyais à une lutte entre mes instincts vitaux de Juive menacée de destruction, et mes idées acquises, rationnelles, de socialiste, qui m'avaient appris à ne pas considérer un peuple en bloc, mais à y voir une majorité foncièrement bonne égarée par une minorité mauvaise. Donc : instinct vital contre forme de pensée rationnelle acquise.

Mais le conflit est plus profond. Par la petite porte, le socialisme réussit tout de même à réintroduire la haine, la haine de tout ce qui n'est pas socialiste. Formule un peu grossière, mais je m'entends. Ces derniers temps, je me suis crue plus ou moins investie de la mission de préserver l'harmonie au sein de cette maisonnée composée d'éléments si disparates : une Allemande, une chrétienne d'origine paysanne qui est pour moi une seconde mère, une étudiante juive d'Amsterdam, un vieux social-démocrate calme et solide, le petit-bourgeois Bernard, juste et assez compréhensif, mais borné par le milieu petit-bourgeois d'où il est issu, et le jeune étudiant en économie, sincère, bon chrétien doué de la douceur et de la compréhension, mais aussi de la combativité et du sens de l'honneur que les chrétiens montrent aujourd'hui [1]. Un petit monde turbulent que la politique, de l'extérieur, menace de dissensions internes. Mais je me fais une mission de préserver l'union de cette petite communauté, pour faire mentir toutes les théories racistes, nationalistes, etc. Pour prouver que la vie ne se laisse pas enfermer dans un schéma préétabli. Pourtant cela ne va pas sans conflits intérieurs, sans beaucoup de chagrin, de blessures morales réciproques, d'énervement et de remords, etc. Si la lecture du journal ou une nouvelle apprise au-dehors me remplissent de haine, il m'arrive de lâcher tout d'un coup des bordées d'injures à l'adresse des Allemands. Et je sais que je le fais exprès pour blesser Käthe, pour décharger ma haine sur quelqu'un, fût-ce sur cette innocente dont je connais l'amour qu'elle porte à sa patrie, amour parfaitement natu-

1. Etty énumère ici les personnes habitant comme elle au 6, Gabriël Metsustraat, près du Rijksmuseum. Ce sont, dans l'ordre où elle les cite : la servante allemande Käthe ; l'étudiante Maria Tuinzing ; Han Wegerif, le propriétaire ; Bernard ; Hans Wegerif, fils de Han.

rel et admissible, mais dont je ne puis supporter qu'elle n'éprouve pas en même temps que moi la même haine – au fond je cherche à communier dans la haine avec tous mes semblables. Pourtant je sais fort bien qu'elle réprouve autant que moi l'« esprit nouveau » et souffre autant que moi des excès de son peuple. En profondeur, elle a naturellement des liens avec ce peuple, je le comprends, mais dans ces moments-là je ne le supporte pas, les Allemands sont à exterminer jusqu'au dernier, j'exhale ma haine : « Quelle sale race ! » – et en même temps je meurs de honte, je suis profondément malheureuse, je n'arrive pas à retrouver mon calme et j'ai le sentiment d'un énorme gâchis. Et c'est vraiment touchant de nous entendre dire à tour de rôle à Käthe, d'un ton gentil et réconfortant : « Mais oui, bien sûr, il y a encore de bons Allemands, tous ces soldats n'en peuvent mais, il y a de braves types parmi eux. » Mais ce n'est qu'une affirmation théorique, destinée à glisser au moins un peu de dégoût sous des paroles aimables. Si nous le pensions – et le sentions – vraiment, nous n'aurions pas besoin de l'exprimer avec cette insistance, ce serait un sentiment qui nous habiterait tous, la paysanne allemande comme les étudiants juifs et nous pourrions parler du beau temps et de la soupe de légumes au lieu de nous torturer dans des conversations politiques qui ne servent qu'à exhaler notre haine. Car réfléchir à la politique, tenter de discerner les grandes lignes et de voir un peu au-delà des apparences, cela a plus ou moins disparu de nos conversations, qui volent très bas, et c'est pourquoi les plaisirs de la conversation avec nos semblables sont devenus bien minces ; et c'est pourquoi S. est une oasis dans ce désert ; et c'est pourquoi je lui ai passé si brusquement les bras autour du cou. Il y aurait encore beaucoup à dire, mais il est temps de songer au travail – et d'abord allons prendre l'air.

Dimanche, 11 heures. [...] Il y a eu un léger changement de hiérarchie dans ma vie. « Avant », au lever, je me jetais de préférence sur Dostoïevski ou Hegel et, à mes moments perdus, quand je me sentais nerveuse, je me mettais à repriser un bas, si vraiment je ne pouvais pas faire autrement. Aujourd'hui je commence, au sens le plus littéral du mot, par repriser un bas, et en accomplissant toutes les tâches obligées de la journée je m'élève graduellement jusqu'au sommet où je retrouve poètes et penseurs. Mon Dieu, il faut absolument débarrasser mon style de ce pathos si je veux devenir un écrivain présentable, mais en fait c'est plutôt de la paresse à chercher le terme approprié.

Midi et demi, après la promenade, déjà devenue une belle tradition. Mardi matin, en étudiant Lermontov, j'ai écrit que le visage de S. apparaissait constamment en surimpression de celui de l'écrivain, et que j'aurais voulu parler à ce cher visage et le caresser, ce qui m'empêchait de travailler. C'est déjà loin. Tout est devenu un peu différent. Son visage est toujours là quand je travaille, mais il ne me distrait plus, il s'est changé en un paysage aimé et familier à l'arrière-plan, les traits se sont atténués, je ne discerne plus de visage individualisé, il s'est dissous, c'est une atmosphère, un esprit, comme on voudra. Je touche ici à un point essentiel. Quand je trouvais belle une fleur, j'aurais voulu la presser sur mon cœur ou la manger. C'eût été plus difficile avec d'autres beautés naturelles, mais le sentiment était le même. J'avais une nature trop sensuelle, trop « possessive », dirais-je. Ce que je trouvais beau, je le désirais de façon beaucoup trop physique, je voulais l'avoir. Aussi j'avais toujours cette sensation pénible de désir inextinguible, cette aspiration nostalgique à quelque chose que je croyais inaccessible, et c'est cela que j'appelais mon « instinct créateur ». L'intensité de ces sentiments était précisément ce qui me faisait croire que j'étais née pour créer des œuvres d'art. Soudain, tout a changé ; par quelles voies intérieures, je l'ignore, mais le changement est là. Je ne m'en suis aperçue que ce matin, en me remémorant une petite promenade autour de la

Patinoire[1], l'autre soir. C'était le crépuscule ; les couleurs tendres du ciel, les silhouettes mystérieuses des maisons, les arbres bien vivants, avec le réseau transparent de leurs branches, tout était admirable. Je sais très bien comment je réagissais « avant » à de telles scènes. Je ressentais cette beauté au point d'en éprouver une douleur au cœur. La beauté me faisait souffrir, je ne savais qu'en faire. J'avais besoin d'écrire, d'écrire des vers, mais les mots ne venaient jamais. Alors j'étais comme une âme en peine. Je me gavais littéralement de la beauté du paysage et cela m'épuisait. Je dépensais une énergie infinie. C'était une sorte d'onanisme, au fond.

L'autre soir, en revanche, j'ai réagi tout autrement. J'ai accueilli dans la joie l'intuition de la beauté de la création divine, en dépit de tout. Ce paysage plein de mystère, immobilisé dans le crépuscule, m'a procuré une jouissance aussi intense qu'avant, mais pour ainsi dire « objectivée ». Je ne désirais plus le « posséder ». Je suis rentrée chez moi réconfortée et me suis remise au travail. Le paysage restait présent à l'arrière-plan, comme un décor de l'âme (pour employer une « belle » image), mais cela ne me gênait plus, cela ne m'incitait plus à l'onanisme.

Même chose dans mes rapports avec S., avec tout le monde, d'ailleurs. Il y eut un après-midi de crise où je restais à le fixer, raidie et crispée, sans pouvoir dire un mot : c'était sans doute un nouvel accès de « possessivité ». Ce jour-là, il m'avait un peu raconté sa vie. Il m'avait parlé de sa première femme, avec qui il est resté en relations épistolaires, de son amie, qu'il a l'intention d'épouser, mais qui pour l'instant vit à Londres « *solitaire et malheureuse* », et aussi d'une ancienne amie, une chanteuse, une très jolie femme, à qui il écrit toujours. Puis nous avions lutté comme d'habitude, et j'avais subi très fortement l'influence, l'attrait de son grand corps.

Et quand je me rassis en face de lui et me murai dans

1. En néerlandais : *Ijsclub.* Ce terrain, qui servait aussi à des réunions politiques, occupait une partie de l'actuelle place du Musée (Museumplein).

le silence, j'étais peut-être dans le même état d'esprit que lorsque je traverse un paysage qui me séduit : je voulais le posséder. Je voulais qu'il fût à moi. Pourtant ce n'était pas l'homme en lui que je désirais, sexuellement il ne m'a pas vraiment touchée (même si une certaine tension sensuelle reste toujours présente), mais il m'a touchée au plus profond de mon être, et c'est cela l'important. Je voulais donc qu'il fût à moi, et toutes ces femmes dont il avait parlé, je les haïssais, j'étais jalouse d'elles et je pensais peut-être, inconsciemment : « Que me reste-t-il à moi ? » et je sentais qu'il m'échappait. Sentiments bien petitement humains, à vrai dire, et assez bas. Mais je ne m'en avise que maintenant. Sur le moment, je me sentais très malheureuse et solitaire, je comprends fort bien pourquoi maintenant, et j'avais envie de me sauver loin de lui et d'écrire. Ce besoin d'écrire, je le comprends aussi, je crois. C'est une autre façon de posséder, de tirer vers soi les choses par des mots et des images, de se les approprier ainsi. Voilà de quoi était fait jusqu'à présent mon besoin d'écrire : me cacher loin de tous avec tous les trésors que j'avais accumulés, noter tout cela, le retenir pour moi et en jouir. Et cette rage de possession – je ne trouve pas de meilleure formulation – vient brusquement de me quitter. Mille liens qui m'oppressaient sont rompus, je respire librement, je me sens forte et je porte sur toutes choses un regard radieux. Et puisque, désormais libre, je ne veux plus rien posséder, désormais tout m'appartient et ma richesse intérieure est immense.

Ainsi S. est à moi, dût-il partir demain pour la Chine : je sens sa présence autour de moi, je vis dans son atmosphère ; si je le revois mercredi, tant mieux, mais je n'en suis plus à compter fiévreusement les jours comme la semaine dernière. Et je ne demande plus cent fois par jour à Han[1] : « Tu m'aimes toujours ? », « Tu me trouves mignonne ? », « N'est-ce pas que je suis la plus mignonne de toutes ? » Encore une façon de se raccrocher, de se

1. Han Wegerif.

raccrochei physiquement à des choses qui ne sont pas physiques. Désormais, je vis et je respire pour ainsi dire par « l'âme » – si je puis me permettre d'employer un terme aussi discrédité.

Je comprends maintenant les paroles de S. à l'issue de ma première visite : « *Ce qui est ici* (et il montrait sa tête) *doit venir là* (et il montrait son cœur). » Je ne voyais pas très bien par quels chemins ce déplacement devait se faire, mais il s'est bel et bien produit – je ne saurais dire comment. S. a assigné leur juste place aux choses qui étaient en moi. C'est comme un puzzle, toutes les pièces étaient mélangées et il les a assemblées en un tout cohérent – comment il s'y est pris, je l'ignore, mais c'est son affaire, son « métier » si j'ose dire, et ce n'est pas pour rien que l'on parle de lui comme d'une « personnalité magique ».

Mercredi. [...] Je me surprends à avoir besoin de musique. Je ne suis pas dénuée de sensibilité musicale, semble-t-il, la musique m'émeut toujours beaucoup, mais je n'ai jamais eu la patience de m'y mettre vraiment, mon attention a toujours été requise par la littérature et le théâtre, domaines où je puis continuer à « penser » ; or voici que, dans cette phase de ma vie, la musique commence à reprendre ses droits, je suis de nouveau capable de laisser quelque chose agir sur moi en mettant ma conscience entre parenthèses. Je me sens surtout attirée par la clarté et la sérénité des classiques, et non par les modernes, trop déchirés.

9 heures du soir. Mon Dieu, assiste-moi, donne-moi la force, car la lutte promet d'être dure. Sa bouche et son corps étaient si près de moi, cet après-midi, que je ne puis les oublier. Je ne veux pas d'une liaison avec lui. Pourtant on en prend nettement le chemin. Mais *je ne le veux pas*[1]. Sa future femme est à Londres, seule, et elle l'attend. Et les liens qui me lient me sont si chers ! A présent que je me suis peu à peu « rassemblée », je sens que je suis une fille tout à fait sérieuse, qui ne plaisante pas avec l'amour. Ce que je veux, c'est *un* homme pour toute une vie, et construire quelque chose ensemble. Au fond, toutes ces aventures et ces liaisons m'ont rendue très malheureuse et m'ont déchirée. Mais je ne faisais pas assez d'efforts conscients pour résister, la curiosité finissait toujours par l'emporter. A présent que mes forces se sont organisées, elles commencent aussi à lutter contre mon désir d'aventures et ma curiosité érotique, qui me porte vers beaucoup d'hommes. Bien sûr, ce n'est que de l'amusette, et l'on peut sentir intuitivement ce qu'est un homme sans avoir de liaison avec lui. Mais, mon Dieu, comme cela devient difficile ! Sa bouche si familière était si charmante, si proche cet après-midi, que je n'ai pu m'empêcher de l'effleurer doucement de mes lèvres. Et notre lutte, commencée comme un exercice sportif, s'est achevée en un doux repos dans les bras l'un de l'autre. Il ne m'a pas embrassée, m'a seulement mordu vivement la joue, mais l'instant inoubliable fut celui où, se reprenant totalement, il m'a demandé tout timidement (et sa timidité faisait presque mal) et avec anxiété : « *Et la bouche, vous ne l'avez pas trouvée déplaisante ?* » Voilà donc son point faible. La lutte contre sa propre sensualité, concentrée dans cette bouche charnue, étonnamment expressive. Il craint de faire peur avec cette bouche. Touchant. Mais ma paix s'est envolée, « *meine Ruhe ist hin* ». Il a dit encore : « *Mais la bouche n'arrive pas à reprendre sa forme.* » Et il montrait le côté droit de sa lèvre inférieure, qui pend curieusement à partir de la commissure, décrivant une courbe prononcée, petit morceau de chair « sorti de ses gonds » : « *Avez-vous jamais rien vu d'aussi capricieux ? Cela ne se voit presque jamais* » – je n'ai pas retenu ses paroles

1. Souligné par Etty.

exactes. Alors j'ai recommencé à effleurer de mes lèvres ce petit morceau de chair capricieux. Je ne l'ai pas vraiment embrassé. Je ne ressens pas encore de vraie passion pour lui, et ce sentiment humain et bon qu'il m'inspire, je ne voudrais pas en troubler la pureté par une liaison.

Vendredi 21 mars, 8 heures et demie du matin. En fait, je ne veux rien noter : je me sens si légère, si rayonnante, si allègre, que face à tant de grâce le moindre mot a des semelles de plomb. Pourtant, ce matin, j'ai dû conquérir cette joie intérieure sur un cœur inquiet et palpitant. Mais après m'être lavée à l'eau glacée de la tête aux pieds, je me suis étendue sur le carrelage de la salle de bains assez longtemps pour retrouver un calme parfait. Je suis désormais « prête au combat » et ce combat n'est pas sans me remplir d'une certaine excitation sportive. [...]

Je dois apprendre à vaincre ce vague sentiment d'angoisse. Certes, la vie est dure, c'est un combat de tous les instants (allons, n'exagérons rien, ma chérie !), mais ce combat m'attire. Avant, je me projetais dans un futur chaotique, car je refusais de vivre l'instant d'après, le futur immédiat. Comme une enfant gâtée, je voulais que tout me fût offert. J'avais parfois la conviction (encore qu'elle fût très vague) de « devenir quelqu'un », de « faire de grandes choses », alternant avec la crainte chaotique de disparaître sans laisser de traces. Je commence à comprendre pourquoi. Je refusais d'accomplir les tâches qui se présentaient à moi, de m'élever degré par degré vers cet avenir. Mais aujourd'hui, où chaque minute est pleine de vie, d'expériences, de lutte, de victoires ou de rechutes, suivies d'un retour à la lutte, aujourd'hui je ne pense plus à l'avenir : il m'est indifférent de faire ou non de grandes choses, parce que j'ai l'intime conviction que de la réussite ou de l'échec il sortira toujours quelque chose. Avant, je vivais au stade préparatoire, j'avais l'impression que tout ce que je faisais ne comptait pas vraiment, n'était que la préparation à autre chose, à quelque chose de grand, de vrai. Tout cela m'a quitté. Aujourd'hui, à la minute présente, je vis, je vis pleinement, la vie vaut d'être vécue et si j'apprenais que je dois mourir demain, je dirais : dommage, mais je ne regrette rien. Je me souviens que j'ai déjà fait cette déclaration – en théorie – un soir d'été où j'étais avec Frans à la terrasse de Reijnders. Mais je le disais plutôt par lassitude : « Après tout, si demain c'était la fin, je ne m'en ferais pas trop ; après tout, nous avons eu le temps de nous faire une idée. Nous connaissons cette vie, nous avons tout vécu, même si c'est en esprit, et nous ne nous raccrochons plus à la vie avec le même acharnement. » Nous nous sentions très vieux, très sages et très las. Aujourd'hui c'est différent. Et maintenant, au travail.

Samedi, 8 heures du soir. [...] Je dois m'efforcer de ne pas perdre contact avec ce cahier, c'est-à-dire avec moi-même, sinon j'aurai des problèmes. Je cours encore à chaque instant le risque de me perdre et de m'égarer, je le ressens vaguement en ce moment, peut-être seulement du fait de la fatigue.

Dimanche 23 mars, 4 heures. De nouveau, tout va de travers. « Je veux quelque chose et ne sais quoi. » En moi, recherche, agitation, affolement. Tête douloureuse et tendue. Je me rappelle non sans envie les deux dimanches passés : les jours s'étalaient devant moi comme de vastes plaines où je pouvais circuler librement, ils me découvraient une vue spacieuse et sans obstacles. Et me revoilà empêtrée dans les broussailles.

Tout a commencé hier soir. L'agitation a commencé à me gagner de toutes parts, comme des vapeurs mauvaises montant d'un marais.

Je voulais faire un peu de philosophie – et puis non, prenons plutôt cet essai sur *Guerre et Paix*, ou plutôt non, je suis plutôt d'humeur à lire Alfred Adler. Et j'ai fini par prendre cette histoire d'amour hindoue. De toute façon je ne faisais que lutter contre une fatigue naturelle, à laquelle j'ai finalement cédé. Ce matin, tout semblait aller mieux. Mais comme je passais à bicyclette dans l'Apollolaan, tout est revenu : cette recherche inquiète, cette insatisfaction, ce sentiment de vide derrière les choses, cette fermeture à la vie et ces ruminations sans fin. Pour l'instant je suis enlisée en plein marais. Et même de se dire « cela finira bien par passer » n'apporte pas le moindre soulagement cette fois.

Lundi matin, 9 heures et demie. Une simple remarque entre deux phrases de thème. [...] C'est drôle, mais d'une manière ou d'une autre il reste un étranger pour moi. Parfois, lorsqu'il caresse mon visage d'une main forte et chaude, ou que, d'un geste inimitable, il effleure mes cils, fugitivement, du bout des doigts, j'ai – après coup – un mouvement de révolte : qui te dit que tu peux te le permettre, qui t'a donné le droit de toucher mon corps ? La première fois que nous avons lutté, c'était agréable, sportif, certes un peu inattendu, mais j'ai compris aussitôt et j'ai pensé : « Cela fait sûrement partie du traitement. » C'était vrai, j'en eus la preuve à la fin lorsqu'il constata : « *Corps et âme ne font qu'un.* » Certes, ma sensualité était troublée, mais lui gardait une attitude si neutre que je me repris bien vite. Quand nous fûmes de nouveau face à face après la lutte, il me demanda : « Écoutez, j'espère que cela ne vous excite pas, parce que, en fin de compte, je vous empoigne un peu partout » – et pour illustrer ses dires il m'effleurait de la main la poitrine, les bras et les épaules. Je pensai : « Oui, mon bonhomme, tu es bien placé pour savoir que je m'enflamme pour un rien, tu me l'as dit toi-même ; mais enfin, c'est assez correct de ta part d'en parler aussi ouvertement, et je saurai me reprendre. » Il ajouta que je ne devais pas tomber amoureuse de lui, il faisait toujours cette mise en garde au début ; enfin tout cela était justifié, même si cela me laissait une impression un peu désagréable.

La seconde fois, notre lutte fut toute différente. Chez lui aussi la sensualité se réveilla. A un moment donné, comme il était sur moi, gémissant faiblement et en proie au spasme le plus vieux du monde, je sentis monter en moi des pensées très basses, comme des vapeurs délétères exhalées par un marais : « Belle façon de soigner ses malades, tu t'arranges pour en tirer du plaisir et en plus tu te fais payer, même si c'est peu de chose ! »

Mais pendant cette lutte, cette façon de me saisir qu'avaient ses mains, sa façon de me mordiller l'oreille et d'enserrer mon visage dans ses grandes mains, tout cela m'affolait complètement, je pressentais l'amant expert et captivant qui se trahissait dans ces gestes. Mais en même temps je le trouvais parfaitement méprisable d'abuser ainsi de la situation. Toutefois ce sentiment de dégoût s'évanouit pour faire place, après la lutte, à une intimité et un contact entre nous comme nous n'en eûmes plus jamais par la suite. Comme nous étions encore étendus, il me dit : « *Je ne veux pas d'une liaison avec vous.* » Et aussi : « *Je dois vous l'avouer franchement, vous me plaisez beaucoup.* » Il parla aussi de « tempéraments accordés ». Et un peu plus tard : « *Et maintenant, donnez-moi un petit baiser d'amitié.* » Je n'y étais pas du tout prête et je détournai timidement la tête. Après la séance, s'étant repris, il se confia et dit d'un ton pensif, comme se parlant à lui-même : « *Tout cela est parfaitement logique, vous savez, j'étais un garçon très rêveur...* » Suivit tout un fragment de sa vie. Il racontait, je l'écoutais dans un total abandon et, de temps en temps, il m'entourait très tendrement le visage de sa main. Je rentrai chez moi agitée des sentiments les plus contradictoires : révolte contre lui car je trouvais sa conduite méprisable, mais aussi attendrissement ; j'étais pleine de chaleur humaine et d'amitié, mais ses gestes raffinés avaient enflammé mon imagination érotique. Pendant des jours je n'ai fait que penser à lui ; « penser », d'ailleurs, c'est trop dire : je le subissais plutôt physiquement. Son grand corps souple m'assiégeait de toutes parts, il était sur moi, sous moi, partout, il menaçait de m'écraser, je ne pouvais plus travailler et je pensais, consternée : « Mon Dieu, où suis-je allée me fourrer ? J'ai commencé un traitement psychologique pour y voir un peu clair en moi, et ce que j'endure est pire que jamais. » J'étais tendue tout entière vers le prochain rendez-vous, je m'en étais formé des fantasmes érotiques bien précis, et ce fut cette fameuse séance où j'avais mis ce short de gymnastique sous ma robe de laine et où mes fantasmes débridés se brisèrent sur sa froide réalité. Rétrospectivement, je comprends très bien ce qui s'est passé. Il s'était repris en main et avait volontairement pris ses distances ; lui aussi, de son côté, avait dû lutter. « *Avez-vous pensé à moi cette semaine ?* » demanda-t-il, et comme je répondais par quelques phrases insignifiantes, en baissant la tête, il ajouta, avec une grande sincérité : « *Pour être franc, j'ai beaucoup pensé à vous les premiers jours de cette semaine.* » Puis il y eut cette lutte dont j'ai déjà beaucoup parlé et dont je sortis écœurée : ce fut le début de la crise. Il se demande encore aujourd'hui pourquoi j'étais si murée, si bizarre, et pense que je luttais contre un désir puissant. Mais lui aussi luttait visiblement. « *Pour moi aussi vous êtes un défi* », dit-il, ajoutant qu'en dépit de son tempérament, il restait fidèle à son amie depuis deux ans. Mais « un défi », je trouvais cela bien neutre et strictement professionnel, pour lui je voulais être « moi », je « voulais » cet homme comme une enfant gâtée, bien qu'au fond de mon cœur il me déplût, mais j'avais tout bonnement jeté mon dévolu sur lui, je voulais le connaître comme amant, voilà tout. Des sentiments pas très élevés – mais je l'ai déjà noté.

A présent, je sens que je me suis hissée à son niveau, ma lutte équilibre la sienne, en moi aussi sentiments impurs et sentiments élevés se livrent une dure bataille.

Mais en jetant de son propre chef, et si inopinément, le masque du psychologue pour n'être plus qu'un homme, il a perdu un peu d'autorité, il m'a enrichie, mais il m'a aussi porté un petit choc, une blessure qui n'a pas encore eu le temps de guérir ; c'est ce qui me fait le considérer comme un étranger : « Qui es-tu donc, pour te permettre de t'intéresser à moi d'aussi près ? » Il y a chez Rilke un poème qui décrit superbement cet état d'esprit, je vais tâcher de le retrouver.

Ça y est, j'ai retrouvé le poème. Abrascha me l'a lu il y a des années, un soir d'été, comme nous suivions le Zuidelijke Wandelweg[1] ; pour une raison obscure, il trouvait que le poème s'appliquait à moi, sans doute parce qu'en dépit de notre intimité je continuais à voir en lui un étranger ; cette ambivalence chez moi m'est désormais un peu plus claire, encore une fois grâce au conflit avec S. et à son analyse. Il s'agit des deux derniers vers :

> *Und hörte fremd einen Fremden sagen :*
> *Ich bin bei dir*[2].

Mardi 25 mars, 9 heures du soir. [...] Quand on est comme moi, toute jeune encore, pleine d'une volonté inébranlable de résistance, consciente de pouvoir aider à combler les brèches qui sont apparues et d'en avoir la force, on se rend à peine compte de l'appauvrissement intellectuel qu'a subi notre génération et de la solitude où elle se trouve. Ou bien cette inconscience n'est-elle qu'une autre forme d'abrutissement ? Bonger, mort ; Ter Braak, Du Perron, Marsman, morts ; Pos et Van den Bergh, en camp de concentration, et beaucoup d'autres avec eux, etc.[3]. Je ne peux pas oublier Bonger non plus. (Curieux : la mort de Van Wijk fait remonter d'un coup tous ces

1. « Promenade du Sud » : une avenue à la lisière sud-est d'Amsterdam.
2. « Et j'entendis étrangement un étranger dire : Je suis près de toi. »
3. W. A. Bonger : sociologue et criminologue renommé ; Ter Braak, Du Perron, H. Marsman : trois écrivains appréciés de la jeune génération, morts tragiquement en mai-juin 1940 ; H. J. Pos : philosophe, président du Comité de vigilance antifasciste ; Van den Bergh : probablement le professeur George van den Bergh, social-démocrate et antinazi actif.

souvenirs à la surface.) Quelques heures avant la capitulation. Tout à coup la silhouette massive, pesante, bien reconnaissable de Bonger qui longeait le mur de la Patinoire, et levait sa grosse tête pour mieux voir, à travers ses lunettes bleues, les nuages de fumée qui montaient du port pétrolier et s'accumulaient au-dessus de la ville. Cette image, cette silhouette massive qui tendait le cou vers de lointains nuages de fumée, je ne l'oublierai jamais. Dans un élan spontané, sans mettre ma veste, je sortis en courant, le rattrapai et lui dis : « Bonjour, professeur Bonger, j'ai beaucoup pensé à vous ces jours derniers, je fais un bout de chemin avec vous. » Il me lança un regard de côté à travers ses lunettes bleues, incapable de se rappeler qui j'étais en dépit des deux examens qu'il m'avait fait passer et d'une année de cours suivis avec lui ; mais durant ces jours-là, les gens se sentaient si proches que je continuai à marcher à ses côtés, le cœur plein d'amitié. Je ne me rappelle plus exactement notre conversation. L'épidémie de fuite en Angleterre faisait rage cet après-midi-là [1], et je lui demandai : « Croyez-vous que fuir serve à quelque chose ? » Et lui : « Les jeunes doivent rester. » Moi : « Croyez-vous que la démocratie l'emportera ? » Lui : « Certainement, mais il faudra sacrifier quelques générations. » Et lui, Bonger le véhément, était désarmé comme un enfant, presque doux, et j'eus tout à coup l'envie irrépressible de le prendre par l'épaule et de le guider, comme un enfant ; et c'est ainsi, moi l'enlaçant, que nous avons marché le long de la Patinoire. Il paraissait brisé quelque part, ce qui lui donnait une grande bonhomie. Sa passion, son agressivité étaient éteintes. Mon cœur se serre quand je repense à ce qu'il était ce jour-là, lui, la terreur des étudiants. Arrivée à la place Jan Willem Brouwer, je pris congé de lui, je me plantai devant lui, pris une de ses mains dans les miennes ; il pencha sa grosse tête d'un air très doux, me regarda à travers ses verres bleus et dit (d'un ton cérémonieux assez comique) : « Au plaisir de vous revoir ! »

1. 14 mai 1940.

Lorsque j'entrai chez Becker le lendemain soir, les premiers mots que j'entendis furent : « Bonger est mort ! » – « Ce n'est pas possible, dis-je, je lui ai parlé hier soir à sept heures. » Becker répliqua : « Alors vous êtes l'une des dernières personnes à l'avoir vu. » Il s'était tiré une balle dans la tête à huit heures.

Il avait donc adressé l'une de ses dernières paroles à une étudiante inconnue, qu'il avait regardée avec bonté à travers ses lunettes bleues : « Au plaisir de vous revoir ! »

Bonger n'est pas un cas isolé. C'est tout un monde qu'on démolit. Mais le monde continuera, et moi avec lui jusqu'à nouvel ordre, pleine de courage et de bonne volonté. Ces disparitions nous laissent comme dépouillés, mais je me sens si riche intérieurement que ce dénuement n'a pas encore fait tout son chemin jusqu'à ma conscience. Pourtant il faut garder le contact avec le monde réel, le monde actuel, tâcher d'y définir sa place, on n'a pas le droit de vivre avec les seules valeurs éternelles ; ce serait une nouvelle forme de politique de l'autruche. Vivre totalement au-dehors comme au-dedans, ne rien sacrifier de la réalité extérieure à la vie intérieure, pas plus que l'inverse, voilà une tâche exaltante. Et maintenant je vais lire un petit roman à deux sous dans *Libelle*, et au lit. Demain, il faudra se remettre au travail, s'occuper de la « science », du ménage et de moi-même, il ne faut rien négliger, sans toutefois se prendre trop au sérieux – et maintenant, bonne nuit.

Vendredi 8 mai, 3 heures de l'après-midi, au lit. Rien à faire, je dois recommencer à m'occuper de moi-même. Pendant quelques mois [1], j'ai pu me passer de ce cahier tant la vie en moi était claire, limpide et intense : contact avec le monde intérieur et extérieur, enrichissement, épanouissement de la personnalité ; le contact à Leyde avec

1. En réalité un mois et demi.

les étudiants, Wil, Aimé, Jan ; l'étude ; la Bible, Jung et puis S., encore et toujours S.

Mais revoici un temps d'arrêt, de trouble et d'agitation ; ou plutôt non, aucune agitation, je suis trop déprimée pour cela. Simple fatigue physique ? Tout le monde en souffre par ce printemps pourri ; aucun écho en moi pour les choses qui m'entourent.

Mais je sais bien que c'est une étrange liaison refoulée avec S. qui me met dans cet état. Il faudra recommencer à me surveiller à chaque pas.

8 heures du soir. On cherche toujours la formule libératrice, la pensée clarificatrice. Tout à l'heure, en faisant un tour à bicyclette dans les rues froides, je me suis dit tout à coup : peut-être suis-je en train de tout compliquer, de tout enjoliver, en refusant de voir les faits eux-mêmes. Voilà la vérité : je ne me suis pas entichée de lui, et ce n'est pas non plus un grand amour. Il me passionne, il me fascine parfois comme être humain et il m'apprend énormément de choses. Depuis que je le connais, j'ai entamé un processus de maturation, dont je n'aurais même pas pu rêver à mon âge. C'est tout. Mais cette fichue sensualité, dont nous sommes bourrés tous les deux, vient s'en mêler. Un attrait physique nous pousse irrévocablement l'un vers l'autre contre notre gré à tous deux, comme nous nous le sommes dit au début avec beaucoup de netteté. Mais il y a eu par exemple ce dimanche soir, le 21 avril je crois ; pour la première fois je passais toute la soirée chez lui. Nous avons parlé (c'est-à-dire qu'il a parlé, lui) de la Bible, puis il m'a lu des passages de Thomas a Kempis en me tenant sur ses genoux : rien à dire encore, les sens ne s'en mêlaient pas, il n'y avait que chaleur humaine et amitié. Mais plus tard, soudain, son corps fut sur moi et il me garda longtemps dans ses bras : alors revinrent tristesse et solitude ; il embrassait mes cuisses nues et je me sentais de plus en plus seule. « *Une belle soirée* », dit-il, et je rentrai chez moi en proie à une tristesse et à une solitude de plomb. Je me suis mise alors à échafauder les plus intéressantes théories sur ma solitude, mais celle-ci ne viendrait-elle pas tout bonnement de mon incapacité à m'abandonner à notre contact physique ? Quoi de plus normal puisque je ne l'aime pas et que je connais son idéal de fidélité à une seule femme – cette femme se trouve vivre à Londres, mais cela ne change rien. Si j'avais vraiment une grande âme, je renoncerais à tout contact physique avec lui, puisque cela ne fait que me rendre malheureuse au fond de moi. Mais je ne me sens pas encore la force de renoncer à toutes les possibilités de communication qui se perdraient ainsi. Et je crois que j'ai peur de le blesser dans sa fierté masculine (il doit bien en avoir, comme les autres ?). Pourtant cela « élèverait » notre amitié et, en définitive, il me saurait gré de l'aider à réaliser son idéal de fidélité. Mais je ne suis encore qu'un petit être avide. De temps en temps, l'envie me reprend de me blottir dans ses bras, au risque d'en ressortir malheureuse. Avec aussi, sans doute, cette vanité puérile : « Toutes ces filles, toutes ces femmes qui l'entourent sont folles de lui, mais moi, la dernière arrivée, je suis la seule à avoir pénétré aussi avant dans son intimité. » Y a-t-il vraiment ce sentiment en moi ? Ce serait écœurant. En fait, je risque fort de gâcher notre amitié par l'érotisme. [...]

Dimanche 8 juin, 9 heures et demie du matin. Je crois que je vais le faire : tous les matins, avant de me mettre au travail, me « tourner vers l'intérieur », rester une demi-heure à l'écoute de moi-même. « *Rentrer en moi-même.* » Je pourrais dire aussi : méditer. Mais le mot m'horripile encore un peu. Oui, pourquoi pas : une demi-heure de paix en soi-même. On agite bien bras, jambes et autres muscles le matin dans la salle de bains ; mais cela ne suffit pas. L'homme est corps et esprit. Une demi-heure de gymnastique et une demi-heure de « méditation » peuvent fournir une bonne base de concentration pour toute une journée.

Mais une « *heure de paix* », ce n'est pas si simple. Cela

s'apprend. Il faudrait effacer de l'intérieur tout le petit fatras bassement humain, toutes les fioritures. Une petite tête comme la mienne est toujours bourrée d'inquiétude pour rien du tout. Il y a aussi des sentiments et des pensées qui vous élèvent et vous libèrent, mais le fatras s'insinue partout. Créer au-dedans de soi une grande et vaste plaine, débarrassée des broussailles sournoises qui vous bouchent la vue, ce devrait être le but de la méditation. Faire entrer un peu de « Dieu » en soi, comme il y a un peu de « Dieu » dans la *Neuvième* de Beethoven. Faire entrer aussi un peu d'« Amour » en soi, pas de cet amour de luxe à la demi-heure dont tu fais tes délices, fière de l'élévation de tes sentiments, mais d'un amour utilisable dans la modeste pratique quotidienne.

Je pourrais naturellement lire la Bible tous les matins, mais je ne me crois pas mûre pour cela, je n'ai pas encore assez de paix intérieure et je cherche à percer les intentions de ce livre de façon trop cérébrale pour pouvoir m'y plonger.

Je vais plutôt lire chaque matin quelques pages du *Jardin de la philosophie.* Je pourrais aussi me contenter de noter quelques mots sur ce papier à carreaux bleus. De m'exercer à la patience de mettre en forme quelques idées, si modestes qu'elles soient. Autrefois tu étais incapable d'écrire quoi que ce fût, par ambition. Il te fallait de l'exceptionnel, du parfait, et tout de suite, tu t'interdisais de noter simplement quelque chose, même si parfois tu en mourais d'envie.

Je voudrais te demander de ne pas trop te regarder dans la glace, tête de linotte. Ce doit être affreux d'être une beauté, on est coupée de sa vie intérieure parce que aveuglée par cette apparence éclatante. Et vos semblables ne réagissent d'ailleurs qu'à cette beauté extérieure, si bien qu'intérieurement on se ratatine peut-être complètement. Le temps que je passe devant le miroir, frappée tout à coup d'une expression amusante, captivante ou intéressante de ce visage pourtant loin d'être beau, ce temps-là, je pourrais l'employer plus utilement. Ce narcissisme m'exaspère. Il m'arrive de me trouver jolie, même si c'est la faute à ce faux jour de la salle de bains ; mais à ces moments-là je ne peux plus me détacher de mon image, je m'adresse toutes sortes de minauderies, je présente mon visage sous ses meilleurs angles à mes regards admiratifs et mon fantasme préféré est alors de me figurer dans une salle, assise à une table, face au public, qui me regarde et me trouve jolie.

Tu dis toujours que tu veux t'oublier totalement, mais tant que tu seras gonflée de cette vanité, pleine de ces fantasmes, tu n'avanceras pas beaucoup dans la voie de l'oubli de toi.

Même quand je travaille, je ressens parfois le besoin subit de voir mon visage, j'enlève mes lunettes et je me regarde dans les verres. Parfois c'est une vraie compulsion. J'en suis très malheureuse, parce que je sens combien je me fais encore obstacle à moi-même. Et rien ne sert de me contraindre de l'extérieur à ne plus me complaire à mon image dans le miroir. C'est de l'intérieur que doit venir une certaine indifférence à mon apparence, je ne dois pas me soucier de mon allure, mais « intérioriser » encore ma vie. Chez les autres aussi je prête parfois trop d'attention à l'apparence, à la séduction. Ce qui importe en définitive, c'est l'âme, ou l'être, comme on voudra, qui rayonne à travers la personne.

Samedi 14 juin, 7 heures du soir. Cela recommence : arrestations, terreur, camps de concentration, des pères, des sœurs, des frères arrachés arbitrairement à leurs proches[1]. On cherche le sens de cette vie, on se demande si elle en a encore un. Mais c'est une affaire à décider seul à seul avec Dieu. Peut-être toute vie a-t-elle son propre

1. Le printemps 1941 fut très agité. Fin février, à la suite d'incidents dans le quartier juif d'Amsterdam, les Allemands procèdent aux premières rafles. Une grève générale y répond. L'occupant riposte par plusieurs vagues de représailles (arrestations, déportations). Une nouvelle rafle venait d'avoir lieu le 11 juin.

sens, et faut-il toute une vie pour découvrir ce sens. Pour l'instant du moins, j'ai perdu tout rapport cohérent avec la vie et les choses, j'ai le sentiment que tout est fortuit, qu'il faut se détacher intérieurement de tous et renoncer à tout. Tout semble si menaçant, si funeste – et cette terrible impuissance !

Samedi midi. Nous ne sommes que des vases creux, où s'engouffre le flot de l'histoire.

Tout est hasard, ou rien n'est hasard. Si je croyais à la première possibilité, je ne pourrais pas vivre, mais je ne suis pas encore convaincue de la seconde.

J'ai repris un petit peu de forces. Je suis à même de résoudre mes problèmes. Au début, on a tendance à demander de l'aide aux autres, à penser : « Je n'en sortirai pas », mais tout à coup l'on s'avise qu'on a franchi un nouvel obstacle, qu'on s'en est sorti tout seul, et l'on se sent plus fort. Dimanche dernier (il y a à peine une semaine) j'étais au désespoir d'être totalement liée à lui, et de me préparer ainsi une période de grandes souffrances. Mais je me suis détachée – je ne sais seulement pas comment. Pas en me raisonnant. J'ai tiré de toutes mes forces psychiques sur une corde imaginaire, je me suis débattue comme un beau diable, je me suis défendue, et soudain je me suis sentie libre. Il y eut alors quelques brèves rencontres (le soir sur un banc du Stadionkade[1], nos courses en ville) plus intenses que jamais – pour moi, du moins. Je me sentais libérée, et tout mon amour, toute ma compréhension, tout mon intérêt, toute ma joie allaient vers lui, mais je n'exigeais rien en retour, je ne demandais rien, je le prenais tel quel et jouissais de sa présence.

J'aimerais seulement savoir comment je suis parvenue

1. « Quai du Stade » : au sud d'Amsterdam, dans le quartier même où habitait S.

à cette libération. Je ne distingue pas bien encore par quels chemins. Je dois pourtant tirer cela au clair, car je pourrai peut-être un jour en aider d'autres, qui auront les mêmes problèmes. Peut-être n'y a-t-il en effet de meilleure comparaison que celle-ci : une personne attachée à une autre par une corde, et qui tire et se débat jusqu'à se délivrer. Elle non plus, peut-être, ne pourra pas dire comment elle s'y est prise, elle a seulement conscience d'avoir eu la *volonté* de se libérer et d'y avoir engagé toutes ses forces. C'est sans doute ce que j'ai fait, dans l'ordre psychique. J'en ai tiré une autre leçon : rien ne sert de raisonner, d'analyser ce qui se passe ou de chercher des causes, il faut agir psychologiquement, dépenser de l'énergie pour obtenir un résultat.

Hier, j'ai cru un moment ne pouvoir vivre plus longtemps, avoir besoin d'aide. J'avais perdu le sens de la vie et le sens de la souffrance, j'avais l'impression de *m'effondrer* sous un poids formidable, pourtant j'ai continué à me battre, et voilà que je me sens capable de continuer, plus forte qu'avant. J'ai essayé de regarder au fond des yeux la souffrance de l'humanité, je me suis expliquée avec elle, ou plutôt « quelque chose » en moi s'est expliqué avec elle, des interrogations désespérées ont reçu des réponses, la grande absurdité a fait place à un peu d'ordre et de cohérence, et me voilà capable de continuer mon chemin. Une bataille de plus, brève mais violente, dont je sors enrichie d'un infime supplément de maturité.

Je dis que « je me suis expliquée avec la Souffrance de l'Humanité » (ces grands mots me font toujours grincer des dents), mais ce n'est pas tout à fait juste. Je me sens plutôt comme un petit champ de bataille où se vident les querelles, les questions posées par notre époque. Tout ce qu'on peut faire, c'est de rester humblement disponible pour que l'époque fasse de vous un champ de bataille. Ces questions doivent trouver un champ clos où s'affronter, un lieu où s'apaiser, et nous, pauvres hommes, nous devons leur ouvrir notre espace intérieur et ne pas les fuir.

Je suis peut-être, à cet égard, un peu trop accueillante, je suis parfois le théâtre d'affrontements sanglants et j'en paie le prix par une immense fatigue et de terribles migraines. Mais pour l'instant je ne suis plus que moi-même, Etty Hillesum, une étudiante appliquée, dans une chambre riante, avec des livres et un vase de marguerites. La rivière est sagement rentrée dans son lit, le contact avec « l'Humanité », « l'Histoire du Monde », la « Souffrance » est rompu. Heureusement, ce serait à devenir folle. On ne doit pas se perdre continuellement dans de grandes questions, être un champ de bataille perpétuel, il est bon de retrouver ses étroites limites personnelles entre lesquelles on peut poursuivre sa petite vie, consciemment et consciencieusement, mûrie et approfondie par les expériences accumulées dans ces moments presque « dépersonnalisés » de contact avec l'humanité entière. Un jour peut-être j'exprimerai mieux cette vie intérieure, ou je la ferai exprimer par un personnage de nouvelle ou de roman, mais il faudra attendre longtemps encore.

Mardi matin, 17 juin. [...] Quand on s'est détraqué l'estomac, le mieux à faire c'est d'observer une diète appropriée, au lieu de déverser sa colère sur toutes les bonnes choses qu'on rend responsables de sa maladie ; on ferait mieux de réserver toute son attention à son intempérance.

Telle est la sagesse que j'ai acquise aujourd'hui pour mon usage personnel, et dont je suis assez satisfaite. Cette perpétuelle tristesse qui me rongeait ces jours derniers commence aussi à s'estomper.

Mercredi 18 juin, 9 heures et demie du matin. Retrouvons aujourd'hui une vieille maxime : « *L'homme qui se recueille en lui-même ne mesure pas le temps. L'épanouissement ne se mesure pas en termes de temps.* »

La source vitale doit toujours être la vie elle-même, non une autre personne. Beaucoup de gens, des femmes surtout, puisent leurs forces chez un autre être, c'est lui leur source vitale, non la vie elle-même. Situation fausse, défi à la nature.

4 juillet. Il y a de l'agitation en moi, une agitation bizarre et diabolique, qui serait productive si je savais qu'en faire. Une agitation « *créatrice* ». Ce n'est pas celle du corps, une douzaine de nuits d'amour torrides ne suffiraient pas à l'apaiser. C'est une agitation presque « sacrée ». Ô Dieu, prends-moi dans ta grande main et fais de moi ton instrument, fais-moi écrire. Et dire que tout cela, c'est à cause de Lenie-la-rousse et de Joop-le-philosophe. S. a littéralement mis leur cœur à nu dans son analyse, et pourtant j'ai senti que l'homme ne saurait être absolument saisi par aucune formule psychologique, seul l'artiste peut nous livrer le tréfonds irrationnel de l'homme.

J'ignore comment réaliser mon désir d'écrire. Tout est encore trop chaotique, et il me manque la confiance en moi, ou plutôt l'urgente nécessité de dire quelque chose de précis. J'attends encore le moment où tout sortira et trouvera sa forme naturellement. Mais pour cela il faut d'abord que je trouve moi-même cette forme, ma forme propre.

A Deventer[1], les journées étaient de grandes plaines ensoleillées, chaque jour formait un tout sans rupture, j'étais en contact avec Dieu et avec tous les hommes, probablement parce que je ne voyais presque personne. Il y avait des champs de blé que je n'oublierai jamais, auprès desquels je me serais presque agenouillée, il y avait l'Ijssel bordé de parasols aux couleurs vives, le toit de chaume et les chevaux placides. Et ce soleil que j'accueillais par

1. Chez les parents d'Etty.

tous les pores. Ici le jour s'éparpille en mille fragments, la grande plaine a disparu et Dieu lui-même est perdu ; si cela continue, je vais recommencer à m'interroger sur le sens de tout et de rien, ce qui, loin d'être le signe de profondes méditations philosophiques, prouve seulement que je ne vais pas bien. Et toujours cette bizarre agitation que je n'arrive pas à identifier. Mais il me semble que, si je sais un jour la canaliser, elle pourra produire du bon travail.

Tu en es encore bien loin, ma petite, il te faudra encore disputer beaucoup de terre ferme à la fureur des vagues, introduire beaucoup d'ordre dans le chaos. Cela me rappelle la remarque de S., l'autre jour : « *Vous n'êtes pas si chaotique, mais vous avez gardé le souvenir du temps où vous pensiez que le chaos était la marque du génie, beaucoup plus que la discipline. Je vous trouve toujours très concentrée.* »

Lundi 4 août 1941, 2 heures et demie. Il dit que l'amour de tous les hommes vaut mieux que l'amour d'un seul homme. Car l'amour d'un seul homme n'est jamais que l'amour de soi-même.

C'est un homme mûr de cinquante-cinq ans, parvenu au stade de l'amour universel après avoir, durant sa longue vie, aimé beaucoup d'individus. Je suis une petite bonne femme de vingt-sept ans et je porte en moi aussi un amour très fort de l'humanité, mais je me demande si, toute ma vie, je ne serai pas à la recherche d'un homme unique. Et je me demande s'il s'agit là d'une restriction de champ propre à la femme. Est-ce une tradition séculaire dont elle devrait s'affranchir, ou bien au contraire un élément si essentiel à la nature féminine que la femme devrait se faire violence pour donner son amour à toute l'humanité, et non plus à un seul homme ? (La synthèse des deux amours n'est pas encore à ma portée.) Cela explique peut-être qu'il y ait si peu de femmes importantes dans les sciences et les arts, la femme cherche toujours l'homme unique à qui elle donnera son savoir, sa chaleur, son amour, son énergie créatrice. Elle cherche l'homme, non l'humanité.

Cette question féminine n'est pas si simple. Parfois, en voyant dans la rue une jolie femme, élégante, soignée, hyper-féminine, un peu bête, je sens mon équilibre vaciller. Mon intelligence, mes luttes avec moi-même, ma souffrance m'apparaissent comme un poids oppressant, une chose laide, antiféminine, et je voudrais être belle et bête, une jolie poupée désirée par un homme. Étrange, de vouloir ainsi être désirée par un homme, comme si c'était la consécration suprême de notre condition de femmes, alors qu'il s'agit d'un besoin très primitif. L'amitié, la considération, l'amour qu'on nous porte en tant qu'êtres humains, c'est bien beau, mais tout ce que nous voulons, en fin de compte, n'est-ce pas qu'un homme nous désire en tant que femmes ? Il me semble encore trop difficile de noter tout ce que je voudrais dire sur ce sujet, d'une complexité infinie, mais essentiel – et il importe que je parvienne à m'exprimer.

Peut-être la vraie, l'authentique émancipation féminine n'a-t-elle pas encore commencé. Nous ne sommes pas tout à fait encore des êtres humains, nous sommes des femelles. Encore ligotées et entravées par des traditions séculaires. Encore à naître à l'humanité véritable ; il y a là une tâche exaltante pour la femme.

Où en suis-je avec S. ? Si je parviens à la longue à tirer au clair nos relations, j'aurai tiré au clair, du même coup, ma relation à tous les autres hommes et même à toute l'humanité (n'ayons pas peur des grands mots !). Qu'importe le pathétique, je dois tout noter comme je le sens, et quand j'aurai ainsi évacué tout le pathétique, toute l'hyperbole, je me rapprocherai peut-être enfin de moi-même.

Est-ce que j'aime S. ? Oui, à la folie !

Comme homme ? Non, comme être humain. A moins que je n'aime plutôt en lui la chaleur, l'amour, l'effort vers la bonté qui émanent de sa personne. Non, je n'y suis pas, mais pas du tout. Ceci n'est qu'un brouillon où j'essaie de formuler quelque chose, de m'en délivrer, peut-être tous ces fragments feront-ils un jour un tout. Mais je ne dois pas me fuir moi-même, ni fuir la difficulté des problèmes posés. Ce n'est d'ailleurs pas ce que je fuis, mais plutôt la difficulté de l'écriture. Tout ce qui sort est si mal venu. Mais enfin tu n'écris que pour rechercher un peu de clarté, tu n'es pas en train de produire des chefs-d'œuvre ? Ton propre regard te gêne encore. Tu n'oses pas encore te livrer, expulser ce qui est en toi, tu restes terriblement inhibée, tout simplement parce que tu ne t'acceptes pas encore telle que tu es.

Il est bien difficile de vivre en bonne intelligence avec Dieu et avec son bas-ventre. Cette pensée m'obsédait de façon assez désespérante au cours d'une soirée musicale récente, où S. et Bach étaient tous deux également présents. Les rapports avec S. sont une chose compliquée. Il est là, et sa présence dégage une chaleur, une cordialité dont on se laisse envelopper sans arrière-pensées. Mais en même temps est là un grand type au visage expressif, dont les grandes mains sensibles se tendent parfois vers vous et dont les yeux peuvent vous caresser d'un regard vraiment déchirant. Mais d'une caresse impersonnelle, s'entend. Adressée à l'être humain, non à la femme. Seulement la femme veut être caressée comme femme, non comme être humain. Du moins, telle est généralement ma réaction. Mais il vous place devant une énorme tâche, pour laquelle il faudra lutter. A l'une de nos premières rencontres, il m'a dit que j'étais pour lui un défi. Mais il en est un pour moi. Je m'arrête, je me sens de plus en plus mal au fur et à mesure que j'écris, signe que je n'arrive pas à rendre mes sentiments réels.

Rien à faire, il me faudra bien résoudre mes problèmes ;

et j'ai toujours l'impression que, si j'y parviens, je les aurai résolus aussi pour mille autres femmes. C'est pourquoi je dois « *m'expliquer avec moi-même* ». Mais la vie est bien difficile, surtout quand on ne trouve pas ses mots.

Dévorer des livres, comme je l'ai fait depuis ma plus tendre enfance, n'est qu'une forme de paresse. Je laisse à d'autres le soin de s'exprimer à ma place. Je cherche partout la confirmation de ce qui fermente et agit en moi, mais c'est avec mes mots à moi que je devrai essayer d'y voir clair. Il me faut jeter par-dessus bord beaucoup de paresse, mais surtout beaucoup d'inhibitions et d'incertitude pour me rejoindre moi-même. Et pour toucher les autres à travers moi. Je *dois* y voir clair et je *dois* m'accepter moi-même. Tout est si lourd en moi, quand je voudrais être si légère. Depuis des années j'emmagasine, j'accumule dans un grand réservoir, mais tout cela devra bien ressortir un jour, sinon j'aurai le sentiment d'avoir vécu pour rien, d'avoir dépouillé l'humanité sans rien lui donner en retour. J'ai parfois le sentiment d'être un parasite, d'où des accès de profonde dépression et des doutes quant à l'utilité de ma vie. Peut-être ma mission est-elle de m'expliquer, de m'expliquer vraiment, avec tout ce qui me harcèle, me tourmente et appelle désespérément en moi solution et formulation. Car ces problèmes ne sont pas seulement les miens, mais ceux de beaucoup d'autres. Si à la fin d'une longue vie je trouve une forme à ce qui est encore chaotique en moi, j'aurai peut-être rempli ma petite mission. En écrivant ces mots, je crois sentir une véritable nausée monter quelque part de mon subconscient. A cause de ces mots : « mission », « humanité », « solution aux problèmes ». Je trouve ces mots prétentieux et, moi-même, je me vois comme un insignifiant petit bas-bleu, mais c'est par manque de courage. Non, ma fille, tu n'y es pas encore, loin de là, et je devrais t'interdire de toucher à un seul philosophe un peu profond tant que tu ne te prendras pas toi-même un peu plus au sérieux.

En attendant je crois que je vais sortir acheter ce melon

que je veux servir ce soir aux Nethe[1]. Cela aussi c'est la vie !

Je me sens parfois comme une poubelle tant il y a de trouble, de vanité, d'inachèvement, d'insuffisance en moi ! Mais il y a aussi une authentique sincérité et une volonté passionnée, presque élémentaire, d'apporter un peu de netteté, de trouver l'harmonie entre le dehors et le dedans.

Assez souvent j'aspire à vivre dans une cellule de moine, avec un concentré de sagesse séculaire sur les étagères courant le long des murs et une fenêtre donnant sur des champs de blé – il faut que ce soient des champs de blé et qu'ils ondoient au vent – et là je voudrais me plonger en moi-même et dans les siècles. Et à la longue je trouverais bien la paix et la clarté. Mais rien d'étonnant ! C'est ici et maintenant, en ce lieu, dans ce monde, que je dois trouver la clarté, la paix et l'équilibre. Je dois me replonger sans cesse dans la réalité, « m'expliquer » avec tout ce que je rencontre sur mon chemin, accueillir le monde extérieur dans mon monde intérieur et l'y nourrir – et inversement –, mais c'est terriblement difficile, et pourquoi ai-je ce sentiment d'oppression au-dedans de moi ?

Cet après-midi-là, sur la lande. Lui fixait les lointains, une expression inquiète sur son bon visage. Moi : « *A quoi pensez-vous en ce moment ?* » Lui : « *Aux démons qui tourmentent l'humanité.* » (Je venais de lui raconter comment Klaas avait failli tuer sa fille parce qu'elle ne lui avait pas rapporté le poison qu'il avait demandé.) Il était assis sous le couvert d'un arbre et j'avais la tête sur ses genoux ; soudain je lui ai dit – ou plutôt non, les mots sont sortis de moi tout à trac : « *Et maintenant j'aimerais tant avoir un baiser non démoniaque.* » Lui : « *Alors venez le chercher vous-même !* » Je me suis levée d'un bond,

1. C'est chez la famille Nethe que logeait S., au n° 27 de la Courbetstraat (dans un quartier neuf et assez élégant du sud d'Amsterdam où s'étaient établis beaucoup de Juifs allemands depuis 1933).

voulant faire comme si je n'avais rien dit, mais l'instant d'après nous étions allongés dans l'herbe, bouche contre bouche. « *Et c'est ce que vous appelez "non démoniaque" ?* »

Mais que représente ce baiser ? Il est isolé dans notre relation. Il me fait désirer l'homme tout entier, et pourtant je ne veux pas de lui. Je ne l'aime pas du tout en tant qu'homme, c'est bien le plus étrange ! S'agit-il encore de ce maudit besoin de s'affirmer en possédant quelqu'un ? En le possédant physiquement alors que je le « possède » déjà spirituellement, ce qui est tellement plus important ! Est-ce cette tradition malsaine qui fait que, lorsque deux êtres de sexe différent ont des relations étroites, ils se croient obligés au bout d'un moment de se mesurer aussi physiquement ? Besoin très fort chez moi. Chez un homme, je suis tout de suite à l'affût de ce qu'il peut m'offrir sexuellement. Mauvaise habitude, à extirper. Quant à lui, il a peut-être fait plus de chemin que moi dans cette voie, encore que je doive lutter parfois contre ses pulsions érotiques. Nous sommes vraiment « un défi » l'un pour l'autre ; cela paraît si bête, on dirait que nous multiplions à plaisir les obstacles devant nous, alors que tout pourrait être si simple.

Tant pis pour le melon, il ne doit plus en rester maintenant. Je me sens pourrie du dedans, j'ai une boule qui m'étouffe, et même physiquement je me sens affreusement mal. Mais ne t'y trompe pas, ma fille : ce n'est pas ton corps, c'est ta petite âme malmenée qui fait des siennes.

Dans un moment sans doute, j'écrirai de nouveau : « Comme la vie est belle, et comme je suis heureuse ! » Mais pour l'instant je ne puis absolument pas me figurer l'état d'esprit que cela suppose.

Il me manque encore un leitmotiv. Un fleuve souterrain unique et fixe ; la source intérieure où je m'abreuve s'envase perpétuellement – et puis je pense trop.

Mes idées flottent encore autour de moi comme un vêtement trop ample, où j'ai la place de grandir. Mon esprit s'évertue à suivre mon intuition ; cela vaut mieux, d'ailleurs. Mais mon esprit, ou ma raison – comme on voudra – doit faire parfois des efforts terribles pour rattraper par leurs basques toutes sortes de pressentiments. Une foule d'idées vagues appellent désespérément une formulation concrète, mais elles sont peut-être loin d'être mûres pour cela. Je dois continuer à être à l'écoute de moi-même, à « *écouter au-dedans de moi* »... et bien manger et bien dormir pour préserver mon équilibre, sinon je « fais du Dostoïevski », même si à notre époque l'accent s'est déplacé.

Deventer, vendredi matin, 10 heures et quart. [...] Toujours pas de lettre de S., le vaurien ! Je serais curieuse de le voir là-bas, à Wageningen, dans le joyeux désordre de cette maisonnée, au milieu de toutes ces pieuses filles.

Quand je suis descendue ce matin, les premiers mots de maman ont été : « Je souffre le martyre ! » Étrange : le moindre soupir de mon père me brise le cœur ; mais quand ma mère se lamente : « Je souffre le martyre, je n'ai pas fermé l'œil, etc. », cela ne me touche pas au fond de moi.

Avant, quand je me levais tard, j'étais totalement découragée et je pensais : de toute façon la journée est fichue, inutile de m'y mettre. Aujourd'hui encore je ressens un malaise, l'impression d'une occasion irrémédiablement perdue. Je pourrais écrire là-dessus un vrai traité de psychologie mais je me suis promis de ne plus rien dire de sujets difficiles, et de me réserver pour le moment où ils seront devenus « faciles ». Aucune idée de ce que je vais faire aujourd'hui. Impossible de travailler dans cette maison, je n'y ai pas de place à moi et je n'arrive pas à me concentrer. Il me reste à essayer d'accumuler tout le repos possible.

« Pipelette, mégère, as-tu fini de pleurnicher ? Vas-y, jacasse tout ton soûl ! » Voilà ma réaction au fond de moi lorsque maman est en train de me parler. Maman vous pomperait votre dernière goutte de sang. J'essaie de la voir objectivement et de l'aimer un peu, mais je ne puis m'empêcher de me dire au fond de mon cœur : « Quelle pauvre vieille piquée ! » C'est très mal ; ici je ne vis pas, je me laisse vivre. Je remets ma vie à plus tard, j'attends mon départ. Toute énergie me manque ici pour travailler avec cœur, on dirait que l'on vous pompe toute votre énergie. Il est onze heures et je n'ai encore rien fait d'autre que de traîner, adossée à la fenêtre, devant le fouillis de la table du petit déjeuner et d'endurer les jérémiades maternelles à propos de tout et de rien : tickets de matières grasses, mauvaise santé, etc. Pourtant, c'est loin d'être une femme insignifiante. C'est là le tragique. Ce qui vous tue ici, ce sont les problèmes non résolus, l'instabilité de l'atmosphère, une situation chaotique et affligeante qui trouve son reflet dans le désordre du ménage. Et dire que maman se croit une excellente femme d'intérieur ! Mais elle abrutit son entourage avec ses éternels soucis domestiques. J'ai la tête de plus en plus lourde quand je suis ici. Enfin, courage tout de même. La vie de cette maison se noie littéralement dans les détails insignifiants. On s'abrutit aux petites choses et on n'a plus de temps pour les grandes. Je finirais neurasthénique professionnelle si je restais longtemps ici. C'est qu'on ne peut rien faire : ni aider ni intervenir. Tout ici manque d'équilibre. L'autre soir, quand j'ai parlé avec feu de S. et de son travail, ils ont eu une réaction merveilleuse, enthousiaste, pleine de fantaisie et d'humour. En me couchant, j'étais euphorique, je pensais : « Au fond ce sont des gens formidables. » Mais le lendemain, ce n'était plus que scepticisme et plaisanteries insipides, comme d'habitude. On aurait dit qu'ils se méfiaient de leur enthousiasme de la veille – et on continue à se traîner dans cette atmosphère. Allons, Etty, reprends-toi ! Ces maux de ventre ne me rendent pas très aimable, moi non plus. Je crois que je vais dormir un peu cet après-midi, avant de me remettre à l'étude du Dr Pfister à la bibliothèque. Je devrais pourtant être reconnaissante d'avoir tout ce temps à consacrer à moi-même –

fais-en au moins bon usage, pauvre empotée ! Suffit, finissons-en de ce bavardage futile.

11 heures du soir. Je commence à croire que ceci va devenir une amitié vraiment importante. Je donne au mot amitié tout le poids de sa signification. Je me sens habitée par une profonde gravité. Pas de cette gravité qui plane au-dessus du réel et m'apparaîtra ensuite artificielle et exagérée. Du moins je ne crois pas. Quand sa lettre est arrivée ce soir à six heures, je rentrais de Gorssel, trempée jusqu'aux moelles, et je me sentais totalement fermée à tout contact. Brisée de corps et d'esprit, j'étais plutôt embarrassée de cette lettre. Alors j'ai roulé sur mon lit, j'ai détaillé attentivement, une fois de plus, cette écriture si familière, et j'ai retrouvé le grand, le puissant attachement qui me lie à cet être. Et j'ai compris ce qu'il allait signifier pour la suite de mon évolution spirituelle. A condition, bien sûr, que je ne me lasse pas de « m'expliquer » sérieusement et sincèrement avec lui, avec moi-même, avec tous les problèmes qui ne manqueront pas de surgir de nos relations. *Lourd de sens.* Je dois oser vivre la vie avec toute la richesse de sens qu'elle exige, sans devenir à mes propres yeux prétentieuse, sentimentale ou artificielle. Quant à lui, je ne dois pas le prendre pour but, mais pour instrument de mon évolution et de ma maturation. Je ne dois pas vouloir le posséder. La femme, il est vrai, recherche la matérialité du corps et non l'abstraction de l'esprit. Le centre de gravité de la femme se trouve dans tel homme particulier, celui de l'homme se situe dans le monde. La femme peut-elle déplacer son centre de gravité sans pour ainsi dire se violer elle-même, sans faire violence à sa nature ? Question soulevée, avec beaucoup d'autres, par sa lettre, une lettre vraiment féconde.

Assister un autre être. L'amitié aussi veut être tendue vers un but.

Cette maison mêle curieusement la barbarie et la culture la plus raffinée. Le capital intellectuel foisonne, mais il n'est ni placé ni géré et on le dilapide à pleines brassées. C'est déprimant, c'est tragique, quel genre de maison de fous est-ce là, je ne sais, mais un être humain ne saurait s'y épanouir.

Je n'arrive pas à noter toutes ces choses quotidiennes. Ce n'est pas du tout ce qui compte pour moi.

Mercredi. [...] Avec ma nature, il est clair que je n'atteindrai jamais une objectivité clinique, glaciale. J'ai trop de tempérament. Mais ce tempérament ne me détruit pas, comme avant.

Daan est tombé d'un avion. Chaque jour, chaque nuit, il meurt nombre de ces garçons pleins de vitalité, qui promettaient tant. Je ne sais comment réagir. Avec toutes ces souffrances autour de soi, on en vient à avoir honte d'accorder tant d'importance à soi-même et à ses états d'âme. Mais il faut continuer à s'accorder de l'importance, rester son propre centre d'intérêt, tirer au clair ses rapports avec tous les événements de ce monde, ne fermer les yeux devant rien, il faut « s'expliquer » avec cette époque terrible et tâcher de trouver une réponse à toutes les questions de vie ou de mort qu'elle vous pose. Et peut-être trouvera-t-on une réponse à quelques-unes de ces questions, non seulement pour soi-même, mais pour d'autres aussi. Je n'y puis rien, si je vis. J'ai le devoir d'ouvrir les yeux. Je me sens parfois comme un pieu fiché au bord d'une mer en furie, battu de tous côtés par les vagues. Mais je reste debout, j'affronte l'érosion des années. Je veux continuer à vivre pleinement. Je veux écrire la chronique de tant de choses de ce temps (en bas, branle-bas de combat ; papa rugit : « Eh bien, va-t'en ! » et fait claquer les portes ; cela aussi, il faut l'assumer – mais voilà que j'éclate en sanglots, je ne suis donc pas si détachée ; à vrai dire cette maison est invivable. Enfin, continuons !). Où en étais-je ? Oui, une chronique. Je m'aperçois qu'au milieu des souffrances – subjectives – que j'endure, subsiste toujours une curiosité qu'on pourrait dire objective, un intérêt passionné pour tout ce qui touche au monde, aux hommes et aux mouvements de mon âme. Je me crois parfois investie de cette mission : tirer au clair tout ce qui arrive autour de moi pour le décrire plus tard. Pauvre tête et pauvre cœur, vous avez encore tant de choses à assumer ! Mais quelle belle vie que la vôtre, riche tête et riche cœur ! Je ne pleure déjà plus. Mais j'ai affreusement mal à la tête. Cette maison est un enfer. Il me faudrait déjà une grande maîtrise pour en décrire l'atmosphère. En tout cas c'est de ce chaos que je sors, et j'ai pour tâche de m'élever à un ordre un peu supérieur. Ce que S. appelle « travailler un matériau noble » – le cher ami.

Tu es parfois si distraite par les événements traumatisants qui se produisent autour de toi que tu as ensuite toutes les peines du monde à refrayer le chemin qui mène à toi-même. Pourtant il le faut bien. Tu ne dois pas te laisser engloutir par les choses qui t'entourent, en vertu d'un sentiment de culpabilité. Les choses doivent s'éclaircir *en toi*, tu ne dois pas, toi, te laisser engloutir par les choses.

Un poème de Rilke est aussi réel, aussi important qu'un garçon qui tombe d'un avion, mets-toi bien cela dans la tête. Tout cela, c'est la réalité du monde, tu n'as pas à privilégier l'un aux dépens de l'autre. Et maintenant va dormir. Il faut accepter toutes les contradictions ; tu voudrais les fondre en un grand tout et les simplifier d'une manière ou d'une autre dans ton esprit, parce que alors la vie te deviendrait plus simple. Mais elle est justement faite de contradictions, et on doit les accepter comme éléments de cette vie, sans mettre l'accent sur telle chose au détriment de telle autre. Laisse la vie suivre son cours, et tout finira peut-être par s'ordonner. Je t'ai déjà dit d'aller dormir au lieu de noter des choses que tu es encore tout à fait incapable de formuler.

11 heures du soir. Enfin un moment de paix, d'accalmie. Je n'ai plus à penser à rien. C'est peut-être aussi l'effet des quatre cachets d'aspirine que j'ai pris, bien sûr.

Bribe d'un dialogue entre papa et moi, comme nous nous promenions sur le Singel :

Moi : « Je plains toute femme qui se trouvera sur la route de Mischa[1]. » Papa : « Que veux-tu, ce garçon est sur sa lancée, on n'y peut rien. »

Samedi soir, 23 août 1941. Je vais devoir recommencer à noter très précisément mes états d'âme ; je me laisse trop aller. Et qu'un petit rhume de rien du tout me fasse voir une fois de plus le monde en noir, c'est tout de même un peu fort. Reprenons un peu plus haut. Jeudi soir, dans le train entre Arnhem et Amsterdam, tout allait si bien. Derrière les vitres du compartiment, la nuit tombait silencieuse, vaste et majestueuse. A l'intérieur, serrés dans le train, une foule de travailleurs, bruyants, pleins de mouvement, de vie. Et moi, renfoncée dans un coin sombre, je contemplais à droite la paix de la nature et observais à gauche les visages expressifs, les gestes hauts en couleur des voyageurs. Et tout me paraissait bon, la vie et les gens. Ensuite, il y eut cette longue marche pour revenir de la gare de l'Amstel à travers la ville presque noire, comme prise sous un charme. Au cours de ce trajet, j'ai eu soudain l'impression que je n'étais pas seule, que « j'étais deux ». Je me sentais composée de deux personnes, de deux êtres qui se serraient l'un contre l'autre pour être bien au chaud. Un contact très fort avec moi-même, dégageant une grande chaleur en moi. Une parfaite suffisance à soi-même. Je me tenais toute une conversation et trottais avec plaisir au long de ces avenues du quartier de l'Amstel, totalement absorbée en moi-même. Et j'ai constaté non sans satisfaction que je suis de bonne compagnie pour moi-même et que je m'entends fort bien avec moi. Ce sentiment s'est

1. Mischa est un des frères d'Etty. Voir préface.

prolongé le jour suivant. Et hier après-midi, en allant chercher un fromage pour S. et en traversant ce joli coin du Sud, je me sentais comme un vieux Juif enveloppé dans un nuage. Cela doit bien exister quelque part dans la mythologie : un Juif qui se déplace enveloppé d'un nuage. C'était le nuage de mes pensées et de mes sentiments qui m'enveloppait et m'accompagnait, j'y étais enfermée bien au chaud et en sécurité. Mais en ce moment je suis enrhumée et je n'ai en moi qu'inconfort, malaise et dégoût. L'incompréhensible, c'est justement ce dégoût vis-à-vis des gens que j'aime d'ordinaire. Attitude constamment négative, critique destructrice, etc. Il serait assez étrange que tout cela vînt d'un nez bouché. Et cette aversion pour mes semblables, cela ne me ressemble vraiment pas. Quand je me sens physiquement si mal en point, je devrais arrêter la machine à penser, mais c'est généralement dans ces moments-là qu'elle commence à s'emballer et à démolir ce qui peut être démoli. En tout cas je ferais bien d'aller me coucher maintenant, je me sens vraiment un peu malade. Si mes actes ne s'accordent pas avec mes pensées, ce n'est pas plus mal. Hans [1] devait rentrer ce soir, et cette perspective m'irritait considérablement. Dès que cette aversion pour les gens se manifeste en moi, il en est automatiquement la cible, sans doute parce qu'il fait partie de mon entourage immédiat. J'appréhendais donc son retour, me répétant combien je trouve ce garçon ennuyeux, lent et difficile. Et puis le voilà qui rentre, tout frais et ragaillardi par ce camp de voile qu'il vient de faire, et je me surprends soudain à avoir avec lui une conversation agréable et enjouée, à éprouver de la sympathie, de l'intérêt pour son visage bronzé, ses yeux bleus encore un peu vagues mais pleins de loyauté, à me lever d'un bond pour lui préparer de la soupe, à lui parler avec animation – et je découvre qu'au fond je l'aime bien, comme j'aime toute

1. Hans, fils de Han, Wegerif. Etty laisse transparaître ici l'hostilité existant entre elle et ce garçon, qui acceptait difficilement les relations qu'elle entretenait avec son père.

créature de Dieu. Je ne crois pas qu'il y ait eu rien de forcé dans mon attitude, mais plutôt que c'est cette irritation qui ne m'est pas naturelle. En fait, elle est étrangère à ma nature. Je dois donc me dominer un peu à cet égard. Et se dominer, ce soir, c'est se résigner à dormir quand on ne peut plus travailler ni lire.

Mardi 26 août au soir. Il y a en moi un puits très profond. Et dans ce puits, il y a Dieu. Parfois je parviens à l'atteindre. Mais plus souvent, des pierres et des gravats obstruent ce puits, et Dieu est enseveli. Alors il faut le remettre au jour.

Il y a des gens, je suppose, qui prient les yeux levés vers le ciel. Ceux-là cherchent Dieu en dehors d'eux. Il en est d'autres qui penchent la tête et la cachent dans leurs mains, je pense que ceux-ci cherchent Dieu en eux-mêmes.

Jeudi 4 septembre, 10 heures et demie du soir. La vie est un tissu d'anecdotes qui attendent d'être contées par moi. Ah, quelle sottise ! Je n'en sais rien. Je suis de nouveau malheureuse. Je comprends tellement bien les gens qui se mettent à boire ou couchent avec le premier venu. Mais ce n'est pas ma voie. Moi, je dois traverser les épreuves en restant sobre et en gardant la tête froide. Et seule. Il vaut bien mieux que ce sale type n'ait pas été chez lui ce soir. Sinon j'y aurais couru encore une fois. Au secours, je suis si malheureuse. J'éclate. Et moi qui demande aux autres de résoudre eux-mêmes leurs problèmes ! « *Être à l'écoute de soi-même.* » Tu penses ! Eh bien, je me suis assise par terre dans le coin le plus reculé de ma chambrette, coincée entre deux murs, la tête inclinée vers le sol. Je suis restée comme ça. Totalement immobile, considérant pour ainsi dire mon nombril, attendant pieusement que de nouvelles forces veuillent bien affleurer en moi. Mon cœur était pris au piège, rien ne circulait en moi, tous mes vaisseaux étaient envasés et mon crâne était serré dans un étau. Quand je suis assise ainsi, tassée sur moi-même, j'attends que quelque chose fonde et se remette à couler en moi.

En fait, j'ai présumé de mes forces en lisant les lettres de la *Freundin*[1]. Je voudrais être toute simple, comme l'homme que j'ai vu ce soir, ou comme une prairie. Bien sûr je m'accorde encore trop d'importance. Un jour comme aujourd'hui, je me figure que nul ne souffre autant que moi. Souffrir dans tout son corps au point de ne pouvoir pas même supporter d'être effleuré du bout des doigts, voilà l'équivalent de ce que je ressens dans mon « âme » (si l'on veut bien l'appeler ainsi). La plus fugitive impression vous fait mal. « Une âme sans épiderme », a écrit Mme Romein, je crois, à propos de Carry van Bruggen[2]. Je voudrais partir très loin. Et voir chaque jour de nouveaux visages, qui devraient rester anonymes. J'ai parfois l'impression que les quelques personnes avec qui j'ai des liens très forts me cachent l'horizon. Mais quel horizon au juste ? Etty, tu es une petite gredine sans conscience. Tu serais très capable d'analyser l'origine de ta mélancolie, alourdie par ces fortes migraines. Mais non, je n'en ai pas envie, je suis trop paresseuse. Seigneur, donne-moi un peu d'humilité.

Ai-je une activité trop intense ? Je veux connaître ce siècle, du dehors et du dedans. Je le palpe chaque jour, je suis du bout des doigts les contours de notre temps. Ou bien n'est-ce qu'une fiction ?

Et puis je me replonge sans cesse dans la réalité. Je me confronte à tout ce qui croise mon chemin. J'en ai parfois l'impression de m'écorcher vive. On dirait que je me jette partout tête la première, de toutes mes forces, pour ne récolter que plaies et bosses. Mais je m'imagine qu'il le

1. L'amie de Spier, Hertha, qui vivait à Londres.

2. Carry van Bruggen (1881-1932), écrivain, surtout connue pour ses ouvrages autobiographiques et ses essais philosophiques. Etty devait se reconnaître dans cette femme indépendante et hypersensible, d'origine juive comme elle.

faut. Parfois je crois être plongée dans un feu d'enfer pour y être forgée. Mais forgée pour devenir quoi ? Encore un processus passif, une transmutation à subir. Mais j'ai aussi le sentiment que les grandes questions de notre époque en particulier, et de l'humanité en général, doivent être agitées et résolues dans ma petite tête et pas ailleurs. Cela, c'est actif. Enfin, le pire est passé. Je me suis traînée comme un ivrogne autour de la Patinoire. J'ai tenu des discours extravagants à la lune éternelle. Cette bonne lune n'est pas née d'hier. Des gens comme moi, elle a dû en voir souvent, et de toute façon elle en a vu d'autres. Enfin. Vie lourde à porter que la mienne. Il m'arrive d'en être dégoûtée. Dans ces moment-là, je prévois tout ce qui va m'arriver et je suis si lasse qu'il me paraît inutile de le vivre encore en réalité. Mais la vie reprend toujours le dessus, je recommence à tout trouver intéressant et passionnant, je me sens combative et pleine d'idées. Il faut « *vouloir se ménager des pauses* ». Mais je ne fais que passer d'une pause à l'autre, du moins me semble-t-il. Et maintenant, bonne nuit.

Une idée qui me vient : il se peut que je m'accorde trop d'importance, mais aussi que j'attende des autres qu'ils m'accordent la même importance. De S., par exemple. Je voudrais qu'il sache combien je souffre et en même temps je le lui cache. Est-ce en rapport avec les sentiments d'opposition qu'il m'inspire si souvent ?

Vendredi, 9 heures du matin. Je me sens comme une convalescente relevant d'une grave maladie. La tête un peu vide et les jambes flageolantes. Cela n'allait pas fort hier. Je crois que ma vie intérieure n'est pas assez simple. Je m'abandonne trop à des dérèglements, des bacchanales de l'esprit. Et je m'identifie peut-être trop à tout ce que je lis et étudie. Dostoïevski, par exemple, est encore capable de me briser, je ne sais comment. Il me faut vraiment devenir un peu plus simple. Me laisser vivre un peu plus. Cesser de vouloir que ma vie porte ses fruits dès maintenant. Mais j'ai trouvé le remède. Je n'ai qu'à m'accroupir sur le sol, dans un coin et, ainsi blottie, à écouter au-dedans de moi. Ce n'est pas de penser qui me tirera d'affaire. Penser, c'est une grande et belle occupation dans les études, mais ce n'est pas ce qui vous tire de situations psychologiques difficiles. Il y faut autre chose. Il faut savoir se rendre passif, se mettre à l'écoute. Retrouver le contact avec un petit morceau d'éternité.

Être plus simple et modérer mes prétentions, même dans mon travail. Lorsque je fais un simple thème russe, j'ai toujours présente à l'esprit, à l'arrière-plan, la Russie tout entière, et je crois de mon devoir d'écrire un livre au moins aussi grand que *les Frères Karamazov.* D'une part je m'impose des exigences très élevées et, dans mes moments de véritable inspiration, je me crois capable des plus grandes choses, mais l'inspiration ne dure pas éternellement et, dans mes moments plus quotidiens, je suis prise de l'angoisse soudaine de ne pouvoir jamais réaliser ce que je sens en moi dans mes instants les plus *intenses.* Mais pourquoi devrais-je réaliser quoi que ce soit ? J'ai tout simplement à être, à vivre, à tenter d'atteindre une certaine humanité. On ne peut tout dominer par la raison, laissons donc les fontaines du sentiment et de l'intuition jaillir un peu elles aussi. Savoir c'est pouvoir, certes, et c'est sans doute pourquoi j'accumule du savoir, par une sorte de volonté de puissance. En fait, je n'en sais trop rien. Mais, Seigneur, donne-moi la sagesse plutôt que le savoir. Ou pour mieux dire : seul le savoir qui mène à la sagesse vous apporte le bonheur, et non celui qui mène au pouvoir. Un peu de paix, beaucoup de douceur et un peu de sagesse, quand je sens cela en moi tout va bien. C'est pourquoi j'ai ressenti cruellement la remarque que Fri Heil, cette femme sculpteur si distinguée, a faite à S. à mon sujet : je ressemblais à une Tartare, disait-elle, et elle m'aurait bien vue avec un cheval sauvage qui m'eût emportée à travers la steppe. On ne sait pas grand-chose de soi-même. Dans une de ses lettres à S., Hertha a écrit :

« *Hier tu as imposé ta main sur moi.* »

Pour moi, au fond, la réalité n'est pas du tout réelle et c'est pourquoi je suis incapable de passer aux actes – parce que je n'en saisis jamais le poids ni la portée. Un seul vers de Rilke a plus de réalité pour moi qu'un déménagement. Je n'ai qu'à passer toute ma vie assise à un bureau. Pourtant, je ne crois pas non plus être une rêveuse imbécile. Je m'intéresse terriblement à la réalité, mais à condition de l'observer de mon bureau, non d'y vivre et d'y agir. Pour comprendre les hommes et les idées, il faut connaître aussi le monde réel, le cadre dans lequel tout vit et se développe.

Mardi matin, 9 septembre. Pour un grand nombre de femmes il est le « moteur ». Dans une de ses lettres, Henny[1] l'appelle : « Ma Mercedes, ma grande, chère, bonne Mercedes. » Au-dessus de chez lui habite « *la Petite* ». Il dit que lorsqu'elle lutte avec lui, on dirait une grosse chatte précautionneuse qui craint de vous faire mal. Vendredi soir, il téléphonait à Riet, et sa voix chantait littéralement en appelant cette fille de dix-huit ans : « Oui, Ri-i-iet. » Et ce disant, de sa main droite il me caressait le visage, et sur la petite table je voyais la lettre de la jeune fille dont il veut faire sa femme : elle commençait par ces mots « Toi, mon chéri, Jul », et je ne pouvais en détacher mon regard.

Je suis si triste, si follement triste ces jours-ci. Pourquoi au juste ? Je ne le suis pas constamment, je parviens toujours à surmonter ma tristesse à force de volonté, mais j'y retombe chaque fois.

Jamais encore je n'ai rencontré quelqu'un qui dispose d'autant d'amour, de force et de tranquille confiance en soi que S. Ce vendredi-là, il m'a dit à peu près : si je libérais tout mon amour et toute ma force sur une seule personne, je la démolirais. J'ai parfois un sentiment de ce genre, l'impression d'être ensevelie sous lui. Je ne sais

1 Henny Tideman, qu'Etty appelle généralement « Tide ».

pas. J'ai parfois l'impression que je devrais m'enfuir à l'autre bout du monde pour me débarrasser de lui, mais je sais en même temps que c'est ici et auprès de lui que je dois « régler mes comptes » avec lui. Tantôt nos relations ne posent aucun problème ; alors tout va bien. Tantôt, comme maintenant, j'ai l'impression qu'il me rend malade. A quoi cela tient-il au juste ? Il n'est pourtant ni énigmatique ni compliqué. Est-ce la formidable quantité d'amour dont il dispose, qu'il déverse sur une infinité de gens, et dont je voudrais bien m'assurer pour moi seule ? Il est en effet des moments où je désire cela. Où je voudrais voir tout son amour se resserrer et se concentrer sur moi. Mais n'est-ce pas une pensée trop « physique » ? Et trop personnelle ? Je ne sais absolument pas comment réagir face à cet homme.

Essayons au moins de retenir quelque chose de cette soirée de vendredi. J'avais le sentiment d'avoir pénétré au cœur de l'énigme (ou plutôt de la non-énigme !) masculine. On aurait dit qu'il me livrait ce soir-là la clé des secrets de sa personnalité. Pendant quelques jours, ce fut comme si je l'emportais partout avec moi enserré au fond de mon cœur, et comme si je ne devais plus jamais le perdre. Pourquoi donc maintenant cette tristesse indicible ? Pourquoi ai-je perdu tout contact avec lui et voudrais-je à présent me débarrasser de lui ? J'ai l'impression qu'il est trop grand pour moi. J'essaie de retrouver l'atmosphère de vendredi. Quand je le revois assis sur cette petite chaise, imposant et doux, rayonnant d'une sorte de sensualité triomphante, et en même temps d'une telle humanité, d'une telle bonté, il me fait songer à un empereur romain en sa vie privée. J'ignore pourquoi. Toute sa personne est alors imprégnée d'une sorte de volupté, mais en même temps d'une chaleur et d'une bonté infinies, trop abondantes pour une seule personne et qui se déploient dans un espace formidable. Pourquoi me fait-il penser néanmoins à un Romain de la décadence ? Je n'en sais vraiment rien.

Ces maux d'estomac, cette oppression, cette sensation de nœud intérieur, d'écrasement sous un énorme poids constituent sans doute le prix que j'ai à payer de temps en temps pour mon avidité à tout savoir de la vie et à pénétrer partout. Je fais parfois des excès. Le test que m'a fait subir Taco Kuiper a établi entre autres résultats que j'exige tout de la vie, mais que je suis prête aussi à tout assumer. Ce malaise aussi je saurai bien l'assumer, ces « embouteillages intérieurs » en sont sûrement la manifestation, mais il faut les réduire au strict minimum, sous peine de n'être plus très capable de continuer à vivre. Hier, en rentrant chez moi à bicyclette, pleine d'une indicible tristesse, accablée sous une chape de plomb, j'ai entendu les avions passer au-dessus de ma tête, et l'idée subite qu'une bombe pouvait mettre fin à mes jours m'a emplie d'un sentiment de libération. Il m'arrive souvent, ces derniers temps, de trouver plus facile de mourir que de vivre.

Jeudi, 9 heures du matin. [...] Oui, nous autres femmes, pauvres femmes folles, idiotes, illogiques, nous cherchons le Paradis et l'Absolu. Je sais pourtant par l'intellect – un intellect fonctionnant à la perfection – qu'il n'y a rien d'absolu, que tout est relatif et nuancé à l'infini et pris dans un perpétuel mouvement, et que c'est justement ce qui rend le monde si fascinant, si séduisant, mais si douloureux aussi. Nous autres femmes, nous voulons nous éterniser en l'homme. C'est vrai : je veux qu'il me dise : « Chérie, tu es la seule et je t'aimerai éternellement. » C'est une fiction. Mais tant qu'il ne l'aura pas dit, le reste perdra pour moi tout son sens, je négligerai tout le reste. C'est cela qui est fou : moi je ne veux pas de lui pour toujours, je ne le voudrais pas pour compagnon unique et éternel, mais j'exige de lui qu'il me veuille ainsi. Se peut-il que ce soit précisément ma propre incapacité à donner un amour absolu qui me pousse à l'exiger de l'autre ? Et de plus j'exige une intensité toujours maintenue, tout en sachant fort bien, instruite par mon propre exemple, que cela est impossible. Mais dès que j'observe chez l'autre une défaillance passagère, je prends la fuite. A cela s'ajoute évidemment un sentiment d'infériorité, un raisonnement de ce genre : si je ne suis pas en état de le captiver suffisamment pour qu'il brûle toujours pour moi du même feu, sans un instant de fléchissement, alors autant vaut n'avoir rien du tout. C'est d'un illogisme diabolique ! Je dois extirper de moi cette pensée. Si quelqu'un brûlait toujours du même feu pour moi, je serais bien embarrassée. Cela me gênerait, m'ennuierait, briderait ma liberté. Ô Etty, Etty.

Il a dit hier soir : « Je crois que je suis pour toi une "*étude préliminaire*" à un véritable grand amour. » C'est étrange : j'ai été moi-même pour tant de gens une « *étude préliminaire* » !

C'est très probablement vrai, mais cela ne m'en fait pas moins une peine immense, je refuse ces paroles. Je crois comprendre pourquoi. En fait, je trouve qu'il devrait être jaloux comme un tigre à la seule pensée du grand amour qui doit entrer un jour dans ma vie. Revoilà l'exigence d'absolu. Il doit m'aimer éternellement, moi seule et unique. Et pourtant cette « éternité », cette « unicité » sont une sorte d'idée fixe. Depuis quelques jours, je suis très sensuelle. Hier soir, c'était très fort. Et quand il m'a appelée vers neuf heures : « *Avez-vous envie de venir ?* », je suis partie dans un étourdissement de joie, de sensualité, d'abandon. Mais tu te racontes des histoires, ma fille, il n'y a pas que cette sensualité. Nous ne nous sommes pas tombés aussitôt dans les bras, nous avons eu d'abord une conversation très intense sur ce cas si intéressant de personnalité schizoïde qu'il avait analysé l'après-midi. Dans ces moments-là, je suis suspendue à ses lèvres et toujours édifiée par ses exposés précis et clairs, j'ai le sentiment d'apprendre énormément de choses, et à vrai dire ce contact intellectuel me comble infiniment plus que le contact physique. J'ai peut-être tendance à surestimer l'importance du physique, peut-être en vertu de je ne sais quelle fiction assimilant sensualité et féminité.

Oui, c'est étrange. Maintenant encore il me semble que je voudrais me blottir dans ses bras et n'être plus qu'une femme ou, moins encore, un morceau de chair caressée. Je surestime terriblement l'élément sensuel. D'autant plus que, chaque fois, ces bouffées de sensualité sont l'affaire de quelques jours. Mais ces petites crises de sensualité, je veux les projeter sur toute une vie, et elles éclipsent tout le reste. Et je les veux alors sanctifiées par des formules comme : « tu es l'éternelle et l'unique ». Je crois que je note tout cela sans aucune clarté, mais l'essentiel est de m'en débarrasser. Et si je surestime tant la sensualité, c'est que je voudrais voir ce petit supplément de chaleur corporelle que deux êtres humains cherchent de temps en temps l'un près de l'autre, élevé bien au-dessus de sa signification courante par des formules magiques comme : « je t'aime pour l'éternité ». Mais il faut laisser les choses pour ce qu'elles sont, au lieu de vouloir les hisser à des altitudes impossibles ; et c'est en les laissant être ce qu'elles sont qu'on leur permet de déployer enfin leur valeur véritable. Partir d'un absolu qui n'existe pas et que, de surcroît, on ne veut pas vraiment, c'est s'interdire de vivre la vie dans ses véritables dimensions.

11 heures du soir. Vraiment, une journée, c'est bien long et il s'y passe bien des choses. En cet instant, assise à ce bureau, je suis extraordinairement contente. La tête lourdement appuyée sur ma main gauche, je ressens une paix bienfaisante, je me sens renfermée en moi-même. Très réussie, cette séance de chirologie dans la chambre de Tide. Autrefois cela m'aurait fait fuir, toute cette bande de femmes. En fait, l'atmosphère était très détendue, gaie et on ne peut plus saine ; Swiep[1] avait apporté des poires, Gera[2] des gâteaux, et moi ma psychologie profonde. Et à

1. Swiep van Wermeskerken. Vit encore à Amsterdam et est restée l'amie de Liesl Levie.

2. Gera Bongers. Vécut quelques années en Afrique du Sud après son mariage. Réside à présent à Berlin.

la fin, Tide, infatigable, sur la brèche depuis cinq heures du matin, a parlé de son travail.

Pourtant je suis incapable de rien noter d'essentiel, on parle trop dans la pièce. Hans, Bernard et Han font un puzzle. Avant, je n'aurais même pas pu lire ou écrire comme je le fais, repliée dans un coin de la pièce, en présence de plusieurs autres personnes. Cela m'aurait trop énervée ; mais aujourd'hui je suis si bien rentrée en moi-même que les autres me gênent à peine, et je crois que j'éprouverais la même chose au milieu d'un rassemblement de masse. Si j'étais une « grande fille », j'irais me coucher, je regagnerais la couche virginale qui m'attend dans ma chambrette, mais la soif de compagnie ainsi que l'habitude, une aimable habitude, me retiennent ici dans ce lit, ce « vaste refuge de l'amour », comme je l'ai appelé un jour d'humeur pathétique. Enfin, il faut dire que j'ai pris trois aspirines, ce qui explique peut-être cette douce somnolence. Demain, programme chargé encore une fois. Je m'occuperai sans doute abondamment de ce malheureux que guette la schizophrénie, et de son « complexe du père », puis il faudra rédiger une lettre pour S., préparer une leçon de russe, et enfin téléphoner à Aleida Schot[1]. Et, avant tout, il faut passer une bonne nuit. La vie vaut vraiment la peine d'être vécue. Mon Dieu, tu es tout de même un peu plus proche de moi.

Samedi soir. [...] Suarès parlant de Stendhal : « *Il a de fortes crises de mélancolie, qu'il montre à ses amis mais cache dans ses livres. L'esprit est chez lui le masque des passions. Il fait des mots pour qu'on le laisse en paix avec ses grands sentiments*[2]. »

Voilà ta maladie : tu veux enfermer la vie dans tes formules personnelles. Tu veux que ton esprit embrasse tous

1. Aleida Schot était une slavisante de grand renom.
2. Etty cite ce passage en traduction allemande.

les phénomènes de cette vie, au lieu de te laisser toi-même embrasser par la vie. Je me rappelle ce mot : mettre ta tête dans le ciel, passe encore, mais mettre le ciel dans ta tête, holà ! Tu veux toujours recréer le monde à ton idée, au lieu de jouir du monde tel qu'il est. Tu montres là ta nature tyrannique.

Lundi 6 octobre, 9 heures du matin. Une phrase est tombée hier au milieu de la journée, et ne m'a plus quittée. J'ai demandé à Henny : « Dis-moi, Tide, n'as-tu donc jamais voulu te marier ? » Elle a répondu : « Dieu ne m'a pas encore envoyé de mari. » Si je voulais appliquer cette réponse à moi-même et en faire mon profit, je devrais la traduire ainsi : si je veux vivre selon mes sources véritables, je devrai sans doute rester célibataire. Inutile en tout cas de me casser la tête là-dessus. Si j'écoute en toute sincérité ma voix intérieure, je saurai bien le moment venu si un homme m'est « envoyé par Dieu ». Mais ce n'est pas un sujet à remâcher constamment. Ne pas non plus transiger, ni s'embarquer dans un mariage en vertu de toutes sortes de théories mensongères. Je dois avoir confiance, bien me dire que je suis un chemin particulier, et surtout ne pas avoir la hantise de finir dans la solitude si je ne prends pas un mari tant qu'il en est encore temps. Saurai-je même gagner mon pain ? Ne vais-je pas devenir une vieille fille ? Que penseront les gens, auront-ils pitié de moi à me voir toujours sans homme ?

Hier soir au lit, j'ai dit à Han : « Crois-tu que quelqu'un comme moi a le droit de se marier ? Suis-je une "vraie femme" ? » En fait, la sexualité ne joue pas un grand rôle chez moi, même si, vue de l'extérieur, je donne parfois l'impression du contraire. N'est-ce pas une forme de tromperie que d'attirer les hommes sur la foi de cette impression extérieure et de ne pas leur donner pour autant ce qu'ils désirent ? Je ne suis pas fondamentalement féminine, du moins sexuellement. Je ne suis plus une

« femelle » et j'en éprouve souvent un sentiment d'infériorité. Chez moi le physique pur est contrarié et affaibli à divers titres par un processus de spiritualisation. Et l'on dirait vraiment, parfois, que j'ai honte de cette spiritualité. Ce qui pour moi est bel et bien fondamental, en revanche, ce sont les sentiments humains, je ressens un amour et une pitié très profonds pour les êtres, pour l'humanité en général. Je ne crois pas pouvoir être la compagne d'un seul homme. Cela me paraît d'ailleurs souvent assez puéril, je crois, cet amour voué à un seul être. Je ne pourrai pas non plus rester fidèle à un seul homme. Non pas tant à cause d'autres hommes, que parce que je me compose moi-même d'une multiplicité d'êtres humains. J'ai vingt-sept ans, et il me semble que j'ai aimé, et que j'ai été aimée, à satiété. Je me sens très vieille. Ce n'est sans doute pas un hasard si l'homme avec qui je mène depuis cinq ans déjà une vie quasi conjugale a atteint un âge interdisant tout projet d'avenir, et si mon meilleur ami a l'intention d'épouser un jour une jeune fille qui vit à Londres. Un seul homme, un seul amour, ce ne sera jamais ma voie, je crois. Mais j'ai un fort tempérament érotique, et un grand besoin de caresses et de tendresse. Et elles ne m'ont jamais fait défaut. Je m'aperçois de mon incapacité à rendre exactement ce que je ressentais cette nuit et ce matin.
« Dieu ne m'a jamais envoyé de mari. »

Jamais encore mon intuition intérieure ne m'a fait dire « oui » pour la vie à un homme, et cette voix intérieure doit être mon seul fil d'Ariane, en tout certes, mais particulièrement en cette affaire. Je veux dire simplement qu'une sorte de paix doit descendre en moi, avec la certitude de suivre ma voie personnelle, confirmée par une voix intérieure. Surtout, ne pas fuir le mariage en me disant : « On voit si peu de ménages heureux autour de soi. » On n'est alors guidé que par une forme d'opposition, de peur et de manque de confiance en soi ; mais refuser le mariage, en revanche, parce qu'on sait que ce n'est pas sa voie. Et ne pas se consoler par cette observation sarcastique chère à toutes les vieilles filles : « Ce qu'on voit dans les ménages, merci bien, c'est du joli ! » Je crois vraiment aux mariages réussis et je serai peut-être capable d'en réussir un, mais laissons les choses aller leur train, ne nous lançons pas dans les théories, ne nous demandons pas ce que nous pouvons faire de mieux, ne calculons pas en ce domaine ; s'il plaît à Dieu de « t'envoyer un mari », tant mieux, sinon c'est que ta voie est autre. Mais ne te laisse pas aller rétrospectivement à l'amertume et ne va pas dire un jour : « A cette époque-là, j'aurais dû faire telle ou telle chose. » On n'a pas le droit de dire cela, et c'est pourquoi tu dois prêter maintenant l'oreille la plus attentive au murmure de ta source intérieure au lieu de te laisser toujours égarer par les propos de ton entourage. Et maintenant, au travail.

Lundi matin, 20 octobre. « Ils mangeaient et se rassasiaient lentement, et collaient de plus en plus à la glèbe de cette terre. » Ceci à l'occasion d'un sandwich à la tomate, d'une tartine à la gelée de pomme et de trois tasses de thé adoucies de vrai sucre ! J'ai une tendance à l'ascèse, à résister à la faim et à la soif, au froid et au chaud. Quel genre de romantisme est-ce là, je l'ignore. Mais dès qu'il se met à faire réellement un peu froid, je suis prise de l'envie irrésistible de me réfugier au fond de mon lit.

Hier soir, j'ai dit à S. le danger que représentent pour moi tous ces livres – à certains moments du moins. Ils me rendent paresseuse, passive, mon seul désir est alors de continuer à lire. De sa réponse je ne me rappelle qu'un seul mot : « dégénérescent ».

Il me faut faire parfois tellement d'efforts pour tisser la trame de la journée – me lever, me laver, faire ma gymnastique, enfiler des bas non troués, mettre la table, en un mot m'orienter dans la routine quotidienne – qu'il me reste à peine assez d'énergie pour accomplir d'autres tâches. Quand je me suis levée à l'heure, comme n'importe quel autre citoyen, j'éprouve autant de fierté que si j'avais fait des merveilles. Pourtant, rien ne m'est plus nécessaire que cette discipline extérieure, tant que la discipline intérieure n'est pas acquise. Lorsque je m'accorde une heure de sommeil supplémentaire le matin, ce n'est pas pour accumuler des forces, cela signifie que je suis incapable d'affronter la vie et me mets en grève.

J'ai en moi une petite mélodie personnelle qui a parfois terriblement envie d'être convertie en paroles personnelles. Mais l'inhibition, le manque de confiance en moi, la paresse, que sais-je encore, font qu'elle s'étouffe dans ma poitrine et continue à errer en moi. Cela me vide parfois complètement. Puis cela m'emplit de nouveau d'une musique très douce, très mélancolique.

Je voudrais parfois me réfugier avec tout ce qui vit en moi dans quelques mots, trouver pour tout un gîte dans quelques mots. Mais je n'ai pas encore trouvé les mots qui voudront bien m'héberger. C'est bien cela. Je suis à la recherche d'un abri pour moi-même, et la maison qui me l'offrira, je devrai la bâtir moi-même pierre par pierre. Ainsi chacun se cherche-t-il une maison, un refuge. Et moi je cherche toujours quelques mots.

J'ai parfois le sentiment que le grand malentendu s'accroît à chaque parole prononcée, à chaque geste. Je voudrais m'immerger dans un grand silence et imposer ce silence à tous les autres. Oui, il est des moments où chaque mot accroît le malentendu, sur cette terre trop agitée.

Fais ce que ta main trouve à faire et ne pense pas à l'heure suivante. C'est pourquoi nous faisons le lit, nous portons les tasses à la cuisine, et après on verra bien. Tide aura ses hélianthes aujourd'hui même, il faudra donner des rudiments de prononciation russe à mon élève et terminer l'analyse de ce schizoïde dont le cas dépasse largement mes compétences psychologiques. Fais ce que ta main et ton esprit trouvent à faire, immerge-toi dans l'heure présente, ne rumine pas tes angoisses et tes soucis en anticipant sur les heures suivantes. Je vais devoir reprendre en main ton éducation.

21 octobre, après dîner. Processus lent et douloureux que cette naissance à une véritable indépendance intérieure. Certitude de plus en plus ferme de ne devoir attendre des autres ni aide, ni soutien, ni refuge, jamais. Les autres sont aussi incertains, aussi faibles, aussi démunis que toi-même. Tu devras toujours être la plus forte. Je ne crois pas qu'il soit dans ta nature de trouver auprès d'un autre les réponses à tes questions. Tu seras toujours renvoyée à toi-même. Il n'y a rien d'autre. Le reste est fiction. Mais c'est dur d'être ramenée sans cesse à cette vérité. Surtout en tant que femme. Quelque chose te poussera toujours à te perdre dans un autre, dans « l'être unique ». Encore une fiction – une belle fiction, certes. Deux vies ne sauraient coïncider. Pour moi, en tout cas. Tout au plus connaît-on quelques moments de communion. Mais ces moments justifient-ils une association pour la vie ? Suffisent-ils à cimenter une vie commune ? Il y a aussi, tout de même, un sentiment fort. Et parfois heureux. Seule. Mon Dieu. Mais dure. Car le monde reste inhospitalier. Mon cœur est plein de passion, mais jamais pour un seul être. Pour tous. C'est un cœur très riche, semble-t-il. Autrefois je me voyais donnant ce cœur, un jour, à une seule personne. Mais c'est irréel. Et lorsqu'on découvre à vingt-sept ans des « vérités » aussi dures, cela vous remplit parfois de désespoir, de solitude et d'angoisse, mais vous donne aussi un sentiment d'indépendance et de fierté. Je suis confiée à ma seule garde et devrai me suffire à moi-même. L'unique critère dont on dispose, c'est soi-même. Je ne cesse de le répéter. Et l'unique responsabilité dont tu pourras te charger dans cette vie, c'est celle de ta personne. Mais alors il faudra le faire pleinement. Et maintenant, téléphoner à S.

Mercredi matin, 8 heures. Ô Seigneur, donne-moi en ce petit matin un peu moins de pensées, mais un peu plus d'eau froide et de gymnastique. On ne saurait enfermer la vie dans quelques formules. Or c'est cela qui t'occupe sans arrêt et fait galoper ta pensée. Tu essaies de réduire la vie à quelques formules, mais c'est impossible, elle est nuancée à l'infini, ne peut être ni enfermée ni simplifiée. Mais c'est toi qui pourrais être plus simple...

Jeudi matin. Folle que tu es ! Cesse de te triturer les méninges ! De t'étirer de tout ton long dans un mot, dans de vastes mots colorés. Mais jamais ces mots ne pourront te contenir totalement. La terre et le ciel de Dieu sont si vastes.

Désir de replonger dans l'obscurité, le sein maternel, la collectivité. Se rendre indépendante, trouver sa forme propre et la conquérir sur le chaos. Tiraillée entre ces deux aspirations

24 octobre. Ce matin, Levi. On n'a pas le droit de se contaminer mutuellement par son abattement. Ce soir, nouvelles dispositions concernant les Juifs[1]. Je me suis octroyé une demi-heure de dépression et d'angoisse. Autrefois, je me serais consolée en laissant tomber mon travail pour lire un roman. Et maintenant, terminer l'analyse de Mischa. Son excellente réaction au téléphone est trop encourageante pour que l'on renonce. Gardons-nous de trop d'optimisme, mais il mérite d'être aidé. Tant que

1. Entre mai 1941 et mai 1942, l'occupant introduisit progressivement des mesures raciales destinées à isoler les Juifs. Le Conseil juif venait d'accepter de tenir un fichier recensant tous les Juifs des Pays-Bas.

reste ouvert l'accès à sa personnalité, fût-ce le plus étroit, il faut en profiter. Cela pourra peut-être lui servir un peu dans la vie. N'attends pas toujours de grands résultats. Mais crois aux petits. Depuis deux jours j'ai travaillé sans m'arrêter, et sans m'absorber dans mes états d'âme. On est une grande fille ! « Je suis si attachée à cette vie. » Mais de quelle « vie » parles-tu ? La vie facile que tu mènes en ce moment ? Es-tu vraiment attachée à la vie dans sa nudité, sous quelque forme qu'elle s'offre à toi ? C'est ce que les années à venir auront à démontrer. Les forces ne te manquent pas. Et tu as ce sentiment en toi : passée à rire ou à pleurer, une vie n'est jamais qu'une vie. Mais ce fatalisme n'est pas seul. Il est tempéré de dynamisme occidental, et je sens de temps à autre sans la moindre équivoque : tu éclates de santé morale, tu es en passe de te trouver, de jeter les bases de ton existence personnelle. Et maintenant, au travail.

Après une conversation avec Jaap[1] : nous nous lançons de temps à autre des fragments de vérité sur nous-mêmes, mais je ne crois pas que nous nous comprenions.

Jeudi matin. Angoisse devant la vie à tout point de vue. Dépression totale. Manque de confiance en moi. Dégoût. Angoisse.

11 novembre au matin. En apparence, bien des semaines ont passé et j'ai vécu un nombre incalculable de choses – et pourtant me revoilà devant le même problème : ce besoin, cette fantaisie ou cette chimère (comme on voudra) de vouloir posséder un seul être pour toute une vie, il faut absolument le réduire en miettes. Ce désir d'absolu, il faut le pulvériser. Et ce ne sera pas un appauvrissement de l'être, mais justement un enrichissement. Une promesse

1. Sans doute Jaap Hillesum, frère d'Etty.

de subtilité, de nuances. Accepter dans les liaisons un commencement et une fin, y voir un fait positif et non une raison de tristesse. Ne pas vouloir s'approprier l'autre, ce qui ne revient d'ailleurs pas à renoncer à lui. Lui laisser une liberté totale, ce qui n'implique nulle résignation. Je commence à discerner maintenant la nature de ma passion dans mes relations avec Max [1]. C'était le désespoir de sentir l'autre finalement inaccessible qui me portait au comble de l'excitation. Mais je voulais atteindre l'autre de façon probablement erronée. Trop absolue. Et l'absolu n'existe pas. La vie et les rapports humains sont nuancés à l'infini, il n'y a jamais rien d'absolu ou d'objectivement vrai – je le sais, mais encore faut-il que ce savoir vous entre dans le sang, dans la chair et pas seulement dans la tête, il faut le vivre. J'y reviens toujours, et il n'est pas trop d'une vie pour s'y entraîner : la vie telle qu'on l'accepte dans sa philosophie personnelle, on doit la vivre aussi dans son affectivité ; c'est sans doute le seul moyen d'arriver à un sentiment d'harmonie.

21 novembre. Intéressant : alors que, ces derniers temps, je suis pleine d'inspiration créatrice et me sens capable de noircir des pages et des pages (la nouvelle *La fille qui ne savait pas s'agenouiller*, cette petite bonne femme Levi [2] qui m'intrigue, et tant d'autres choses), voici que tout à coup je note ceci ; comme mordue par une vipère, je saute du couvre-lit bleu, sous l'aiguillon d'une question pressante, oui, de cette question. Au milieu de mes problèmes d'éthique, de vérité et de rapport à Dieu même, surgit tout à coup un « problème de mangeaille ». Ce serait peut-être un sujet d'analyse, après tout. De temps en temps, moins souvent qu'autrefois cependant, je me colle une indigestion, tout simplement en mangeant trop. Faute de me

1. Max Geiger, originaire de Berne.
2. Malgré l'orthographe, il s'agit sûrement de Liesl Levie, que nous retrouverons dans le journal d'Etty.

dominer, donc. Je sais que je dois faire attention, et tout soudain me voilà prise d'une espèce d'avidité qui résiste à tout raisonnement. Je sais que ce petit moment de jouissance (sinon, comment l'appeler ?), pour une bouchée de trop, je le paierai très cher, et pourtant rien ne peut me retenir. Il me semble tout à coup qu'il y a là un « problème alimentaire » susceptible d'être approfondi. En fin de compte, c'est symbolique. Je montre sans doute la même gloutonnerie dans ma vie spirituelle. Ce besoin d'emmagasiner une foule de choses culmine parfois en d'énormes indigestions. Or, la base de cette attitude, il faut sans doute la chercher ici. Ce n'est pas sans rapport avec ma chère maman. Maman ne parle que de manger, rien d'autre n'existe pour elle : « Allons, mange encore un peu. Tu n'as pas assez mangé. Comme tu as maigri ! » Je me rappelle qu'un jour, il y a des années, j'ai vu ma mère manger lors d'un banquet réunissant des mères de famille. J'étais au balcon de la petite salle du théâtre de Deventer où se déroulait la fête. Ma mère était assise au parterre à une longue table, au milieu de beaucoup d'autres « femmes au foyer ». Elle portait une robe de dentelle bleue. Et elle mangeait. Elle y était entièrement absorbée. Elle mangeait avec avidité et passion. A la voir ainsi, telle que je la découvrais soudain du balcon en vue plongeante, quelque chose en elle m'affectait terriblement. J'éprouvais de la répugnance et en même temps une folle pitié. Je ne pouvais me l'expliquer.

Cette gloutonnerie semblait indiquer qu'elle avait peur d'être privée de quelque chose dans la vie. Elle semblait terriblement malheureuse, et en même temps il y avait en elle une animalité repoussante. Du moins la voyais-je ainsi. En réalité, il y avait là une mère de famille qui mangeait de la soupe. Mais si je pouvais comprendre tout ce que je ressentais alors moi-même, l'état d'esprit où j'étais en l'épiant, je comprendrais du même coup beaucoup mieux ma mère. Cette peur de ne pas tout avoir dans la vie, c'est elle justement qui vous fait tout manquer. Elle vous empêche d'atteindre l'essentiel.

Psychologiquement, on pourrait peut-être établir la formule suivante (écoutez donc la pauvre profane !) : je ressens vis-à-vis de ma mère une opposition qui n'est pas encore tombée, et c'est pourquoi je reproduis fidèlement les comportements que je déteste chez elle. Au fond, je n'attache pas tant d'importance à la nourriture, même si manger a des côtés sympathiques et agréables. Mais il ne s'agit pas de cela. Cette façon de me coller des indigestions de propos délibéré, ou plutôt contre toute raison, cela cache quelque chose. C'est évidemment à mettre en relation avec une forte aspiration à l'ascèse, à une vie monacale faite de pain de seigle, d'eau claire et de fruits.

On peut avoir faim de vie. Mais l'avidité de vie vous fait passer juste à côté du but. Je vois que tu n'es jamais en peine de vérités profondes.

Mais un fait reste intéressant : tandis que je sens rôder en moi une dépression de fond qui ne trouve toujours pas à s'exprimer, je me suis trouvée pour ainsi dire forcée de consacrer quelques mots à mon estomac et à ce qu'il peut cacher.

Cela vient naturellement aussi de ces conversations que j'ai eues ces derniers temps avec S. sur les avantages et les inconvénients de l'analyse. Et aussi de cette discussion avec Münsterberg. S. reproche aux analystes de ne pas aimer l'être humain. De ne s'y intéresser qu'objectivement. « *On ne peut guérir sans amour des gens qui ont un trouble psychologique.* » Pourtant je comprendrais très bien qu'on aborde ces questions sous un angle strictement rationnel. Une analyse prend une heure par jour et peut durer des années, c'est une autre critique de S. Pour lui, cela revient à rendre l'individu inapte à la vie sociale. Je formule tout cela grossièrement et sans nuances, bien sûr, mais je n'ai pas le temps (ni l'envie, en vérité) d'approfondir cette question. C'est un terrain difficile, où je ne suis qu'une pauvre profane. Pourtant ces problèmes m'occupent sans répit et tôt ou tard je devrai m'y orienter. Aïe, aïe, aïe, que de chemins semés d'épines ne devrai-je pas parcourir ! Il faudra tout traverser, je suis mon seul critère, je dois tout inventer moi-même, me trouver un langage personnel et découvrir mes petites vérités à moi. Je maudis parfois les forces créatrices qui m'habitent et qui me poussent je ne sais où, mais il arrive aussi que j'en éprouve une profonde gratitude et presque de l'extase. Ces moments privilégiés de gratitude pour la vie qui est en moi, et ma capacité à comprendre les choses, fût-ce à ma manière, me rendent la vie précieuse et sont comme les piliers soutenant toute mon existence. Mais en ce moment, tout recommence à aller de travers. La présence de Mischa en ville n'y est peut-être pas pour rien. Je ne sais vraiment pas. *Ah, mon Dieu, il y a tant de choses !*

Samedi matin. J'espère qu'un moment viendra dans ma vie où je serai seule avec moi-même et avec une feuille de papier. Mais je redoute aussi ce moment où je ne ferai rien d'autre qu'écrire. Je n'ose pas encore. Je ne sais pas pourquoi. Mercredi, je suis allée au concert avec S. Quand je vois beaucoup de gens réunis, je voudrais écrire un roman. A l'entracte, j'ai eu besoin d'un crayon et d'un bout de papier pour écrire quelque chose. Je ne savais pas encore quoi. Je voulais « filer un peu mes pensées ». Au lieu de quoi S. m'a dicté des notes à propos d'un malade. Tout à fait passionnantes d'ailleurs. Et fort curieuses. Mais une fois de plus, j'ai dû m'effacer. Rendre compte de soi-même. Avoir un besoin constant d'écrire sans oser encore l'assumer. D'une façon générale, je refoule trop de choses, je crois. Il me semble souvent que je possède une personnalité assez forte, mais ce que je montre aux autres, c'est un visage d'éternel intérêt, d'éternelle amabilité et d'éternelle bonté, et ce, souvent aux dépens de moi-même. En vertu de cette théorie : un être humain doit être assez sociable pour ne pas imposer aux autres ses humeurs. Mais ceci n'a rien à voir avec des humeurs. A force de refouler tant de choses, je deviens asociale d'une autre façon, en refusant de parler à qui que ce soit pendant des jours.

Il y a quelque part en moi de la mélancolie, de la tendresse et aussi un peu de sagesse qui cherchent une forme. Parfois des bribes de dialogue me traversent. Des images et des personnages. Des atmosphères. Une percée soudaine vers ce qui doit devenir ma vérité personnelle. Un amour des êtres humains pour lequel il me faudra me battre. Lutter non pas en politique ou dans un parti, mais en moi-même. Mais une fausse honte me retient encore d'assumer cet amour. Et Dieu. La fille qui ne savait pas s'agenouiller a fini par l'apprendre, sur le rude tapis de sisal d'une salle de bains un peu fouillis. Mais ces choses-là sont encore plus intimes que la sexualité. Cette évolution en moi, l'évolution de « la fille qui ne savait pas s'agenouiller », je voudrais lui donner forme dans toutes ces nuances

J'ai dit des bêtises. J'ai tout le temps qu'il faut pour écrire. Plus de temps que d'autres probablement. Mais il y a cette incertitude au-dedans de moi. Pourquoi au juste ? Parce que tu te crois tenue de dire des choses géniales ? Parce que tu es finalement incapable d'exprimer ce qui importe vraiment ? Mais cela vient par degrés. Être « *fidèle à soi-même* ». S. a décidément toujours raison. Je l'aime tellement, et en même temps je déborde d'hostilité contre lui. Et cette hostilité est liée à des affects encore plus profonds, que je n'arrive pas moi-même à toucher du doigt.

Dimanche matin, 10 heures. Intéressant, ce rapport entre certains états d'âme et la menstruation. Hier soir, j'étais d'une humeur nettement « exaltée ». Et tout à coup, cette nuit, cette impression de sentir changer toute ma circulation sanguine. Un sentiment de vécu tout différent. On ne sait pas ce qui se passe, et puis on reconnaît soudain l'imminence des règles. Je me suis dit assez souvent : mais puisque je ne veux pas d'enfant, pourquoi endurer chaque mois cette absurdité et ce désagrément ? Et je me suis demandé, dans un moment d'irréflexion et de facilité, si je ne pouvais pas me faire tout enlever. Mais il faut s'accepter tel qu'on vous a créé, et cesser de n'en voir que les mauvais côtés. Il y a un tel mystère dans cette interaction du corps et de l'âme. Cette humeur étrange, rêveuse et pourtant si lumineuse où j'étais hier soir et ce matin provenaient d'un changement corporel.

Cette nuit j'ai réagi par un rêve au « complexe alimentaire » qui vient d'émerger en moi. Il y avait un fragment très net, du moins c'est ce qu'on croit au réveil, mais au moment de le noter il se dérobe à vous. Plusieurs personnes, dont moi-même, autour d'une table ; S. présidait. Il me demanda : « Pourquoi ne vas-tu pas en visite chez d'autres gens ? » Moi : « Cela pose un tel problème pour les repas. » Il me regarda alors avec cette fameuse expression qui n'est qu'à lui, que je mettrais toute une vie à rendre, une expression d'irritation qui donne à son visage son plus grand relief. Et sur ce visage je lisais à peu près : « Ah bon, tu es comme ça, c'est si important pour toi de manger ? » Et j'eus soudain ce sentiment : « Cette fois il m'a percée à jour, il a pris la mesure exacte de mon matérialisme. » J'ai fort mal raconté ce rêve, il ne se comprend pas du tout. Mais elle était très forte, cette sensation soudaine : « Cette fois il m'a percée à jour, il me voit telle que je suis. » Une vraie panique.

Un écho flotte encore en moi de la sensation radieuse de dilatation que j'ai connue cette nuit. Paix et espace pour toutes choses. Un peu d'amour et beaucoup d'affection pour Han. Disparition de toute hostilité contre S. Ou contre ce travail. Je suivrai ma voie de toute façon. Ce petit détour n'est pas grave. Pourquoi se hâter ? « Sa vie mûrissait doucement pour atteindre sa plénitude. » J'ai parfois ce sentiment. Si cela pouvait être vrai ! J'ai devant moi une grande et vaste journée. Je vais m'y glisser tout doucement, sans crispation, sans hâte. Gratitude, gratitude très consciente et très forte, soudain, pour cette grande chambre claire au large divan, pour le bureau chargé de livres, pour ce vieil homme paisible – si jeune pourtant. Et pour l'ami à la bouche sensuelle et bonne, l'ami qui n'a pas de secrets pour moi, mais peut se faire parfois si mystérieux. Mais par-dessus tout pour cette clarté, cette paix et cette confiance qui sont en moi. On dirait que, traversant une épaisse forêt, j'ai atteint soudain une clairière où je m'étends sur le dos pour contempler le vaste ciel. Mon humeur aura peut-être changé dans une heure, je le sais. Surtout dans cet état précaire, avec un bas-ventre en effervescence.

Mardi matin, 9 heures et demie. Quelque chose est en train de se passer en moi, et j'ignore s'il s'agit d'un simple changement d'humeur ou d'une mutation essentielle. On dirait que d'un seul coup j'ai retrouvé une base solide. J'ai acquis un peu plus d'autonomie et d'indépendance. J'aimerais répéter ici ce que je me murmurais à part moi hier soir, en passant à bicyclette dans la froide et sombre De Lairessestraat[1] :

Mon Dieu, prenez-moi par la main, je vous suivrai bravement, sans beaucoup de résistance. Je ne me déroberai à aucun des orages qui fondront sur moi dans cette vie, je soutiendrai le choc avec le meilleur de mes forces. Mais donnez-moi de temps à autre un court instant de paix. Et je n'irai pas croire, dans mon innocence, que la paix qui descendra sur moi est éternelle, j'accepterai l'inquiétude et le combat qui suivront. J'aime à m'attarder dans la chaleur et la sécurité, mais je ne me révolterai pas lorsqu'il faudra affronter le froid, pourvu que vous me guidiez par la main. Je vous suivrai partout et je tâcherai de ne pas avoir peur. Où que je sois j'essaierai d'irradier un peu d'amour, de ce véritable amour du prochain qui est en moi. (Mais ne va pas te targuer de cet « amour du prochain ». Tu ignores si tu le possèdes vraiment.) Je ne veux

1. Une rue toute proche du domicile d'Etty, prenant à l'angle du Concertgebouw.

rien être de spécial. Je veux seulement tenter de devenir celle qui est déjà en moi, mais cherche encore son plein épanouissement. Il m'arrive de croire que j'aspire à la retraite du couvent. Mais c'est dans le monde et parmi les hommes que j'aurai à me trouver.

Et j'en ai bien l'intention, malgré le dégoût et la lassitude qui m'assaillent parfois. Mais je m'engage à épuiser les possibilités de cette vie et à progresser coûte que coûte. Il me semble parfois que ma vie ne fait que commencer. Que les difficultés sont encore à venir, même si je crois en avoir affronté déjà un bon nombre. Je vais étudier, tâcher de pénétrer en profondeur la réalité, mais (j'y vois un devoir) je me laisserai égarer, détourner en apparence de ma voie, par tout ce qui fondra sur moi : à force de le faire, j'acquerrai à la longue des certitudes de plus en plus solides. Jusqu'au jour où plus rien ne pourra me troubler, où j'aurai développé un très grand équilibre, assez solide pour me permettre d'évoluer dans toutes les directions. J'ignore si je suis capable d'une grande et bonne amitié. Et si ce n'est pas dans ma nature, voilà une vérité à regarder en face. En tout cas, ne jamais s'abuser soi-même sur quoi que ce soit. Et savoir garder la mesure. Et ta seule mesure, c'est toi-même.

J'ai l'impression, jour après jour, d'être mise à fondre dans un grand creuset, et pourtant d'en ressortir chaque fois.

Il est des moments où je pense : ma vie va complètement de travers, j'ai commis une faute quelque part, mais cela n'est vrai que si l'on a en tête un modèle de vie particulier, en comparaison duquel la vie réelle, celle que l'on mène, paraît fautive.

Il semble que ma position vis-à-vis de S. a brusquement changé. On dirait que je me suis détachée de lui d'un coup, même si ce détachement est probablement imaginaire. On dirait que je me suis pénétrée de l'idée que ma vie sera un jour totalement indépendante de la sienne. Je me souviens qu'il y a plusieurs semaines, alors qu'on parlait d'envoyer tous les Juifs dans un camp de concentration en Pologne, il m'a dit : « *Alors nous allons nous marier, ainsi nous pourrons rester ensemble et faire au moins un peu de bien.* » Et bien que j'aie parfaitement compris comment il fallait prendre ces paroles, pendant plusieurs jours elles m'ont remplie d'allégresse, de chaleur, et d'un sentiment de solidarité avec lui. Mais ce sentiment a disparu. D'où vient cette impression de m'être détachée de lui et de poursuivre désormais ma voie personnelle ? J'avais sans doute investi en lui une bonne part de mes forces. Hier soir, en pédalant dans le froid, j'ai compris, en me remémorant les six derniers mois, avec quelle intensité, quel engagement de tout mon être je m'étais assimilé la personnalité, la vie et l'œuvre de cet homme. Aujourd'hui le processus est achevé. Il est devenu un élément de moi-même. Désormais je poursuis mon chemin enrichie de ce nouvel élément, mais seule. En apparence, bien sûr, rien n'a changé. Je reste sa secrétaire, je m'intéresse toujours à son travail, mais intérieurement je me sens plus libre.

Ou bien tout cela n'est-il qu'un état d'âme de plus ? Je crois qu'il est apparu à la suite de ce geste où j'ai montré pour une fois une grande indépendance : décrocher le téléphone et, de mon propre chef, sans en référer à S., décommander cette dame en me disant : « Non, je ne marche plus, ce n'est pas ma voie. » Quand vous sentez en vous quelque chose de plus fort que vous-même, qui vous pousse à accomplir des « actes » (ma pauvre !) et à prendre des mesures auxquels vous vous sentiez appelée, alors vous êtes soudain plus forte. Et aussi de pouvoir dire avec une grande certitude : ceci n'est pas ma voie.

Les rapports de la littérature et de la vie[1]. Trouver ma voie sur ce terrain.

Vendredi matin, 9 heures moins le quart. Hier soir j'avais le sentiment de devoir lui demander pardon de

1. Souligné par Etty.

toutes les vilaines pensées de révolte qu'il m'inspirait ces derniers jours. Je commence à me rendre compte que lorsqu'on a de l'aversion pour son prochain, on doit en chercher la racine dans le dégoût de soi-même. « *Aime ton prochain comme toi-même.* » Je sais aussi que c'est toujours moi, et jamais lui, qui porte la responsabilité de tels sentiments. Nous avons tous deux des rythmes de vie tout à fait différents ; il faut laisser à chacun la liberté de vivre selon sa nature. A vouloir modeler l'autre sur l'image qu'on se fait de lui, on finit par se heurter à un mur et l'on est toujours trompé, non par l'autre, mais par ses propres exigences. Et ces exigences sont à vrai dire bien peu démocratiques, mais c'est humain. A travers la psychologie, un chemin conduit peut-être à la vraie liberté : on ne réfléchira jamais trop à la nécessité de se libérer vraiment de l'autre, mais aussi de lui laisser sa liberté en évitant de se former de lui une représentation déterminée. Il reste assez de domaines à explorer pour l'imagination sans la faire travailler sur les personnes aimées. Hier après-midi, en allant chez lui, je me disais : « Je n'ai pas envie, je ne dirai pas un mot, je me sens trop ramollie. » Soudain, au coin de l'Apollolaan et de la Michelangelostraat, je suis prise du besoin irrépressible de noter une idée dans mon calepin. Me voilà donc à griffonner en plein vent. Il était question du grand nombre de cadavres disséminés à travers la littérature mondiale et de l'étrangeté de cette hécatombe. Des cadavres bien légers. Enfin, des bêtises, comme il est normal quand on croit avoir conçu quelque pensée grandiose et que l'on accouche en plein vent, au coin de deux rues, d'un balbutiement incohérent. J'entrai chez S., dans ces deux petites pièces familières pour lesquelles il est presque trop colossal. Gera était là, nous nous mîmes à bavarder sans nous occuper de lui (il est un peu sourd), et de nouveau un sentiment de bien-être m'envahit. Je me mis alors (moi qui me sentais si ramollie) à lancer ma veste, mon chapeau, mes gants, mon sac, mon bloc-notes, toutes mes affaires dans tous les sens à travers la pièce, à l'amusement ébahi de S. et de Gera, qui demandèrent ce que j'avais. Je dis : « Je n'ai pas envie de travailler, je fais du sabotage », et c'est miracle si les pots de fleurs n'ont pas dégringolé des appuis de fenêtres. Mon petit éclat a fait visiblement du bien à Gera.

Parce qu'elle m'a vue exploser comme elle en a sans doute souvent envie, sans oser le faire. « Bravo », dit-elle, et dans mon chahut contestataire j'ai peut-être extériorisé aussi le sentiment de rébellion qu'elle éprouve probablement à l'égard de S., comme nous en éprouvons tous sans doute un jour ou l'autre face à des personnalités plus fortes. On ne doit jamais penser, même cinq minutes à l'avance : « Tout à l'heure je vais faire ceci ou cela et dire telle ou telle chose. » Tout d'abord je m'étais promis de lui tenir tout un discours. « Des objections de principe. » Et d'en finir avec la chirologie, etc. Je me sentais virulente et pénétrée de mon importance. Or, juste avant de partir. je n'étais plus d'humeur à dire quoi que ce fût.

Et sitôt après le départ de Gera, j'ai engagé avec lui une sorte de pugilat éclair ; après un instant de lutte, je l'ai plaqué sur le divan où je l'ai assez maltraité. Là-dessus, nous devions nous mettre au travail. Mais au lieu de cela, il s'est assis tout à coup dans le grand fauteuil d'angle si joliment recouvert par Adri, je me suis allongée comme de coutume à ses pieds et nous nous sommes lancés dans une discussion passionnée sur la question juive. En l'écoutant parler longuement, j'ai eu de nouveau l'impression de boire à une source vivifiante. J'ai vu se dérouler devant mes yeux toute sa vie, je l'ai vue évoluer de jour en jour et porter ses fruits, et cette vision n'était plus déformée par mon irritation. Il arrive, ces derniers temps, qu'une phrase isolée de la Bible s'éclaire pour moi d'un jour nouveau, riche de substance et nourri d'expérience. « Dieu créa l'homme à son image. » « Aime ton prochain comme toi-même. »

Il est temps que je me décide à m'occuper avec autant d'énergie que d'amour de mes rapports avec mon père.

Mischa m'a annoncé pour samedi soir la venue de papa. Première réaction : « Quelle guigne ! Ma liberté menacée. Quel ennui ! Qu'est-ce que je vais faire de lui ? » Au lieu de : « Quel bonheur que cet excellent homme ait pu échapper quelques jours à sa furie de femme et à ce trou de province ! Comment faire, avec mes faibles moyens, pour lui rendre ces quelques jours les plus agréables possible ? » Dévergondée, sale petite égoïste ! Touché : tu ne penses qu'à toi. A ton temps précieux. Que tu passes à entonner encore un peu plus de savoir livresque dans une tête déjà bien embrouillée. « Et de quoi me servent toutes choses si je n'ai pas l'amour ? » Toujours une belle théorie sous la main pour te complaire au sentiment de ta noblesse d'âme, mais le plus petit geste d'amour à mettre en pratique te fait reculer. Non, ceci n'est pas un petit geste d'amour. C'est un acte de principe, très important et très difficile. Aimer ses parents au plus profond de soi. C'est-à-dire leur pardonner toutes les difficultés qu'ils vous ont fait endurer du seul fait de leur existence : par la dépendance, le dégoût, le poids de la complexité de leur vie, ajouté au fardeau déjà lourd de vos propres difficultés. J'écris les pires sottises, je crois. Enfin, ce n'est pas grave. Et maintenant, il faut songer à faire le lit de Han et à préparer la leçon pour notre disciple Levi. Mais voici en tout cas le programme du week-end : aimer mon père au plus profond de moi et lui pardonner de venir m'expulser de ma tranquillité égoïste. En fait, je l'aime beaucoup, mais d'un amour compliqué (ou qui l'a été) : forcé, crispé et mêlé de pitié, à me briser le cœur. Mais une pitié aux tendances masochistes. Un amour qui se résolvait en débauches de pitié et de chagrin, sans inspirer le plus petit geste d'amour. Beaucoup de marques d'affection et d'efforts en revanche, mais d'une telle intensité que chaque jour qu'il passait ici me coûtait un plein tube d'aspirine. Mais c'est du passé déjà lointain. Ces derniers temps tout allait beaucoup mieux. Avec tout de même un sentiment de contrainte. Dérivant plus ou moins du fait que je lui en voulais de venir me voir de la sorte. C'est cela que je dois maintenant lui pardonner au fond de moi. En me disant (et en le pensant vraiment) : « Quelle chance qu'il puisse se changer les idées pour quelques jours ! » Et voilà une prière du matin qui en vaut bien une autre.

Dimanche matin, 10 heures et demie. [...] Je n'ai pas encore assez d'espace en moi pour trouver une place à toutes les contradictions de ma personne et de cette vie. Au moment où j'admets une vérité, je me rends infidèle à une autre. Vendredi soir, débat entre S. et L. : Christ et les Juifs. Deux visions du monde, toutes deux bien tranchées, superbement documentées, se suffisant à elles-mêmes et défendues avec mordant et passion. Pourtant je ne puis me défaire de l'impression que dans toute vision du monde défendue consciemment se glisse une part d'imposture. Que l'on fait violence aux faits pour les besoins de « la vérité ». Pourtant moi aussi je dois – et je veux – tenter de m'approprier un domaine personnel, conquis de haute lutte puis défendu avec passion. Néanmoins j'aurai toujours le sentiment de mutiler la vie. Mais d'un autre côté, peur de m'enfoncer dans l'indétermination et le chaos. Quoi qu'il en soit, à l'issue de ce débat je suis rentrée chez moi pleine d'énergie et d'excitation intellectuelle. Mais la réaction vient toujours : tout cela n'est-il pas absurde ? Pourquoi les gens s'échauffent-ils si ridiculement ? Ne s'abusent-ils pas ? Doutes toujours présents en filigrane.

Puis mon père est arrivé. Plein d'amour, d'amour étudié. La veille, après le remède énergique de cette prière matinale, je m'étais sentie libérée, heureuse et légère. Mais quand il est arrivé, mon petit papa, avec son air de chien perdu, le parapluie d'un autre, sa nouvelle cravate écossaise et un tas de paquets de sandwiches, j'ai senti revenir la gêne, le blocage, l'inhibition et la détresse. Encore influencée par le débat de la veille, j'avais une attitude de rejet. L'amour n'y faisait rien. D'ailleurs, il avait disparu. J'étais totalement paralysée – un sentiment étrange. De nouveau le chaos et la confusion en moi. Quelques heures de crise et de rechute comme aux pires moments. J'y trouvais comme un arrière-goût de la détresse caractéristique de certaines époques passées. L'après-midi je me suis couchée. La vie de tous les êtres n'était redevenue à mes yeux qu'un immense chemin de croix, etc. Trop long à raconter ici.

Une certaine cohérence logique m'est apparue alors. Mon père, à un âge assez avancé, a masqué ses incertitudes, ses doutes, probablement aussi un complexe d'infériorité purement physique, les problèmes non résolus de son ménage, etc., derrière une attitude philosophique qui, pour être parfaitement authentique, aimable, pleine d'humour et de subtilité, n'en demeure pas moins très vague. Sous cette philosophie qui excuse tout et ne voit que l'aspect anecdotique des choses sans les approfondir – alors qu'il a conscience de leur profondeur, ou plutôt peut-être parce qu'il a conscience de cette profondeur insondable et renonce d'avance à la tirer au clair –, sous la surface de cette philosophie résignée et sceptique (« après tout, qui sait ? »), il y a tout de même la béance du chaos. Et c'est ce même chaos qui me menace, auquel je dois m'arracher (j'y vois même l'œuvre de toute une vie) et où je retombe sans cesse. Et à vrai dire les moindres paroles de mon père, paroles de résignation, d'humour, de doute, font écho en moi à quelque chose que je partage avec lui, mais que je dois dépasser.

Pour revenir au débat si tranché de l'autre soir, à l'arrière-plan de toutes mes réactions, il y a toujours la question : « tout cela n'est-il pas absurde ? », et ce petit bruit de fond à peine audible s'est trouvé soudain amplifié par l'intrusion de mon père dans mon petit monde. D'où mon opposition à mon père, ce sentiment de paralysie et d'impuissance. Cette opposition n'a donc rien à voir avec mon père lui-même, je veux dire avec sa chère, touchante et aimable personne ; il s'agit d'un processus en moi-même. Cohérence des générations : c'est à partir du chaos de mes parents, de leur refus de prendre position, que je dois maintenant me former moi-même, c'est-à-dire prendre bel et bien position, me colleter avec les choses, sans cesser d'être assaillie par le sentiment de l'absurde. Ah, mes enfants, c'est la vie ! Etc., etc.

Quand ce rapport logique m'est apparu clairement, mes forces sont revenues et avec elles l'amour, et ces quelques heures d'effroi ont été surmontées.

Mercredi matin, 8 heures, dans la salle de bains. Réveillée au milieu de la nuit. Me suis rappelé tout à coup que j'avais rêvé ; un rêve long et significatif. Durant quelques minutes, effort intense pour me le remémorer. Avidement. Je sentais que ce rêve était un morceau de ma personnalité : il m'appartenait, j'y avais droit, je ne devais pas le laisser échapper, je devais le connaître si je voulais sentir ma personnalité complète.

Nouveau réveil à cinq heures. Mal au cœur, léger vertige. Ou bien était-ce mon imagination qui travaillait ? Pendant cinq minutes, passée par toutes les angoisses des jeunes filles qui découvrent soudain avec effroi qu'elles attendent un enfant non désiré.

L'instinct maternel, je crois, me fait entièrement défaut. Je le justifie ainsi à mes propres yeux : je considère la vie comme un long chemin de croix et les hommes comme des êtres bien misérables, et me sens incapable de prendre la responsabilité d'accroître l'humanité d'une malheureuse créature de plus.

Plus tard. J'ai rendu à l'humanité quelques services immortels : je n'ai jamais commis un mauvais livre et je n'ai pas sur la conscience d'avoir mis au monde un malheureux de plus.

Je m'agenouille une fois de plus sur le rugueux tapis de sisal, le visage dans les mains et je demande : Ô Seigneur, fais-moi me dissoudre dans un grand sentiment indivisible. Fais-moi accomplir les mille petites tâches quotidiennes avec amour, mais fais jaillir le plus petit acte d'un grand foyer central de disponibilité et d'amour. Alors la nature de ce que l'on fait, le lieu où l'on est ne comptent plus. Mais je n'en suis pas encore là, tant s'en faut. Je crois bien que je vais avaler une vingtaine de cachets de quinine aujourd'hui, je me sens un peu bizarre dans mon hémisphère sud, au-dessous du diaphragme.

Vendredi matin, 9 heures. Hier matin, en marchant dans le brouillard, j'ai retrouvé ce sentiment : j'ai atteint les limites, j'ai déjà tout vu, tout vécu, pourquoi vivre plus longtemps ? Je sais parfaitement à quoi m'en tenir, je n'irai pas plus loin désormais, les limites se rapprochent et au-delà il n'y a plus que l'asile d'aliénés. Ou la mort ? Mais mes pensées n'allaient pas si loin. Le meilleur remède contre ces états dépressifs : ingurgiter un chapitre de grammaire particulièrement coriace ou dormir. La seule forme d'accomplissement qui me soit réservée dans cette vie : m'oublier tout entière dans un morceau de prose ou dans un poème à conquérir de haute et sanglante lutte sur moi-même, mot après mot. Pour moi, un homme ne représente pas l'essentiel. Peut-être parce que j'ai toujours eu beaucoup d'hommes autour de moi ? J'ai parfois l'impression d'être repue d'amour, mais en un sens bénéfique. A vrai dire, la vie m'a toujours été douce, et continue de l'être. J'ai parfois l'impression d'avoir dépassé le stade du « Toi » et du « Moi ». Facile à dire après une telle nuit. Et maintenant, plonger mes petits pieds dans l'eau. Même ces tripatouillages avec un fœtus, c'est encore trop pour moi. Tout finira bien par s'arranger.

L'après-midi, 5 heures moins le quart. Il importe de ne pas me laisser dominer par ce qui se passe en moi. D'une façon ou d'une autre, cela doit rester surbordonné. Je veux dire : on ne doit jamais se laisser paralyser par un seul problème, si grave soit-il ; le grand flux de la vie ne doit jamais s'interrompre. Je me prends sans arrêt par la main et me dis : Maintenant il faut préparer la leçon de demain, et ce soir il faudra commencer *l'Idiot* de Dostoïevski ; attention, ce n'est pas un caprice, il faudra abattre ma tâche journalière. Et de temps à autre, au milieu de mes occupations, je me jetterai dans l'escalier ou me livrerai à d'étranges ablutions. Sentiment aussi d'être le théâtre d'un événement secret, ignoré de tous. Et d'avoir part à un phénomène élémentaire. D'autre part je constate en moi, dans une situation somme toute assez pénible – celle-ci l'est assurément – une volonté délibérée de ne pas me laisser abattre. Je veillerai à ce que tout rentre dans l'ordre. Et tout rentrera dans l'ordre. Continue à travailler tranquillement, ne laisse pas tes forces se consumer dans cette affaire. A deux heures cet après-midi, promenade courte et tonique avec S. Il avait retrouvé cet air rayonnant et juvénile. Il irradie alors de toutes parts un véritable amour de tous les êtres, j'en capte quelques rayons et je les réfléchis. Des chrysanthèmes blancs. « *Comme une mariée.* » Je lui suis fidèle, au fond de moi. Comme je suis fidèle à Han. Je suis fidèle à tout le monde. Je marche dans la rue aux côtés d'un homme en tenant des fleurs blanches qui font un bouquet de mariée, et je lui lance des regards radieux ; il y a douze heures j'étais dans les bras d'un autre homme et je l'aimais – et je l'aime. Est-ce manquer de délicatesse ? Est-ce être « décadente » ? Pour moi c'est parfaitement normal. Peut-être parce que l'amour physique n'est pas – ou n'est plus – l'essentiel pour moi. C'est un autre amour, plus vaste. Ou suis-je en train de m'abuser ? Suis-je trop vague ? Même dans les relations amoureuses ? Je ne crois pas. Mais qu'est-ce qui me prend de radoter comme ça ? Je suis totalement à côté.

Samedi matin, 9 heures et demie. Tout d'abord, se dorloter un peu pour trouver le courage d'affronter la journée.

Ce matin au réveil, oppression accablante, angoisse noire Ce n'est pas une mince affaire.

J'ai le sentiment de m'employer à sauver la vie d'un être. Non, c'est ridicule : sauver la vie d'un être en lui barrant à toute force le chemin de cette vie ! Je veux lui éviter d'entrer dans cette vallée de larmes. Je vais te refouler dans la sécurité des limbes, petit être en devenir, tu devrais m'en savoir gré. Je ressens presque de la tendresse pour toi. Je m'en prends à toi avec de l'eau bouillante et de sinistres instruments, je te combattrai avec patience et ténacité jusqu'à ce que tu te dissolves dans le néant, et j'aurai le sentiment d'avoir accompli une bonne action, de m'être montrée responsable. De toute façon je suis incapable de te donner assez de force et il rôde trop de germes morbides dans cette famille à l'hérédité chargée – ma famille. Récemment, lorsqu'il a fallu emmener de force un Mischa en pleine crise et que j'ai vu de mes yeux tout ce charivari, je me suis juré de ne jamais laisser sortir de mes entrailles un être aussi malheureux.

Pourvu que cela ne dure pas trop. Ce serait une telle angoisse. Au bout d'une semaine, je suis déjà lasse et dégoûtée de toutes ces « précautions ». Mais je t'interdirai l'accès à cette vie et, crois-moi, tu n'auras pas à t'en plaindre.

Vendredi matin, 9 heures. On se plaint beaucoup de l'obscurité le matin. Mais c'est parfois la meilleure heure de ma journée : quand le jour commençant s'encadre, grisâtre et silencieux, dans mes fenêtres blêmes. Seule tache de lumière vive dans toute cette grisaille, ma petite lampe dont l'abat-jour étincelant illumine le grand plateau noir de mon bureau. En tout cas, la semaine dernière, c'était bien ma meilleure heure. J'étais plongée dans *l'Idiot*, j'inscrivais avec beaucoup de sérieux la traduction de quelques lignes dans un cahier, prenais quelques notes de lecture rapides, et tout à coup dix heures sonnaient. Je me disais :

oui, c'est ainsi qu'il faut travailler, avec cette concentration, voilà la solution. Ce matin, paix profonde en moi. Comme après une tempête. Le calme revient toujours. Après des jours de vie intérieure intense, de recherche de la clarté, d'accouchement douloureux de phrases et de pensées qui refusent de venir au monde, d'énormes exigences vis-à-vis de moi-même et de priorité absolue à la recherche d'une forme personnelle, etc. Soudain tout cela s'écarte de moi, une fatigue bienfaisante descend sur mon esprit, la mêlée a pris fin pour faire place à une sorte de douceur, même vis-à-vis de moi-même ; un voile m'enveloppe et les échos de la vie me parviennent plus étouffés, plus aimables aussi. Et je me sens imbriquée dans la vie. Ce n'est plus moi en particulier qui veux ou dois faire telle ou telle chose : la vie est grande, bonne, passionnante, éternelle, et à s'accorder tant d'importance à soi-même, à s'agiter et à se débattre, on passe à côté de ce grand, de ce puissant et éternel courant qu'est la vie. Ce sont de ces moments – et ils m'emplissent de gratitude – où toutes les aspirations personnelles tombent, où ma soif de savoir et de connaissance s'apaise et où, d'un large coup d'aile, un petit peu d'éternité vient me survoler. Je sais parfaitement, bien sûr, que ces dispositions ne durent pas. Elles auront peut-être disparu dans une demi-heure, mais j'y aurai tout de même puisé des forces. Cette douceur, cette dilatation de l'être sont-elles dues aux six cachets d'aspirine que j'ai pris hier soir pour combattre une forte migraine, au jeu de Mischa ou au corps chaud de Han où je me suis littéralement ensevelie cette nuit ? Qui pourra le dire, et qu'importe ? Ces cinq minutes m'appartiennent encore. Dans mon dos la pendule fait tic-tac. Les bruits de la rue m'atteignent comme un lointain ressac. Une lampe ronde à lumière blanche, chez les voisins d'en face, perce le jour livide de ce matin pluvieux. Ici, devant le grand plateau noir de mon bureau, je me sens comme sur une île, à l'écart du monde. La jeune Marocaine aux cheveux noirs fixe le matin grisâtre d'un regard sombre, grave, animal et serein à la fois[1]. Qu'importe si j'étudie une page de plus ou de moins ? L'essentiel est d'être à l'écoute de son rythme propre et d'essayer de vivre en le respectant. D'être à l'écoute de ce qui monte de soi. Nos actes ne sont souvent qu'imitation, devoir supposé ou représentation erronée de ce que doit être un être humain. Or la seule vraie certitude touchant notre vie et nos actes ne peut venir que des sources qui jaillissent au fond de nous-mêmes. Je le dis en cet instant avec beaucoup d'humilité et de gratitude et je le pense profondément (même si je sais que tout à l'heure je serai redevenue rebelle et écorchée vive) : « Mon Dieu, je te remercie de m'avoir faite comme je suis. Je te remercie de me donner parfois cette sensation de dilatation, qui n'est rien d'autre que le sentiment d'être pleine de toi. Je te promets que toute ma vie ne sera qu'une aspiration à réaliser cette belle harmonie, et à obtenir cette humilité et cet amour vrai dont je sens en moi la possibilité à mes meilleurs moments. » Et maintenant, desservir le petit déjeuner, finir de préparer la leçon de Levi, et un peu de *make-up* sur le museau.

Dimanche matin. Hier soir, juste avant de me coucher, je me suis retrouvée tout à coup agenouillée au milieu de cette grande pièce, entre les chaises métalliques, sur le léger tapis de sparterie. Comme cela, sans l'avoir voulu. Courbée vers le sol par une volonté plus forte que la mienne. Il y a quelque temps je me disais : « Je m'exerce à m'agenouiller. » J'avais encore trop honte de ce geste, aussi intime que ceux de l'amour, dont seuls savent parler les poètes. « J'ai parfois le sentiment d'avoir Dieu en moi », a dit un jour à S. un de ses malades, « par exemple lorsque j'écoute la *Passion selon saint Matthieu.* » S. lui a répondu à peu près en ces termes : *dans ces moments-là,*

1. Il s'agit d'une statuette ou d'un portrait qu'Etty avait sur son bureau ; elle y fait plusieurs allusions dans son journal.

il était en liaison absolue avec les forces créatrices et cosmiques agissant en chacun de nous. Et ce principe créateur était en définitive une parcelle de Dieu, encore fallait-il avoir le courage de l'exprimer sans détour.

Ces mots m'accompagnent depuis des semaines : « encore faut-il avoir le courage de l'exprimer sans détour ». Le courage de prononcer le nom de Dieu. S. m'a dit un jour qu'il avait mis très longtemps avant d'oser prononcer le nom de Dieu – comme s'il persistait à y trouver un certain ridicule. Et ce, alors même qu'il était croyant. « *Et le soir, je prie aussi, je prie pour des gens.* » Je lui ai demandé alors, avec mon effronterie et mon sang-froid coutumiers : « *Et que demandez-vous dans vos prières ?* » Or cet homme, qui apporte à mes questions les plus subtiles et les plus indiscrètes des réponses toujours claires et lumineuses, pris cette fois d'une sorte de timidité, a répliqué d'un air confus : « *Je ne vous le dirai pas. Pas maintenant, c'est trop tôt. Plus tard.* »

D'où vient que la guerre, avec toutes ses conséquences, me touche si peu ? Peut-être parce que c'est ma seconde « guerre mondiale ». La première, je l'ai vécue violemment, intensément, dans les livres qu'elle a suscités depuis. La révolte, le dégoût, le déchaînement des passions, les conflits idéologiques, la justice sociale, la lutte des classes, etc., nous avons connu tout cela une première fois. Recommencer, ce n'est pas du jeu. On tombe dans le cliché. Une fois de plus, chaque pays fait des prières pour son juste triomphe, une fois de plus on répète des slogans variés, mais pour nous qui en faisons l'expérience pour la seconde fois, tout ce tintamarre est trop ridicule et trop insipide pour qu'on s'excite ou se passionne.

J'ai dit hier soir à Hans (vingt et un ans), dans le feu de la discussion : « C'est que, malgré toi, la politique n'est pas ce qui compte le plus dans ta vie ! » Et lui : « On n'est pas forcé d'en parler toute la journée, mais c'est bel et bien l'essentiel. » Entre ses vingt et un ans et mes vingt-sept ans, il y a tout l'écart d'une génération. Il est neuf heures et demie ; loin derrière moi, dans le flou de la chambre, Han émet doucement son ronflement familier. Cette matinée dominicale grisâtre et silencieuse est en train d'évoluer vers une journée lumineuse et cette journée à son tour tendra vers le soir, et je la suivrai. Depuis trois jours, j'ai l'impression de subir une évolution constante, qui suffirait à occuper des années. Et maintenant, sagesse et discipline : traduction et grammaire russe.

2 heures de l'après-midi. En dressant le catalogue de la bibliothèque de S., je tombe sur le *Livre d'heures* de Rilke. Si paradoxal que cela semble, S. guérit les gens en leur apprenant à accepter la souffrance.

Mercredi soir. Dans une petite ville allemande, Ruth[1] reçoit des cadeaux de ses admirateurs, les amateurs de théâtre locaux, et dans le kiosque à journaux d'un parc londonien, Hertha, de son côté, en reçoit des mains de prostituées. La blonde chanteuse d'opérette a vingt-deux ans, la brune et mélancolique jeune fille en a vingt-cinq : la seconde est la future belle-mère de la première. Quant à la vraie mère, aujourd'hui quinquagénaire, elle est « fiancée » à un homme de vingt-cinq ans. Et l'ex-mari, le père et futur époux, vit à Amsterdam dans un petit deux-pièces, lit la Bible, se rase chaque jour, et tous ces seins de femmes qui l'entourent sont comme autant de fruits d'un opulent verger, vers lesquels il n'a qu'à tendre une patte gourmande. Et la « secrétaire russe[2] » tâche de se former une image nette de tout cela. Une amitié se développe, dont les racines se ramifient toujours plus avant dans son cœur impatient ; elle lui dit toujours « vous », mais cela recrée peut-être constamment la distance nécessaire pour appréhender l'ensemble de la situation. Le désir fou et passionné de « me perdre » en lui s'est retiré depuis

1. Ruth Spier, la fille de S.
2. Etty elle-même.

longtemps pour faire place à un sentiment « raisonnable ». L'idée de me perdre en un autre être a disparu de ma vie, il n'en reste peut-être que le désir de me « donner » à Dieu, ou à un poème.

Le grand crâne de l'humanité. Le puissant cerveau et le grand cœur de l'humanité. Toutes les pensées, si contradictoires soient-elles, proviennent de ce grand cerveau unique, le cerveau de l'humanité, de toute l'humanité. Je pressens son existence comme celle d'un grand tout, et c'est peut-être la source de mon sentiment d'harmonie et de paix, en dépit de toutes mes contradictions. Il faut connaître toutes les pensées, s'être senti traversé de toutes les émotions, pour savoir tout ce qui est sorti de cet immense cerveau, tout ce qui est passé par ce grand cœur.

Ainsi la vie est-elle un trajet d'un moment de délivrance à l'autre. Et je devrai peut-être souvent chercher ma délivrance dans un méchant morceau de prose, de même qu'un homme parvenu au fond de la détresse peut rechercher la sienne auprès de celles qu'on nomme si vigoureusement des putes, parce qu'il est des moments où l'on soupire après une délivrance, n'importe laquelle.

Lundi après-midi, 5 heures. Ses gestes les plus intimes avec les femmes, je les connais, et je voudrais connaître maintenant ses gestes dans ses rapports avec Dieu. Il prie tous les soirs. S'agenouille-t-il au milieu de la petite chambre ? Cache-t-il son visage massif dans ses grandes et bonnes mains ? Et que dit-il ? Et s'agenouille-t-il avant d'avoir enlevé son dentier, ou après ? L'autre jour, à Arnhem : « *Je vais vous montrer de quoi j'ai l'air sans mes dents. J'ai l'air très vieux et plein de science.* »

« *Histoire de la fille qui ne savait pas s'agenouiller.* » Ce matin dans le petit jour grisâtre, dans une bouffée d'insatisfaction, je me suis retrouvée soudain à terre, agenouillée entre le lit défait de Han et sa machine à écrire, toute repliée sur moi-même, la tête contre le sol. Comme pour extorquer un peu de paix. Et lorsque Han est entré, considérant la scène avec un certain étonnement, j'ai prétendu chercher un bouton. Mais rien n'était moins vrai.

Tideman, cette vigoureuse rousse de trente-cinq ans, avait dit ce soir-là [1] : « En cela, vois-tu, je suis comme un enfant, quand j'ai des problèmes je m'agenouille au milieu de ma chambre et je demande à Dieu ce que je dois faire. » « Elle embrasse comme une gamine de treize ans », m'a dit un jour S. en m'en faisant la démonstration – mais avec Dieu ses gestes ont autant de maturité que de sûreté.

Beaucoup de gens ont une vision des choses trop arrêtée, trop figée, et c'est pourquoi ils figent à leur tour leurs enfants par le biais de l'éducation. Ils leur laissent trop peu de liberté de mouvement. Chez nous c'était exactement le contraire. Il me semble que mes parents se sont laissé submerger par la complexité infinie de la vie, qu'ils s'y enfoncent même chaque jour un peu plus, et n'ont jamais su faire un choix. Ils ont laissé à leurs enfants une trop grande liberté de mouvement, ils n'ont jamais pu leur donner de points de repère parce qu'eux-mêmes n'en avaient pas trouvé ; et ils n'ont pas pu contribuer à notre formation, parce qu'eux-mêmes n'avaient pas trouvé leur forme.

Je vois se dessiner de plus en plus nettement notre mission : donner à leurs pauvres talents errants, qui ne se sont jamais fixés ni délimités, la possibilité de croître, de mûrir et de trouver leur forme en nous.

En réaction à cette absence de forme (qui, loin de laisser le champ libre à la personnalité, n'est que négligence et incertitude, mauvaise gestion, pour ainsi dire) : recherche forcenée d'unité, de délimitation, de système. Mais la seule unité positive est celle qui intègre tous les contraires

1. On ne sait pas à quel soir Etty fait allusion. La dernière conversation avec « Tide » citée dans le journal remonte au 6 octobre 1941.

et toutes les forces irrationnelles, sous peine de s'escrimer à passer à la vie un corset qui la meurtrit.

Mardi 31 décembre 1941, 10 heures du matin. Les réveils à Deventer, c'était cela : j'entrais, tout en angles vifs et en lignes nettes, dans le matin glacial. Quelques notes, sans autre but que de me tenir compagnie à moi-même un petit moment, à la lumière de ma fidèle lampe. Quelques affaires de ce bas monde. Ce qui me convient le mieux, c'est de me lever de bonne heure. Et cette toilette à l'eau froide continue à me paraître une forme d'héroïsme. Au fond j'éclate de santé, l'essentiel chez moi c'est l'équilibre psychique, le reste suit automatiquement. Petit déjeuner rehaussé d'une cuisse de poulet. Chère mamynka, qui convertit tout son amour en cuisses de poulet et en œufs durs.

Le train de Deventer. La vue de tant de visages autour de moi me donne envie d'écrire un roman. Abélard et Héloïse. Le vaste paysage, paisible et un peu triste – je regardais par la fenêtre et c'était comme de parcourir le paysage de mon âme. *Paysage de l'âme.* J'ai souvent cette impression : le paysage extérieur est le reflet du paysage intérieur. Jeudi après-midi, courte promenade le long de l'Ijssel. Paysage d'une ampleur et d'une clarté rayonnantes. De nouveau, sentiment d'avancer à travers mon âme. Quelle formulation répugnante ! Tais-toi donc.

Maman. Un déferlement soudain d'amour et de pitié a emporté avec lui toutes mes petites irritations. Elles étaient naturellement de retour cinq minutes après. Mais plus tard dans la journée, et le soir encore, ce sentiment : un jour viendra peut-être (quand tu seras très vieille) où je resterai un moment avec toi et pourrai t'expliquer tout ce qu'il y a en toi et te libérer ainsi de ton angoisse, car peu à peu je commence à comprendre comment tu es faite.

Maman a dit à un moment donné : « Oui, au fond je suis croyante. » « Tante Piet » avait dit presque la même chose quelques jours plus tôt, au coin du feu. C'est cet

« au fond » qui fait toute la différence. Apprendre aux gens à laisser tomber cet « au fond » et à acquiescer sans réserve à leurs sentiments les plus profonds. Que voulait-elle dire par cet « au fond » ?

Je suis reconnaissante – et je ne trouve même pas les mots pour dire à quel point – de le connaître alors qu'il se trouve dans la meilleure phase de sa vie. Non, « reconnaissante » n'est pas le mot.

8 heures du soir. Le pneumologue lui a quasiment ri au nez. A toutes ses questions : s'il toussait, s'il crachait, que sais-je encore, S. répondait invariablement : « *Malheureusement, je n'ai rien pour votre service !* » Au sortir du cabinet, ses premières paroles furent : « *Je dois partir à l'instant pour Davos !* » J'insistai pour que tout le harem l'accompagne. « *Oui, la Suisse me remerciera.* » Dans la rue, je continuai à me moquer de lui. Et lui, d'un air menaçant : « *Oui, attendez un peu vendredi, de voir les radios.* » Nous eûmes toutes les peines du monde à extorquer trois citrons à un marchand de quatre-saisons, en les payant dix centimes pièce au lieu des sept affichés. Nous mourions d'envie de gâteaux à la crème Chantilly. Et nous voilà errant de nouveau par les rues, moi pendue à son bras dans une pose compliquée, ma toque de fourrure en bataille, et lui coiffé d'un drôle de petit béret, posé au sommet de ce vieux paysage gris qu'est son visage, et nous formions un bien étrange « *couple d'amoureux* »

Il est près de huit heures et demie. C'est la dernière soirée d'une année qui s'est révélée pour moi la plus riche sans doute, et aussi la plus heureuse de ma vie. Si je devais dire d'un mot ce qu'elle m'a apporté, depuis ce 3 février où j'ai tiré timidement la sonnette du 27, Courbetstraat, et où un affreux bonhomme affublé d'une antenne sur la tête m'a examiné les mains, ce serait : une grande prise de conscience. Prise de conscience, et par là libération, des forces profondes qui étaient en moi. Moi aussi, avant, j'étais de ceux qui se disent de temps à autre : « Au fond, je suis croyante. » Et maintenant je sens la nécessité de m'agenouiller soudain au pied de mon lit, même dans le froid d'une nuit d'hiver. Être à l'écoute de soi-même. Se laisser guider, non plus par les incitations du monde extérieur, mais par une urgence intérieure. Et ce n'est qu'un début. Je le sais. Mais les premiers balbutiements sont passés, les fondements sont jetés.

Il est huit heures et demie ; un poêle à gaz, des tulipes jaunes et rouges, tiens, un bonbon au chocolat de Tante Hes, trois pommes de pin de la lande de Laren, qui traînent du côté de Pouchkine et de la petite Marocaine. Je me sens toute simple, parfaitement simple et parfaitement bien, délivrée de toutes ces pensées profondes et torturantes, de tous ces sentiments lourds à porter, simple mais pleine de vie et d'une profondeur que je ressens aussi comme une chose simple. Poursuivons l'inventaire : une salade de saumon, prête pour ce soir. Je prépare le thé, Tante Hes tricote un gilet au crochet, Han répare un appareil photo – pourquoi pas, après tout ? Être entre ces quatre murs ou d'autres, quelle importance ? De toute façon, l'essentiel est ailleurs. Et j'espère avancer encore un peu dans Jung, ce soir.

Mercredi 7 janvier 1942, 8 heures du soir. En longeant cet après-midi le canal enneigé, au retour de cette séance inattendue au Conseil juif, il m'a dit : « *Je suis beaucoup moins persuadé de l'excellence de mes capacités, que de l'ensemble de mes qualités humaines.* »

Et plus tard, comme nous nous accrochions aux poignées du 24[1] : « *Je suis content que vous m'ayez accompagné, votre présence agit sur moi comme un excitant parce que vous participez intensément, et je suis au fond un "homme de scène", j'ai besoin d'un public, il faut bien le dire.* »

1. Le tramway qui ramenait S. chez lui. Il était tellement fréquenté par les Juifs allemands qu'on l'appelait « l'express de Berlin ».

J'ai quelque part en moi la prétention de donner un tour spirituel, frappant, original à ce que je dis, ou alors de ne rien dire du tout. C'est pourquoi je ne réussis jamais à noter toutes sortes de menus incidents inattendus et comiques, parce que je ne veux pas risquer d'être « plate », même à mes propres yeux. Mais, pour une fois, obligeons-nous à raconter tout simplement les événements de cet après-midi, les faits nus. Encore que des faits nus, cela n'existe pas avec S., tant l'atmosphère qui émane de lui colore tout. Nous étions donc convoqués pour quatre heures et demie au Conseil juif. Cette perspective ne déchaînait pas l'enthousiasme. Interrogatoire : source de revenus, « numéro d'émigration », Gestapo et autres réjouissances[1]. Un jeune homme derrière un petit bureau. Visage sensible, doux, intelligent. La « secrétaire russe » trottine de tous côtés, suivant S. comme son ombre, en principe à cause de sa surdité, en réalité pour ne rien perdre de la scène. Et cela en valait la peine. Après quelques minutes de tranquille bavardage avec le doux jeune homme, qui se montre vraiment très compréhensif, voilà qu'un petit bonhomme marche droit sur S., d'un air enthousiaste : « *Guten Tag, Herr S. !* » S. considère attentivement l'homme (une tête de Méphisto merveilleusement sarcastique, posée sur un tout petit corps), ne le reconnaît pas et dit au petit bonheur : « *Ah oui, vous êtes sûrement venu à mon cours.* » La scène pourrait se répéter partout en Europe, semble-t-il. Je ne peux pas faire cent mètres avec lui dans la rue sans que quelqu'un vienne à sa rencontre la main tendue, et S. dit aussitôt : « *Ah oui, vous avez sûrement été en analyse avec moi.* » Cet homme dont le visage aigu de diablotin sarcastique formait un saisissant contraste avec celui, sensible et doux, du jeune homme, n'était en fait jamais venu au cours mais connaissait S. par les Nethe ; en revanche, il avait très envie de

1. Le Conseil juif avait procédé en 1941, pour le compte de l'occupant, à un recensement des Juifs des Pays-Bas ; il tenait à jour un fichier. C'est probablement dans ce cadre que se place la convocation de S.

commencer une analyse avec lui. Et le sarcastique dit au doux : « Méfie-toi de ce monsieur S., il sait tout de toi. Il lui suffit de regarder tes mains. » Et le doux posa aussitôt sa patte droite bien ouverte sur le bureau. S. n'était pas pressé et entra dans le jeu. La suite est bien difficile à décrire. C'est que, si S. dit : « C'est une table », et qu'un autre dise la même chose, il s'agit en réalité de deux tables fondamentalement différentes. Les choses qu'il dit, même les plus simples, paraissent plus impressionnantes, plus importantes, je dirais presque plus « denses », que dans la bouche de n'importe qui d'autre. Ce n'est pas qu'il se donne des airs importants ; tout simplement, chez lui, les choses coulent de sources plus profondes, plus fortes et aussi plus profondément humaines que chez la plupart des gens. Dans son travail il recherche toujours l'aspect humain, non le sensationnel, même s'il ne cesse de faire sensation, précisément parce qu'il sonde l'homme aussi profondément.

Pour décor, donc, ce petit bureau du Conseil juif avec ses murs nus. Le jeune homme sensible tenait les mains levées sous le regard curieux de Méphisto, et S., dès les premiers mots, parvint à établir un contact humain très fort avec lui. Et nous avions été convoqués pour être entendus sur notre situation financière, ne l'oublions pas ! Je ne me rappelle plus exactement les paroles de S., mais il dit entre autres choses : « Votre travail ici, vous le faites bien, mais il répugne à votre vraie nature. » Et en *a parte* : « *Il est tout à fait introverti, cet homme.* » Non, je suis incapable de rendre tout cela. En bonne élève, je mettais mon grain de sel et dis en particulier : « *Il a aussi quelque chose de féminin et de sensible.* » Le jeune homme s'avéra posséder différents dons qu'il ne pouvait exprimer, par manque de confiance en soi. S. dit encore : « Lorsque vous avez une affaire à traiter, vous vous en acquittez bien, mais si vous devez faire un choix entre plusieurs possibilités, alors vous êtes pris d'incertitude. » Et ainsi de suite. Le résultat fut qu'en quelques minutes le jeune homme s'avouait vaincu, si j'ose dire, et déclarait tout perplexe :

« *Mais, monsieur S., ce que vous venez de me dire là en deux minutes, se retrouve mot pour mot dans un test que j'ai passé !* » Et de prendre rendez-vous séance tenante pour une consultation, et de nous prodiguer soudain mille conseils pour remplir nos formulaires. Je m'aperçois que je n'ai aucun talent pour rendre le caractère humoristique de cette séance impromptue. En revenant le long du canal enneigé, nous avions des fous rires d'écoliers en goguette, mis en joie par le tour inopiné qu'avait pris cette convocation bureaucratique : un rendez-vous pour une consultation et un bureaucrate qui, cédant à un mouvement subit de sympathie, était prêt à violer la loi en notre faveur, s'il l'avait pu.

11 janvier, 11 heures et demie du soir. Je suis heureuse à la pensée de l'énorme tas de vaisselle qui m'attend pour demain matin dans le fouillis de la cuisine. C'est une forme de pénitence. Je comprends un peu, je crois, ces moines en bure grossière qui s'agenouillent sur la pierre froide. Je dois aussi réfléchir très sérieusement à ces choses. Tout de même, je suis un peu triste ce soir. Pourtant c'est bien moi qui ai voulu nos étreintes. Ce pauvre chéri s'était justement promis de rester chaste pendant plusieurs semaines. Et ce en prévision de sa convocation à la Gestapo. Il voulait (pour le dire en termes naïfs) n'irradier que bonté et pureté et concentrer ainsi sur lui l'influence des esprits bénéfiques flottant dans le cosmos. Pourquoi ne pas y croire, après tout ? Et voilà que cette sauvageonne de « jeune Kirghize » vient réduire en fumée ces rêves de pureté ! Je lui ai demandé si, ce soir, en faisant son examen de conscience du jour, il en aurait du regret. « *Non,* dit-il, *je ne me repens jamais de rien, d'ailleurs c'était bon et ce m'est une leçon, cela m'apprend que, même maintenant, j'ai encore en moi un "lieu terrestre".* » Mais chez moi, ces crises soudaines de désir physique proviennent toujours d'un sentiment de parenté spirituelle, elles ne sont donc pas condamnables. Pourtant je n'en retire que de la tristesse. Et je comprends qu'il ne me suffit pas de serrer quelqu'un dans mes bras pour lui exprimer mes sentiments. Une fois dans mes bras, et là plus qu'ailleurs, ce quelqu'un m'échappe. Je crois que je préfère voir sa bouche de loin et la désirer, plutôt que de la sentir contre la mienne et la posséder. A de très rares instants, cette possession m'apporte une sorte de bonheur, pour lâcher le grand mot. Et ce soir je m'endors à côté de Han, par pure tristesse. Un vrai chaos.

Voilà, je le sais maintenant, il prie après avoir « déposé » ses dents. A vrai dire c'est logique. Avant de prier, il faut en finir avec tous les actes d'ici-bas.

Je suis, semble-t-il, en plein épanouissement ; je rayonne de toutes parts, dit S., qui en est aussi heureux que moi. Il y a un an, j'étais vraiment une grande malade avec mes siestes de deux heures et ma livre d'aspirine par semaine, j'étais dans un état inquiétant, quand j'y pense. Ce soir j'ai feuilleté au hasard mes cahiers. C'est devenu pour moi une sorte de « littérature classique », tant mes problèmes d'alors me paraissent aujourd'hui loin de moi. Il m'a fallu parcourir un chemin difficile pour retrouver ce geste d'intimité avec Dieu et pour dire, le soir à la fenêtre : « Sois remercié, ô Seigneur. » Le calme et la paix règnent désormais dans mon royaume intérieur. Oui, un chemin difficile, vraiment. Tout paraît à présent si simple et si naturel. Cette phrase m'a poursuivie des semaines : « Il faut avoir le courage d'exprimer sa foi. » De prononcer le nom de Dieu. En cet instant précis, un peu fatiguée, un peu lasse, un peu triste et pas très satisfaite de moi, je ne ressens pas cette évidence de la foi, mais elle reste à ma portée. Ce soir, je ne dirai certainement rien à Dieu, même si j'aspire à la froideur des pierres, à la méditation et à la gravité. Prendre au sérieux les choses du corps. Mais mon tempérament n'en fait encore qu'à sa tête, n'a pas trouvé d'harmonie avec l'âme. Je crois cependant avoir en moi un besoin d'harmonie dans ce domaine aussi. Pourtant je crois de moins en moins à l'existence d'un homme unique qui me comblerait physiquement et spirituellement. Mais ma tristesse n'est plus celle d'autrefois. Je ne tombe plus aussi bas. Souvent, déjà, dans la tristesse, le redressement est inscrit. Avant, je pensais que tout le reste de ma vie se traînerait dans la même affliction. Aujourd'hui je sais que ces moments de dépression font partie eux aussi de mon rythme vital, et que c'est bien ainsi. Confiance, très grande confiance en tout et en moi-même. J'ai confiance aussi en mon esprit de sérieux et je commence à me sentir capable de bien « gérer » ma vie. Il est des moments – moments de solitude en général – où je sens en moi un amour profond et plein de reconnaissance pour lui : « *Tu m'es si proche que je voudrais partager tes nuits.* » Pour moi, ce sont les points culminants de nos relations. Il est fort possible qu'en réalité une telle nuit s'avère désastreuse. N'est-ce pas un bien étrange fossé qui s'ouvre ici ?

Bonne nuit, maintenant, je sens que le sommeil me fait dérailler. Quand je pense à toute cette vaisselle, demain matin !

Et pourtant je ne désire pas du tout son corps, même si par moments je me sens follement amoureuse de lui. Serait-ce que je l'aime d'un amour trop profond (d'un amour pour ainsi dire trop « cosmique ») pour être approché par le biais du corps ?

Tide et moi sommes les deux femmes dont il est le plus proche, et nous formons un tel contraste ! Il faut que nous nous aimions beaucoup, elle et moi. Cet après-midi, lorsque Tide nous a reconduits et nous a embrassés tous deux, une extraordinaire intimité s'est établie un instant entre nous trois. Vas-tu finir par te coucher, oui ou non ?

Jeudi 19 février 1942, 2 heures de l'après-midi. Si je devais dire ce qui m'a le plus frappée aujourd'hui, ce sont les grandes mains de Jan Bool, toutes violacées par l'hiver. Quelqu'un venait de mourir sous la torture, un de plus.

C'était ce garçon tranquille de *Cultura*[1]. Je me souviens qu'il jouait de la mandoline. Il avait une jolie fiancée. Elle était devenue sa femme et ils avaient un enfant. « Les brutes », s'écriait Jan Bool dans le couloir de l'université, noir de monde, « ils l'ont démoli. » Et Jan Romein, et Tielrooy[2], et combien d'autres professeurs, des gens d'un certain âge, plutôt fragiles. Dans cette même région du Veluwe où ils passaient autrefois leurs vacances dans une pension accueillante, ils sont aujourd'hui internés dans une baraque à courants d'air. « On ne leur a même pas laissé leur pyjama, ils n'ont droit à aucun effet personnel », racontait Aleida Schot à la cafétéria de l'université. On cherche à les abrutir, à les pénétrer d'un sentiment d'infériorité. Ils ont bien assez de force morale, mais la plupart sont de santé très fragile. Pos est dans un couvent à Haren et écrit un livre. Du moins, c'est ce qu'on raconte. Atmosphère lugubre au cours, ce matin. Pas complètement pourtant : il restait une petite lueur d'espoir, et ce fut une brève conversation avec Jan Bool, inattendue, comme nous passions par l'étroite et glaciale Langebrugsteeg[3], puis à l'arrêt du tram. « Qu'a donc l'homme à vouloir détruire ainsi ses semblables ? » demandait Jan d'un ton amer. « Les hommes, les hommes, n'oublie pas que tu en es un », lui dis-je. Il voulut bien en convenir, pour une fois, ce bougon de Jan. Je poursuivis mon sermon : « Et la saloperie des autres est aussi en nous. Et je ne vois pas d'autre solution, vraiment aucune autre solution que de rentrer en soi-même et d'extirper de son âme toute cette pourriture. Je ne crois plus que nous puissions corriger quoi que ce soit dans le monde extérieur, que nous n'ayons d'abord corrigé en nous. L'unique leçon de cette guerre est de nous avoir appris à chercher en nous-mêmes et pas ailleurs. » Jan semblait de mon avis, il était ouvert à la

1. Librairie spécialisée dans la diffusion des publications communistes.

2. Jan Romein (1893-1962) était l'un des plus grands historiens néerlandais ; Johannes Tielrooy était un romaniste. Etty fait allusion à leur détention dans un camp de prisonniers politiques, probablement à Amersfoort.

3. La « Ruelle du long pont », toute proche de l'université.

discussion, il s'interrogeait au lieu de se réfugier derrière des théories sociales en béton armé, comme autrefois. Il dit : « C'est tellement facile ce désir de vengeance. On vit dans l'espoir de ce moment de vengeance. Mais cela ne nous apportera rien. » Nous étions là dans le froid à attendre le tramway, Jan avait une rage de dents et les mains violacées. Mais nous ne proclamions pas de théories. Nos professeurs sont internés, un ami de Jan venait de mourir sous la botte, les sujets de détresse ne se comptaient pas, mais nous nous disions : « C'est trop facile ce désir de vengeance. » Voilà la lueur d'espoir de cette journée.

Et maintenant, dormir un peu ; puis nous ferons connaissance avec cette amie de Rilke. La vie continue – pourquoi pas ! Je devrais écrire plus régulièrement sur ce papier à carreaux bleus. Mais le temps manque.

Mercredi 25 février, 7 heures et demie du matin. Je me suis coupé les ongles des orteils, j'ai bu une tasse de vrai cacao Van Houten et mangé une tartine de miel, le tout avec une vraie passion. J'ai ouvert la Bible au hasard, mais le passage n'apportait aucune réponse à ce début de matinée. Cela ne fait rien, du reste, car il n'y avait pas de questions, seulement une grande confiance et une profonde reconnaissance pour la beauté de la vie, et c'est pourquoi ce jour est historique : non pas parce que je dois me rendre tout à l'heure à la Gestapo avec S., mais parce que malgré cela, je trouve la vie si belle.

Vendredi 27 février, 10 heures du matin. [...] L'homme forge son destin de l'intérieur, voilà une affirmation bien téméraire. En revanche, l'homme est libre de choisir l'accueil qu'il fera en lui-même à ce destin. On ne connaît pas la vie de quelqu'un si l'on n'en sait que les événements extérieurs. Pour connaître la vie de quelqu'un, il faut connaître ses rêves, ses rapports avec ses parents, ses états d'âme, ses désillusions, sa maladie et sa mort.

[...] Nous étions là de bonne heure, mercredi matin, tout un groupe réuni dans les locaux de la Gestapo, et les événements de nos vies étaient à cet instant précis exactement les mêmes. Nous étions tous dans la même pièce, les interrogateurs retranchés derrière leurs bureaux, et les interrogés. Ce qui distinguait toutes ces vies entre elles, c'était l'attitude intérieure de chacun. L'œil était immédiatement attiré par un jeune homme qui faisait les cent pas, l'air mécontent (et ne cherchant nullement à dissimuler ce mécontentement), traqué et tourmenté. Tout à fait intéressant à observer. Tous les prétextes lui étaient bons pour abrutir de cris ces malheureux Juifs : « *Pas de mains dans les poches !* », etc. Il me paraissait plus à plaindre que ceux qu'il apostrophait ainsi, et ces derniers ne l'étaient d'ailleurs que dans la mesure où ils avaient peur. Quand ce fut mon tour de passer à son bureau, il me lança en rugissant : « *Qu'est-ce que vous pouvez bien trouver de risible ici ?* » J'avais envie de lui répondre : « *A part vous, rien !* » mais des considérations diplomatiques me firent juger préférable de ravaler cette réplique. « *Vous n'arrêtez pas de rire !* » rugit-il encore. Et moi, de mon air le plus innocent : « *Je ne m'en rends pas du tout compte, c'est mon expression habituelle.* » Et lui : « *Ne faites pas l'idiote et sortez immédiatement !* », le tout assorti d'une mimique qui signifiait : « On se retrouvera ! » C'était probablement le moment psychologique où j'aurais dû mourir de frayeur, mais j'ai tout de suite percé à jour son truc.

En fait, je n'ai pas peur. Pourtant je ne suis pas brave, mais j'ai le sentiment d'avoir toujours affaire à des hommes, et la volonté de comprendre autant que je le pourrai le comportement de tout un chacun. C'était cela qui donnait à cette matinée sa valeur historique : non pas de subir les rugissements d'un misérable gestapiste, mais bien d'avoir pitié de lui au lieu de m'indigner, et d'avoir envie de lui demander : « As-tu donc eu une enfance aussi malheureuse, ou bien est-ce que ta fiancée est partie avec un autre ? » Il avait l'air tourmenté et traqué, mais aussi, je dois le dire, très désagréable et très mou. J'aurais voulu commencer tout de suite un traitement psychologique, sachant parfaitement que ces garçons sont à plaindre tant qu'ils ne peuvent faire de mal, mais terriblement dangereux, et à éliminer, quand on les lâche comme des fauves sur l'humanité. Ce qui est criminel, c'est le système qui utilise des types comme ça.

Autre leçon de cette matinée : la sensation très nette qu'en dépit de toutes les souffrances infligées et de toutes les injustices commises, je ne parviens pas à haïr les hommes. Et que toutes les horreurs et les atrocités perpétrées ne constituent pas une menace mystérieuse et lointaine, extérieure à nous, mais qu'elles sont toutes proches de nous et émanent de nous-mêmes, êtres humains. Elles me sont ainsi plus familières et moins effrayantes. L'effrayant c'est que des systèmes, en se développant, dépassent les hommes et les enserrent dans leur poigne satanique, leurs auteurs aussi bien que leurs victimes, de même que de grands édifices ou des tours, pourtant bâtis par la main de l'homme, s'élèvent au-dessus de nous, nous dominent et peuvent s'écrouler sur nous et nous ensevelir.

Jeudi 12 mars 1942, 11 heures et demie du soir. Quelle beauté, Max [1], quelle beauté indicible, dans cette tasse de café, cette mauvaise cigarette, dans notre promenade, bras dessus, bras dessous, à travers la ville plongée dans l'obscurité du black-out, et tout simplement dans le fait d'être deux et de marcher ensemble. Ceux qui connaissent notre histoire, comme ils la trouveraient bizarre et singulière cette rencontre pour le plaisir, sans raison – sinon que Max a des projets de mariage et voulait me consulter, moi précisément ; n'est-ce pas drôle ? Et c'était si beau de revoir l'ami de ma jeunesse et de le confronter à ma propre maturité, une maturité accrue. Il a dit au début de la soirée : « Je ne sais ce qui a changé en toi, mais tu as changé. Je crois que tu es devenue une "vraie femme". » Et à la

1. Max Geiger, déjà cité.

fin : « Non, tu n'as pas changé à ton désavantage, ce n'est pas ce que je veux dire ; tes traits, tes expressions sont toujours aussi mobiles, aussi parlants qu'autrefois, mais on sent au-delà une plus grande sérénité, on se sent bien avec toi. » Avant de me quitter, il dirigea sur mon visage le faisceau de sa petite lampe de poche, eut un petit rire, hocha la tête en signe de reconnaissance et dit d'un ton convaincu : « Oui, c'est bien toi. » Puis nos joues se sont effleurées avec un mélange de gaucherie et de longue intimité, et nous nous sommes dirigés chacun de notre côté. C'était vraiment d'une beauté indicible. Et si paradoxal que cela puisse paraître, notre premier tête-à-tête vraiment réussi, peut-être. Tandis que nous marchions, il m'a dit tout à coup : « Je pense qu'un jour, dans des années, nous pourrons devenir de vrais amis. » Ainsi rien ne se perd. Les gens vous reviennent, et au fond de soi on continue à vivre avec eux, jusqu'à ce qu'ils vous rejoignent de nouveau quelques années plus tard.

Le 8 mars j'ai écrit à S. : « *Mon caractère passionné d'autrefois n'était qu'une façon de me raccrocher désespérément – à quoi, au juste ? A quelque chose, en tout cas, auquel on ne saurait se raccrocher par le corps.* »

Or, c'était justement au corps de l'homme qui marchait fraternellement à côté de moi, ce soir, que je me raccrochais à l'époque avec l'énergie d'un désespoir inhumain. Mais le plus réconfortant c'est qu'il en restait tout de même cet échange heureux et confiant de nos pensées, cette brève réunion de nos deux atmosphères, l'évocation de souvenirs qui ne faisaient plus souffrir, alors qu'autrefois notre vie commune nous avait littéralement détruits. Et aussi cette constatation tranquille : oui, sur la fin nous étions complètement à bout.

Mais j'ai retrouvé Max lorsqu'il a demandé : « Et à l'époque, tu avais une autre liaison ? » Et moi de lever deux doigts sans rien dire. Un peu plus tard, comme j'évoquais la possibilité d'épouser un Juif allemand émigré afin d'être à ses côtés s'il venait à être déporté, il s'est rembruni un instant. Et en me quittant : « Tu ne vas pas faire de bêtises ? J'ai tellement peur que tu ne te détruises. » Moi : « Rien à craindre ! » J'ai voulu ajouter quelque chose, mais nous étions déjà trop loin l'un de l'autre. Je voulais dire : « Quand on a une vie intérieure, peu importe, sans doute, de quel côté des grilles d'un camp on se trouve. » Saurai-je être à la hauteur de ces paroles, saurai-je les vivre ? Ne nous faisons pas trop d'illusions. La vie va devenir très dure. Nous serons de nouveau séparés de tous ceux qui nous sont chers. Je crois que le moment n'en est plus très éloigné. On doit s'y préparer intérieurement avec une intensité croissante.

J'aimerais bien relire les lettres que j'écrivais à Max dans ma dix-neuvième année. Il m'a dit : « J'ai toujours eu beaucoup d'ambition pour toi, je m'attendais à voir de gros livres sortir de tes mains. » J'ai répondu : « Cela viendra, Max. Tu es pressé ? J'ai un don de plume et je sais que j'aurai aussi quelque chose à dire. Mais pourquoi ne saurions-nous pas attendre ? » – « Oui, je sais que tu as un don. Je relis de temps à autre les lettres que tu m'as écrites, vraiment tu *sais* écrire. »

Il est tout de même réconfortant de penser que de tels moments sont possibles dans ce monde déchiré. Et il y a peut-être bien plus de choses possibles que nous ne voulons nous l'avouer. Qu'on puisse retrouver ainsi un amour de jeunesse en jetant un regard souriant sur le passé. Une réconciliation avec le passé. C'est ce que j'ai éprouvé. C'est moi qui donnais le ton ce soir, Max me suivait – et c'était déjà beaucoup.

On ne peut donc plus dire que tout est hasard, émaillé çà et là d'une amourette ou d'une aventure captivante. On a peu à peu le sentiment d'un *destin* où les faits s'organisent l'un après l'autre en une série significative. Quand je nous revois marchant dans la ville obscure, mûris et attendris par notre passé, sûrs d'avoir encore beaucoup à nous dire mais laissant dans le vague la date de notre prochaine rencontre (dans quelques années peut-être ?), la possibilité de tels moments dans une vie m'emplit de grave et profonde gratitude. Il est près de minuit et je vais me coucher. Oui, c'était très beau. A la fin de chaque jour, j'ai envie de dire : tout de même, la vie est très belle. Oui, je suis en train de me faire une opinion personnelle sur cette vie, et même une opinion que je me sens capable de défendre face à d'autres gens, et ce n'est pas peu dire pour la fille timide que j'ai toujours été. Et il y a des conversations comme celle d'hier soir avec Jan Polak, où la parole devient un témoignage.

Mardi matin, 9 heures et demie. Hier soir en allant chez lui, j'étais pleine d'une aimable langueur printanière. Et tandis que, désirant sa présence, je pédalais rêveusement sur l'asphalte de la Lairessestraat, je me sentis soudain caressée par une tiède brise de printemps. Et je pensai tout à coup : cela aussi c'est bon. Pourquoi ne connaîtrait-on pas une véritable ivresse amoureuse, tendre et profonde, au contact du printemps, ou de tous les êtres ? On peut aussi se lier d'amitié avec un hiver, avec une ville ou un pays. Je me souviens du hêtre rouge de mon adolescence. J'avais une liaison toute particulière avec cet arbre. Certains soirs, prise d'un désir soudain de le voir, je faisais une demi-heure de bicyclette pour lui rendre visite et je tournais autour de lui, hypnotisée par son regard rouge sang. Oui, pourquoi ne vivrait-on pas un amour avec un printemps ? Et la caresse de cet air printanier était si tendre, si enveloppante, que celle de mains masculines (fût-ce les siennes !) me paraissait grossière en comparaison.

C'est dans ces dispositions que j'arrivai chez lui. La lumière de son bureau éclairait faiblement la petite chambre à coucher contiguë, et en entrant je vis son lit ouvert, que parfumait un lourd rameau d'orchidées penché au-dessus de ses draps. Et sur la table de chevet, près de son oreiller, des narcisses tout jaunes, étonnamment jaunes et jeunes. Ce lit ouvert, ces orchidées, ces narcisses : pas besoin de nous étendre côte à côte ; debout dans la pénombre de cette chambre j'avais l'impression de me lever d'une nuit d'amour. Lui était assis à son petit bureau, et une fois de plus je fus frappée de l'aspect de son visage, un très vieux paysage grisâtre marqué par les intempéries.

Oui, vois-tu, il faut avoir de la patience. Ton désir doit être comme un navire lent et majestueux glissant sur des océans sans fin, sans chercher de port d'attache. Et un beau jour, inopinément, il trouve tout de même une rade où jeter l'ancre pour un moment. Hier soir, il a trouvé ce port. J'ai peine à croire qu'il y a quinze jours à peine, je l'ai attiré à moi avec tant de violence et d'avidité qu'il est tombé sur moi ; j'en suis restée si malheureuse que je ne croyais même pas pouvoir continuer à vivre. Et il y a une semaine encore je me suis laissée glisser dans ses bras, sans en être plus heureuse car nos gestes gardaient quelque chose de forcé.

Il aura pourtant fallu toutes ces « stations », sans doute, pour parvenir à cet entraînement naturel de l'un vers l'autre, à cette intimité confiante, à cette faculté de se chérir et d'être bon l'un pour l'autre. Une soirée comme celle-là demeure gravée dans le souvenir. Et l'on n'a pas besoin d'en vivre beaucoup de semblables, sans doute, pour se convaincre que l'on a une vie amoureuse riche et pleine.

9 heures du soir. Ma petite Marocaine à l'air grave, au cheveu noir, fixe mon jardin de fleurs, ou plutôt son regard animal et serein se perd au-delà, comme toujours. Les petits crocus jaunes, mauves et blancs pendent d'un air épuisé par-dessus le bord de leur bac improvisé, ils ont trop vécu depuis hier. Et vous, clochettes jaunes dans la transparence du cristal, comment vous appelez-vous au juste ? Un caprice printanier de S., qui les a achetées. Et hier soir il m'avait déjà apporté ce bouquet de tulipes. Ce petit bouton rouge et ce minuscule bouton blanc, fermés, impénétrables et pourtant si charmants, je ne pouvais en détacher mon regard cet après-midi, pendant le récital Hugo Wolf. Le Rijksmuseum s'élevait derrière les vitres, d'une fraîcheur et d'une nouveauté insolente dans ses contours pourtant si familiers.

Nous n'avons plus le droit de nous promener sur le Wandelweg, le moindre groupe de deux ou trois arbres a été rebaptisé « bois » et porte un écriteau : « Interdit aux Juifs[1]. » On en voit fleurir partout de ces pancartes. Pourtant il reste bien assez de place où vivre dans la joie, faire de la musique ensemble et s'aimer. Glassner avait apporté un petit sac de charbon, Tide un peu de bois, S. du sucre et des gâteaux secs, j'avais du thé et notre petite artiste suisse et végétarienne arriva chargée d'un gros cake[2]. S. lut d'abord quelques pages sur Hugo Wolf. Arrivé à certaines phrases qui évoquaient ce destin tragique, les commissures de ses lèvres tremblaient un peu. Cela aussi me plaît tant chez lui. Il est si vrai. Chaque mot qu'il dit, chante ou lit, il le vit également. Si donc il lit des choses tristes, il ressent au même moment une réelle tristesse. Et je trouve touchant de le voir alors en proie à une émotion qui semble le mener au bord des larmes. Dans ces moments-là, je suis prête à verser un pleur avec lui.

Glassner joue de mieux en mieux. Cet après-midi, je lui criais intérieurement : « Nous accompagnons tes progrès, silencieux Glassner. »

Il est des moments où je comprends soudain, et où je ressens pour ainsi dire dans ma chair, comment les artistes créateurs peuvent s'adonner à la boisson, à la débauche, s'avilir, etc. Il faut à un artiste un caractère bien trempé pour ne pas se détraquer moralement. Pour ne pas tomber dans un abîme sans limites. Une tentation que je suis encore incapable de décrire, mais que je ressens parfois très fortement. Toute ma tendresse, l'intensité de mes

1. Les lois de Nuremberg étant peu à peu étendues aux Pays-Bas, les parcs et jardins y étaient désormais interdits aux Juifs, « afin de protéger la santé et la détente des aryens ».

2. Glassner : Evaristos Glassner, un ami de Mischa, qui devint après la guerre organiste et professeur de piano à Amsterdam. L'artiste « suisse et végétarienne » est restée non identifiée.

émotions, la houle de ce lac, de cette mer, de cet océan de l'âme, je voudrais les déverser en cataracte dans un seul petit poème, mais je sens aussi que si j'en étais capable, je voudrais aussitôt après me précipiter dans un abîme, me soûler, etc. Après un acte créateur, on devrait être pris en charge par sa propre force de caractère, par le soutien d'une morale, que sais-je, pour ne pas culbuter dans Dieu sait quels bas-fonds. Mue par quelle pulsion obscure ? Je la sens en moi ; dans mes moments les plus fructueux, les plus créateurs, je sens qu'en même temps des démons se lèvent en moi, que des forces destructrices et autodestructrices se mettent à l'affût. Ce n'est pas le désir habituel de l'autre, de l'homme, c'est quelque chose de plus cosmique, de plus universel et d'irrésistible. Mais je sens que je parviendrai à me contrôler, même dans ces moments-là. J'ai besoin de m'agenouiller quelque part dans un coin tranquille, de me tenir en bride, de me rassembler et d'empêcher mes forces de se pulvériser dans l'infini.

Un moment, à la fin de l'après-midi, je me suis sentie interceptée et arrêtée par la barrière du regard de S., ce regard limpide et gris clair qui m'a considérée un instant, et par cette chère bouche charnue. Un instant je me suis sentie abritée et retenue dans ce regard. Mais tout l'après-midi j'avais erré au hasard dans un espace infini où nulle frontière n'eût dû m'arrêter et où, pourtant, je me suis soudain heurtée à une frontière, celle où l'on cesse de supporter l'infini et où, de désespoir, on pourrait se livrer à toutes sortes d'excès.

Le sombre réseau des branches dans la lumière diaphane, légère, du printemps ! Ce matin, au réveil, j'ai retrouvé les cimes des arbres devant ma fenêtre. Cet après-midi, un étage plus bas, c'étaient les troncs qui se montraient aux vastes croisées. Les boutons de tulipe rose et blanc, inclinés l'un vers l'autre, le noble piano de concert noir, mystérieux, compliqué, un être en soi, et au-delà des vitres les branches noires se découpant sur le ciel clair et plus loin encore le Rijksmuseum. Et S., tantôt étranger, tantôt familier, très lointain et très proche à la fois, semblant tout à coup un vieux lutin très laid, bientôt après un oncle corpulent et bonasse, friand de petits gâteaux, pour redevenir ensuite le charmeur à la voix chaude – toujours changeant, mon ami mais toujours lointain.

26 avril 1942. Pour le moment ce n'est qu'une petite anémone rouge toute fripée. Mais dans des dizaines d'années je la retrouverai entre ces pages ; devenue une vraie matrone, je prendrai entre mes mains la fleur séchée et je dirai avec un brin de nostalgie : « Tiens, c'est l'anémone rouge que j'avais piquée dans mes cheveux pour le cinquante-cinquième anniversaire de l'homme qui fut l'ami le plus grand et le plus inoubliable de ma jeunesse. La guerre était dans sa troisième année, nous avions mangé des macaronis de marché noir et bu du vrai café en grains, dont Liesl avait fait une véritable orgie. Nous étions tous très gais et nous nous demandions ce qui resterait de la guerre un an après ; j'avais cette anémone rouge dans les cheveux et quelqu'un me dit : "Tu as l'air d'un mélange de Russe et d'Espagnole" et un inconnu, un Suisse blond aux sourcils épais, renchérit : "Une Carmen russe !" sur quoi je lui demandai de nous dire un poème de Guillaume Tell avec ses "r" roulés si comiquement helvétiques. »

Après le dîner, nous avons marché une fois de plus par ces rues si familières d'Amsterdam-Sud pour aller admirer ses fleurs. Liesl nous devança pour passer chez elle et mettre une robe de soie noire brillante qui moulait son corps mince, avec de larges manches d'une gaze diaphane bleu ciel qui couvrait aussi ses petits seins blancs. Et dire que cette femme si fine et si frêle est mère de deux enfants ! Pourtant il est vrai qu'elle cache au fond d'elle-même une énergie primitive. Han, quant à lui, avait l'air fringant et conquérant ; son carton, à table, ne portait-il pas : « *Amant toujours juvénile, père d'héroïnes* », titre qu'il n'accepta qu'en protestant. Liesl devait me dire plus tard : « *Je pourrais être amoureuse de cet homme.* »

Mais ce qui a donné soudain tout son relief à cette soirée, pour moi du moins, c'est ceci : vers onze heures et demie, Liesl était au piano, S. assis sur une chaise devant elle, et moi debout contre lui. Liesl posa une question, et nous voilà tout à coup en pleine psychologie : les traits de S. reprirent leur intensité et leur force d'expression caractéristiques, et avec cette vivacité et cette disponibilité d'esprit qui ne le quittent jamais, il se mit à lui expliquer un point de psychologie en termes clairs et vivants. Il avait derrière lui une longue journée faite d'envois de fleurs et de lettres, de visites, de courses, de l'organisation du dîner qu'il devait présider, il avait bu quantité de vin, ce qu'à vrai dire il ne supporte guère, et il était sans doute très fatigué, mais voilà qu'on lui pose une question sur un sujet grave et aussitôt ses traits se tendent, il entre totalement dans le jeu – comme s'il parlait en chaire, devant un public nombreux et attentif ; au-dessus de cette masse vaporeuse et diaphane de bleu ciel, le visage de Liesl s'émeut soudain, elle fixe S. de ses grands yeux et lui dit avec ce léger bégaiement inimitable et touchant : « *Je trouve si bouleversant que vous soyez comme cela !* » Et moi je me serre un peu plus fort contre lui, je caresse son bon visage expressif et je dis à Liesl : « Oui, tu vois, c'est cela l'extraordinaire avec S. Il est toujours prêt, il a toujours une réponse à t'apporter, cela vient de sa grande sérénité et de sa grande disponibilité, qui ne se démentent jamais, et c'est pourquoi les heures passées avec lui ont un sens profond et ne sont jamais perdues. » S. m'écoutait avec un étonnement d'enfant, une expression que je ne saurais décrire et pour laquelle je cherche depuis un an les termes adéquats, et finit par dire : « *Mais n'est-ce pas ainsi chez tout être humain ?* » Il embrassa la petite Liesl sur les deux joues et le front, m'attira plus près de lui contre ses genoux et cela me remit en mémoire les paroles que Liesl avait prononcées quelques semaines plus tôt en prenant le soleil sur le toit de sa maison : « *J'aimerais bien passer quelques jours avec S. et toi...* »

S. a dit : « Il ne faut jamais vouloir aller jusqu'au bout, il faut toujours garder quelque chose pour nourrir l'imagination. »

18 mai 1942. [...] Les menaces extérieures s'aggravent sans cesse et la terreur s'accroît de jour en jour. J'élève la prière autour de moi comme un mur protecteur plein d'ombre propice, je me retire dans la prière comme dans la cellule d'un couvent et j'en ressors plus concentrée, plus forte, plus « ramassée ». Cette retraite dans la cellule bien close de la prière prend pour moi une réalité de plus en plus forte, devient aussi plus simple. Cette concentration intérieure dresse autour de moi de hauts murs entre lesquels je me retrouve et me rassemble, échappant à toutes les dispersions. Je conçois tout à fait qu'il vienne un temps où je resterais des jours et des nuits agenouillée jusqu'à sentir enfin autour de moi l'écran protecteur de murs qui m'empêcheraient de m'éparpiller, de me perdre et de m'anéantir.

Mardi 26 mai, 9 heures et demie du matin. J'ai marché le long du quai, dans un vent tiède et rafraîchissant tout ensemble. Nous sommes passés devant des seringas, de petites roses et des sentinelles allemandes. Nous avons parlé de notre avenir : après tout nous avions bien envie de rester ensemble. Je suis totalement incapable de décrire la journée d'hier. En rentrant chez moi le soir, dans la nuit tiède, à la fois légère et alourdie d'avoir bu tout ce chianti blanc, j'ai retrouvé soudain, fugitivement, la certitude qui, en ce moment précis où je tiens un stylo, a de nouveau totalement disparu : un jour je serai écrivain. Les longues nuits que je passerai à écrire, ce seront mes plus belles nuits. Alors tout jaillira de moi, s'écoulera de moi en un flux ininterrompu et sans fin, tout cela qu'aujourd'hui j'emmagasine en moi.

Le soir, après dîner. [...] Aujourd'hui : Michel-Ange et Léonard de Vinci. Eux aussi sont entrés dans ma vie, ils peuplent ma vie. Comme Dostoïevski, Rilke et saint Augustin. Et les évangélistes. Je suis vraiment en excellente compagnie. Et sans ce snobisme intellectuel que j'y mettais autrefois. Chacun d'eux à sa manière a quelque chose de réel à me dire, et qui me touche de près. Certains traits chez Michel-Ange m'ont littéralement prise à la gorge et m'ont donné le sentiment d'une rencontre forte et directe.

« *On s'abandonnait à ses crises de mélancolie sans retenue et jusqu'à l'autodestruction.* » Cette phrase est devenue légendaire. *Mais cela n'existe plus.* Même dans mes jours de plus grande lassitude, de plus profonde tristesse, je ne me laisse plus tomber aussi bas. La vie demeure un flux continu, ininterrompu, qui ces jours-là s'écoule peut-être un peu plus lentement et rencontre plus d'obstacles, mais n'en continue pas moins à s'écouler. Parlant de moi, je ne peux plus dire non plus comme autrefois : « Je suis si malheureuse, je ne sais plus où j'en suis » – tout cela m'est devenu complètement étranger. Autrefois j'avais vraiment la prétention d'être la personne la plus malheureuse de cette terre.

On a parfois le plus grand mal à concevoir et à admettre, mon Dieu, tout ce que tes créatures terrestres s'infligent les unes aux autres en ces temps déchaînés. Mais je ne m'enferme pas pour autant dans ma chambre, mon Dieu, je continue à tout regarder en face, je ne me sauve devant rien, je cherche à comprendre et à disséquer les pires exactions, j'essaie toujours de retrouver la trace de l'homme dans sa nudité, sa fragilité, de cet homme bien souvent introuvable. Enseveli parmi les ruines monstrueuses de ses actes absurdes. Je ne reste pas ici, dans une chambre paisible et fleurie, à me gaver de poètes et de penseurs et à louer Dieu, je n'y aurais pas grand mérite, et je ne crois pas non plus être aussi étrangère au monde que mes bons amis se plaisent à le répéter d'un air attendri. Tout être humain a sa réalité propre, je le sais, mais je ne suis ni une illuminée ni une rêveuse, mon Dieu, ni une « *belle âme* » attardée dans une interminable puberté (Werner[1] disait à propos de mon « roman » : « *d'une belle âme à une grande âme* »). Je regarde ton monde au fond des yeux, mon Dieu, je ne fuis pas la réalité pour me réfugier dans de beaux rêves – je veux dire qu'il y a place pour de beaux rêves à côté de la plus cruelle réalité – et je m'entête à louer ta création, mon Dieu, en dépit de tout ! S'il m'appelle de nouveau tout à l'heure et me demande, de son ton inquisiteur, « *Eh bien, comment allez-vous ?* », je pourrai lui répondre d'un cœur sincère : « *En haut très bien, en bas très mal !* »

La plupart des problèmes sont en grande partie résolus dès lors qu'on les évoque. Du moins c'est vrai en psychologie, dans la vie il en va peut-être tout autrement. En prenant soudain conscience que, si je me sens malade, les fluctuations de mon état dépendent beaucoup trop de mes rapports avec lui, et en notant ce fait dans une petite phrase assez gauche, je me suis du même coup un petit peu libérée de lui ; et en le retrouvant tout à l'heure, je l'aborderai forte de ce petit pan de liberté conquise. Ainsi, parallèlement au mouvement qui nous rapproche l'un de l'autre, se dessine un mouvement symétrique de détachement. Dans des jours de lassitude et d'épuisement comme celui-ci, involontairement peut-être, je me raccroche encore plus à sa force, comme si j'attendais d'elle la guérison. Et en même temps cette force débordante m'abat, parce que je ne me sens pas à son niveau et crains de ne pouvoir le suivre. Deux réactions fausses. C'est de mes propres forces et non des siennes que doivent venir guérison et régénération. En des temps comme ceux que nous vivons, cette force vitale éruptive m'irrite et m'angoisse parfois, mais c'est probablement la réaction normale d'une malade

1. Werner Levie, époux de Liesl. Ancien directeur d'opéra. Mort en déportation.

en face d'un homme éclatant de santé – une sorte de sentiment de frustration.

Samedi matin, 7 heures et demie. [...] Les troncs dépouillés qui grimpent devant ma fenêtre se couvrent maintenant de jeunes feuilles vertes. Une toison bouclée sur leurs corps d'ascètes, nus et durs.

Impressions d'hier soir, dans ma petite chambre. Je m'étais couchée de bonne heure et, de mon lit, je regardais au-dehors par la baie ouverte. On aurait dit, une fois de plus, que la vie avec tous ses secrets était tout près de moi, que je pouvais la toucher. J'avais l'impression de reposer contre la poitrine nue de la vie et d'entendre le doux battement régulier de son cœur. J'étais étendue entre les bras nus de la vie et j'y étais en sécurité, à couvert. Et je pensais : comme c'est étrange ! C'est la guerre. Il y a des camps de concentration. De petites cruautés s'ajoutent à d'autres cruautés. En passant dans les rues, je peux dire de beaucoup de maisons : ici un fils est en prison, là le père est retenu en otage, ici encore on a à supporter la condamnation à mort d'un fils de dix-huit ans. Et ces rues et ces maisons se trouvent tout près de chez moi. Je connais l'air traqué des gens, l'accumulation de la souffrance humaine, je connais les persécutions, l'oppression, l'arbitraire, la haine impuissante et tout ce sadisme. Je connais tout cela et je continue à regarder au fond des yeux le moindre fragment de réalité qui s'impose à moi.

Et pourtant, quand je cesse d'être sur mes gardes pour m'abandonner à moi-même, me voilà tout à coup reposant contre la poitrine nue de la vie, et ses bras qui m'enlacent sont si doux et si protecteurs – et le battement de son cœur, je ne saurais même pas le décrire : si lent, si régulier, si doux, presque étouffé, mais si fidèle, assez fort pour ne jamais cesser, et en même temps si bon, si miséricordieux.

Tel est une fois pour toutes mon sentiment de la vie, et je crois qu'aucune guerre au monde, aucune cruauté humaine si absurde soit-elle, n'y pourra rien changer.

Jeudi matin, 9 heures et demie. Par une journée estivale comme celle-ci, on se sent bercée par un millier de bras caressants. Cela vous rend languide et paresseuse, mais au-dedans de vous tout un monde entre en effervescence et se lève vers une destination inconnue. Et je voudrais dire ceci : lorsqu'il chantait l'autre jour *der Lindenbaum* [1] (c'était si beau que je lui ai demandé de chanter « tout un bois de tilleuls »), les rides et lignes de son visage dessinaient comme des chemins antiques, immémoriaux, dans un paysage aussi vieux que la création.

L'autre jour chez Geiger, à la petite table d'angle, le visage jeune et délicat de Münsterbergen s'est glissé entre le sien et le mien et, l'espace d'un instant, j'ai considéré avec stupéfaction la vieillesse de cette tête qui semble porter les stigmates de plusieurs vies. J'eus alors une brève réaction (une sorte d'instantané) : non, je n'allais tout de même pas unir pour toujours ma vie à la sienne, c'était impossible. Mais c'est une réaction mesquine et basse. Elle se fonde sur la notion conventionnelle du mariage. Ma vie est de toute façon liée à la sienne, ou plus exactement elle communique avec la sienne. Et ce ne sont d'ailleurs pas tant nos vies que nos âmes – j'avoue que cette formulation me paraît un peu grandiloquente pour une heure aussi matinale, mais c'est probablement que je ne coïncide pas encore totalement avec elle, avec ce mot « âme ».

C'est vraiment d'une vulgarité, d'une mesquinerie et d'une bassesse rares que de penser à tel moment, lorsque son visage me plaît particulièrement : « Oui, j'aimerais bien l'épouser et rester toujours avec lui », et de me dire un peu plus tard, lorsqu'il me paraît vieux, désespérément vieux (et surtout si je vois un visage jeune et frais à côté du sien) : « Non, décidément, mieux vaut s'abstenir. » Tu devrais arracher de ta vie ces façons de juger ! C'est un genre de réaction que je ressens – comment dire ? – comme un obstacle gênant, paralysant, pour les sentiments

1. Le tilleul.

vraiment grands qui nous unissent au-delà des limites des conventions et du mariage. Il ne s'agit d'ailleurs pas tant des conventions et du mariage en tant que tels, mais plutôt de l'idée que l'on s'en fait et que l'on porte en soi.

Cela ne devrait tout simplement pas exister – penser ainsi à un moment donné, en réaction à une expression du visage, ou à quoi que ce soit d'autre : « Oui, je voudrais bien l'épouser. » Et avoir l'instant d'après la réaction inverse. Cela ne devrait pas être, c'est entièrement coupé de l'essentiel. Ici encore je me heurte à l'impossibilité de m'exprimer, fût-ce par approximation. Il reste qu'on doit arracher et extirper beaucoup de choses de soi-même afin de libérer un vaste espace où puissent s'épanouir dans leur intégrité de grands sentiments et de grandes affections, sans être constamment entravés par des réactions mesquines et inférieures.

Vendredi soir, 7 heures et demie. Cet après-midi, regardé des estampes japonaises avec Glassner. Frappée d'une évidence soudaine : c'est ainsi que je veux écrire. Avec autant d'espace autour de peu de mots. Je hais l'excès de mots. Je voudrais n'écrire que des mots insérés organiquement dans un grand silence, et non des mots qui ne sont là que pour dominer et déchirer ce silence. En réalité les mots doivent accentuer le silence. Comme cette estampe avec une branche fleurie dans un angle inférieur. Quelques coups de pinceau délicats – mais quel rendu du plus infime détail ! – et tout autour un grand espace, non pas un vide, disons plutôt : un espace inspiré. Je hais l'accumulation des mots. Il faut si peu de mots pour dire les quelques grandes choses qui comptent dans la vie. Si j'écris un jour (et qu'écrirai-je au juste ?) je voudrais tracer ainsi quelques mots au pinceau sur un grand fond de silence. Et il sera plus difficile de représenter ce silence, d'animer ce blanc, que de trouver les mots. Il s'agira de trouver un juste dosage entre le dit et le non-dit, un non-dit plus gros d'action que tous les mots que l'on peut tisser ensemble.

Dans chaque nouvelle (ou toute autre forme que je pratiquerai) le fond de non-dit devra recevoir un ton particulier et un contenu spécifique, comme c'était le cas pour chacune de ces estampes japonaises. Il ne s'agit pas d'un silence vague et insaisissable, il doit avoir des contours bien arrêtés et une forme propre. Ainsi les mots ne devraient servir qu'à donner au silence sa forme et ses limites. Chaque mot serait comme une pierre milliaire ou un petit tertre au long de chemins infiniment plats et étendus, de plaines infiniment vastes. C'est assez comique : je pourrais écrire des volumes entiers pour expliquer comment je voudrais écrire, et il est fort possible qu'en dehors de ces recettes je ne couche jamais une ligne sur le papier. Mais ces estampes japonaises m'ont permis soudain de visualiser le style d'écriture que je recherche. Et je voudrais parcourir un jour de vrais paysages japonais pour en prendre encore mieux conscience. D'une façon générale, je crois que je partirai un jour pour l'Orient afin de trouver, vécue là-bas dans la quotidienneté, une atmosphère que l'on croit ne pouvoir connaître ici que dans l'isolement et la dissonance.

Mardi 9 juin, 10 heures et demie du soir. Ce matin au petit déjeuner, des nouvelles plus ou moins détaillées de la situation dans le quartier juif. Huit personnes dans une petite pièce, avec tout le confort qu'on imagine [1]. Tout cela est encore difficile à envisager, à concevoir, et l'on a peine à croire que de telles scènes se passent à quelques rues d'ici et que c'est le sort qui vous attend. Et ce soir, au

1. Le quartier juif d'Amsterdam, dont il ne reste presque rien, se situait à la frange est du centre historique de la ville, et s'étendait, toujours à l'est, dans des quartiers plus récents. Les Allemands voulurent en faire un véritable ghetto en l'isolant de barbelés à partir de l'hiver 1941-1942, et en y transférant peu à peu tous les Juifs des Pays-Bas. Le projet ne reçut qu'un commencement d'exécution, mais les premiers transferts provoquèrent les entassements de population dont parle Etty. Elle-même habitait non pas à quelques rues, mais très loin de ce quartier.

cours de la petite promenade qui nous a menés de chez le Suisse végétarien[1] au domicile de S. (dont le géranium pousse comme un buisson), je lui ai demandé tout à trac : « Dis-moi donc, comment dois-je réagir à la culpabilité qui m'envahit lorsque j'apprends que des gens doivent s'entasser à huit dans un espace minuscule, alors que je dispose pour moi toute seule de cette grande chambre ensoleillée ? » Il m'a lancé alors un regard de côté un peu diabolique et m'a dit : « Il y a deux possibilités : ou bien tu te sens tenue de quitter cette chambre (et il me lançait un regard ironique et inquisiteur qui signifiait : "je te vois déjà partir !"), ou bien tu te dois de rechercher ce que ta culpabilité cache en réalité. Peut-être le sentiment de ne pas assez travailler ? » A ce moment-là, j'y ai vu soudain plus clair et je lui ai dit : « Oui, vois-tu, dans mon travail je me tiens toujours dans les hautes sphères de l'esprit, et lorsque j'entends parler de situations aussi révoltantes, je me demande sans doute inconsciemment (ou même très consciemment comme en ce moment) : pourrais-je continuer à travailler ainsi, avec autant de conviction et de passion, si je devais partager une chambre crasseuse avec huit autres personnes ? Car cette activité intellectuelle, cette vie intérieure intense, n'ont à mon avis de valeur que si elles peuvent se poursuivre dans toutes les situations, même les plus extrêmes ; et si on ne peut les poursuivre en pratique, dans les faits, qu'on le fasse au moins intérieurement, mentalement. Sinon, tout ce que je fais maintenant n'est que luxe intellectuel. Cette pensée a sans doute un effet paralysant (autrefois elle aurait pu me paralyser pour des semaines dans mon travail, mais je ne croyais guère encore à la nécessité de ce travail) ; cette angoisse : serais-je encore la même dans une telle situation ? Cette incertitude : serai-je assez forte pour supporter l'épreuve ? Il me faudra prouver que cette façon d'être est tenable, de toute façon je serai bien obligée de vivre comme je le fais maintenant : je ne suis taillée pour être

1. Personnage non identifié.

ni assistante sociale ni révolutionnaire et je dois y renoncer pour de bon, quand bien même une certaine culpabilité m'inciterait à m'engager dans l'une ou l'autre de ces voies. »

Bien sûr, je n'en ai pas dit autant au cours de notre promenade. J'ai dit seulement : « Peut-être est-ce la peur de ne pouvoir supporter l'épreuve. » Et lui, d'un ton très grave et avec une émotion contenue : « Cette épreuve viendra pour nous tous. » Il acheta alors cinq petits boutons de rose et me les mit dans la main en disant : « *Vous n'attendez jamais rien du monde extérieur, et c'est pourquoi vous recevez toujours quelque chose*[1]. »

Mercredi matin, 7 heures et demie. Saint Augustin avant le petit déjeuner, c'est enthousiasmant, c'est plein de feu. Un rhume de cerveau ne suffit plus à me faire perdre mon bel équilibre, mais il n'en devient pas drôle pour autant. Bonjour, mon bureau en désordre ! Le chiffon à poussière s'enroule en courbes nonchalantes autour de mes cinq jeunes boutons de rose, et le *Über Gott* de Rilke est à moitié écrasé sous le *Russe commercial.* L'anarchiste Kropotkine gît tout froissé dans un coin, il ne fait déjà plus tout à fait partie de mon petit monde. Je l'ai tiré d'un rayonnage poussiéreux de ma chambre pour relire sa première réaction à l'entrée dans la cellule où il devait passer quelques années. Traduite et transposée sur un plan intérieur, la description de son premier contact avec sa cellule peut servir d'image symbolique à ce que doit être notre réaction aux restrictions de plus en plus sévères imposées à notre liberté de mouvement. Il faut partir de l'espace qui vous est laissé, si restreint soit-il, envisager aussitôt toutes ses possibilités et faire de celles-ci une modeste réalité :

1. Lorsque Etty rapporte ses dialogues avec S. en allemand, elle utilise toujours le « vous » *(Sie)* ; mais quand elle les transcrit en néerlandais, elle passe au tutoiement, comme on l'a vu un peu plus haut.

« Je me dis alors : ce à quoi je dois veiller le plus, c'est que ma constitution demeure robuste, je ne veux pas tomber malade ici. Je n'ai qu'à imaginer que je suis contraint, au cours d'une expédition polaire, de passer quelques années dans le grand Nord. Je vais me donner autant d'exercice physique que je le pourrai, je ferai de la gymnastique et ne me laisserai pas miner par ce qui m'entoure. Dix pas d'un bout à l'autre de ma cellule représentent déjà quelque chose ; répétés cent cinquante fois, ces dix pas font une verste. Je me proposai de parcourir chaque jour sept verstes : deux verstes le matin, deux avant le déjeuner, deux après, et une avant de me coucher. »

Cette heure qui précède le petit déjeuner est en quelque sorte l'antichambre de ma journée. Tout est si calme autour de moi, même si la radio marche chez les voisins et si, derrière moi, Han ronfle – encore que pianissimo. Nulle précipitation autour de moi.

Parfois, quand je passe dans les rues à bicyclette, pédalant tout doucement, totalement absorbée par ce qui se déroule en moi, je me sens en possession de possibilités d'expression si impérieuses, si sûres, que je suis à vrai dire bien étonnée de la gaucherie, de la faiblesse de toutes les phrases que j'écris. En moi, les mots et les phrases vont quelquefois d'une allure si assurée, si convaincante, qu'ils semblent pouvoir sortir de moi tels quels et poursuivre leur marche avec la même assurance sur le premier bout de papier venu. Mais en réalité je n'en suis pas encore là. Je me demande parfois si je ne donne pas trop libre cours à mon imagination, sans la guider assez de l'extérieur pour la contraindre à entrer dans certaines formes. Pourtant tout ne vient pas d'une imagination ensauvagée et vagabonde. En moi certaines choses prennent bel et bien forme, une forme de plus en plus nette, concentrée et tangible – et pourtant il n'y a rien encore à saisir, comment est-ce possible ? J'ai l'impression d'abriter un grand atelier où l'on travaille dur, où l'on martèle, taille, etc. A d'autres moments, il me semble être faite intérieurement de granit, un rocher de granit heurté perpétuellement de fortes cataractes qui l'érodent. Un bloc de granit érodé sans trêve, où les éléments cisèlent des contours et des formes. Peut-être ces formes seront-elles un jour achevées, leurs contours nettement dessinés, et je n'aurai plus alors qu'à recopier ce que je trouverai en moi. Mais n'est-ce pas une vue trop simpliste ? Ne fais-je pas trop confiance à un travail qui s'accomplit sans ma participation active ? Je veux y apporter tout mon sérieux et toute mon attention : ils assistent à ce « travail » pour ainsi dire en mon nom. Ils sont mes représentants là-bas dans cet atelier, mais ils n'y sont qu'en observateurs, sans fournir aucune aide effective.

Vendredi. [...] Ça y est, on est sur le point d'adopter de nouvelles mesures antijuives, semble-t-il : interdiction d'acheter chez les marchands de fruits et légumes, réquisition des bicyclettes, interdiction de prendre le tram, couvre-feu à 8 heures[1].

Si je me sens déprimée à l'annonce de telles mesures, comme c'était le cas ce matin où j'ai cru un moment étouffer sous une chape de plomb, en fait ces mauvaises nouvelles ne sont pas l'essentiel. Il n'y a qu'une grande tristesse en moi qui cherche autour d'elle matière à se manifester.

La perspective de donner une leçon ennuyeuse peut m'angoisser et m'oppresser au même titre que les pires décisions de l'occupant. Ce ne sont jamais les choses du monde extérieur qui m'attristent, c'est toujours ce sentiment en moi, abattement, incertitude ou autre, qui donne aux choses extérieures leur coloration triste ou menaçante.

1. Interdiction d'acheter des fruits, certains légumes frais, du poisson, sauf dans les magasins « réservés aux Juifs » – qui d'ailleurs n'étaient guère approvisionnés en produits frais –, de circuler à bicyclette, de prendre le tramway, d'entrer dans une maison non juive, etc. Ces mesures introduites en mai 1942 achevaient l'application aux Pays-Bas des lois de Nuremberg.

Chez moi, tout va de l'intérieur vers l'extérieur, non en sens inverse. Généralement, les mesures les plus menaçantes – et elles ne manquent pas en ce moment – viennent se briser sur ma certitude intérieure et ma confiance et, ainsi filtrées en moi, perdent le plus clair de leur caractère menaçant.

Je dois aussi régler leur compte à ce rhume et à ce sentiment de malaise, car ils rongent mon énergie et mon ardeur au travail. Je dois me défaire de l'idée que, puisque le froid, le rhume et le mal de tête me gênent tant, j'ai bien le droit de me laisser aller un peu et de travailler moins. Ce serait plutôt le contraire, bien que je ne doive pas non plus me forcer. Du fait de la dégradation continuelle de notre alimentation, nous offrons de moins en moins de résistance au froid, du moins c'est déjà le cas chez moi. Et il y aura un hiver à affronter ! Cependant il faut continuer, rester productive. Je crois que je dois m'efforcer dès maintenant d'intégrer en moi-même ce handicap physique, afin de ne plus le ressentir, chaque fois qu'il se manifeste, comme une gêne extérieure imprévue et qui me paralyse. Je dois pour ainsi dire l'acclimater à mon état journalier, à ma petite personne afin de le dominer et de ne plus en souffrir ; ainsi je cesserai de l'éprouver chaque fois comme un facteur paralysant, à éliminer au prix d'une grande perte de temps et d'énergie, mais comme un élément déjà intégré en moi et qui ne requerra aucune attention spéciale. Je m'exprime probablement comme un cochon, mais je sais parfaitement ce que je veux dire.

Samedi matin. Fatiguée, découragée et usée comme une vieille fille. Et maussade comme le crachin glacial qui tombe dehors. Et si faible. Bien sûr, tu aurais mieux fait de ne pas lire jusqu'à une heure du matin dans la salle de bains, alors que tu ne pouvais même plus ouvrir les yeux. Mais ce n'est pas la vraie raison, bien sûr. Inquiétude et fatigue croissantes. Phénomène purement physique ?

Comme autant de petites escarbilles du moi, qui obstruent l'accès à des domaines plus vastes. Extirper et étouffer ce moi borné, poursuivant la satisfaction de désirs extrêmement limités.

Plus je me sens fatiguée et faible, plus le spectacle de ses forces, de son amour, toujours et partout disponible pour tous, m'emplit de confusion. Je suis tout bonnement stupéfaite de lui voir encore autant de force, en des jours comme nous en vivons. On risque à tout moment d'être envoyé dans une baraque en Drenthe[1] et les épiceries affichent des panneaux « Interdit aux Juifs ». Cela suffirait à accaparer un homme normal. Mais lui reçoit encore six malades, consacre à chacun d'eux des heures d'activité intense, les « opère », extrait leurs ulcères moraux, fore chez beaucoup d'entre eux les sources où Dieu se tient caché sans qu'ils en aient conscience, enfin, il fait tant que les eaux irriguent de nouveau leurs âmes desséchées ; les confessions s'entassent sur les petites tables de son appartement, et presque toutes se terminent par un appel au secours. Et il est là pour tous, et apporte son aide. Hier soir dans mon petit « roman de salle de bains » je lisais ces lignes, à propos d'un prêtre : « *Il s'était placé en médiateur entre Dieu et les hommes. Rien de la vie quotidienne n'avait jamais pu l'affecter. Et c'est justement pour cela qu'il comprenait si bien la détresse de tous les êtres en devenir.* »

Il est des jours où la fatigue m'empêche de suivre son rythme. Alors je voudrais que son attention et son amour se concentrent sur moi seule. Je ne suis plus que ce moi borné, et les espaces cosmiques qui m'habitent me sont fermés à moi-même. Et bien entendu je perds tout contact avec lui. Je voudrais qu'il ne fût lui aussi qu'un moi limité, entièrement en ma possession. Désir féminin bien compréhensible. Mais j'ai déjà parcouru un bon bout de chemin pour m'éloigner de ce moi égoïste, et je vais continuer. Il

1. Au camp de Westerbork où les Juifs furent déportés systématiquement à partir de juin 1942.

est normal que le parcours soit émaillé de rechutes. Autrefois il m'arrivait d'écrire, dans une soudaine impulsion : « Je l'aime tellement, je l'aime infiniment. » Ce sentiment a disparu en ce moment. Peut-être est-ce la cause de cette impression de lourdeur, de tristesse et d'usure. Et prier m'est également devenu impossible ces jours-ci. Et je ne m'aime plus. Ces trois choses vont probablement ensemble. Je me sens aussi rétive qu'un âne qui, sur un chemin escarpé, refuse de faire un pas de plus. Et lorsque mes sentiments pour lui sont comme « morts » parce que je n'ai en moi ni l'espace ni la force de les vivre, je me demande soudain : « Est-ce que lui aussi m'a laissé tomber ? Ses forces sont-elles à ce point absorbées par tous ceux qui ont besoin de son aide, qu'il a dû un moment se détourner de moi ? » Etty, tu me dégoûtes ! Quel égocentrisme, quelle petitesse ! Au lieu de l'assister de ton amour et de ton intérêt, tu te demandes comme un enfant pleurnicheur s'il s'occupe assez de toi. C'est la petite femme qui veut accaparer tout l'amour, toute l'attention. Je viens d'avoir au téléphone une conversation brève, neutre, incolore avec lui. Je crois qu'il y a en outre, chez moi, le besoin de me hausser au niveau d'un « sentiment tragique ». Non seulement le besoin de me sentir malheureuse, mais la volonté d'être de plus en plus malheureuse. De porter à leur paroxysme des situations dramatiques et d'en souffrir avec délectation. Vestiges de masochisme ? Et rien ne sert de raisonner avec bon sens et modération dans les « couches supérieures » de sa personne, tant qu'à l'étage inférieur une végétation luxuriante et vénéneuse n'a pas été déracinée. Il rirait probablement à gorge déployée s'il connaissait mes histoires de « sentiments morts » pour lui. Il dirait avec beaucoup d'objectivité, de résignation et de gravité : « Ces moments de dépression se voient dans n'importe quelle relation, on n'a qu'à les laisser passer tranquillement et tout rentre dans l'ordre. »

J'accorde une valeur bien trop absolue à de tels moments. Cela témoigne aussi d'une belle innocence, ma petite, à une époque qui dévore toutes les énergies, de te ronger les sangs parce que la tension affective s'est un peu relâchée entre un homme et toi. Toi qui n'as pas à faire la queue pendant des heures. Et dont Käthe prépare tous les jours les repas. Et que ton bureau et tes livres attendent tous les matins pour t'offrir l'hospitalité. Et l'homme de ta vie habite à quelques rues de chez toi et n'a pas encore été emmené. Tu ferais mieux d'aller dormir tout ton soûl. Tu devrais avoir honte. Règle tes problèmes seule et n'ennuie pas les autres avec tes petites humeurs. Et ne te laisse pas dominer par un état d'âme, un moment – un moment de sommeil, qui plus est ; tâche au contraire de discerner les grandes lignes, le chemin à parcourir. Sois triste si tu veux, mais avec simplicité et franchise, sans échafauder tous ces drames. On doit rechercher la simplicité jusque dans la tristesse, sous peine de tomber dans l'hystérie. Tu devrais t'enfermer dans une cellule nue et rester seule avec toi-même assez longtemps pour te reprendre et imposer le calme à tes tendances hystériques.

Vendredi 19 juin, 9 heures et demie du matin. Sais-tu ce qui me fait mal au cœur chez toi, ma fille ? Cette demi-franchise et cette demi-grandiloquence. Hier soir je voulais écrire encore quelques mots, mais ce n'étaient que sottises brumeuses. Parfois j'ai peur d'appeler les choses par leur nom. Peut-être parce que, alors, il n'en reste plus rien ? Les choses doivent pouvoir supporter d'être appelées par leur nom. Dans le cas contraire, elles n'ont pas droit à l'existence. On essaie de sauver beaucoup de choses de la vie par une sorte de mysticisme vague. Or le mysticisme doit reposer sur une sincérité d'une pureté cristalline. Il faut d'abord avoir mis à jour la réalité la plus nue des choses.

Quand je rentre chez moi le soir, je crois souvent avoir fait des expériences extraordinaires, et je veux en rendre compte sur-le-champ en formules immortelles. Consigner ce que j'ai vécu en termes simples, voire maladroits (après tout, ceci n'est qu'un journal), non, très peu pour moi : des expériences les plus simples, je voudrais extraire aussitôt des aphorismes et des vérités éternelles. Je trouve apparemment qu'on ne peut pas faire moins. C'est à ce point précis que s'introduisent le vague et la généralisation. Je trouve probablement en dessous de ma dignité intellectuelle de parler de mon ventre (appellation grossière et crue, il est vrai, pour une partie du corps aussi importante). Si je voulais dire un mot de mes humeurs d'hier soir, je devrais noter d'abord en toute franchise : c'était la veille de mes règles et ces jours-là je ne suis qu'à demi responsable. Si Han ne m'avait pas forcée à me coucher vers minuit et demi, je serais encore à mon bureau. Et je ne crois même pas qu'il s'agisse de moments vraiment créateurs, ils ne le sont qu'en apparence. Tout en moi est en révolution et en mouvement. Impatience, dispersion, intrépidité parfois sont les marques de ce phénomène féminin qui se répète chez moi, malheureusement, toutes les trois semaines. C'était l'explication de diverses réactions que j'ai eues hier soir.

« Nous aurons bientôt des taches de graisse sur les livres et des taches d'encre sur les tartines », dit Han, « tu en es capable. » La famille est encore à table, quant à moi j'ai repoussé mon assiette et je recopie Rilke entre les fraises (régal exceptionnel) et l'espèce de salade à lapins que nous mangeons... Maintenant la salle à manger s'est vidée, j'écris parmi les miettes qui jonchent la nappe, un radis oublié et des serviettes sales. Käthe fait déjà la vaisselle à la cuisine. Il est une heure et demie. Je vais commencer par dormir une heure pour calmer un peu mon mal de ventre. A cinq heures, visite d'un inconnu envoyé par Becker, probablement intéressé par des leçons de russe. Ce soir une heure de Pouchkine. Je n'ai pas à faire la queue, à peine à m'occuper du ménage. Je ne crois pas qu'il y ait une seule personne en Hollande qui vive dans d'aussi bonnes conditions – du moins, à ce qu'il me semble. Et je sens peser lourd sur mes épaules l'obligation morale d'employer au mieux chaque minute de tout ce temps que je puis consacrer à moi-même sans être rongée par les soucis quotidiens. Chaque jour qui passe, je me dis que je ne me concentre pas assez sur mon travail. J'ai de réelles obligations, des obligations morales.

Samedi soir, minuit et demi. [...] Pour humilier, il faut être deux. Celui qui humilie et celui qu'on veut humilier, mais surtout : celui qui veut bien se laisser humilier. Si ce dernier fait défaut, en d'autres termes si la partie passive est immunisée contre toute forme d'humiliation, les humiliations infligées s'évanouissent en fumée. Ce qui reste, ce sont des mesures vexatoires qui bouleversent la vie quotidienne, mais non cette humiliation ou cette oppression qui accable l'âme. Il faut éduquer les Juifs en ce sens. Ce matin en longeant à bicyclette le Stadionkade, je m'enchantais du vaste horizon que l'on découvre aux lisières de la ville et je respirais l'air frais qu'on ne nous a pas encore rationné. Partout, des pancartes interdisaient aux Juifs les petits chemins menant dans la nature. Mais au-dessus de ce bout de route qui nous reste ouvert, le ciel s'étale tout entier. On ne peut rien nous faire, vraiment rien. On peut nous rendre la vie assez dure, nous dépouiller de certains biens matériels, nous enlever une certaine liberté de mouvement tout extérieure, mais c'est nous-mêmes qui nous dépouillons de nos meilleures forces par une attitude psychologique désastreuse. En nous sentant persécutés, humiliés, opprimés. En éprouvant de la haine. En crânant pour cacher notre peur. On a bien le droit d'être triste et abattu, de temps en temps, par ce qu'on nous fait subir ; c'est humain et compréhensible. Et pourtant, la vraie spoliation c'est nous-mêmes qui nous l'infligeons. Je trouve la vie belle et je me sens libre. En moi des cieux se déploient aussi vastes que le firmament. Je crois en Dieu et je crois en l'homme, j'ose le dire sans fausse honte. La vie est difficile mais ce n'est pas grave. Il faut commencer par « prendre au sérieux son propre sérieux », le reste vient de soi-même. Travailler à soi-même, ce n'est pas faire preuve d'individualisme morbide. Si la paix s'installe un jour, elle ne pourra être authentique que si chaque individu fait d'abord la paix en soi-même, extirpe tout sentiment de haine pour quelque race ou quelque peuple que ce soit, ou bien domine cette haine et la change en autre chose, peut-être même à la longue en amour – ou est-ce trop demander ? C'est pourtant la seule solution. Je pourrais continuer ainsi des pages entières. Ce petit morceau d'éternité qu'on porte en soi, on peut l'épuiser en un mot aussi bien qu'en dix gros traités. Je suis une femme heureuse et je chante les louanges de cette vie, oui vous avez bien lu, en l'an de grâce 1942, la énième année de guerre.

Dimanche matin, 8 heures. [...] Mon petit déjeuner est à côté de moi : un verre de petit-lait, deux tranches de pain bis avec tomates et concombre. J'ai renoncé au gobelet de cacao dont je me régale toujours en douce le dimanche matin et je veux me faire à ce petit déjeuner plus monacal, qui me conviendra mieux. C'est ainsi que je traque ma sensualité jusqu'en ses recoins les mieux cachés, les moins apparents, et que je l'extirpe. Cela vaut mieux. Nous devons apprendre à nous affranchir – et de plus en plus – des besoins physiques autres que les plus fondamentaux. Nous devons éduquer notre corps à ne rien nous réclamer qui ne soit le strict nécessaire, surtout en fait de nourriture, car les temps vont devenir extrêmement durs à cet égard, semble-t-il. Non, ils ne vont pas le devenir, ils le sont déjà. Et pourtant je trouve que nous nous en tirons encore étonnamment bien. Mais mieux vaut se former soi-même volontairement à l'abstinence en temps de relative abondance, que de le faire contraint et forcé en temps de disette. Ce qu'on a obtenu librement de soi-même est plus solidement fondé et plus durable que ce qui s'est développé sous la contrainte. (Je me rappelle le professeur Becker et son paquet de petits mégots.) Nous devons nous affranchir suffisamment des choses matérielles et extérieures pour permettre à l'esprit de poursuivre sa voie et de faire son œuvre en toutes circonstances. Donc : fini le chocolat, place au petit-lait ! Mais oui !

Mon bureau attend un bon coup de rangement. Le géranium que Tide m'a donné la semaine dernière (n'y a-t-il vraiment qu'une semaine de cela ?) après cette soudaine crise de larmes. Et ces pommes de pin, je me rappelle encore le jour où je les ai ramassées. C'était sur la lande, derrière la propriété de Mme Rümke. Je crois bien que c'était la première journée que je passais avec lui à la campagne. Nous avions eu une discussion sur le « démoniaque » et le « non démoniaque ». Oui, nous allons rester longtemps sans voir la lande ; de temps en temps je ressens cette impossibilité comme une privation accablante et frustrante, mais la plupart du temps j'ai cette certitude : même si on ne nous laisse qu'une ruelle exiguë à arpenter, au-dessus d'elle il y aura toujours le ciel tout entier. Et ces trois pommes de pin me suivront s'il le faut jusqu'en Pologne. Mon Dieu, ce bureau ressemble au monde au premier jour de la création. Outre d'exotiques lys du Japon, un géranium, de défuntes roses-thé, des pommes de pin élevées au rang de reliques sacrées, une jeune Marocaine au regard à la fois animal et serein, on y trouve, traînant au hasard, saint Augustin et la Bible, des grammaires et des dictionnaires russes, Rilke et d'innombrables petits blocs-notes, une bouteille d'ersatz de limonade, du papier-machine, du carbone et encore Rilke, œuvres complètes s'il vous plaît, et Jung. Et ce n'est là que ce qui y traîne par hasard ce matin.

Mardi matin, 8 heures et demie. Il y a quelques jours j'y pensais encore en étouffant de rage et presque de soif de vengeance, ce matin je me suis prise à rire tout haut dans mon lit de tant de folie et de puérilité. L'autre jour j'avais devant moi le portrait de Hertha sur la commode, avec son regard rêveur et son éternel sourire ; le lit de S.

était prêt pour la nuit. J'étais près de la porte, j'allais prendre congé ; j'avais sous les yeux à la fois ce sourire qui me nargue depuis seize mois et le lit ouvert, et je pensais, furieuse, triste et esseulée : « Bien sûr ce lit à la couverture colorée est pour cette petite raseuse, avec son sourire figé. » Le rire de S. tonnerait contre les murs s'il pouvait lire ces cris d'un cœur féminin blessé. Pauvre Hertha, comme je suis injuste envers toi ! Je me demande parfois (en un éclair) quelle est ta vie à Londres. Je me le demande parfois en m'engageant dans la petite rue paisible où il habite et en voyant de loin sa silhouette se pencher à la fenêtre, et le geste impatient de son bras. Il se penche au-delà du géranium exubérant qui saigne à sa fenêtre. Je monte les marches de pierre jusqu'à la porte d'entrée qu'il a généralement déjà ouverte d'en haut, et je fais irruption hors d'haleine dans son petit deux-pièces. Tantôt il se tient au milieu de l'appartement, l'air puissant et imposant, comme taillé dans la pierre grise d'un rocher aussi vieux que la création. Tantôt il a totalement perdu cet air impressionnant, il est débonnaire et massif comme un gros ours maladroit, et doux, doux comme je n'aurais jamais cru qu'un homme pût l'être sans devenir du même coup ennuyeux et efféminé. Parfois une pensée modèle soudain ses traits, qui se tendent comme des voiles sous le vent et il dit « *Écoutez un peu...* » ; suit une observation qui m'apprend presque toujours quelque chose. Et il y a toujours ses grandes et bonnes mains, perpétuelles conductrices d'une chaleur et d'une tendresse qui ne sont pas du corps, mais de l'âme. Pauvre Hertha, là-bas à Londres. De ce qui est commun à nos deux vies, j'ai la meilleure part. Plus tard, je pourrai t'en dire long sur lui. C'est en souffrant que j'apprends ce que je sais, et que j'apprends à partager son amour avec toute la création, tout le cosmos. Mais c'est le passage obligé pour accéder soi-même au cosmos. Toutefois le prix du billet d'entrée est particulièrement élevé, on doit le réunir longtemps à l'avance, à force de sang et de larmes. Mais il n'est pas excessif ; pas une souffrance, pas une larme n'est de trop.

Et toi, tu devras refaire le même parcours en recommençant à zéro. Pendant ce temps je sillonnerai le monde avec frénésie, car je ne me serai pas encore entièrement dissoute dans le cosmos et resterai toujours, d'une façon ou d'une autre, une « petite femme ».

Tu devras sans doute parcourir un chemin semblable au mien, parce que cet homme est si imprégné de valeurs éternelles qu'il ne changera probablement plus beaucoup. Et je pense que toi et moi devons avoir beaucoup en commun – sinon, cette amitié aurait-elle pu éclore entre lui et moi ? Tu es sans doute plus timide, plus solitaire que moi. Tu es sans doute un peu plus pédante, moi je suis plus fantasque. Ma frustration commencera le jour où tu feras ton entrée physique dans notre vie. Il trouverait ce mot de frustration bien sot, car il a de l'amour à revendre et auprès de lui nul ne doit redouter d'être frustré. Mais nous autres femmes, que veux-tu, nous sommes bizarrement faites. Ta vie et la mienne se croisent souvent ; qu'en sera-t-il plus tard en réalité ? Si nous sommes destinées à nous rencontrer vraiment à l'avenir, nous devons convenir dès maintenant de ne nous vouloir que du bien, quoi qu'il arrive. Car cela signifierait que l'histoire s'engage dans des voies qui nous permettent de respirer et de vivre libres. Et dans la commune expérience de ce grand bien, toutes les oppositions de personnes devraient s'évanouir. Ne désespères-tu jamais, là-bas de l'autre côté du *channel* ? Bien sûr, je le sais puisque j'ai lu toutes tes lettres. Je sais que tu es comme une petite fille perdue dans cette grande ville sous les bombes et que tu dois seule faire face à tout. Comment fais-tu ? En réalité je t'admire et si je me mettais à avoir pitié de toi, je crois que je n'en sortirais plus.

Il y a une femme à Amsterdam qui prie chaque soir pour toi, c'est vraiment beau de sa part, car après Dieu elle n'aime que lui, et du premier et dernier amour de sa vie. Je suis heureuse que quelqu'un prie pour toi, ta vie s'en trouve mieux protégée et pour ma part j'en serais encore incapable. Je n'ai pas cette grandeur d'âme, sauf peut-être à de rares moments de lumière, mais le reste du temps je suis chargée de tous les vices qui alourdissent le pas de l'homme dans sa montée vers le ciel. Jalousie, hostilité mesquine, en veux-tu en voilà ! Heureusement je sais les grandes choses qui importent dans la vie, et peut-être viendra-t-il un soir où je prierai pour toi, enfin délivrée de mes petites arrière-pensées et de ma jalousie. Ce soir-là, tu te sentiras tout à coup très bien, réconciliée avec la vie pour la première fois depuis longtemps, sans comprendre l'origine de ce bien-être. Mais je n'en suis pas encore là. Bon, il est temps de me mettre au travail. Que fais-tu en ce moment même ? Ta lutte quotidienne pour la vie est autrement plus dure que la mienne, et je pourrais me sentir coupable vis-à-vis de toi, comme je me sens coupable vis-à-vis de tous ceux qui doivent trimer pour leur ration quotidienne, faire la queue pendant des heures, etc. Cela me crée des obligations morales, des responsabilités. L'une de mes occupations principales est l'étude de la langue russe et du grand et cher pays où on la parle. Le jour où tu débarqueras ici, j'irai droit à la gare et je prendrai un billet pour le premier train qui me conduira au cœur de ce pays. Que dis-tu de tant de romantisme puéril, et de si bon matin encore ? Et à une époque comme la nôtre ? Oui, j'ai un peu honte, mais je dois à la vérité de dire que mon imagination prend parfois ces chemins. Ah, Hertha, si tu savais comme notre vie est menacée ici ! Par cette matinée ensoleillée, je parle innocemment de « débarquer ici » et de « nous rencontrer », mais peut-être sommes-nous plutôt destinées à mourir à petit feu dans quelque sinistre cantonnement. Notre vie ici est chaque jour plus menacée et nous ignorons où tout cela finira.

Jeudi après-midi. Quelques lignes d'une lettre de mon père, marquées de son humour inimitable : « Aujourd'hui nous sommes entrés dans l'ère sans bicyclette. J'ai été remettre moi-même celle de Mischa. Le journal m'apprend qu'à Amsterdam, les Yehudim ont encore le droit de se déplacer sur deux roues. Quel privilège ! En tout cas nous n'avons plus à redouter qu'on nous vole nos vélos. Voilà qui soulagera nos nerfs. Autrefois, dans le désert, nous nous sommes très bien débrouillés sans vélo, et pendant quarante ans. »

Samedi 27 juin, 8 heures et demie du matin. Enfermés à plusieurs dans une cellule étroite. Mais n'est-ce pas justement notre mission, au milieu des exhalaisons fétides de nos corps, de « maintenir nos âmes parfumées » ?

Hier à notre après-midi musical, S. a dit, après un Schubert à quatre mains, suivi d'un Mozart : « *Schubert m'a rappelé les limites du clavier, Mozart ses possibilités.* »
Et Mischa, hésitant et cherchant ses mots, mais avec une grande acuité de pensée : « *Oui, dans cette pièce, Schubert malmène le clavier pour obtenir de la musique.* » Après le concert, j'ai fait un bout de chemin avec lui le long du quai. Tout à coup, envahie par le pressentiment d'une séparation imminente, je lui ai dit : « Nous n'avons peut-être plus du tout d'avenir... » A quoi il a répondu : « C'est bien possible, oui, si l'on prend cet "avenir" au sens matérialiste... »

« On peut vivre sans café et sans cigarettes », disait Liesl, scandalisée, mais vivre sans la nature c'est impossible, on ne peut tout de même pas en priver un être humain ! » Je lui ai répondu : « Considère que nous purgeons une peine de prison qui peut durer quelques années, et tâche de vivre avec les trois arbres qui sont en face de chez toi comme si c'était une forêt. Et pour des prisonniers, nous avons encore une relative liberté de mouvement. »
Liesl : elle me fait penser à un petit elfe qui prend des bains de lune par les chaudes nuits d'été. Mais elle passe aussi trois heures par jour à rincer des épinards et elle fait

la queue pour acheter des pommes de terre jusqu'à en perdre connaissance. Elle laisse échapper parfois de ces petits soupirs qui naissent au plus profond d'elle-même et font frémir de bas en haut ce corps menu. Elle a une grande timidité, une grande pudeur (pudeur qu'on chercherait en vain toutefois dans certains événements de sa vie), mais en même temps beaucoup de force, une force naturelle, originelle. Cette baisse de tension affective que j'ai ressentie vis-à-vis d'elle était vraiment très éphémère. Elle serait très surprise de voir ce que j'écris ici : qu'elle est ma seule amie « féminine ».

Lundi matin, 10 heures. [...] Dieu n'a pas à nous rendre de comptes, c'est l'inverse. Je sais tout ce qui peut encore nous attendre. Je suis désormais séparée de mes parents sans pouvoir les rejoindre, alors qu'ils n'habitent qu'à deux heures de train d'ici[1]. Mais je sais qu'ils habitent une maison confortable, ne souffrent pas de la faim et sont entourés de beaucoup de gens de bonne volonté. Et eux aussi savent où je suis. Mais le temps viendra peut-être où je ne saurai plus où ils sont, où ils auront été déportés, où ils mourront de détresse. Je sais que ce temps peut venir. Aux dernières nouvelles, tous les Juifs de Hollande vont être déportés en Pologne, en transitant par la Drenthe[2]. La radio anglaise a révélé que depuis avril de l'année dernière, sept cent mille Juifs ont été tués en Allemagne et dans les territoires occupés. Et si nous survivons, ce seront autant de blessures que nous devrons porter en nous pour le restant de nos jours. Dieu n'a pas à nous rendre de comptes pour les folies que nous commettons. C'est à nous de rendre des comptes ! J'ai déjà subi mille morts

1. Les Juifs étaient assignés à résidence dans la ville ou le quartier où ils habitaient.

2. Ce programme fut exécuté point par point. Près de 80 pour 100 des Juifs néerlandais furent déportés en Pologne (à Auschwitz et à Sobibor) et exterminés. Quelques milliers de Juifs néerlandais connurent un traitement un peu moins inhumain à Bergen-Belsen ou à Theresienstadt.

dans mille camps de concentration. Tout m'est connu, aucune information nouvelle ne m'angoisse plus. D'une façon ou d'une autre, je sais déjà tout. Et pourtant je trouve cette vie belle et riche de sens. A chaque instant.

1er juillet au matin. Mon esprit a déjà classé les événements des derniers jours – jusqu'à présent les rumeurs sont plus accablantes que les faits, du moins en ce qui nous concerne : en Pologne le massacre bat son plein, semble-t-il – mais mon corps n'en est apparemment pas encore là. Il s'est fragmenté en mille morceaux et chacun d'eux souffre d'une douleur particulière. Curieux ce décalage, cette réaction différée du corps aux événements.

Combien de fois n'ai-je pas demandé dans mes prières, il y a moins d'un an encore : « Seigneur, rends-moi un peu plus simple. » Si cette année m'a apporté quelque chose, c'est bien cette plus grande simplicité intérieure. Et je crois que, plus tard, je saurai exprimer en termes très simples les difficultés de cette vie. Plus tard.

Pour l'instant je ne peux plus remuer un membre ni retourner une idée dans mon crâne, tant je suis physiquement épuisée. Il est près d'une heure. Après le café j'essaierai de dormir un peu. A cinq heures moins le quart j'irai chez S. Ma journée se décompose parfois en cent journées. Pour l'instant, je suis brisée. Ce matin à sept heures, enfer d'inquiétude et d'angoisse à la pensée de toutes ces nouvelles interdictions. Mais c'est bien, cela me fait ressentir un peu de la peur des autres, car cette peur m'est devenue de plus en plus étrangère. A huit heures, j'étais redevenue le calme même. Et j'étais presque fière de réussir à donner une heure et demie de leçon de conversation russe malgré mon délabrement physique ; autrefois, je me serais autorisée de mon état pour décommander la leçon. Et ce soir, c'est encore un autre jour qui commence, nous aurons la visite d'une jeune fille à problèmes, une catholique. Qu'un Juif aide un non-Juif à résoudre ses problèmes, de nos jours, cela vous donne un singulier sentiment de force.

L'après-midi, 4 heures et quart. Du soleil dans cette véranda et un vent léger dans le jasmin. Tu vois, un nouveau jour a commencé, un de plus, combien y en a-t-il eu depuis sept heures du matin ? Je reste encore dix minutes au voisinage de ce jasmin, puis je prendrai le vélo qu'on nous permet encore pour rejoindre mon ami, l'ami qui est entré dans ma vie il y a seize mois, que j'ai l'impression de connaître depuis mille ans et qui parfois, cependant, m'apparaît tellement nouveau que j'en ai le souffle coupé. Bizarre, ce jasmin si tendre et si radieux au milieu de toute cette grisaille et de cette pénombre boueuse. Je ne comprends rien à ce jasmin. Mais tu n'as pas non plus à comprendre. En ce vingtième siècle, on peut très bien croire encore aux miracles. Et je crois en Dieu, même si avant peu, en Pologne, je dois être dévorée par les poux.

Il n'est pas au-dessous de la dignité humaine de souffrir. Je veux dire : on peut souffrir avec, ou sans dignité humaine. Je veux dire : la plupart des Occidentaux ignorent l'art de souffrir, tout ce qu'ils savent c'est se ronger d'angoisse. Ce que vivent la plupart des gens, ce n'est plus une vie : peur, résignation, amertume, haine, désespoir. Mon Dieu, c'est bien compréhensible ! Mais les priver de cette vie, ce ne serait pas les priver de grand-chose ? Il faut accepter la mort comme élément naturel de cette vie, même la mort la plus affreuse. Et ne vivons-nous pas chaque jour une vie entière et importe-t-il vraiment que nous vivions quelques jours de plus ou de moins ? Tous les jours, je suis en Pologne sur les champs de bataille – on peut bien leur donner ce nom : parfois la vision de champs de bataille d'un vert vénéneux s'impose à moi ; tous les jours je suis auprès des affamés, des persécutés et des mourants, mais je suis aussi près du jasmin et de ce pan de ciel bleu derrière ma fenêtre, il y a place pour tout dans une vie. Pour la foi en Dieu et pour une mort lamentable.

Il faut aussi avoir la force de souffrir seul et de ne pas imposer aux autres ses angoisses et ses problèmes. Nous ne l'avons pas encore appris et nous devrions nous y entraîner mutuellement, par la manière forte si la douceur n'y réussit pas. Quand je dis : d'une façon ou d'une autre, j'en ai fini avec cette vie, ce n'est pas de la résignation. « *Toute parole est malentendu.* » Quand je dis cela, on le comprend tout autrement que je ne l'entends. Ce n'est pas de la résignation, certainement pas. Qu'est-ce que je veux dire alors ? Peut-être ceci : j'ai déjà vécu cette vie mille fois et je suis déjà morte mille fois. Que peut-il m'advenir d'autre ? Est-ce que je suis blasée ? Non. Je vis chaque minute de ma vie multipliée par mille et, de surcroît, je fais une place à la souffrance. Et ce n'est certes pas une place modeste que la souffrance revendique de nos jours. Et qu'importe, en dernière analyse, si à telle époque c'est l'Inquisition, à telle autre la guerre et les pogroms, qui font souffrir les gens ? La souffrance a toujours revendiqué sa place et ses droits, peu importe sous quelle forme elle se présente. Ce qui compte, c'est la façon de la supporter, savoir lui assigner sa place dans la vie tout en continuant à accepter cette vie. Mais ne suis-je pas en train d'échafauder des théories du haut de mon bureau, entourée de mes livres familiers (dont chacun a un rapport particulier avec moi) et avec ce jasmin en fleur dehors ? N'est-ce que de la théorie, une théorie qui n'a pas encore affronté l'épreuve des faits ? Je ne le pense plus. Je ne tarderai pas à être placée devant les dernières conséquences de mes principes. Notre conversation est déjà truffée de phrases comme : « J'espère qu'il pourra encore profiter de ces fraises. » Je sais que Mischa, le frêle Mischa, doit aller tout à l'heure à pied jusqu'à la Gare centrale, je pense aux pâles petits visages enfantins de Myriam et de Renate[1], à l'angoisse de tant de gens, je sais tout cela, tout, à chaque instant, il m'arrive de courber la nuque sous ce fardeau et en même temps, par une sorte de réflexe, j'ai besoin de joindre les mains, je pourrais rester des heures ainsi – je sais tout, je suis capable de tout supporter, je deviens de plus en plus forte, et en même temps j'ai une certitude : je trouve la vie belle, digne d'être vécue et riche de sens. En dépit de tout. Cela ne veut pas dire qu'on se maintienne toujours sur les sommets et dans de pieuses pensées. On peut être brisée de fatigue d'avoir longtemps marché, d'avoir passé des heures à faire la queue, mais cela aussi c'est la vie – *et quelque part en vous il y a quelque chose qui ne vous quittera plus jamais*[2].

Vendredi 3 juillet 1942, 9 heures et demie du soir. C'est vrai, je suis toujours assise au même bureau, mais j'ai l'impression de devoir tirer un trait au bas de tout ce que j'ai écrit jusqu'ici pour continuer sur un ton nouveau. Quand on a une certitude nouvelle dans sa vie il faut lui donner un abri, lui trouver une place : ce qui est en jeu, c'est notre perte et notre extermination, aucune illusion à se faire là-dessus. « On » veut notre extermination totale, il faut accepter cette vérité, et cela ira déjà mieux. Aujourd'hui, j'ai ressenti pour la première fois un immense découragement, et je dois lui régler son compte. S'il nous faut crever, qu'au moins ce soit avec grâce – mais je ne voulais pas m'exprimer aussi crûment. Pourquoi ce découragement m'atteint-il seulement maintenant ? Parce que j'ai des ampoules aux pieds d'avoir marché en ville par cette chaleur ; parce que tant de gens ont les pieds meurtris depuis qu'ils n'ont plus le droit de prendre le tram ; à cause du petit visage blême de Renate, obligée d'aller en classe à pied, une heure de marche à

1. Les deux filles de Liesl et Werner Levie.
2. Souligné par Etty.

chaque trajet ? Parce que Liesl fait des heures de queue pour s'entendre refuser des légumes verts ? Pour infiniment de choses qui, prises séparément, sont des détails, mais constituent autant d'opérations de la grande guerre d'extermination qu'on nous a déclarée. Pour l'instant, tout le reste paraît encore grotesque et inimaginable : S. qui ne peut plus entrer dans cette maison pour rendre visite à son piano, à ses livres ; et moi qui ne peux plus aller chez Tide, etc.[1].

Bon, on veut notre extermination complète : cette certitude nouvelle, je l'accepte. Je le sais maintenant. Je n'imposerai pas aux autres mes angoisses et je me garderai de toute rancœur s'ils ne comprennent pas ce qui nous arrive à nous, les Juifs. Mais une certitude acquise ne doit pas être rongée ou affaiblie par une autre. Je travaille et je vis avec la même conviction et je trouve la vie pleine de sens, oui, pleine de sens malgré tout, même si j'ose à peine le dire en société.

La vie et la mort, la souffrance et la joie, les ampoules des pieds meurtris, le jasmin derrière la maison, les persécutions, les atrocités sans nombre, tout, tout est en moi et forme un ensemble puissant, je l'accepte comme une totalité indivisible et je commence à comprendre de mieux en mieux – pour mon propre usage, sans pouvoir encore l'expliquer à d'autres – la logique de cette totalité. Je voudrais vivre longtemps pour être un jour en mesure de l'expliquer ; mais si cela ne m'est pas donné, eh bien, un autre le fera à ma place, un autre reprendra le fil de ma vie là où il se sera rompu, et c'est pourquoi je dois vivre cette vie jusqu'à mon dernier souffle avec toute la conscience et la conviction possibles, de sorte que mon successeur n'ait pas à recommencer à zéro et rencontre

1. En vertu de l'interdiction faite aux Juifs d'entrer dans une maison « non juive ». Etty vivait d'ailleurs en constante infraction à cette règle, et se rendait même coupable de « *Rassenschande* » (relations amoureuses avec un non-Juif), « crime » passible de déportation immédiate.

moins de difficultés. N'est-ce pas une façon de travailler pour la postérité ?

Après l'annonce des dernières mesures anti-juives, Bernard m'a demandé, de la part d'un ami juif, si cela ne me suffisait pas cette fois, et si je ne trouvais pas qu'« ils » étaient à massacrer jusqu'au dernier, et de préférence à tailler en filets.

3 juillet 1942. Ah, nous avons tout cela en nous : Dieu, le ciel, l'enfer, la terre, la vie, la mort et les siècles, tant de siècles. Les circonstances extérieures forment un décor et une action changeants. Mais nous portons tout en nous et les circonstances ne jouent jamais un rôle déterminant : il y aura toujours des situations bonnes ou mauvaises à accepter comme un fait accompli – ce qui n'empêche personne de consacrer sa vie à améliorer les mauvaises. Mais il faut connaître les motifs de la lutte qu'on mène, et commencer par se réformer soi-même, et recommencer chaque jour.

Autrefois je croyais devoir produire un certain nombre de pensées profondes par jour ; aujourd'hui il m'arrive d'être une friche infertile, mais étendue sous un ciel vaste, haut et paisible. C'est mieux. Je me défie aujourd'hui de cette profusion de pensées jaillissantes, j'aime mieux être de temps en temps en friche et en attente. Il s'est passé énormément de choses en moi ces derniers jours, mais elles ont fini par se cristalliser autour d'une idée. Notre fin, notre fin probablement lamentable, qui se dessine d'ores et déjà dans les petites choses de la vie courante, je l'ai regardée en face et lui ai fait une place dans mon sentiment de la vie, sans qu'il s'en trouve amoindri pour autant. Je ne suis ni amère ni révoltée, j'ai triomphé de mon abattement, et j'ignore la résignation. Je continue à progresser de jour en jour sans plus d'entraves qu'autrefois, même en envisageant la perspective de notre anéantissement. Je ne me parerai plus de belles formules qui prêtent toujours à malentendu : « J'ai réglé mes comptes avec la vie, il ne peut plus rien m'arriver, d'ailleurs il ne s'agit pas de moi personnellement, peu importe qui meurt, moi ou un autre, l'important c'est que l'on meurt. »

Voilà ce que je dis souvent autour de moi, mais cela n'a pas beaucoup de sens et ne rend pas clairement ce que je veux dire – et au fond cela ne fait rien.

En disant : « J'ai réglé mes comptes avec la vie », je veux dire : l'éventualité de la mort est intégrée à ma vie ; regarder la mort en face et l'accepter comme partie intégrante de la vie, c'est élargir cette vie. A l'inverse, sacrifier dès maintenant à la mort un morceau de cette vie, par peur de la mort et refus de l'accepter, c'est le meilleur moyen de ne garder qu'un pauvre petit bout de vie mutilée, méritant à peine le nom de vie. Cela semble un paradoxe : en excluant la mort de sa vie on se prive d'une vie complète, et en l'y accueillant on élargit et on enrichit sa vie. C'est ma première confrontation avec la mort. Je n'ai jamais très bien su comment appréhender la mort. A son égard je suis d'une virginité totale. Je n'ai encore jamais vu un mort. C'est incroyable : dans ce monde semé de millions de cadavres, à vingt-huit ans je n'ai encore jamais vu un mort ! Je me suis souvent demandé : quelle est ma position face à la mort ? Mais je n'y ai jamais réfléchi sérieusement, le temps ne pressait pas. Et maintenant la mort est là en vraie grandeur, s'imposant pour la première fois et pourtant vieille connaissance, indissociable de la vie et qu'il faut accepter. C'est si simple. Pas besoin de considérations profondes. La mort est là tout d'un coup, grande et simple et naturelle, entrée dans ma vie sans un bruit. Elle y a désormais sa place et je la sais indissociable de la vie.

Voilà, il serait temps d'aller dormir, il est dix heures du soir et je n'ai pas fait grand-chose aujourd'hui, j'étais obnubilée par ces pieds meurtris dans la ville caniculaire et par toutes les petites vexations ; il fallait que je souffre à l'unisson, que j'assume tout cela. J'ai eu une crise de découragement et d'incertitude. Alors je suis allée chez lui. Il avait mal au crâne et s'en inquiétait, car tout fonctionne toujours à la perfection dans ce grand corps puissant. Je suis restée un moment étendue entre ses bras, il était si doux, si tendre, presque mélancolique. Je crois qu'une nouvelle ère commence dans notre vie. Encore plus grave, encore plus intense, et l'on fera bien de se concentrer sur l'essentiel. Chaque jour vous dépouille d'un peu de médiocrité. « *On prépare notre extermination, c'est clair, ne nous faisons pas d'illusions.* » Demain soir je m'endormirai dans le lit de Dicky[1] ; S. dort à l'étage inférieur et me réveillera le matin. Tout cela est encore possible. Et l'aide que nous pourrons nous apporter pour traverser cette époque – tout cela est appelé à grandir encore.

Un peu plus tard. Si cette journée ne m'avait rien apporté (s'il n'y avait eu au dernier moment cette bonne et pleine confrontation avec la mort et l'anéantissement), je n'aurais eu garde d'oublier ce brave soldat allemand qui attendait au kiosque avec son sac de carottes et de choux-fleurs. Il avait commencé par glisser un billet dans la main de la jeune femme, dans le tramway ; puis il y eut cette lettre qu'il faut absolument que je lise un jour. Il lui disait qu'elle lui rappelait la fille d'un rabbin qu'il avait soignée et veillée sur son lit de mort. Et ce soir, il est venu lui rendre visite[2].

Quand Liesl m'a raconté cette histoire, je me suis dit tout de suite : « Ce soir il faudra prier aussi pour ce soldat allemand. » L'un des innombrables uniformes qui nous entourent a pris soudain un visage. Il est probable qu'il est parmi eux d'autres visages où nous pourrions lire un langage compréhensible pour nous. Il souffre lui aussi. Il

1. Dicky de Jonge, un voisin de S.

2. Cette histoire racontée de façon très allusive concerne Liesl Levie ; le soldat s'était apparemment offert à la ravitailler. Etty revient un peu plus loin sur cette anecdote.

n'y a pas de frontière entre ceux qui souffrent, on souffre des deux côtés de toutes les frontières et il faut prier pour tous. Bonne nuit.

Depuis hier j'ai encore vieilli, j'ai pris plusieurs années d'un coup et sens ma fin plus proche. Le découragement m'a quittée, me laissant plus forte qu'avant. En apprenant à connaître ses forces et ses faiblesses et à les accepter, on accroît sa force. Tout cela est très simple et s'impose à moi avec une clarté grandissante, et je voudrais vivre longtemps pour le faire partager avec la même évidence. Bonne nuit encore, pour de bon cette fois.

Samedi matin, 9 heures. De grands changements semblent s'opérer en moi, et je ne crois pas qu'il s'agisse simplement d'états d'âme.

La soirée d'hier a vu émerger une intuition nouvelle (si du moins l'on peut parler d'intuition à ce propos) et ce matin je ressentais une paix, une sérénité, une certitude que je n'avais plus connues depuis longtemps. Et tout cela m'est venu d'une petite ampoule au pied gauche.

Mon corps est le réceptacle de multiples douleurs ; emmagasinées dans tous les recoins, elles viennent affleurer chacune à leur tour. Mais là aussi j'en ai pris mon parti. Et je m'étonne moi-même de ma capacité de travail et de concentration contre vents et marées. Mais si les choses se gâtent vraiment pour nous, l'énergie spirituelle ne suffira pas, je ne dois pas le perdre de vue. Il a suffi de cette petite promenade à pied jusqu'au bureau des contributions pour me l'apprendre. Au début, nous marchions comme de joyeux touristes visitant une ville ensoleillée. Tout en marchant, il avait repris ma main et elles se trouvaient bien ensemble, nos deux mains. Puis j'ai commencé à ressentir une immense fatigue, et c'était tout de même une sensation étrange de ne pouvoir monter dans aucun des tramways de cette ville aux longues rues, ni s'asseoir à aucune terrasse (beaucoup de terrasses me rappellent des souvenirs et je lui en fais part : « Tiens, c'est là que je suis venue il y a deux ans avec une bande d'amis après mon examen de droit ») ; j'ai pensé alors, ou plutôt je n'ai pas pensé, c'est une intuition qui a surgi : à travers les siècles, les hommes se sont éreintés, se sont meurtri les pieds à parcourir la terre du Bon Dieu, dans le froid ou la chaleur, et cela aussi c'est la vie. C'est une expérience de plus en plus forte chez moi ces derniers temps : dans mes actions et mes sensations quotidiennes les plus infimes se glisse un soupçon d'éternité. Je ne suis pas seule à être fatiguée, malade, triste ou angoissée, je le suis à l'unisson de millions d'autres à travers les siècles, tout cela c'est la vie ; la vie est belle et pleine de sens dans son absurdité, pour peu que l'on sache y ménager une place pour tout et la porter tout entière en soi dans son unité ; alors la vie, d'une manière ou d'une autre, forme un ensemble parfait. Dès qu'on refuse ou veut éliminer certains éléments, dès que l'on suit son bon plaisir et son caprice pour admettre tel aspect de la vie et en rejeter tel autre, alors la vie devient en effet absurde : dès lors que l'ensemble est perdu, tout devient arbitraire.

A la fin de notre longue marche, une pièce accueillante nous attendait, nous offrant sa sécurité et un divan confortable où nous jeter après nous être débarrassés de nos chaussures ; et un accueil chaleureux, et un panier de cerises que des amis avaient envoyé du Betuwe[1]. Avant, un bon déjeuner était la chose la plus naturelle du monde, aujourd'hui c'est une aubaine inespérée, et si la vie s'est faite plus rude et plus menaçante, elle est aussi plus riche dans la mesure où l'on a renoncé à ses exigences et où l'on accueille avec gratitude, et comme un don du ciel, tout ce qui reste de bon. Du moins telle est ma réaction, et c'est aussi la sienne ; nous nous étonnons parfois ensemble de n'éprouver ni haine, ni indignation, ni amertume – c'est une chose qu'on ne peut plus dire ouvertement en société, nous sommes probablement très seuls à penser ainsi. Tout en marchant, je savais qu'une maison

1. Région située à l'ouest de Nimègue, entre Rhin et Meuse.

amie nous attendait au bout du chemin, et je pensais au jour où ce serait fini, où l'on marcherait sur les chemins pour aboutir à la salle commune d'un baraquement. Je savais que c'était mon destin, non seulement le mien mais celui de tous les autres, et je l'ai accepté. De cette « promenade » j'ai tiré encore une autre leçon, à ne pas perdre de vue : deux petites heures de marche m'ont donné un mal de tête à fendre le crâne, au point que toutes les jointures semblaient prêtes à craquer. Et mes pieds étaient dans un tel état que je me demandais comment faire pour recommencer à marcher. Et tous les cachets d'aspirine que j'ai avalés (je croyais devoir le faire – mais ne doit-on pas apprendre à supporter ses souffrances sans ces adjuvants artificiels ?) ont emprisonné mon corps le lendemain dans une sensation de flou vénéneux. Ce n'était pas grave, ma vie n'en était ni moins intense ni moins belle, mais j'ai dû constater froidement : « Ma fille, tu ne vaux rien. Ton corps manque totalement d'entraînement et tu n'as aucune résistance, tu ne tiendras pas trois jours dans un camp, toute l'énergie du monde sera impuissante à te sauver si une petite promenade d'à peine deux heures, avec la perspective de tout le confort à la fin, te cause des maux de tête et une fatigue aussi extrêmes. » Pour moi-même, ce n'est pas bien grave. Je m'allonge par terre et je me détends, cela passe et je n'en continuerai pas moins à louer Dieu et la vie, du moins je le crois. Mais j'ai éprouvé une fois de plus l'angoisse d'être à charge aux autres, de les alourdir comme un poids, rendant ainsi leur cheminement encore plus pénible. Dans le passé, j'ai toujours caché aux autres combien je me surmenais : je ne voulais pas être une gêne, je suivais le mouvement, j'étais de toutes les fêtes, je me couchais tard, je voulais être de tout. N'était-ce pas une forme d'amour-propre ? Cette peur que les autres te trouvent moins sympathique, t'en veuillent et te laissent tomber si tu gâchais leurs plaisirs en leur imposant le poids mort de ton corps fatigué. C'était la racine d'un de mes complexes d'infériorité. Mais la promenade m'avait laissée angoissée pour une autre raison encore :

nous étions convenus d'aller demain matin jeter un coup d'œil dans le quartier juif et de visiter quelques adresses où nous pourrions peut-être apporter notre aide ; or c'est encore beaucoup plus loin que le bureau des contributions où nous sommes allés jeudi matin.

Jusqu'à hier soir, je n'ai pas trouvé le courage de lui dire que je serais incapable de marcher jusque-là. Car je sais que pour lui cette marche n'est qu'un délassement. J'ai probablement tenu le raisonnement suivant : avec Tide il pouvait marcher pendant des heures, je dois être capable d'en faire autant, non ? La revoilà, cette crainte puérile de perdre un petit peu d'amour en ne s'adaptant pas totalement à l'autre. Je commence pourtant à me défaire de ce genre d'attitudes. Il faut savoir avouer ses faiblesses, même les faiblesses physiques. Et savoir se résigner à n'être pas tout à fait tel qu'on voudrait être pour l'autre.

Avouer ses faiblesses, c'est autre chose que d'en pleurer : ce serait le commencement de la fin, pour l'autre et pour soi. Or je crois bien que c'est ce qui m'a poussée à me précipiter chez lui hier soir juste avant huit heures, en décommandant même un élève (ce qui n'est pas dans mes habitudes) pour pouvoir passer encore un moment avec lui. Une fois étendue sur le divan à côté de lui, je lui ai dit tout à coup combien je regrettais que cette promenade m'eût tant fatiguée ; cela ne me gênait pas pour moi, mais m'avait ôté à peu près toutes mes illusions sur mon état physique. Il a dit tout de suite, comme si c'était la chose la plus naturelle du monde : « Alors il vaut probablement mieux renoncer à notre marche de dimanche matin. » J'ai proposé aussitôt de prendre ma bicyclette : je la tiendrais à la main à l'aller et pourrais y monter au retour. Cela paraît un détail mais pour moi c'est important, sinon je me serais peut-être meurtri et abîmé les pieds pour lui faire plaisir et ne pas risquer de l'irriter en gâchant sa promenade.

Possibilité qui n'existe évidemment que dans mon imagination. Et maintenant je dis, tout simplement et tout naturellement : voilà, mes forces vont jusque-là et pas plus loin, je n'y puis rien, il faut me prendre comme je suis. Pour moi c'est un pas de plus vers une maturité, une indépendance qui me paraissent désormais se rapprocher de jour en jour.

Bien des gens qui s'indignent aujourd'hui des injustices commises ne le font à vrai dire qu'autant qu'ils en sont les victimes. Aussi bien n'est-ce pas une authentique indignation, aux racines profondes.

Je sais que dans un camp de travail je mourrai en trois jours, je me coucherai pour mourir, et pourtant je ne trouverai pas la vie injuste.

Fin de la matinée. Enfiler une chemise propre est une sorte de fête. Et faire sa toilette au savon parfumé dans une salle de bains qui vous appartient pour une demi-heure. Je passe mon temps à prendre congé de tous les bienfaits de la civilisation, dirait-on. Et si bientôt je n'en jouis plus, je n'en saurai pas moins qu'ils existent et peuvent embellir la vie, et je les louerai comme un de ses bons côtés, même s'il ne m'est pas donné d'en profiter. Que j'en profite ou non, ce n'est tout de même pas cela qui importe !

Il faut assumer tout ce qui vous assaille à l'improviste, même si un quidam revêtant traîtreusement la forme d'un de vos frères humains fond droit sur vous au sortir d'une pharmacie où vous avez acheté un tube de dentifrice, vous tapote d'un index accusateur et vous demande avec un air d'inquisition : « Vous avez le droit d'acheter dans ce magasin ? » Et moi de répondre, un peu timidement mais avec fermeté et avec mon amabilité habituelle : « Oui, monsieur, puisque c'est une pharmacie. » – « Ah bon », fit-il, sec et méfiant, avant de passer son chemin. Je ne suis pas douée pour les répliques cinglantes. Je n'en suis capable que dans une discussion intellectuelle d'égal à égal. Devant la racaille des rues, pour appeler ces gens par leur nom, je suis totalement désarmée, livrée pieds et poings liés. Je suis confondue, attristée et étonnée que des êtres humains puissent se traiter ainsi, mais répliquer sèchement, clouer le bec à l'adversaire (même dans les limites de la bonne éducation) ne me viendra pas à l'esprit. Cet homme n'avait certainement aucun droit à me soumettre à cet interrogatoire. Encore un de ces idéalistes prêts à aider l'occupant à purger la société de ses éléments juifs. A chacun ses plaisirs dans la vie. Mais le choc de ces petites rencontres avec le monde extérieur est un peu dur à encaisser. Intérieurement, je n'ai pas le moindre intérêt à tenir tête crânement à tel ou tel persécuteur, et je ne m'y forcerai donc jamais. Ils ont bien le droit de voir ma tristesse et ma vulnérabilité de victime désarmée. Je n'ai nul besoin de faire bonne figure aux yeux du monde extérieur, j'ai ma force intérieure et cela suffit, le reste est sans importance.

(Dimanche) 8 heures et demie du matin. Dans son pyjama bleu clair, il avait l'air tout intimidé quand il est entré. Il était charmant ainsi. Il s'est assis au bord du lit pour bavarder un peu. Il vient de ressortir et il lui faudra une heure pour se préparer : toilette, gymnastique, « lecture ». Cette lecture, il me permet de la partager avec lui. Quand il m'a dit : « Maintenant, j'ai besoin d'une heure à moi », j'ai ressenti la même tristesse que s'il m'avait fallu le quitter pour toujours. Une soudaine vague de mélancolie déferle dans ma tête. Oh, laisser celui qu'on aime entièrement libre, le laisser vivre sa vie, c'est la chose la plus difficile du monde. Je l'apprends, je l'apprends pour lui.

Dehors, une véritable orgie de chants d'oiseaux, un toit en terrasse couvert de gravier et un pigeon devant la fenêtre grande ouverte. Et un grand soleil matinal. Il toussait ce matin, il a aussi cette douleur au crâne et il a dit :

« Nous n'irons pas déjeuner chez Adri. » Il a fait un très mauvais rêve, « *un rêve prémonitoire* », dit-il.

J'étais réveillée à cinq heures et demie. A sept heures et demie je me suis lavée, entièrement nue, j'ai fait un peu de gymnastique avant de me glisser de nouveau sous les couvertures et puis il est entré, hésitant et timide dans son pyjama bleu clair, il a eu une quinte de toux et a grommelé : « *État d'épuisement complet.* » Au lieu de faire la longue promenade prévue, nous irons ce matin chez le docteur. Je vais me retirer et me reposer aujourd'hui dans mon silence intérieur. Dans l'espace intérieur de silence où je demande en cet instant l'hospitalité pour une journée entière. Peut-être arriverai-je à me reposer. Corps et esprit sont bien fatigués et en bien mauvaise condition. Mais aujourd'hui je ne travaille pas et cela ira, sans doute.

Il y a du soleil sur le toit en terrasse et une orgie de cris d'oiseaux, et cette chambre m'entoure déjà si bien que je pourrais y prier. Nous avons tous les deux une vie agitée derrière nous, pleine de succès amoureux de part et d'autre, et il est resté là en pyjama bleu clair, assis au bord de mon lit, il a posé un moment sa tête sur mon bras nu, nous avons parlé et il est ressorti. C'est très touchant. Ni lui ni moi n'avons le mauvais goût d'exploiter une situation facile. Nous avons derrière nous une vie passionnée et débridée, nous avons visité toutes sortes de lits, mais à chacune de nos rencontres nous retrouvons la timidité de la première fois. Je trouve cela très beau et j'en suis heureuse. Maintenant je mets mon peignoir multicolore et je descends lire la Bible avec lui. Toute la journée je vais me tenir dans un coin de cette grande salle de silence qui est en moi. Je mène encore une vie très privilégiée. Je ne travaille pas aujourd'hui : ni ménage à faire, ni leçons à donner. Mon petit déjeuner est tout prêt dans un sac en papier et Adri va nous apporter notre déjeuner. Je reste immobile, un peu lasse, dans un coin de mon silence, assise en tailleur comme un Bouddha et avec le même sourire, un sourire intérieur, s'entend.

10 heures moins le quart. Excellente pâture pour un estomac à jeun que ces quelques psaumes qui trouvent désormais un écho dans notre vie quotidienne.

Nous avons vécu ensemble le commencement d'une journée et c'était très beau. Une nourriture roborative. Et de nouveau ce stupide coup au cœur quand il a dit : « Je vais faire un peu de gymnastique et m'habiller. » Je me disais : je vais devoir remonter dans ma chambre – comme si j'avais été tout à coup seule au monde et abandonnée. J'ai écrit un jour : « Je voudrais partager ma brosse à dents avec lui. » Ce besoin d'être tout près de quelqu'un jusque dans ses gestes quotidiens les plus intimes. Pourtant, cette distance entre nous est bénéfique et enrichissante. On se retrouve sans cesse ; dans un instant il va venir me chercher pour prendre le petit déjeuner avec lui à sa petite table ronde, à côté du géranium qui de jour en jour continue à ensanglanter le décor. Oh, les oiseaux, le soleil sur la terrasse de gravier ! En moi une grande douceur et une grande acceptation. Et un contentement qui repose en Dieu. Il émane de l'Ancien Testament une force primitive, un caractère « populaire ». On y voit vivre des natures d'exception. Poétiques et austères. Livre terriblement passionnant, rude et tendre, naïf et sage. Il ne passionne pas seulement par ce qui y est dit, mais par ceux qui le disent.

10 heures du soir. Encore un mot, un seul : chaque minute de cette journée a été engrangée en moi en un clin d'œil, la journée est conservée en moi comme une totalité parfaite, un souvenir réconfortant où l'on viendra puiser un jour, une réalité que l'on portera en soi, constamment présente. Chaque phase de cette journée était suivie d'une nouvelle phase qui faisait pâlir tout le reste. On ne doit se fixer psychologiquement ni dans l'espoir de la survie, ni dans l'attente de la mort. Toutes deux sont présentes comme éventualités extrêmes, mais ni l'une ni l'autre ne doit nous requérir totalement. Ce qui importe, ce sont les urgences du quotidien. Nous parlions hier soir des camps de travail. Je disais : « Je n'ai pas d'illusion à me faire, je sais que je mourrai au bout de trois jours, parce que mon corps ne vaut rien. » Werner pensait la même chose de lui-même. Mais Liesl a dit : « Je ne sais pas, mais j'ai le sentiment que je m'en sortirais quand même. » Je comprends très bien ce sentiment, je l'avais moi-même avant. Un sentiment de force, de ressort indestructible. Je ne l'ai d'ailleurs pas perdu, dans son principe il est toujours là. Mais il ne faut pas le prendre non plus en un sens trop matérialiste. Il ne s'agit pas de savoir si ce corps privé d'entraînement tiendra le choc, c'est relativement peu important ; même si l'on doit connaître une mort affreuse, la force essentielle consiste à sentir au fond de soi, jusqu'à la fin, que la vie a un sens, qu'elle est belle, que l'on a réalisé toutes ses virtualités au cours d'une existence qui était bonne. – Non, je ne peux pas l'exprimer ainsi, je retombe toujours dans les mêmes mots.

Lundi matin, 11 heures. Peut-être vais-je pouvoir enfin passer une petite heure à noter des choses essentielles. Rilke écrit quelque part à propos de son ami Ewald, qui est paralysé : « *Mais il y a aussi des jours où il vieillit, les minutes passent sur lui comme des années.* » Ainsi ont passé sur nous hier les heures de la journée. Au moment de le quitter, je me suis blottie un instant contre lui et lui ai dit : « *J'aimerais rester avec toi aussi longtemps que possible.* » Sa bouche était douce, désarmée et mélancolique, et il dit d'un ton presque rêveur : « *Oui, chacun de nous a sans doute encore ses désirs, n'est-ce pas ?* »

Je me demande : ne devrions-nous pas nous défaire dès maintenant de nos désirs ? Quand on commence à accepter, ne faut-il pas le faire jusqu'au bout ? Il s'appuyait au mur de la chambre de Dicky et je me blottissais doucement, légèrement contre lui, rien en apparence ne distinguait ce moment d'innombrables autres moments de ma vie, mais j'ai eu tout à coup l'impression qu'un grand ciel se déployait autour de nous comme dans une tragédie grecque : un instant tous mes sens se sont brouillés, j'étais avec lui au milieu d'un espace infini traversé de menaces, mais aussi d'éternité. Peut-être était-ce hier le moment où un grand changement s'était accompli en nous pour de bon. Il restait adossé au mur et dit d'un ton presque plaintif : « *Ce soir je dois écrire à mon amie, ce sera bientôt son anniversaire, mais que lui dire ? L'envie et l'inspiration me manquent également.* » Je lui ai dit : « Tu devrais commencer à essayer de lui faire accepter l'idée qu'elle ne te reverra plus, tu devrais lui donner des points de repère pour sa vie sans toi. Tu devrais lui montrer comment vous avez continué à vivre ensemble toutes ces années malgré la séparation physique, et lui rappeler qu'elle a le devoir de continuer à vivre dans l'esprit que tu as défini – ainsi elle conservera au monde un peu de ton esprit, et c'est cela qui importe en fin de compte. » Voilà le genre de propos qu'on se tient en ce moment, et ils ne paraissent même plus irréels : nous sommes entrés dans une nouvelle réalité et tout a pris d'autres couleurs, d'autres accents. Entre nos yeux, nos mains, nos bouches passe désormais un courant ininterrompu de douceur et de tendresse où le désir le plus ténu semble s'éteindre. Il ne s'agit plus désormais que d'offrir à l'autre toute la bonté qui est en nous. Chacune de nos rencontres est aussi un adieu. Ce matin il m'a appelée pour me dire, comme en rêve : « *C'était beau hier.* Nous devrions essayer de passer le plus clair de nos journées ensemble. »

Hier midi, comme nous prenions à sa petite table ronde un déjeuner copieux (et par là totalement étranger à cette époque) en célibataires gâtés que nous sommes, je lui ai dit que je ne voulais pas le quitter ; il a répliqué brusquement d'un air sévère et imposant : « *N'oubliez donc pas ce que vous dites toujours. Vous n'avez pas le droit de l'oublier.* » Cette fois je n'avais plus l'impression (comme c'était généralement le cas avant) d'être une petite fille et de jouer un rôle dans une pièce dont la signification me dépassait largement ; il y allait cette fois de ma vie et de mon destin, j'étais prête à les affronter et ce destin, avec ses menaces, ses incertitudes, sa foi et son amour, se refermait sur moi et m'allait comme un gant. Je l'aime avec tout le désintéressement que j'ai appris à cultiver en moi et je ne l'alourdirai pas du poids de mes angoisses et de mes désirs. Même ce souhait de rester auprès de lui jusqu'à la fin, je m'en détacherai. Tout mon être est en train de se métamorphoser en une grande prière pour lui. Et pourquoi seulement pour lui ? Pourquoi pas pour tous les autres ?

On envoie même des filles de seize ans dans les camps de travail. Nous autres, leurs aînées, nous devrons les prendre sous notre garde quand le tour des filles de Hollande sera venu. Hier soir, j'ai eu brusquement envie de dire à Han : « Sais-tu qu'on prend même des filles de seize ans ? » Mais je me suis retenue en pensant : pourquoi ne pas être bonne pour lui aussi, pourquoi l'accabler encore un peu plus ? N'ai-je pas la force d'assumer seule la situation ? Tout le monde doit savoir ce qui se passe, c'est vrai, mais ne faut-il pas aussi avoir des égards pour les autres, et se retenir de leur imposer un fardeau qu'on peut très bien porter tout seul ?

Il y a quelques jours encore, je pensais : le pire, pour moi, sera d'être privée de papier et de crayon pour faire le point de temps à autre – pour moi c'est une absolue nécessité, sinon à la longue, quelque chose éclatera en moi et m'anéantira de l'intérieur.

Aujourd'hui j'ai une certitude : quand on commence à renoncer à ses exigences et à ses désirs, on peut aussi renoncer à tout. Je l'ai appris en l'espace de quelques jours. Je pourrai peut-être rester ici encore un mois, avant que cette entorse à la réglementation ne soit découverte [1]. Je vais mettre de l'ordre dans mes papiers ; chaque jour je dis adieu. Le véritable adieu ne sera plus alors qu'une

1. Etty fait allusion au fait qu'elle partage la maison d'une famille non juive et envisage soit son déménagement forcé pour le quartier juif (qui n'eut jamais lieu), soit sa déportation.

petite confirmation extérieure de ce qui se sera accompli en moi de jour en jour.

Je suis dans des dispositions singulières. Est-ce bien moi qui écris ici avec autant de paix et de maturité ? Et saura-t-on me comprendre si je dis que je me sens étonnamment heureuse, non pas d'un bonheur exalté ou forcé, mais tout simplement heureuse, parce que je sens douceur et confiance croître en moi de jour en jour ? Parce que les faits troublants, menaçants, accablants qui m'assaillent ne produisent chez moi aucun effet de stupeur ? Parce que je persiste à envisager et à vivre ma vie dans toute la clarté et la netteté de ses contours. Parce que rien ne vient troubler ma façon de penser et de sentir. Parce que je suis capable de tout supporter et de tout assumer et que la conscience de tout le bien qui a existé dans la vie, dans *ma* vie, loin d'être refoulée par tout le reste, m'imprègne chaque jour un peu plus. J'ose à peine continuer à écrire ; c'est étrange, on dirait que je vais presque trop loin dans mon détachement de tout ce qui, chez la plupart, produit un véritable abrutissement. Si je sais, si je sais avec certitude que je vais mourir la semaine prochaine, je suis capable de passer mes derniers jours à mon bureau à étudier en toute tranquillité ; mais ce ne serait pas une fuite : je sais maintenant que vie et mort sont unies l'une à l'autre d'un lien profondément significatif. Ce sera un simple glissement, même si la fin, dans sa forme extérieure, doit être lugubre ou atroce.

Il nous reste beaucoup à endurer. On va nous appauvrir et si cette évolution se prolonge, faire de nous une masse misérable. Déjà nos forces déclinent chaque jour, non seulement par l'usure de l'angoisse et de l'incertitude, mais du fait de petites tracasseries comme l'interdiction d'entrer dans les magasins et l'obligation de faire à pied de longs trajets – ce qui est d'ores et déjà épuisant pour beaucoup de gens que je connais. De tous côtés se montrent les signes avant-coureurs de notre anéantissement, bientôt le cercle se sera refermé sur nous, interdisant toute aide efficace aux gens de bonne volonté. Il y a encore beaucoup de portes de sortie, mais elles seront murées une à une. – L'être humain obéit à des lois bien curieuses : aujourd'hui le temps est pluvieux et froid. On dirait que, du haut plateau d'une chaude nuit d'été, nous avons été soudain précipités au fond d'une vallée glaciale et humide. Or la dernière fois que j'ai passé la nuit avec Han c'était déjà au moment d'un passage brutal de la chaleur au froid. Hier soir nous parlions devant la fenêtre ouverte, discutant les plus graves problèmes de l'heure, et en regardant son visage crispé de chagrin j'ai eu ce pressentiment : nous allons passer cette nuit dans les bras l'un de l'autre et pleurer ensemble. En effet nous avons dormi ensemble ; mais nous n'avons pas pleuré. C'est seulement en sentant son corps en extase au-dessus du mien que j'ai libéré en moi un raz de marée de chagrin, de chagrin bien humain, qui m'a submergée un instant et emplie de pitié pour moi-même et pour tous, et devant la tournure de toutes choses. Mais dans le noir j'ai pu blottir ma tête entre ses épaules nues et savourer mes larmes en solitaire. Et soudain je me suis rappelé la tarte de madame W., cet après-midi-là, cette tarte brusquement couverte d'une couche de fraises, et j'ai été secouée d'une sorte de rire intérieur, envahie d'un humour éclatant. Bien, maintenant je dois m'occuper du déjeuner, et vers deux heures je vais chez lui. Je pourrais ajouter que j'ai l'estomac barbouillé, mais je me suis promis de ne plus parler de ma santé, c'est du papier gâché, et je n'ai pas besoin d'écrire pour m'en sortir. Avant je ne pouvais m'empêcher de parler longuement de ma santé parce que j'avais des rapports difficiles avec mon corps, mais j'ai surmonté cela. Du moins il me semble. Suis-je légère et présomptueuse ? Je ne sais pas.

Mardi 7 juillet, 9 heures et demie du matin. Mine vient de téléphoner pour annoncer que Mischa a subi hier l'examen médical qui doit décider de son envoi en Drenthe. Résultat encore inconnu. Mère est à bout de nerfs, paraît-il, et père lit beaucoup. Il a tant de ressource intérieure.

Les rues où l'on passe à bicyclette ne semblent plus tout à fait les mêmes, des ciels bas et menaçants pèsent sur elles et paraissent toujours présager des orages, même par un soleil éclatant. On vit désormais côte à côte avec le destin, on découvre des gestes pour l'approcher quotidiennement, et tout cela diffère totalement de ce qu'on a pu lire dans les livres. Quant à moi, je sais qu'on doit se défaire même de l'inquiétude qu'on éprouve pour les êtres aimés. Je veux dire ceci : toute la force, tout l'amour, toute la confiance en Dieu que l'on possède (et qui croissent si étonnamment en moi ces derniers temps), on doit les tenir en réserve pour tous ceux que l'on croise sur son chemin et qui en ont besoin. « *Je me suis dangereusement accoutumé à votre présence* », disait-il hier. Dieu sait si moi aussi, je me suis « dangereusement accoutumée » à la sienne ! Et pourtant je devrai me détacher de lui aussi. Je veux dire : mon amour pour lui doit être un réservoir de force et d'amour à donner à tous ceux qui en ont besoin ; à l'inverse, l'amour et la sollicitude qu'il m'inspire ne doivent pas me ronger au point de me priver de toutes mes forces. Car même cela, ce serait de l'égoïsme. Et même dans la souffrance on peut puiser de la force. Et mon amour pour lui peut suffire à me nourrir toute une vie, et d'autres avec moi. Il faut aller jusqu'au bout de sa logique. On pourrait dire : je puis tout supporter jusqu'à un certain point, mais s'il devait lui arriver quelque chose ou que je doive le quitter, ce serait trop, je n'en supporterai pas plus. Or on doit toujours pouvoir continuer. Aujourd'hui c'est tout l'un ou tout l'autre : ou bien on en est réduit à penser uniquement à soi-même et à sa survie en éliminant toute autre considération, ou bien l'on doit renoncer à tout désir personnel et s'abandonner. Pour moi cet abandon n'équivaut pas à la résignation, à une mort lente, il consiste à continuer à apporter tout le soutien que je pourrai là où il plaira à Dieu de me placer, au lieu de sombrer dans le chagrin et l'amertume. Je me sens toujours dans des dispositions étranges. Je pourrais presque dire : il me semble que je plane au lieu de marcher, et pourtant je suis en pleine réalité et je sais parfaitement ce qui est en jeu.

J'écrivais il y a quelques jours encore : je voudrais être à mon bureau et étudier pour moi. Ce n'est plus possible. C'est-à-dire : cela pourra se produire encore, mais il faut abandonner cette exigence. Il faut renoncer à tout, pour pouvoir faire chaque jour pour les autres les mille petites choses qui sont à faire, sans toutefois s'y perdre.

Werner disait hier : « Nous ne déménagerons pas, *cela ne vaut plus la peine.* » Et il ajouta en me regardant : « Pourvu seulement que nous partions ensemble. » Le petit Weyl considérait tristement ses jambes grêles et disait : « *Il faut que je me procure cette semaine deux caleçons longs, je me demande bien comment !* » et, s'adressant aux autres : « *Pourvu que je sois dans le même compartiment que vous !* » Le départ est fixé à la semaine prochaine, il aura lieu à une heure et demie du matin ; voyage en train gratuit – mais oui, gratuit ! – et on n'a pas le droit d'emmener d'animaux domestiques. Tout cela figurait dans la convocation. Et qu'il fallait se munir de chaussures de travail, de deux paires de chaussettes et d'une cuiller, mais ni or, ni argent, ni platine, cela non ; en revanche on est autorisé à conserver son alliance, n'est-ce pas touchant ? « Je n'emporte pas de chapeau », dit F., « mais un bonnet, on aura fière allure avec ça ! »

Oui, tels sont les propos échangés à l'heure de l'apéritif[1]. En rentrant hier soir de cette petite réunion traditionnelle, je me demandais où j'allais bien pouvoir puiser la force de donner encore une heure de leçon. Je pourrais d'ailleurs écrire tout un livre sur cette heure et demie passée avec W., – son visage lisse de jeune garçon, ses grands yeux insolents. J'espère qu'il me sera donné de tout retenir de cette époque et d'en faire un jour un récit, même fragmentaire. Rien de ce que nous vivons n'est comme dans les livres, rien.

Je ne puis noter les mille détails qui me frappent quo-

1. Ces réunions avaient lieu chez Liesl et Werner Levie.

tidiennement, mais j'aimerais bien les retenir. Je remarque que mes facultés d'observation enregistrent tout sans faillir, avec en plus une sorte de joie. En dépit du poids des choses, de ma fatigue, de ma souffrance, de tout, il me reste au moins ma joie, la joie de l'artiste à percevoir les choses et à les transformer dans son esprit en une image personnelle. Je serais capable de déchiffrer avec intérêt et de conserver en moi l'ultime expression du visage d'un mourant. Je partage la souffrance de ceux que je vois en ce moment tous les soirs et qui, la semaine prochaine, travailleront dans l'un des endroits les plus menacés de la terre, dans une usine d'armement ou Dieu sait où – si du moins on les laisse encore travailler. Mais j'enregistre le plus petit geste, la moindre phrase prononcée, la plus fugitive expression de leur visage, et je le fais avec distance, avec objectivité et presque avec froideur. J'adopte instinctivement le point de vue de l'artiste et je crois qu'un jour, quand il me paraîtra nécessaire de tout raconter, j'en aurai aussi le talent.

Après-midi. Un ami de Bernard a été abordé dans la rue par un soldat allemand qui lui a demandé une cigarette. La conversation s'est engagée : ce soldat était autrichien, et avait enseigné à Paris avant la guerre. De la conversation rapportée par Bernard je veux retenir cette phrase : « En Allemagne, la caserne tue plus de soldats que l'ennemi. »

Cet agent de change était dimanche matin à la terrasse de Leo Krijn : « Nous n'avons qu'à prier de toutes nos forces pour que la situation s'améliore tant que nous sommes moralement capables d'accueillir cette amélioration. Quand la haine aura fait de nous des bêtes féroces comme eux, il sera trop tard. »

Ce qui me préoccupe le plus, ce sont mes pieds qui refusent tout service. Et j'espère que le moment venu, ma vessie sera retapée, sinon je serai une rude gêneuse pour les entassements humains qui sont ma société future. Et je devrais me décider enfin à aller chez le dentiste, toutes ces petites corvées que l'on a repoussées une vie durant, il est temps de s'en débarrasser, je crois. Et je ferais bien de cesser de fureter dans la grammaire russe, j'en sais assez pour mes élèves, du moins pour les mois qui viennent, il vaut mieux terminer *l'Idiot*.

Je ne prends plus de notes de lecture, c'est beaucoup trop long et on ne me laissera certainement pas traîner avec moi tout ce papier. Désormais il faudra savoir extraire mentalement l'essence de tout ce que je lis et l'engranger pour les temps de pénurie. Et je me ferai beaucoup mieux à l'idée de mon départ si je concrétise cet adieu dans une série de petits actes, de manière à ne pas recevoir « l'échéance fatidique » comme un coup mortel : liquider des lettres, des papiers, tout le fouillis de mon bureau. Je pense tout de même que Mischa ne sera pas retenu pour les camps.

Je dois me coucher plus tôt, sinon je suis trop somnolente dans la journée et je ne puis me le permettre. Il faut que je mette la main sur la lettre de notre brave soldat allemand avant le départ de Liesl : je veux la conserver à titre de « document humain ». Après un désespoir immense et accablant, cette histoire a connu divers rebondissements des plus singuliers. La vie est si curieuse, si surprenante, si nuancée, et chaque tournant du chemin nous découvre une vue entièrement nouvelle. La plupart des gens ont une vision conventionnelle de la vie, or il faut s'affranchir intérieurement de tout, de toutes les représentations convenues, de tous les slogans, de toutes les idées sécurisantes, il faut avoir le courage de se détacher de tout, de toute norme et de tout critère conventionnel, il faut oser faire le grand bond dans le cosmos : alors la vie devient infiniment riche, elle déborde de dons, même au fond de la détresse.

J'aimerais avoir lu tout Rilke avant que sonne l'heure de me séparer de tous mes livres, et probablement pour longtemps. Je m'identifie très fort à ce petit groupe de gens rencontrés par hasard chez Werner et Liesl, et qui seront déportés la semaine prochaine pour travailler en Allemagne sous bonne garde policière. Cette nuit, j'ai rêvé que je devais faire ma valise. C'était une nuit de nervosité ; les chaussures, surtout, me désespéraient : toutes celles que j'essayais me faisaient mal. Et comment faire tenir des sous-vêtements, des vivres pour trois jours et des couvertures dans une seule valise ou un sac à dos ? Mais je suis sûr qu'il restera un peu de place dans un coin pour la Bible. Et si possible pour le *Livre d'heures* et les *Lettres à un jeune poète* de Rilke. Et puis j'aimerais tant emporter mes deux petits dictionnaires de russe et *l'Idiot*, pour entretenir la langue. Évidemment tout peut m'arriver si, au moment de notre enregistrement, j'indique comme profession : « professeur de russe ». Cela peut constituer un « cas isolé » aux conséquences difficilement prévisibles. Peut-être finirai-je tout de même par atterrir en Russie (après Dieu sait quels vains détours) une fois qu'ils m'auront entre leurs griffes, moi et mes connaissances linguistiques.

8 heures. Voilà, à cette heure-ci un couvercle se referme sur toutes les rumeurs de la journée et le soir m'appartient, avec tout le calme et la concentration qui sont en moi. Sur mon bureau, une rose-thé jaune se dresse entre deux petits vases de violettes mauves. Notre « heure de l'apéritif » est terminée. S. m'a demandé, totalement épuisé : « Comment font les Levie pour tenir le coup soir après soir ? Je n'en peux plus, je suis complètement désespéré. » Et maintenant, je laisse derrière moi rumeurs et réalités pour lire et pour étudier, toute la soirée. Je me demande comment je suis faite : aucune des inquiétudes ni des angoisses de la journée ne me colle à la peau, ici à mon bureau je me sens vierge comme un nouveau-né et totalement réceptive à l'étude, comme si rien ne se passait dans le monde. Tout s'est parfaitement détaché de moi sans laisser de trace et je me sens plus réceptive que jamais. La semaine prochaine, il est probable que tous les Hollandais subiront l'examen médical[1]. De minute en minute, de plus en plus de souhaits, de désirs, de liens affectifs se détachent de moi ; je suis prête à tout accepter, tout lieu de la terre où il plaira à Dieu de m'envoyer, prête aussi à témoigner à travers toutes les situations et jusqu'à la mort, de la beauté et du sens de cette vie : si elle est devenue ce qu'elle est, ce n'est pas le fait de Dieu mais le nôtre. Nous avons reçu en partage toutes les possibilités d'épanouissement, mais n'avons pas encore appris à exploiter ces possibilités. On dirait qu'à chaque instant des fardeaux de plus en plus nombreux tombent de mes épaules, que toutes les frontières séparant aujourd'hui hommes et peuples s'effacent devant moi, on dirait parfois que la vie m'est devenue transparente, et le cœur humain aussi ; je vois, je vois et je comprends sans cesse plus de choses, je sens une paix intérieure grandissante et j'ai une confiance en Dieu dont l'approfondissement rapide, au début, m'effrayait presque, mais qui fait de plus en plus partie de moi-même. Et maintenant, au travail.

Jeudi matin, 9 heures et demie. Il faut oublier des mots comme Dieu, la Mort, la Souffrance, l'Éternité. Il faut devenir aussi simple et aussi muet que le blé qui pousse ou la pluie qui tombe. Il faut se contenter d'être.

Ai-je déjà tellement progressé que je puisse dire sans tricherie : j'espère être envoyée dans un camp de travail pour pouvoir faire quelque chose pour ces filles de seize ans que l'on déporte ?

Pour pouvoir dire d'avance aux parents qui restent ici : ne vous inquiétez pas, je veillerai sur vos enfants.

Quand je dis aux autres : rien ne sert de fuir ou de se cacher, nous n'y échapperons pas, partons et essayons de

1. Il faut comprendre : les Juifs hollandais. Les déportations avaient frappé d'abord les Juifs étrangers, notamment les émigrés allemands.

faire encore ce que nous pourrons pour les autres – je donne beaucoup trop l'impression de me résigner. Il y transparaît tout autre chose que ce que je veux dire. Je n'ai pas encore trouvé le ton qui convienne à ce sentiment parfait et rayonnant qui est en moi et qui inclut toute souffrance et toute violence. Je parle encore en termes trop livresques et philosophiques, ce qui donne à penser que j'ai inventé une théorie consolatrice pour me faciliter un peu la vie. Je ferais mieux d'apprendre à me taire, provisoirement, et à « être ».

Vendredi matin. Une fois c'est un Hitler, une autre fois Ivan le Terrible par exemple, une fois c'est la résignation, une autre fois les guerres, la peste, les tremblements de terre, la famine. Les instruments de la souffrance importent peu, ce qui compte c'est la façon de porter, de supporter, d'assumer une souffrance consubstantielle à la vie et de conserver intact à travers les épreuves un petit morceau de son âme.

Plus tard. Je pense, je pense, je cogite et j'essaie d'assumer le plus vite possible la menace des soucis quotidiens ; on sent un nœud en soi qui rend la respiration pénible, on suppute des chances, on cherche, on laisse tomber l'étude une partie de la matinée, on tourne en rond dans sa chambre, on a mal au ventre, etc., et tout à coup l'on sent rejaillir cette certitude : « Un jour, si je survis à tout cela, j'écrirai sur cette époque de petites histoires qui seront comme de délicates touches de pinceau sur un grand fond de silence qui signifiera Dieu, la Vie, la Mort, la Souffrance et l'Éternité. » La foule des soucis vous saute parfois dessus comme de la vermine. Eh bien, on n'a qu'à se gratter un peu, cela enlaidit peut-être, mais il faut bien se débarrasser des indésirables. J'ai décidé de considérer la brève période qu'il me reste à passer ici comme un cadeau inespéré, un moment de vacances. Ces derniers jours, je traverse la vie comme si j'avais en moi une plaque photographique enregistrant sans faillir tout ce qui m'entoure, sans omettre le moindre détail. J'en ai conscience, tout s'engouffre en moi avec des contours bien découpés.

Un jour – lointain peut-être – je développerai et tirerai tous ces clichés. Pour trouver le ton nouveau qui conviendra à un sens nouveau de la vie. Tant qu'on n'a pas trouvé ce ton, on devrait s'imposer le silence. Mais c'est en parlant qu'on doit tâcher de le trouver, on ne peut pas se taire, ce serait aussi une fuite. On doit aussi suivre la transition du ton ancien au ton nouveau jusque dans ses articulations les plus fines.

Dure, très dure journée. Il faut apprendre à porter avec les autres le poids d'un « destin de masse » en éliminant toutes les futilités personnelles. Chacun veut encore tenter de se sauver, tout en sachant très bien que s'il ne part pas, c'est un autre qui le remplacera. Est-ce bien important que ce soit moi ou un autre, tel ou tel autre ? C'est devenu un *destin de masse*, commun à tous, et on doit le savoir. Journée très dure. Mais je me retrouve toujours dans la prière. Et prier, je pourrai toujours le faire, même dans le lieu le plus exigu. Et ce petit fragment du *destin de masse* que je suis à même de porter, je le fixe sur mon dos comme un baluchon avec des nœuds toujours plus forts et toujours plus serrés, je fais corps avec lui et l'emporte déjà par les rues.

Je devrais brandir ce frêle stylo comme un marteau et les mots devraient être autant de coups de maillet pour parler de notre destinée et pour raconter un épisode de l'histoire comme il n'y en a encore jamais eu. On n'avait jamais vu de persécution sous cette forme totalitaire, organisée à l'échelle des masses, englobant toute l'Europe. Il faudra bien tout de même quelques survivants pour se faire un jour les chroniqueurs de cette époque. J'aimerais être, modestement, l'un d'entre eux.

Sa bouche tremblait quand il a dit : « *Alors Adri et Dicky n'auront même plus le droit de m'apporter mes repas.* »

Samedi 11 juillet 1942, 11 heures du matin. On ne peut parler des choses ultimes, des choses les plus graves de cette vie que lorsque les mots jaillissent de vous aussi simplement et naturellement que l'eau d'une source.

Et si Dieu cesse de m'aider, ce sera à moi d'aider Dieu. Peu à peu toute la surface de la terre ne sera plus qu'un immense camp et personne ou presque ne pourra demeurer en dehors. C'est une phase à traverser. Ici, les Juifs se racontent des choses réjouissantes : en Allemagne, les Juifs sont emmurés vivants ou exterminés aux gaz asphyxiants. Ce n'est pas très malin de colporter ce genre d'histoires et de surcroît, à supposer que ces atrocités se passent vraiment sous une forme ou une autre, ce n'est pas nous qui avons à en répondre ?

Depuis hier soir, les trombes d'eau ont quelque chose de démoniaque. J'ai déjà débarrassé un tiroir de mon bureau. Je suis tombée sur une photo de lui qui avait disparu depuis près d'un an, mais que j'ai toujours eu la conviction de retrouver. Et voilà, elle était là, au fond d'un tiroir en désordre. C'est tout à fait moi : j'ai toujours la certitude que certaines choses, grandes ou petites, s'arrangeront d'elles-mêmes. Ce sentiment est surtout très fort dans la vie pratique. Je ne m'inquiète jamais du lendemain ; je sais par exemple que je devrai bientôt quitter cette maison pour une destination dont je n'ai pas la moindre idée ; et les finances sont au plus bas, mais je ne me fais jamais de souci pour moi : je sais que « quelque chose » se présentera. Quand on projette d'avance son inquiétude sur toutes sortes de choses à venir, on empêche celles-ci de se développer organiquement. J'ai en moi une immense confiance. Non pas la certitude de voir la vie extérieure tourner bien pour moi, mais celle de continuer à accepter la vie et à la trouver bonne, même dans les pires moments.

Je me surprends à me préparer psychologiquement à la vie dans un camp de travail, jusque dans les plus petits détails. Hier soir je marchais avec lui le long du quai, chaussée de confortables sandales, et je pensai soudain : « J'emporterai aussi ces sandales, je pourrai les mettre de temps en temps pour me reposer de chaussures plus lourdes. » Que se passe-t-il donc en moi en ce moment ? D'où vient cette gaieté légère, presque folâtre ? La journée d'hier a été dure, très dure, et j'ai eu beaucoup à endurer et à assumer. Mais c'est fait, j'ai absorbé encore une fois tout ce qui m'assaillait et je suis capable d'affronter un peu plus de choses qu'hier. C'est probablement ce qui me donne cette allégresse et cette paix intérieures : je suis capable de venir à bout de tout, seule et sans que mon cœur se dessèche d'amertume, et mes pires moments de tristesse, de désespoir même, laissent en moi des sillons fertiles et me rendent plus forte. Je ne me fais pas beaucoup d'illusions sur la réalité de la situation et je renonce même à prétendre aider les autres ; je prendrai pour principe d'« aider Dieu » autant que possible et si j'y réussis, eh bien je serai là pour les autres aussi. Mais n'entretenons pas d'illusions héroïques sur ce point.

A quoi me mettrais-je réellement, je me le demande, si j'avais en poche mon ordre de réquisition pour l'Allemagne avec la perspective du départ dans une semaine ? Suppose que cette carte arrive demain : que ferais-tu ? Je commencerais par n'en rien dire à personne, je me retirerais dans le coin le plus silencieux de cette maison, je rentrerais en moi-même et rameuterais mes forces des quatre points cardinaux de mon corps et de mon âme. Je me ferais couper les cheveux à la garçonne et je jetterais mon rouge à lèvres. J'essaierais, durant cette semaine, de terminer les *Lettres* de Rilke. Dans le coupon d'étoffe à pardessus qui me reste, je me ferais tailler un pantalon et une veste courte. Bien sûr, je voudrais aller voir mes parents et leur parler longtemps de moi, leur dire des paroles consolatrices, et chaque minute qui me resterait je voudrais lui écrire, à lui, l'homme dont l'absence et le regret causeront ma mort. Déjà à certains moments je crois mourir en pensant que je devrai le quitter et ne saurai même plus ce qu'il advient de lui. Dans quelques jours, j'irai chez le dentiste faire plomber mes dents cariées. Ce serait vraiment grotesque d'avoir mal aux dents là-bas. Il faudra que je me procure un sac à dos ; je n'emporterai que le strict nécessaire, mais tout devra être de bonne qualité. J'emporterai une Bible ; quant aux petits volumes des *Lettres à un jeune poète* et du *Livre d'heures*, je trouverai bien un moyen de les caser dans un coin de mon sac ? Je n'emporterai pas de photographies des êtres chers, je préfère tapisser mes grands murs intérieurs des visages et des gestes que j'ai réunis dans ma nombreuse collection et qui m'accompagneront toujours.

Et ces deux mains m'accompagnent, avec leurs doigts expressifs qui sont comme de jeunes rameaux vigoureux. Souvent ces mains s'étendront sur moi dans la prière en un geste protecteur, elles ne m'abandonneront pas, jusqu'à la fin. Et ces yeux noirs m'accompagnent de leur regard bon, doux et perspicace. Et quand les traits de mon visage auront été enlaidis et ravagés par trop de souffrance et un travail trop dur, toute la vie de mon âme pourra refluer dans mes yeux et tous [...] [1] se concentreront dans mes yeux. *Et cœtera.* Ceci n'est évidemment qu'un état d'âme, l'un des états d'âme nombreux et changeants que l'on découvre en soi dans cette situation nouvelle. Mais c'est aussi une part de moi-même, une de mes possibilités. Une part de moi-même qui parle de plus en plus haut. Mais au demeurant : un être humain n'est qu'un être humain. Déjà j'exerce mon cœur à accepter l'idée que je poursuivrai mon chemin même séparée de celui sans qui je crois ne pas pouvoir vivre. A chaque instant je desserre un peu plus nos liens extérieurs pour me concentrer plus forte-

1. Un mot manque dans le manuscrit du Journal.

ment sur une survie intérieure, la persistance d'une union intérieure, malgré la pire des séparations. Pourtant, quand nous marchons main dans la main le long du quai (ce quai qui avait pris hier soir un air d'automne et de tempête) ou que, dans sa petite chambre, ses gestes généreux et doux me réchauffent le cœur, un espoir et un désir tout humains s'emparent de moi : pourquoi ne pouvons-nous rester ensemble ? Plus rien n'aura d'importance si nous restons ensemble, je ne veux pas le quitter. Mais il m'arrive de penser : il est peut-être plus facile de prier pour quelqu'un de loin, que de le voir souffrir à deux pas de vous.

Dans ce monde saccagé, les chemins les plus courts d'un être à un autre sont des chemins intérieurs. Dans le monde extérieur, on est arraché l'un à l'autre et les chemins qui pouvaient vous réunir sont si profondément ensevelis sous les ruines que, dans bien des cas, on n'en retrouvera jamais la trace. Maintenir le contact, poursuivre une vie à deux, cela ne peut se faire qu'intérieurement. Et ne conserve-t-on pas toujours l'espoir de se retrouver un jour sur cette terre ?

Je ne sais évidemment pas comment je réagirai lorsque je serai vraiment placée devant l'obligation de le quitter. J'entends encore sa voix, lorsqu'il m'a téléphoné ce matin ; ce soir je dînerai à sa table, demain matin nous nous promènerons, nous déjeunerons chez Liesl et Werner puis, l'après-midi, nous ferons de la musique. Il est toujours là. Et au fond de moi, je ne crois peut-être pas encore vraiment qu'il me faudra me séparer de lui, et des autres. Un être humain est peu de chose. Dans cette situation nouvelle, il faudra d'abord réapprendre à se connaître. Beaucoup de gens me reprochent d'être indifférente et passive et prétendent que je m'abandonne sans réagir. Ils disent : toute personne qui a une chance d'échapper à leurs griffes a le devoir de la tenter. Je dois songer à moi-même, disent-ils. Mais leur calcul ne tombe pas juste. Chacun en ce moment est occupé à songer à soi-même et à tenter de passer à travers les mailles du filet ; or c'est un nombre élevé, très élevé même, qui doit partir[1]. Et le plus bizarre, c'est que je ne me sens pas sous leurs griffes. Que je reste ici ou que je sois déportée. C'est une idée si conventionnelle, si primitive, ce raisonnement ne me touche plus, je ne me sens sous les griffes de personne, je me sens seulement dans les bras de Dieu – pour le dire avec un peu d'emphase. Ici et maintenant, à ce cher bureau si familier, ou dans un mois, serrée dans quelque pièce du quartier juif ou travaillant dans un camp sous la garde des SS, je crois que je me sentirai toujours dans les bras de Dieu. On pourra peut-être me briser physiquement, mais c'est tout. Et je serai peut-être en proie au désespoir, je devrai peut-être endurer des privations que je n'eusse pas imaginées même dans mes rêves les plus vains, mais tout cela est peu de chose au prix de mon immense confiance en Dieu et de mes capacités de vie intérieure. Il se peut que je sous-estime ce qui m'attend.

Je vis chaque jour avec la conscience des terribles possibilités qui peuvent se réaliser à tout moment pour ma petite personne, et sont déjà devenues la réalité d'un grand, d'un trop grand nombre de gens. Je me rends compte de tout jusqu'aux moindres détails, je crois que dans mes « discussions intérieures » je garde les pieds sur terre, sur le sol dur de la dure réalité. Mon acceptation n'est ni résignation ni abdication de la volonté. Il y a toujours place pour la plus élémentaire indignation morale devant un régime qui traite ainsi des êtres humains. Mais les événements ont pris à mes yeux des proportions trop énormes, trop démoniaques, pour qu'on puisse y réagir par une rancune personnelle ou une hostilité exacerbée. Cette réaction me paraît puérile, totalement inadaptée au caractère fatal de l'événement. Souvent on se fâche quand je dis : « Que ce soit moi ou un autre qui parte, peu importe,

1. Présenté de façon allusive, le raisonnement d'Etty est le suivant : les Allemands ont fixé un nombre de personnes à déporter et l'atteindront coûte que coûte ; ceux qui leur échappent seront automatiquement remplacés par d'autres. Bien entendu, Etty admet ici comme ailleurs la thèse officielle des Allemands : les déportés sont affectés à des camps de travail.

ce qui compte c'est que tant de milliers de gens doivent partir ? » Il n'est pas vrai que je veuille aller au-devant de mon anéantissement, un sourire de soumission aux lèvres. Ce n'est pas cela non plus. C'est le sentiment de l'inéluctable, son acceptation et en même temps la conviction qu'en fait, rien ne peut plus nous être ravi. Ce n'est pas une sorte de masochisme qui me pousserait à vouloir partir absolument, à désirer être arrachée aux fondements de mon existence, mais serais-je vraiment très heureuse de pouvoir me soustraire au sort imposé à tant d'autres ? On me dit : « Quelqu'un comme toi a le devoir de se mettre en sûreté, tu as encore tant de choses à faire dans la vie, tant à donner. » Mais ce que j'ai ou non à donner, ne pourrai-je pas le donner où que je sois, ici dans un petit cercle d'amis ou ailleurs dans un camp de concentration ? Et c'est singulièrement se surestimer que de se croire trop de valeur pour partager avec les autres une « fatalité de masse ».

Et si Dieu estime que j'ai encore beaucoup à faire, je le ferai tout aussi bien après avoir traversé les mêmes épreuves que les autres. La valeur humaine présente ou non en moi ressortira de mon comportement dans cette situation entièrement nouvelle. Même si je n'y survis pas, ma façon de mourir apportera une réponse au « qui suis-je ? ». Il n'est plus temps de se maintenir coûte que coûte en dehors d'une situation donnée, il s'agit plutôt de savoir comment on réagit à toute nouvelle situation, comment on continue à vivre. Ce qu'il est juste que je fasse, je le ferai. Mes reins continuent à suppurer et ma vessie à faire des siennes, je vais me faire établir un certificat, si possible. On me recommande en effet de prendre un petit emploi de « couverture » au Conseil juif[1]. Le Conseil n'a pas engagé moins de cent quatre-vingts personnes la semaine dernière, et maintenant les désespérés s'y pressent en grappes humaines. On dirait, après un naufrage, un mor-

1. Les membres du Conseil juif étaient exemptés – provisoirement du moins – du « travail obligatoire ».

ceau de bois flottant sur l'immensité de l'océan, où le plus de gens possible cherchent à se raccrocher. Mais il me paraît absurde et illogique de tenter cette démarche. Et il n'est pas non plus dans ma nature de faire jouer des relations haut placées. Il semble d'ailleurs que le Conseil soit le théâtre de toutes sortes de trafics louches et l'hostilité publique contre cet étrange organe-tampon croît d'heure en heure. Et d'ailleurs : les membres du Conseil auront leur tour, après les autres. Mais, dira-t-on, à ce moment-là les Anglais auront peut-être débarqué. C'est l'avis de ceux qui portent encore en eux un espoir politique. Je crois qu'on doit se départir de tout espoir fondé sur le monde extérieur ; inutile de se livrer à de savants calculs de durée. Et maintenant, mettons la table.

Prière du dimanche matin. Ce sont des temps d'effroi, mon Dieu. Cette nuit pour la première fois, je suis restée éveillée dans le noir, les yeux brûlants, des images de souffrance humaine défilant sans arrêt devant moi. Je vais te promettre une chose, mon Dieu, oh, une broutille : je me garderai de suspendre au jour présent, comme autant de poids, les angoisses que m'inspire l'avenir ; mais cela demande un certain entraînement. Pour l'instant, à chaque jour suffit sa peine. Je vais t'aider, mon Dieu, à ne pas t'éteindre en moi, mais je ne puis rien garantir d'avance. Une chose cependant m'apparaît de plus en plus claire : ce n'est pas toi qui peux nous aider, mais nous qui pouvons t'aider – et ce faisant nous nous aidons nous-mêmes. C'est tout ce qu'il nous est possible de sauver en cette époque et c'est aussi la seule chose qui compte : un peu de toi en nous, mon Dieu. Peut-être pourrons-nous aussi contribuer à te mettre au jour dans les cœurs martyrisés des autres. Oui, mon Dieu, tu sembles assez peu capable de modifier une situation finalement indissociable de cette vie. Je ne t'en demande pas compte, c'est à toi au contraire de nous appeler à rendre des comptes, un jour. Il m'apparaît de plus en plus clairement à chaque pulsation de mon cœur que tu ne peux pas nous aider, mais que c'est à nous de t'aider et de défendre jusqu'au bout la demeure qui t'abrite en nous. Il y a des gens – le croirait-on ? – qui au dernier moment tâchent à mettre en lieu sûr des aspirateurs, des fourchettes et des cuillers en argent, au lieu de te protéger toi, mon Dieu. Et il y a des gens qui cherchent à protéger leur propre corps, qui pourtant n'est plus que le réceptacle de mille angoisses et de mille haines. Ils disent : « Moi, je ne tomberai pas sous leurs griffes ! » Ils oublient qu'on n'est jamais sous les griffes de personne tant qu'on est dans tes bras. Cette conversation avec toi, mon Dieu, commence à me redonner un peu de calme. J'en aurai beaucoup d'autres avec toi dans un avenir proche, t'empêchant ainsi de me fuir. Tu connaîtras sans doute aussi des moments de disette en moi, mon Dieu, où ma confiance ne te nourrira plus aussi richement, mais crois-moi, je continuerai à œuvrer pour toi, je te resterai fidèle et ne te chasserai pas de mon enclos.

Je ne manque pas de force pour affronter la grande souffrance, la souffrance héroïque, mon Dieu, je crains plutôt les mille petits soucis quotidiens qui vous assaillent parfois comme une vermine mordante. Enfin, je me gratte désespérément et me dis chaque jour : encore une journée sans problèmes, les murs protecteurs d'une maison accueillante glissent autour de tes épaules comme un vêtement familier, longtemps porté ; ton couvert est mis pour aujourd'hui et les draps blancs et les couvertures douillettes de ton lit t'attendent pour une nuit de plus, tu n'as donc aucune excuse à gaspiller le moindre atome d'énergie à ces petits soucis matériels. Utilise à bon escient chaque minute de ce jour, fais-en une journée fructueuse, une forte pierre dans les fondations où s'appuieront les jours de misère et d'angoisse qui nous attendent. Derrière la maison, la pluie et la tempête des derniers jours ont ravagé le jasmin, ses fleurs blanches flottent éparpillées dans les flaques noires sur le toit plat du garage. Mais quelque part en moi ce jasmin continue à fleurir, aussi exubérant, aussi tendre que par le passé. Et il répand ses effluves autour de ta demeure, mon Dieu. Tu vois comme je prends soin de toi. Je ne t'offre pas seulement mes larmes et mes tristes pressentiments, en ce dimanche matin venteux et grisâtre je t'apporte même un jasmin odorant. Et je t'offrirai toutes les fleurs rencontrées sur mon chemin, et elles sont légion, crois-moi. Je veux te rendre ton séjour le plus agréable possible. Et pour prendre un exemple au hasard : enfermée dans une étroite cellule et voyant un nuage passer au-delà de mes barreaux, je t'apporterais ce nuage, mon Dieu, si du moins j'en avais la force. Je ne puis rien garantir d'avance mais les intentions sont les meilleures du monde, tu le vois.

Maintenant je vais me consacrer à cette journée. Je vais me répandre parmi les hommes aujourd'hui et les rumeurs mauvaises, les menaces m'assailliront comme autant de soldats ennemis une forteresse imprenable.

Mardi 14 juillet au soir. Chacun est bien forcé de vivre selon le style qui est le sien. Je suis incapable d'intervenir activement pour me « sauver », cela me paraît absurde, m'agite et me rend malheureuse. La lettre de candidature que j'ai adressée au Conseil juif sur la recommandation pressante de Jaap m'a fait perdre ce bel équilibre de sérénité et de gravité qui était le mien aujourd'hui. Comme s'il s'agissait d'un acte indigne. Cette foule qui se presse autour de l'unique épave flottant encore après le naufrage. Et de sauver ce qui reste à sauver, et de se repousser l'un l'autre en se condamnant à la noyade : c'est si indigne, et cette mêlée me répugne. Je suis probablement de ceux qui préfèrent continuer à se laisser flotter un peu sur le dos, les yeux tournés vers le ciel, et qui, avec un geste résigné et pieux, finissent par se laisser couler. Je ne puis faire autrement. Mes combats se déroulent sur un théâtre intérieur et contre mes démons personnels ; lutter au milieu de milliers de gens effrayés, contre les fanatiques qui veulent notre mort et allient la fureur à une froideur glacée, non, ce n'est pas pour moi. Je n'ai pas peur non plus ; c'est étrange, je suis si paisible, j'ai parfois l'impression de me tenir sur les créneaux du palais de l'Histoire et d'embrasser du regard de vastes étendues. Je suis capable de porter sans succomber ce fragment d'histoire que nous sommes en train de vivre. Je sais tout ce qui se passe et je garde la tête froide. Parfois c'est comme si une couche de cendre était répandue sur mon cœur. Et parfois il me semble que, sous mes propres yeux, mon visage se fane et se consume et que mes traits effacés sont la ligne de fuite des siècles qui se précipitent – tout se désagrège alors sous mes yeux et mon cœur se détache de tout. Ce sont des instants fugitifs, ensuite tout se recompose, mes idées redeviennent claires et je me sens capable de porter ce bloc d'histoire sans succomber sous le poids. Et quand on a commencé à faire route avec Dieu, on poursuit tout simplement son chemin, la vie n'est plus qu'une longue marche – sentiment étrange.

Je comprends un petit fragment de l'Histoire, une petite parcelle des êtres. Mais je n'ai pas envie d'en parler maintenant, chaque mot pâlirait et se périmerait instantanément sous mes mains et appellerait un mot suivant qui serait pourtant encore bien loin de naître.

Si je pouvais noter à propos de la vie, des êtres et de Dieu ce que je pense, ce que je sens et ce qui m'apparaît parfois en un éclair avec une netteté aveuglantes je crois que cela pourrait être très beau, j'en suis même convaincue. Une fois encore j'aurai de la patience, j'attendrai que tout mûrisse en moi.

On a des angoisses trop fortes pour ce malheureux corps. Et l'esprit, l'esprit oublié, se racornit dans un coin. On vit mal, on se conduit indignement. On manque de sens historique. Le sens historique peut aussi vous aider à subir. Je ne hais personne. Je ne suis pas aigrie. Une fois que cet amour de l'humanité a commencé à s'épanouir en vous, il croît à l'infini.

Bien des gens me croiraient folle et totalement étrangère à la réalité s'ils savaient ce que je pense et ce que je ressens. Pourtant je vis avec toute la réalité qu'apporte chaque jour. L'Occidental n'accepte pas la souffrance comme inhérente à cette vie. C'est pourquoi il est toujours incapable de puiser des forces positives dans la souffrance. Je vais rechercher ces quelques phrases d'une lettre de Rathenau que j'ai recopiées autrefois Ah, les voilà ! Je n'ai qu'à tendre la main pour retrouver les mots, les fragments dont mon esprit désire se nourrir en cet instant précis : cela me manquera plus tard. Il faut savoir vivre sans livres, sans rien. Sans doute un petit morceau de ciel restera toujours visible et j'aurai toujours en moi un espace intérieur assez vaste pour joindre les mains en prière.

Il est onze heures et demie du soir. Weyl fixe les attaches de son sac à dos, beaucoup trop lourd pour sa frêle échine ; il ira à la gare centrale à pied. Je vais l'accompagner. On ne devrait pas fermer l'œil cette nuit, on ne devrait faire que prier.

Mercredi matin. Je crois que, la nuit dernière, je n'ai pas encore assez bien prié. Ce matin, après avoir lu son petit mot, j'ai senti l'émotion rompre les digues et me submerger. J'étais en train de mettre la table du petit déjeuner et tout à coup il m'a fallu m'arrêter, joindre les mains, m'incliner là au milieu de la pièce et les larmes longtemps enfermées en moi ont soudain submergé mon cœur ; il y avait en moi tant d'amour, tant de pitié, tant de douceur mais aussi tant de force, qu'il est impensable que ma prière ne soit d'aucun secours. Après avoir lu sa lettre, j'ai senti en moi un recueillement grave et profond.

Si étrange que cela semble, ces quelques lignes pâles, hâtivement griffonnées au crayon, sont ma première lettre d'amour. Oh, j'en ai de pleines malles, de ces fameuses « lettres d'amour », tant les hommes m'ont écrit de mots de passion, de tendresse, de promesse et de désir, tant de mots pour tenter de se réchauffer et de me réchauffer à ce qui n'était souvent qu'un feu de paille.

Mais ses mots à lui, hier : « *Tu sais, j'ai le cœur lourd* », et ce matin : « *Amour, je veux continuer à prier* », sont les cadeaux les plus précieux qu'ait jamais reçus mon cœur pourtant comblé.

Le soir. Non, je ne crois pas que je succomberai. Cet après-midi, court moment de désespoir et de chagrin, moins à cause des événements que par apitoiement sur moi-même, à l'idée de devoir le laisser seul, et en craignant la douleur de la séparation moins pour moi-même que pour lui. Il y a quelques jours encore je croyais avoir tout vécu, tout supporté par anticipation, et que plus rien ne pouvait m'arriver, mais aujourd'hui j'ai dû me rendre à l'évidence : tout cela me touche de plus près que jamais. C'était très dur. Je t'ai été infidèle un moment, mon Dieu, mais pas complètement. Il est bon de traverser de ces moments de désespoir où toute lueur semble s'éteindre : un calme perpétuel aurait quelque chose de surhumain. Mais j'ai recouvré la certitude de pouvoir surmonter le pire désespoir. Cet après-midi je n'aurais pas cru me retrouver ce soir à mon bureau avec autant de calme et de concentration. Un moment, le désespoir avait étouffé toute lumière en moi, effacé toute cohérence, et il y avait cet immense chagrin. Et ces mille petits soucis, pieds douloureux après une demi-heure de marche, maux de tête si violents qu'ils semblent devoir vous écraser de l'intérieur, etc. Mais c'est du passé, une fois de plus. Souvent encore je serai terrassée, brisée et anéantie, je le sais. Mais je me crois particulièrement coriace et capable de me relever toujours. Cet après-midi pourtant, j'ai senti un certain effet de sclérose et d'abrutissement et j'ai éprouvé ce que des années de situations extrêmes peuvent faire de vous. Mais ma tête a retrouvé toute sa clarté. Demain, il faudra que nous parlions longuement, lui et moi, de notre sort et de notre façon de l'accueillir. Eh oui !

On m'a apporté les lettres de Rilke des années 1907-1914 et 1914-1921 ; j'espère avoir le temps de les lire. Et Schubert. C'est Jopie qui m'a apporté les livres. Comme un second saint Martin, elle s'est dépouillée de son chandail de pure laine vierge, vrai rempart contre la pluie et le froid. Voilà déjà un vêtement pour le voyage. Pourrai-je glisser entre mes couvertures les deux tomes de *l'Idiot* et mon petit dictionnaire *Langenscheidt* ? Je veux bien sacrifier quelques provisions pour faire une place à ces livres. Moins de couvertures, c'est impossible, je gèlerai de toute façon. Cet après-midi, le sac à dos de Hans traînait dans le couloir, je l'ai essayé subrepticement, il n'était guère rempli mais déjà trop lourd pour moi. Enfin, je n'en suis pas moins dans la main de Dieu. Et mon corps avec toutes ses petites infirmités. Si un jour je me sens écrasée et hébétée, je devrai pourtant retrouver, dans le coin le plus perdu de mon âme, la certitude de me relever, sinon je serai perdue.

Je suis un chemin et me sens guidée au long de ce chemin. Je retrouve toujours mes souvenirs et sais dès lors mieux que jamais comment agir. Ou plutôt je sais que devant toute situation je saurai comment agir.

« *Amour, je veux continuer à prier.* »

Je l'aime tant.

Je me demande une fois de plus aujourd'hui s'il ne serait pas plus facile de prier de loin pour quelqu'un en continuant à vivre avec lui intérieurement que de le voir souffrir à ses côtés. Advienne que pourra – je ne cours qu'un risque : que mon cœur ne résiste pas à mon amour pour lui.

Je voudrais lire encore un peu.

Quand je prie, je ne prie jamais pour moi, toujours pour d'autres, ou bien je poursuis un dialogue extravagant, infantile ou terriblement grave avec ce qu'il y a de plus profond en moi et que pour plus de commodité j'appelle Dieu. Prier pour demander quelque chose pour soi-même me paraît tellement puéril. Pourtant je lui demanderai, demain, s'il lui arrive de prier pour lui-même ; en ce cas je le ferai aussi pour moi, malgré tout. Je trouve non moins puéril de prier pour un autre en demandant que tout aille bien pour lui : tout au plus peut-on demander qu'il ait la force de supporter les épreuves. Et en priant pour quelqu'un, on lui transmet un peu de sa propre force.

Pour la plupart des gens, la plus grande souffrance, c'est leur totale impréparation intérieure : ils périssent lamentablement ici même avant d'avoir vu l'ombre d'un camp de concentration. Cette attitude rend notre défaite totale. L'enfer de Dante est une comédie légère à côté. « *C'est cela, l'enfer* », m'a-t-il dit l'autre jour, très simplement et du ton de la constatation objective. Par moments, j'ai l'impression d'entendre mugir, hurler et siffler à mes oreilles. Et les ciels sont si bas, si menaçants. Cela n'empêche pas, pourtant, un humour léger et primesautier de se manifester en moi de temps en temps – il ne m'abandonne jamais, sans tourner pour autant à l'humour noir, du moins je ne le crois pas. Lentement, au fil des mois, j'ai tellement mûri et grandi dans l'attente des moments que nous vivons, que je ne ressens aucun affolement, je continue à considérer toutes choses avec clairvoyance. Ce que j'ai fait ces dernières années à mon bureau n'a donc pas été que littérature et jeux intellectuels.

Et ces dix-huit derniers mois pourraient compenser toute une vie de souffrance et de persécutions. Ils se sont fondus en moi, ils sont devenus moi-même, ces dix-huit mois, et ont accumulé en moi des provisions suffisantes pour tenir toute une vie sans connaître la famine.

Plus tard. Un fait que je veux retenir pour les moments difficiles et avoir toujours « à portée de main » : Dostoïevski a passé quatre ans de bagne en Sibérie avec la Bible pour toute lecture. On ne le laissait jamais seul et les conditions d'hygiène étaient des plus sommaires.

[*Le 15 juillet 1942, Etty obtint un petit emploi au Conseil juif, section* « *Affaires culturelles* ».]

16 juillet, 9 heures et demie du soir. As-tu donc d'autres projets pour moi, mon Dieu ? Puis-je accepter ceci ? Mais je reste prête. Demain je descends en enfer, reposons-nous bien ce soir pour affronter le travail qui nous y attend ! Je pourrais parler toute une année de la journée d'aujourd'hui. Jaap et Loopuit, ce vieil ami, qui s'est écrié : « Je ne tolérerai pas qu'Etty soit envoyée en Drenthe ! » Léo de Wolff[1] nous a épargné encore quelques heures d'attente et j'ai dit à Jaap : « Il me faudra faire beaucoup de bien autour de moi pour racheter tous ces passe-droits. Il y a quelque chose de pourri dans notre société, il n'y a pas de justice ! » Liesl a remarqué spirituellement : « *La preuve c'est que tu es, toi précisément, victime du piston !* »

Pourtant même là, dans ce couloir, dans les remugles et la bousculade de la foule, j'ai réussi à lire quelques lettres de Rilke, je continue tout de même à ma manière. La panique sur les visages. Tous ces visages, mon Dieu, ces visages !

Je vais me coucher. J'espère être un ferment de paix dans cette maison de fous. Je me lèverai de bonne heure pour me concentrer à l'avance. Mon Dieu, qu'as-tu l'intention de faire de moi ? Je n'ai même pas eu le temps de réaliser que j'avais reçu ma convocation pour Westerbork, au bout de quelques heures elle était déjà annulée. Tout est allé si vite, comment est-ce possible ?

Il m'a dit : « J'ai lu ton journal cet après-midi et cela m'a convaincu qu'il ne pouvait rien t'arriver. » Il me faut absolument faire quelque chose pour Liesl et Werner, il le faut. Sans précipitation. Avec prudence et réflexion. Tout au plus glisser une lettre dans sa poche.

Il s'est produit un miracle et cela aussi je dois l'accepter et l'assumer.

1. Leo de Wolff était le fils de Sam de Wolff, un socialiste influent et l'un des pionniers du sionisme aux Pays-Bas. Leo de Wolff fut lui-même déporté et mourut à Bergen-Belsen, mais son père parvint à émigrer en Palestine.

Dimanche 19 juillet au soir, 10 heures moins 10. J'avais beaucoup à te dire, mon Dieu, mais je dois me coucher. Je suis comme droguée et si je ne suis pas au lit à dix heures, je ne tiendrai pas le coup demain. Du reste il me faudra trouver un langage entièrement nouveau pour parler de tout ce qui émeut mon cœur depuis quelques jours. Je suis bien loin d'en avoir fini avec nous, mon Dieu, et avec ce monde. Je suis prête à vivre très longtemps et à traverser toutes les épreuves qui nous seront imposées. Quelles journées, mon Dieu, quelles journées que ces derniers jours !! Et cette nuit. Et cette nuit. Il respire comme il marche. Et je disais, sous les couvertures : prions ensemble. Non, impossible d'en parler, de rien dire de ce qui fut, des jours passés et de la nuit dernière.

Pourtant je suis une de tes élues, mon Dieu, puisque tu me fais toucher d'aussi près tous les aspects de cette vie et que tu m'as donné assez de force pour les assumer. Et puisque mon cœur est assez fort pour des sentiments aussi grands, aussi intenses. La nuit dernière, montant enfin dans la chambre de Dicky et m'agenouillant presque nue au milieu de la pièce, complètement épuisée, j'ai dit : « J'ai tout de même vécu beaucoup de grandes choses aujourd'hui et cette nuit ; mon Dieu, sois remercié de me rendre capable de les assumer, et de me faire profiter de tant d'expériences. » Il est temps de me coucher.

Lundi 20 juillet, 9 heures et demie du soir. Impitoyable, impitoyable. Mais nous devons être d'autant plus miséricordieux au fond de nous. Tel était le sens de ma prière d'aujourd'hui, dans le petit matin :

Mon Dieu, cette époque est trop dure pour des êtres fragiles comme moi. Après elle, je le sais, viendra une autre époque beaucoup plus humaine. J'aimerais tant survivre pour transmettre à cette nouvelle époque toute l'humanité que j'ai préservée en moi malgré les faits dont je suis témoin chaque jour. C'est aussi notre seul moyen de préparer les temps nouveaux : les préparer déjà en nous.

Je suis intérieurement si légère, si parfaitement exempte de rancœur, j'ai tant de force et d'amour en moi. J'aimerais tant vivre, contribuer à préparer les temps nouveaux, leur transmettre cette part indestructible de moi-même ; car ils viendront, certainement. Ne se lèvent-ils pas déjà en moi jour après jour ?

Telle était à peu près ma prière de ce matin. Je m'étais agenouillée avec une totale spontanéité sur le tapis de sisal de la salle de bains et les larmes roulaient sur mon visage. Et cette prière, je crois, m'a donné de la force pour toute la journée.

Maintenant je vais lire une petite nouvelle. Je m'entête à maintenir mon style de vie contre vents et marées, même si je tape mille lettres par jour de dix heures du matin à sept heures du soir et rentre chez moi à huit, les pieds meurtris, et sans avoir dîné. Je trouverai toujours une heure pour moi. Je reste entièrement fidèle à moi-même, je ne me résignerai pas, je ne faiblirai pas. Pourrais-je seulement continuer à faire ce travail si je ne puisais chaque jour dans la grande réserve de calme et de quiétude qui est en moi ?

Oui mon Dieu je te suis très fidèle contre vents et marées, je ne me laisserai pas anéantir, je persiste à croire au sens le plus profond de cette vie ; je sais comment vivre désormais, de grandes certitudes nous habitent, lui et moi ; cela va te paraître incompréhensible, mais je trouve la vie si belle et me sens si heureuse. N'est-ce pas extraordinaire ? Je n'oserais me confier aussi ouvertement à personne.

Mardi 21 juillet, 19 heures. Cet après-midi, durant le long trajet entre le bureau et la maison, comme les soucis voulaient m'assaillir de nouveau et ne semblaient pas devoir prendre fin, je me suis dit tout à coup :

« Toi qui prétends croire en Dieu, sois un peu logique, abandonne-toi à sa volonté et aie confiance. Tu n'as donc plus le droit de t'inquiéter du lendemain. » Et en faisant quelques pas avec lui le long du quai (et je te remercie, mon Dieu, de pouvoir encore le faire, quand je ne passerais que cinq minutes par jour avec lui, ces quelques instants n'en seraient pas moins la récompense de toute une journée de dur travail) je l'ai entendu dire : « *Oh ces soucis que nous avons tous !* » J'ai repris : « Soyons logiques, si nous avons confiance en Dieu, il faut l'avoir jusqu'au bout. »

Je me sens dépositaire d'un précieux fragment de vie, avec toutes les responsabilités que cela implique. Je me sens responsable du sentiment grand et beau que la vie m'inspire et j'ai le devoir d'essayer de le transporter intact à travers cette époque pour atteindre des jours meilleurs. C'est la seule chose qui compte. J'en suis perpétuellement consciente. Il me semble parfois que je vais finir par me résigner, par succomber sous la lourdeur de la tâche, mais toujours le sens de mes responsabilités vient ranimer la vie que je porte en moi. Je vais lire encore quelques lettres de Rilke et me coucher de très bonne heure. Jusqu'à ce jour, ma vie personnelle est encore si heureuse.

Aujourd'hui, entre deux requêtes urgentes à taper, et dans un entourage qui tient à la fois de l'enfer et de la maison de fous, j'ai trouvé le moyen de lire tout de même un peu de Rilke et sa voix m'a « parlé » aussi nettement que dans la silencieuse retraite de cette chambre.

Mais j'ai au moins découvert en moi le geste qui permet d'opposer la grandeur à la grandeur, non pas pour me débarrasser de la pesanteur, qui est grande dans toute grandeur et infinie dans tout insaisissable, mais pour la retrouver toujours à la même place élevée où elle poursuit son existence, indépendamment de notre affliction confuse, au-dessus de laquelle elle croît démesurément.

Et je voudrais ajouter ceci : je crois être parvenue à la longue à cette simplicité à laquelle j'ai toujours aspiré.

22 juillet, 8 heures du matin. Mon Dieu, donne-moi de la force, pas seulement de la force spirituelle, mais aussi de la force physique. Je veux bien te l'avouer, dans un moment de faiblesse : je serais au désespoir de quitter cette maison. Mais je ne veux pas perdre un seul jour à m'en inquiéter. Ôte donc de moi ces soucis, car s'il me fallait les traîner en plus de tout le reste, la vie ne serait plus possible !

Je suis très fatiguée ce matin, dans tout mon corps, et je n'ai guère le courage d'affronter le travail du jour. Je ne crois d'ailleurs pas beaucoup à ce travail ; s'il devait se prolonger je finirais, je crois, totalement amorphe et découragée. Pourtant je te suis reconnaissante de m'avoir arrachée à la paix de ce bureau pour me jeter au milieu de la souffrance et des tracas de ce temps. Ce ne serait pas sorcier d'avoir une « idylle » avec toi dans l'atmosphère préservée d'un bureau, mais ce qui compte c'est de t'emporter, intact et préservé, partout avec moi et de te rester fidèle envers et contre tout, comme je te l'ai toujours promis.

Quand je marche ainsi dans les rues, ton monde me donne beaucoup à méditer – non, ce n'est pas le mot, j'essaie plutôt de pénétrer les choses grâce à un sens nouveau. J'ai souvent l'impression de pouvoir embrasser du regard toute notre époque, comme une phase de l'Histoire dont je discernerais les tenants et aboutissants et que je saurais insérer dans le tout.

Et je suis surtout reconnaissante de n'éprouver ni rancœur ni haine, mais de sentir en moi un grand acquiescement qui est bien autre chose que de la résignation, et une forme de compréhension de notre époque, si étrange que cela puisse paraître ! Il faut savoir comprendre cette époque comme on comprend les gens ; après tout c'est nous qui faisons l'époque. Elle est ce qu'elle est, à nous de la comprendre en tant que telle, malgré l'effarement que son spectacle nous inspire parfois. Je suis un cheminement intérieur propre, de plus en plus simple, de plus en plus dépouillé, mais néanmoins pavé de bienveillance et de confiance.

Jeudi 23 juillet, 9 heures du soir. Mes roses rouges et jaunes se sont toutes ouvertes. Pendant que j'étais là-bas, en enfer, elles ont continué à fleurir tout doucement. Beaucoup me disent : comment peux-tu encore songer à des fleurs ?

Hier soir après une longue marche sous la pluie et malgré mes ampoules aux pieds j'ai fait un dernier petit détour à la recherche d'une charrette de fleuriste et je suis rentrée chez moi avec un grand bouquet de roses. Et elles sont là. Elles ne sont pas moins réelles que toute la détresse dont je suis témoin en une journée. Il y a place dans ma vie pour beaucoup de choses. Et j'ai tant de place, mon Dieu. En traversant aujourd'hui ces couloirs bondés j'ai été prise d'une impulsion soudaine : j'avais envie de m'agenouiller sur le carrelage au milieu de tous ces gens. Le seul geste de dignité humaine qui nous reste en cette époque terrible : s'agenouiller devant Dieu. Chaque jour j'apprends à mieux connaître les hommes et je vois de plus en plus clairement qu'ils n'ont aucune aide à offrir à leurs semblables : on est réduit à ses propres forces intérieures.

Nous remarquions qu'il importait de ne pas perdre le sens de la vie : « Le sens de la vie, cela dépasse la vie », dit-il alors.

« C'est un vrai merdier là-bas » : une phrase qui m'échappe souvent. Mais pourquoi employer si souvent ce mot, me suis-je demandé aujourd'hui ; il s'installe dans l'atmosphère, y prolifère et l'enlaidit.

Le plus déprimant, c'est de savoir qu'à peu près aucune des personnes avec qui je travaille n'a vu son horizon intérieur s'élargir tant soit peu. Ces gens-là ne souffrent pas vraiment non plus. Ils haïssent, ils nagent dans un optimisme aveugle quant à leur petite personne, ils intriguent, encore capables d'ambition dans leurs maigres emplois, en un mot un vrai panier de crabes, et il y a des moments où je voudrais poser la tête sur ma machine à écrire et soupirer : « Non, je ne peux pas continuer. » Pourtant je continue toujours et j'en apprends chaque jour un peu plus sur le genre humain.

Il est dix heures. En fait, je devrais me coucher. Mais je voudrais bien lire encore un peu. La vie m'est encore tellement douce. Liesl, la courageuse petite Liesl, reste debout jusqu'à trois heures du matin à coudre des sacs à main pour un industriel. Werner est resté soixante heures sans se déshabiller. Il s'est passé des choses bien étranges dans nos vies ; Dieu, donne-nous la force. Et surtout, rends-lui la santé et ne me l'enlève pas. Aujourd'hui, angoisse subite de le perdre brutalement.

Mon Dieu, je t'ai promis d'avoir confiance en toi, et j'ai chassé l'angoisse et les alarmes qu'il m'inspire. Samedi soir je serai auprès de lui. Que cela soit encore possible, je ne saurais t'en avoir trop de gratitude. La journée a été vraiment très dure, j'ai réussi à l'assumer et maintenant j'aimerais dire quelque chose de très beau, je ne sais pourquoi, à propos de ces roses ou de mon amour pour lui. Je vais lire encore quelques « chants » de Rilke, et puis au lit.

C'est décidé, je prends mon samedi.

Le plus bizarre, c'est que le physique fonctionne parfaitement. Plus de maux de tête, de maux d'estomac, etc. Parfois un commencement de malaise, mais alors je me retire au fond de ma paix intérieure jusqu'à ce que le sang reprenne son cours régulier dans mes veines. Mes maux étaient probablement d'origine psychologique. La paix que je ressens n'a rien de forcé comme beaucoup le pensent, elle n'est pas non plus un signe de surmenage. Si tout ce que je vis en ce moment m'était advenu il y a un an, je me serais effondrée au bout de trois jours, je me serais suicidée ou alors réfugiée dans une gaieté totalement factice. A présent j'ai un grand équilibre, une grande résistance, une grande paix, une vision synthétique des choses et une intuition de leur logique, – enfin je ne sais pas au juste, mais quoi qu'il en soit : je vais très bien, mon Dieu. Non, je renonce à lire, je suis trop fatiguée, demain matin je me lève tôt et je passerai encore un moment à ce bureau.

Une fois de plus aujourd'hui, comme nous nous disions notre désir de rester ensemble, cette pensée m'est venue : « Tu as déjà l'air si malade et si délabré, je t'aime tant mais rien ne sera pire que de te voir souffrir à côté de moi et pâtir de toutes sortes de privations, je préférerais prier de loin pour toi. » J'accepterai tout ce qui viendra et comme cela viendra, mon Dieu. Je ne crois guère à un secours extérieur, cela n'entre pas dans mes prévisions. Les Anglais, les Américains, la Révolution, Dieu sait quoi – on n'a pas le droit d'y raccrocher tous ses espoirs. Ce qui adviendra sera bon. Bonne nuit.

Vendredi 24 juillet, 7 heures et demie du matin. J'aimerais bien m'offrir une heure d'étude intensive avant le début de la journée, j'en ai grand besoin et toute la concentration voulue. Quand les soucis m'ont assaillie de nouveau au petit matin, j'ai préféré me lever. Mon Dieu, éloigne-les de moi.

Je ne sais ce que je dois faire s'il reçoit sa « convocation », quelles voies faudra-t-il employer pour l'aider ?

Une chose est sûre : on doit tout accepter, être prêt à tout et savoir qu'on ne saurait nous prendre nos retranchements les plus secrets ; cette pensée vous donne un grand calme intérieur et l'on se sent à même d'accomplir les démarches pratiques réclamées par les circonstances. Ne pas remâcher ses angoisses, mais penser clairement, calmement. Au moment décisif, je saurai bien quoi faire.

Mes roses sont toujours là. Je vais porter à Jaap cette demi-livre de beurre. Je suis très fatiguée. Je suis de taille à affronter notre époque, je la comprends même un peu. Si j'y survis et que je dise encore : la vie est belle et pleine de sens, on pourra me croire sur parole.

Si toute cette souffrance n'amène pas un élargissement de l'horizon, une plus grande humanité, par la chute de toutes les mesquineries et petitesses de cette vie – alors tout aura été vain.

Ce soir je dîne avec lui au *Café de Paris*, ce genre de sortie est devenu presque grotesque ; Liesl a dit : « *C'est tout de même une grâce qu'il nous soit donné de supporter tout cela.* »

Liesl est grande, vraiment grande ; je voudrais la décrire un jour. Nous nous en sortirons.

Samedi 25 juillet, 9 heures du matin. J'ai commencé la journée bêtement. En parlant de « la situation », comme si l'on pouvait trouver les mots pour la décrire ! Je ne dois pas gaspiller le précieux cadeau de cette journée de repos en parlant et en attristant mon entourage. Ce matin je vais nourrir un peu mon esprit, je note un besoin grandissant de fournir à cet esprit récalcitrant une abondante matière à assimiler. La semaine écoulée m'a apporté une éclatante confirmation de ma personnalité. Au milieu de cette maison de fous, je suis ma propre voie intérieure. Une centaine de personnes confèrent dans le brouhaha d'une petite pièce, les machines à écrire crépitent et moi, dans un coin, je lis Rilke. En plein milieu de la matinée nous avons dû déménager, tout d'un coup ; on m'enlève table et chaise sous le nez, des gens qui attendaient se ruent dans la pièce, chacun donne ordres et contrordres, fût-ce pour disposer de la moindre chaise, mais Etty est assise dans un coin à même le sol malpropre, entre sa machine à écrire et son paquet de sandwiches pour midi, et elle lit Rilke. Je me promulgue là-bas ma propre législation sociale, j'arrive et je pars quand bon me semble. Au milieu de ce chaos, de cette détresse, je vis selon mon rythme et puis m'absorber à tout instant, entre deux lettres à dactylographier, dans ce qui m'importe vraiment. Ce n'est pas que je me ferme à la souffrance qui m'entoure ou que je m'endurcisse. Je supporte tout très bien et conserve tout en moi, mais je vais imperturbablement mon chemin. Hier fut une folle journée. Une journée où mon humour presque satanique a repris le dessus et où je me suis sentie, tout à coup, une sorte d'écolier chahuteur.

Mon Dieu, garde-moi d'une chose : ne m'envoie pas dans le même camp que les gens avec qui je travaille quotidiennement. Un jour je pourrai écrire sur eux cent satires. Pourtant les possibilités d'aventures ne manquent pas dans cette vie : hier soir j'ai dîné avec lui d'une limande meunière, inoubliable tant par le prix que par la qualité. Et cet après-midi à cinq heures, je m'en vais chez lui pour y rester jusqu'à demain matin. Nous allons lire, écrire, être ensemble, le temps d'une soirée, d'une nuit et d'un petit déjeuner. Oui, cela existe encore. Je me sens de nouveau si forte et si sereine depuis hier. Sans angoisse, même à son sujet. Entièrement délivrée de tout souci. Toute cette marche à pied me muscle les jambes. Je finirai peut-être tout de même par sillonner la Russie sac au dos ?

Il dit : « C'est une époque qui nous invite à mettre en pratique : “aimez vos ennemis”. » Et si nous le disons, nous, on voudra bien croire que c'est possible, j'espère ? Je voudrais noter encore un passage de Rilke qui m'a frappée hier parce qu'il s'applique à moi, comme tant de choses qu'il a écrites.

En moi un immense silence, qui ne cesse de croître. Tout autour, un flux de paroles qui vous épuisent parce qu'elles n'expriment rien.

Il faut être toujours plus économe de paroles insignifiantes pour trouver les quelques mots dont on a besoin Le silence doit nourrir de nouvelles possibilités d'expression. Il est neuf heures et demie. J'ai l'intention de rester à mon bureau jusqu'à midi ; les pétales de rose jonchent mes livres. Une des roses jaunes est épanouie à ses dernières limites et me regarde, béante, de son grand œil. Les deux heures et demie que j'ai devant moi me semblent une éternité d'isolement. Je suis si reconnaissante de ces quelques heures, et aussi de ma concentration qui ne cesse de croître.

27 juillet 1942. A chaque instant de sa vie il faut être prêt à une révision déchirante et à un nouveau départ dans un cadre entièrement différent. Je suis gâtée et indisciplinée.

Au milieu de toutes les épreuves, je suis peut-être encore trop désireuse de jouir de la vie. En considérant mon humeur depuis hier soir, je ne puis m'empêcher de me dire : tu es vraiment très ingrate. Ce week-end était riche de tant de bonnes choses. Tant de choses qui eussent pu me nourrir pendant des semaines, même si celles-ci ne m'apportaient que des malheurs. C'est vrai que je suis égoïste vis-à-vis de mes collègues, les dactylos du Conseil. Je trouve le travail stupide et absurde et m'y soustrais tant que je peux. Je suis insatisfaite, triste et incertaine en ce début de matinée comme je ne l'avais plus été de longtemps, mais ce qui me tourmente n'est même pas la « grande souffrance », seulement de petites insatisfactions et mon inadaptation à ce nouveau milieu. Comme je regrette qu'un petit incident de rien du tout ait suffi à ensevelir et à étouffer tout le précieux bien de ce week-end ! A cinq heures, comme je me dispose à filer en douce, une dactylo un peu vulgaire et jouant volontiers les petits chefs me lance : « Ah non, pas de ça ! Il faut finir de taper ces instructions, pense un peu aux collègues ! » Et comme il n'entre que cinq feuilles dans ma machine et qu'il fallait dix exemplaires desdites instructions, j'ai dû tout taper deux fois.

Et tu as tellement envie de rejoindre tes amis, tu as mal au dos et toutes les cellules de ton corps se révoltent. Ton attitude est déplorable. Tu devrais te dire que cet emploi que tu as obtenu te permet de rester encore à Amsterdam auprès de ceux qui te sont chers. Et tu en prends suffisamment à ton aise. Hier après-midi j'ai réalisé brusquement à quel point toute notre activité ici est sinistre, affligeante, indigne et sans avenir : « J'ai l'honneur de demander à bénéficier d'une exemption du travail obligatoire en Allemagne, parce que ici même, je travaille dur pour la Wehrmacht et suis indispensable. » C'est affligeant. Et en même temps je maintiens que, faute d'opposer à cette grisaille quelque chose de rayonnant et de fort qui soit la promesse d'un recommencement dans des lieux entièrement nouveaux, nous sommes perdus, perdus pour de bon et pour toujours.

Je retrouverai certainement le chemin de ce renouvellement radieux – pour l'instant il est obstrué. Je suis fatiguée et déprimée. J'ai encore une petite demi-heure devant moi et je voudrais écrire des jours entiers, assez longtemps pour écarter de moi cette oppression soudaine. Il me faut partir. Traverser une multitude de galeries souterraines étroites et sombres avant de parvenir brusquement à l'air libre et à la lumière. Hier après-midi, j'ai passé une heure et demie à attendre Werner dans un couloir étroit, bourré de monde. J'étais assise sur un tabouret, blottie contre le mur, et les gens me dépassaient, me contournaient, m'enjambaient. J'étais là, Rilke sur mes genoux, et je lisais. Je lisais vraiment, concentrée et absorbée. J'y trouvai de quoi me soutenir plusieurs jours, un passage que je recopiai tout de suite. Plus tard dans la journée, j'ai déniché une poubelle au soleil dans la cour, derrière nos nouveaux locaux ; je m'y suis installée pour continuer ma lecture.

Et samedi soir : le cercle de nos relations s'est refermé naturellement, en toute simplicité. On eût dit que je n'avais jamais dormi ailleurs que sous cette couverture à fleurs.

Ces canaux que je longe à chaque trajet, je les grave de plus en plus profondément en moi afin de ne plus jamais les perdre. Rester une heure de plus au travail, même à ce travail stupide et qui te révolte, te priverait-il de tout cela ? Cela t'affecterait-il au point d'oublier l'existence de tout le reste ? Mes angoisses ont des racines plus profondes, que j'arriverai bien à dégager, mais pour le moment je n'en ai pas le temps.

Je vais passer une fois de plus le long des canaux, je m'efforcerai au calme et tâcherai de prêter l'oreille à ce qui s'est passé en moi. Il me faudra subir encore de nombreuses « métamorphoses » aujourd'hui.

Encore un mot : je crois tout de même avoir en moi une sorte de régulateur. Un signal, un accès de mauvaise humeur, m'avertit toujours lorsque j'ai fait fausse route ; et si dorénavant je parviens à maintenir ma sincérité, ma disponibilité et la volonté d'être ce que je dois être et de faire ce que ma conscience me dicte en une époque comme celle-ci, alors tout rentrera dans l'ordre. Je crois que la vie m'impose de hautes exigences et a de grands projets pour moi, à condition que je ne me ferme pas à ma voix intérieure, que je lui obéisse, que je reste sincère et disponible, sans vouloir rejeter non plus mes sentiments.

Jeudi 28 juillet, 7 heures et demie du matin. Je vais laisser la chaîne de cette journée se dérouler maillon par maillon, je n'interviendrai pas, mais j'aurai confiance. Je ne me mêlerai pas de tes décrets, mon Dieu. Ce matin j'ai trouvé un imprimé dans ma boîte aux lettres. J'ai vu qu'il contenait un papier blanc. J'étais très calme et j'ai pensé : « Un carton blanc : ma convocation ; dommage, je n'ai même plus le temps de mettre en ordre mon sac à dos. » Ensuite seulement je m'avisai que mes genoux tremblaient. C'était un formulaire à remplir pour le personnel du Conseil juif. Je n'ai même pas encore de numéro d'identité. Je vais faire les quelques démarches que je crois devoir accomplir. J'aurai peut-être à attendre longtemps, j'emporte Jung et Rilke, j'espère pouvoir beaucoup travailler aujourd'hui. Même si beaucoup d'images sont vouées à l'oubli, ces deux dernières années brilleront toujours à l'horizon de mon souvenir comme un pays merveilleux qui n'aura été qu'un moment ma patrie mais continuera toujours à m'appartenir. La journée d'hier m'a redonné beaucoup de courage. Elle m'a appris que Dieu renouvelle constamment mes forces. Je sens des milliers de fibres me rattacher encore à tout ce qui est ici. Je devrai les trancher une à une, haler à bord tous mes trésors de manière à ne rien laisser derrière moi lorsque je lèverai l'ancre[1].

Il est des moments où je me sens comme un oisillon niché dans une grande main protectrice. Hier mon cœur était un oiseau pris au piège. Aujourd'hui il a recouvré sa liberté et prend son essor sans entraves, déjouant les obstacles. Il fait soleil aujourd'hui. Et maintenant, préparons notre casse-croûte et en route !

Un jour j'écrirai la chronique de nos tribulations. Je forgerai en moi une langue nouvelle adaptée à ce récit, et si je n'ai plus l'occasion de rien noter je conserverai tout en moi. Je m'abrutirai et reviendrai à la vie, je tomberai et me relèverai, et un jour peut-être, un jour lointain, j'aurai de nouveau autour de moi, et pour moi seule, une pièce toute calme où je resterai tout le temps voulu, un an s'il le faut, pour que la vie rejaillisse en moi et que viennent les mots pour porter le nécessaire témoignage.

4 heures de l'après-midi. Cette journée a pris un cours tout à fait inattendu.

8 heures et demie du soir. Indépendamment de son aspect historique, pour le dire en termes froids, ce fut une journée d'humeur aventureuse, de négligence professionnelle et de soleil. J'ai fait l'école buissonnière en me promenant le long des canaux et je me suis blottie dans un coin de sa chambre, en face de son lit. Il y a cinq nouvelles roses-thé dans le petit vase d'étain.

S'aguerrir et s'endurcir sont deux choses différentes. On confond beaucoup de choses par les temps qui courent.

1. Bien qu'elle ne le dise pas aussi nettement, Etty projette ici de démissionner de son emploi de secrétaire au Conseil juif. C'est probablement ce qu'elle fit, puisqu'elle devait être envoyée à Westerbork au début du mois suivant – non pas en tant que détenue, mais comme membre d'un des services que le Conseil juif entretenait dans le camp.

Je crois que je m'aguerris chaque jour (si j'excepte une vessie décidément indisciplinée), mais je ne m'endurcirai probablement jamais. Toutes sortes de choses commencent à se dessiner nettement en moi. Ceci par exemple : je n'ai pas envie d'être sa femme. Constatons-le avec toute l'impartialité et l'objectivité qui s'imposent : la différence d'âge est trop forte. J'ai déjà vu un homme changer en quelques années, sous mes yeux. Maintenant c'est lui que je vois changer. C'est un vieil homme que j'aime, que j'aime infiniment, et à qui je me sentirai toujours liée intérieurement. Mais « le mariage » avec lui, ce que les bons bourgeois appellent le mariage – soyons francs et objectifs pour une fois – je n'en veux pas. C'est précisément l'idée de devoir faire seule mon chemin qui me donne un tel sentiment de force. Une force nourrie d'heure en heure par l'amour que j'éprouve pour lui et pour d'autres. Une infinité de couples se forment au dernier moment, dans la hâte et l'affolement. Je préfère encore être seule, mais être là pour tous.

La collaboration apportée par une petite partie des Juifs à la déportation de tous les autres est évidemment un acte irréparable. L'Histoire aura à juger.

Et toujours, pourtant, ce sentiment : la vie est si « intéressante », à travers toutes les épreuves. Une observation détachée, presque démoniaque des événements reprend toujours le dessus chez moi. Une volonté de voir, d'entendre, d'être là, d'arracher tous ses secrets à la vie, d'observer froidement l'expression des visages humains jusque dans leurs derniers spasmes. Le courage aussi de se retrouver soudain face à soi-même et de tirer beaucoup d'enseignements du spectacle de son âme au milieu des troubles de l'époque. Et plus tard, trouver les mots pour dire tout cela. Je vais continuer à relire mes anciens carnets. En fin de compte je ne les détruirai pas. Ils peuvent m'aider, un jour, à rétablir le contact avec moi-même, si je l'ai perdu.

Nous avons eu tout le temps de nous préparer à la catastrophe d'aujourd'hui : deux longues années. Et dire que l'année écoulée a justement été la plus décisive de ma vie, ma plus belle année ! Et je suis sûre d'établir une continuité entre ma vie passée et celle qui m'attend maintenant. Parce que cette vie s'accomplit sur un théâtre intérieur : le décor a de moins en moins d'importance.

« Aguerrie » doit être soigneusement distingué de « endurcie ».

Mercredi 29 juillet, 8 heures du matin. Dimanche matin, emmitouflée dans ma robe de chambre bariolée, j'étais blottie dans un coin de sa chambre, assise en tailleur, et je reprisais des bas. Il est des eaux si claires qu'elles vous laissent distinguer tous les détails du fond. (Dis-moi, es-tu capable de formulation encore plus répugnante ?)

Je voulais dire ceci : j'avais l'impression que la vie, dans ses mille détails, ses méandres et ses mouvements m'était parfaitement claire et transparente. Comme si je m'étais tenue sur le rivage d'un océan dont j'eusse pu voir le fond à travers l'eau cristalline. Serai-je un jour capable d'écrire ? J'en désespère vraiment. Des années passeront sans doute avant que je sache décrire un tel moment de ma vie, un véritable sommet.

On est là, assise par terre dans un coin de la chambre de l'homme aimé à repriser des bas, et en même temps on est au bord d'une étendue d'eau vaste et puissante, d'une eau si cristalline et transparente qu'on peut en voir le fond. Ainsi vous apparaît la vie en un instant privilégié, et c'est inoubliable. Je crois vraiment que je vais avoir la grippe ou quelque chose d'approchant. Cela ne sera pas, je m'y oppose formellement ! Et mes pauvres jambes encore mal entraînées se ressentent terriblement aujourd'hui des longues marches d'hier. Il me faut absolument obtenir la carte d'identité de Werner. Je vais me poster là-haut, dans le petit bureau, avec la même détermination souriante mais inébranlable dont j'ai usé hier pour moi-même. Et il est plus que temps d'aller chez le dentiste. Y aura-t-il beaucoup de travail aujourd'hui ? Je me mets en route. On ne sait jamais ce qu'une journée vous apportera, c'est d'ailleurs sans importance, on n'est nullement suspendu aux événements de la journée, même par les temps que nous vivons. Est-ce que je n'exagère pas ? Et si demain je trouvais le carton blanc de ma « convocation » ? Les déportations semblent avoir provisoirement cessé à Amsterdam. C'est au tour de Rotterdam désormais. Protège-les, mon Dieu, les Juifs de Rotterdam, protège-les !

[*Entre le 29 juillet et le 5 septembre 1942, Etty n'a probablement pas tenu de journal. Sa vie connaissait alors une accélération dramatique. Durant cette période, elle reçut sa convocation pour Westerbork et rejoignit le camp. Mais sa vie ne fut pas moins bouleversée par la maladie subite et la mort de S. Au début de septembre 1942, Etty est autorisée à retourner pour quelques jours à Amsterdam. Elle y arrive malade. Dans son dernier cahier conservé, elle décrit la mort de Spier, dit sa nostalgie de Westerbork et évoque des bribes de souvenirs ayant trait aux gens et aux situations qu'elle y a laissés.*]

Mardi 15 septembre 1942, 10 heures et demie du matin. Au total, cela a peut-être fait un peu trop de choses, mon Dieu. Un être humain a aussi un corps, et le mien se rappelle à moi. J'ai cru mon esprit et mon cœur de force à tout supporter seuls. Mais voilà que mon corps se manifeste et dit : halte-là ! Je sens à présent tout le poids que tu m'as donné à porter, mon Dieu. Tant de beauté et tant d'épreuves. Et toujours, dès que je me montrais prête à les affronter, les épreuves se sont changées en beauté. Et la beauté, la grandeur, se révélaient parfois plus dures à porter que la souffrance, tant elles me subjuguaient. Qu'un simple cœur humain puisse éprouver tant de choses, mon

Dieu, tant souffrir et tant aimer ! Je te suis si reconnaissante, mon Dieu, d'avoir choisi mon cœur, en cette époque, pour lui faire subir tout ce qu'il a subi. Cette maladie est peut-être une bonne chose, je ne l'ai pas encore acceptée, je suis encore un peu engourdie, désorientée et affaiblie, mais en même temps j'essaie de fouiller tous les recoins de mon être pour rassembler un peu de patience, une patience toute nouvelle pour une situation toute nouvelle, je le sens bien. Et je vais reprendre la bonne vieille méthode éprouvée et converser de temps à autre avec moi-même sur les lignes bleues de ce cahier. Converser avec toi, mon Dieu. Est-ce bien ? Au-delà des gens, je ne souhaite plus m'adresser qu'à toi. Si j'aime les êtres avec tant d'ardeur, c'est qu'en chacun d'eux j'aime une parcelle de toi, mon Dieu. Je te cherche partout dans les hommes et je trouve souvent une part de toi. Et j'essaie de te mettre au jour dans les cœurs des autres, mon Dieu. Mais à présent j'ai besoin de beaucoup de patience, de beaucoup de patience et de réflexion, ce sera très difficile. Je dois tout faire seule désormais. La meilleure, la plus noble part de mon ami, de l'homme qui t'as éveillé en moi, t'a déjà rejoint. Il ne reste que l'apparence d'un vieillard sénile et exténué dans le petit deux-pièces où j'ai connu les joies les plus grandes et les plus profondes de ma vie. Je me suis tenue à son chevet et me suis trouvée alors face à tes derniers mystères, mon Dieu. Accorde-moi encore toute une vie pour comprendre tout cela. Tout en écrivant, je le sens : c'est une bonne chose de devoir rester ici. J'ai tant vécu ces derniers mois, je le réalise après coup : j'ai consommé en quelques mois les réserves de toute une vie. Je me suis peut-être donnée trop imprudemment à une vie intérieure qui rompait toutes les digues ? Mais si j'entends ton avertissement, je n'aurai pas été trop imprudente.

15 heures. Il est toujours là, cet arbre, cet arbre qui pourrait écrire ma biographie. Pourtant ce n'est plus le même, ou bien est-ce moi qui ne suis plus la même ? Sa bibliothèque est là, à un mètre de mon lit. Je n'ai qu'à tendre le bras gauche pour avoir en main Dostoïevski, Shakespeare ou Kierkegaard. Mais je ne tends pas le bras. La tête me tourne. Tu me places devant tes derniers mystères, mon Dieu. Je t'en suis reconnaissante, je me sens la force d'y être confrontée et de savoir qu'il n'y a pas de réponse. On doit pouvoir assumer tes mystères.

Je crois que je devrais dormir, dormir des jours entiers, et laisser mon esprit se détacher de tout. Le docteur disait hier que je mène une vie intérieure trop intense, que je vis trop peu sur terre, presque aux limites du ciel et que mon corps ne peut plus supporter tout cela. Il a peut-être raison. Ces six derniers mois, mon Dieu ! Et ces deux derniers mois, qui sont à eux seuls une vie entière. Et combien d'heures n'ai-je pas vécues dont je disais : cette heure a été toute une vie, et si je devais mourir bientôt, ne vaudrait-elle pas tout le reste de ma vie ? J'en ai tant vécu de ces heures-là. Qu'est-ce qui m'empêche de vivre aussi dans le ciel ? Le ciel existe, pourquoi n'y vivrait-on pas ? Mais en fait c'est plutôt l'inverse, c'est le ciel qui vit en moi. Cela me fait penser à une expression d'un poème de Rilke : *univers intérieur*[1].

Il faut vraiment dormir et laisser tout cela. La tête me tourne. Quelque chose s'est détraqué dans mon corps. J'aimerais recouvrer rapidement la santé. Mais de tes mains, mon Dieu, j'accepte tout, comme cela vient. C'est toujours bon, je le sais. J'ai appris qu'en supportant toutes les épreuves on peut les tourner en bien.

Tu vois, mes travers n'ont pas changé, je ne puis me résoudre à poser la plume : je voudrais encore, au dernier moment, trouver cette formule unique et libératrice. Je voudrais pouvoir trouver le mot unique qui me permette de tout dire, tout ce qui est en moi, ce trop-plein, cette opulence du sentiment de la vie. Pourquoi ne m'as-tu pas faite poète, mon Dieu ? Mais si, je suis poète, je n'ai qu'à attendre patiemment que lèvent en moi les mots qui por-

1. *Weltinnenraum.*

teront le témoignage que je crois devoir porter, mon Dieu : qu'il est beau et bon de vivre dans ton monde, en dépit de ce que nous autres humains nous infligeons mutuellement.

Le cœur pensant de la baraque[1].

Mercredi, 1 heure du matin. J'ai écrit un jour que je voulais lire ta vie jusqu'à la dernière page. C'est chose faite, je l'ai lue jusqu'au bout. Je me sens remplie d'une joie profonde : tout ce qui a été était certainement bon, sinon je n'aurais pas en moi cette force, cette joie, cette certitude.

Te voilà donc couché dans ce petit deux-pièces, cher, grand et bon ami. Je t'ai écrit un jour : mon cœur volera toujours vers toi comme un oiseau libre, où que je sois sur terre, et te trouvera toujours. Et il y a ceci, que j'ai écrit dans le journal de Tide : de mon vivant, tu es déjà si bien devenu un pan du ciel qui s'arrondit au-dessus de moi que je n'ai qu'à lever les yeux au ciel pour être près de toi. Et quand bien même je serais enfermée dans une cellule souterraine, ce pan de ciel se déploierait en moi et mon cœur, comme un oiseau, prendrait son libre essor vers lui – et c'est pourquoi tout est si simple, tu sais, terriblement simple, beau et plein de sens.

J'avais encore mille choses à te demander et à apprendre de ta bouche ; désormais je devrai m'en tirer toute seule. Je me sens très forte, tu sais, je suis persuadée de réussir ma vie. C'est toi qui as libéré en moi ces forces dont je dispose. Tu m'as appris à prononcer sans honte le nom de Dieu. Tu as servi de médiateur entre Dieu et moi, mais maintenant, toi le médiateur, tu t'es retiré et mon chemin mène désormais directement à Dieu ; c'est bien ainsi, je le sens. Et je servirai moi-même de médiatrice pour tous ceux que je pourrai atteindre.

Je suis assise à mon bureau à la lumière de ma petite

1. Souligné par Etty ; c'est sous ce titre qu'ont été publiées ses lettres.

lampe. A la même place où je t'ai écrit si souvent, où j'ai si souvent aussi parlé de toi dans mon journal. Il faut que je te dise une chose étonnante. Je n'ai encore jamais vu un mort. En ce monde où meurent chaque jour des milliers de gens, je n'ai encore jamais vu un seul mort. Tide dit : « Ce n'est qu'un vêtement. » Je le sais bien. Mais que tu sois, toi précisément, le premier mort qu'il me soit donné de voir me paraît un fait très significatif et très important.

De nos jours, on gaspille et on galvaude les grandes, les dernières vérités de la vie. Un tas de gens se rendent malades – ou se font porter malades – dans leur peur d'être déportés. Beaucoup d'autres se tuent, par peur aussi. Mais ta vie a trouvé sa fin naturelle, et j'en suis très reconnaissante. Reconnaissante de savoir que tu as eu aussi ta part de souffrance à supporter. Tide dit : cette souffrance lui a été imposée par Dieu, et celle que les hommes lui eussent imposée lui a été épargnée. Mais tu n'aurais sans doute pas pu la supporter, cher enfant gâté ? Moi, je le peux, et ce faisant je prolonge ta vie et la transmets.

Une fois que l'on est parvenu à trouver la vie belle et pleine de sens, même et surtout à notre époque, on a l'impression que tout ce qui advient devait être ainsi et non autrement. Dire que me revoilà assise à mon bureau ! Je ne suis pas en état de retourner demain à Westerbork, et j'aurai au moins une occasion de retrouver tous mes amis, lorsque nous porterons en terre ta dépouille.

Eh oui, tu sais, on n'y échappe pas, c'est une vieille habitude d'hygiène humaine. Mais nous serons tous réunis, ton esprit sera parmi nous et Tide chantera pour toi ; si tu savais mon bonheur de pouvoir être là ! Je suis rentrée juste à temps pour embrasser ta bouche desséchée, mourante, et une fois tu as pris ma main et l'as portée à tes lèvres. Tu as dit aussi, comme j'entrais dans la pièce : « *La jeune voyageuse.* » Et une autre fois : « *Je fais des rêves bien étranges, j'ai rêvé que le Christ me baptisait.* » Tide et moi nous nous tenions au chevet de ton lit, un instant nous avons cru que c'était la fin, que tes yeux se révulsaient. Tide m'avait prise dans ses bras, j'avais baisé sa chère bouche pure et elle dit tout bas : « Nous nous cherchions et nous nous sommes trouvées. » Nous nous tenions devant ton lit ; comme tu aurais été heureux de nous voir là, nous deux, entre toutes. Peut-être nous as-tu vues en effet, même si à cet instant précis nous te croyions en train de mourir ?

Et tes derniers mots ont été : « *Hertha, j'espère...* » – de cela aussi je suis reconnaissante. Comme tu as dû lutter pour lui demeurer fidèle, mais ta fidélité a fini par l'emporter sur tout le reste. Et c'est moi qui t'ai le plus compliqué la tâche, je le sais, mais je t'ai aussi appris ce qu'est la fidélité, la lutte, et la faiblesse.

Tout ce qu'on peut trouver de mauvais et de bon dans un homme, on le trouvait en toi. Tous les démons, toutes les passions, toute la bonté, toute la charité étaient en toi, grand déchiffreur, grand chercheur et trouveur de Dieu. Tu as cherché Dieu partout, dans tous les cœurs qui s'ouvraient à toi – et ils furent légion – et partout tu as trouvé une petite parcelle de Dieu. Tu ne renonçais jamais, dans les petites choses tu te montrais parfois très impatient, mais dans les grandes tu étais la patience même.

Il fallait que ce fût Tide qui vînt m'annoncer la nouvelle, ce soir, Tide au visage doux et radieux. Nous sommes restées un moment ensemble dans la cuisine. Mon « frère d'armes » était au salon. Plus tard, Han nous rejoignit, tout en restant au fond de la pièce. Et Tide effleura les touches de ton piano et chanta un bref lied : *Auf, auf mein Herz, mit Frende*[1]. Il est deux heures du matin. Tout est silencieux dans la maison. Il faut que je te dise une chose étrange, mais que tu comprendras très bien, je crois. Il y a au mur une photo de toi. Je voudrais la déchirer et la jeter au rebut, et j'aurais le sentiment de me rapprocher ainsi de toi. Nous ne nous sommes jamais appelés par nos prénoms. Très longtemps nous nous sommes dit « vous », et plus tard, bien plus tard, tu m'as dit « tu ». Et ce « tu », dans ta bouche, est devenu l'un des mots les plus cares-

1. « Allons, allons mon cœur, de la joie. »

sants qu'un homme m'ait jamais dit. Et je n'en étais pas à mon premier amour, tu le sais. Tu signais toujours tes lettres d'un point d'interrogation, et je faisais de même. Tes lettres commençaient par : « *Écoutez un peu...* », ton caractéristique « *Écoutez un peu* », mais la dernière commençait par « *Ma bien-aimée* ». Mais pour moi tu n'as pas de nom, pas plus de nom que le ciel. Et je voudrais jeter toutes tes photos, ne plus jamais les regarder, elles sont une présence encore beaucoup trop physique. Je veux continuer à te porter en moi, présence sans nom, et je te ferai surgir et te transmettrai par quelques gestes nouveaux et tendres que j'ignorais naguère encore.

Mercredi matin, 9 heures (dans la salle d'attente du médecin). Souvent, en circulant dans le camp parmi les cris et les chamailleries des membres trop zélés du Conseil juif, je pensais : Ah ! laissez-moi donc être un petit morceau de votre âme. Je voudrais être la baraque-refuge de la meilleure part de vous-même, cette part certainement présente en chacun de vous. Je n'ai pas tant à agir, je veux seulement être là. De ce corps, laissez-moi donc être l'âme. Et chez chacun de ces gens j'ai trouvé en effet un geste, un regard, qui dépassait de loin leur niveau habituel et dont ils avaient sans doute à peine conscience. Et je m'en sentais la dépositaire.

Mercredi 16 septembre, 3 heures de l'après-midi. Je vais rendre une visite de plus à sa rue. Trois rues, un canal et un petit pont m'ont toujours séparée de lui. Il est mort hier à sept heures et quart, le jour même où expirait mon laissez-passer. Je lui rends une dernière visite. A l'instant, j'étais dans la salle de bains. Je pensais : je vais voir mon premier mort. A vrai dire cela me laissait froide. Je me disais : je dois faire un geste solennel, extraordinaire. Et je me suis agenouillée sur le tapis de sisal de la petite salle de bains. Mais soudain j'ai pensé : non, c'est conventionnel. L'homme est décidément plein de conventions, d'idées préconçues sur des gestes qu'il croit nécessaire d'accomplir dans des situations données. Parfois, au moment où on l'attendait le moins, quelqu'un s'agenouille soudain dans un recoin de mon être. Je suis en train de marcher dans la rue, ou en pleine conversation avec un ami. Et ce quelqu'un qui s'agenouille, c'est moi.

Il y a donc là-bas une dépouille mortelle sur ce lit si connu. Oh, cette couverture de cretonne ! Je n'ai nul besoin d'aller là-bas encore une fois. Tout se passe quelque part au-dedans de moi, il y a là de vastes hauts plateaux sans temps ni frontières, et tout se passe là. Et me revoilà parcourant ces quelques rues. Comme je les ai prises souvent, et souvent avec lui, plongée dans un dialogue toujours fructueux et passionnant. Et comme je les prendrai souvent encore, où que je sois au monde, en sillonnant les hauts plateaux intérieurs où se déroule ma vraie vie. Attend-on de moi que je me compose un visage triste ou de circonstance ? Mais je ne suis pas triste ! Je voudrais joindre les mains et dire : « Mes enfants, je suis pleine de bonheur et de gratitude, je trouve la vie si belle et si riche de sens. Mais oui, belle et riche de sens, au moment même où je me tiens au chevet de mon ami mort – mort beaucoup trop jeune – et où je me prépare à être déportée d'un jour à l'autre vers des régions inconnues. Mon Dieu, je te suis si reconnaissante de tout. »

Je continuerai à vivre avec cette part du mort qui a vie éternelle et je ramènerai à la vie ce qui, chez les vivants, est déjà mort : ainsi n'y aura-t-il plus que la vie, une grande vie universelle, mon Dieu.

Tide chantera une dernière fois pour lui et j'attends avec allégresse l'instant où j'entendrai le radieux témoignage de sa voix.

Joop [1], mon frère d'armes, je suis en route en ce moment avec toi. Non, bien sûr, ce n'est pas vrai, mais en pensée,

1. Joop (Jopie) Vleeschouwer, ami d'Etty à Westerbork. Présent lui aussi à Amsterdam au moment de la mort de S., il rentrait au camp ce jour-là.

je m'adresse à toi de temps en temps et tu m'occupes beaucoup – et je suis si reconnaissante de pouvoir à mon tour te donner tout ce que je ne puis m'empêcher de donner.

Ton entrée dans ma vie est tellement significative ; elle était écrite. Bonsoir.

Jeudi 17 septembre, 8 heures du matin. Le sentiment de la vie est si fort en moi, si grand, si serein, si plein de gratitude, que je ne chercherai pas un instant à l'exprimer d'un seul mot. J'ai en moi un bonheur si complet et si parfait, mon Dieu. Ce qui l'exprime encore le mieux, ce sont ses mots à lui : « *se recueillir en soi-même* ». C'est peut-être l'expression la plus parfaite de mon sentiment de la vie : je me recueille en moi-même. Et ce « moi-même », cette couche la plus profonde et la plus riche en moi où je me recueille, je l'appelle « Dieu ». Dans le journal de Tide, j'ai rencontré souvent cette phrase : « Prenez-le doucement dans vos bras, Père. » Et c'est bien mon sentiment perpétuel et constant : celui d'être dans tes bras, mon Dieu, protégée, abritée, imprégnée d'un sentiment d'éternité. Tout se passe comme si chacun de mes souffles était pénétré de ce sentiment d'éternité, comme si le moindre de mes actes, la parole la plus anodine s'inscrivait sur un fond de grandeur, avait un sens profond. Il m'écrivait dans une de ses premières lettres : « *Et chaque fois que je peux dispenser autour de moi un peu de ce trop-plein de forces, je suis heureux.* »

Il vaut certainement mieux que tu aies amené mon corps à crier « halte-là », mon Dieu. Je dois absolument retrouver la santé pour accomplir tout ce qui m'attend. Ou bien n'est-ce qu'une vision conventionnelle de plus ? Même un corps maladif n'empêchera pas l'esprit de continuer à fonctionner et à porter ses fruits. Ni de continuer à aimer, à être à l'écoute de soi-même, des autres, de la logique de cette vie, et de toi. *Hineinhorchen*, « écouter au-dedans », je voudrais disposer d'un verbe bien hollandais pour dire la même chose. De fait, ma vie n'est qu'une perpétuelle écoute « au-dedans » de moi-même, des autres, de Dieu. Et quand je dis que j'écoute « au-dedans », en réalité c'est plutôt Dieu en moi qui est à l'écoute. Ce qu'il y a de plus essentiel et de plus profond en moi écoute l'essence et la profondeur de l'autre. Dieu écoute Dieu.

Comme elle est grande la détresse intérieure de tes créatures terrestres, mon Dieu. Je te remercie d'avoir fait venir à moi tant de gens avec toute leur détresse. Ils sont en train de me parler calmement, sans y prendre garde, et voilà que tout à coup leur détresse perce dans sa nudité. Et j'ai devant moi une petite épave humaine, désespérée et ignorant comment continuer à vivre. C'est là que mes difficultés commencent. Il ne suffit pas de te prêcher, mon Dieu, pour te mettre au jour dans le cœur des autres. Il faut dégager chez l'autre la voie qui mène à toi, mon Dieu, et pour ce faire il faut être un grand connaisseur de l'âme humaine. Il faut avoir une formation de psychologue : rapports au père et à la mère, souvenirs d'enfance, rêves, sentiments de culpabilité, complexes d'infériorité, enfin tout le magasin des accessoires. Dans tous ceux qui viennent à moi, je commence alors une exploration prudente. Les outils qui me servent à frayer la voie vers toi chez les autres sont encore bien rudimentaires. Mais j'en ai déjà quelques-uns et je les perfectionnerai, lentement et avec beaucoup de patience. Et je te remercie de m'avoir donné le don de lire dans le cœur des autres. Les gens sont parfois pour moi des maisons aux portes ouvertes. J'entre, j'erre à travers des couloirs, des pièces : dans chaque maison l'aménagement est un peu différent, pourtant elles sont toutes semblables et l'on devrait pouvoir faire de chacune d'elles un sanctuaire pour toi, mon Dieu. Et je te le promets, je te le promets, mon Dieu, je te chercherai un logement et un toit dans le plus grand nombre de maisons possible. C'est une image amusante : je me mets en route pour te chercher un toit. Il y a tant de maisons inhabitées, où je t'introduirai comme invité d'honneur. Pardonne-moi cette image assez peu raffinée.

Le soir, vers 10 heures et demie. Mon Dieu, donne-moi la paix, et la force de venir à bout de tout. Il y a tant à faire. Il faut que je me mette enfin à écrire sérieusement. Mais je dois commencer par m'imposer une discipline de vie. La lumière s'éteint en ce moment dans le baraquement des hommes. Mais je rêve, c'est vrai qu'ils n'ont même pas de lumière ! Où es-tu donc allé ce soir, petit frère d'armes ? Je sens déferler parfois une vague de tristesse, de ne plus pouvoir ouvrir la porte de mon baraquement pour me retrouver sans transition devant la vaste lande. La porte ouverte, je fais un bout de chemin sur le terrain du camp et je n'ai pas longtemps à attendre avant de voir mon compagnon d'armes venir vers moi d'un côté ou d'un autre, le visage hâlé, une ride verticale, inquisitrice, descendant entre ses yeux. Quand la nuit commence à tomber, j'entends dans le lointain les premières notes de la *Cinquième* de Beethoven.

Je voudrais pouvoir venir à bout de tout par le langage, pouvoir décrire ces deux mois passés derrière les barbelés, les plus intenses et les plus riches de ma vie, et qui m'ont apporté la confirmation éclatante des valeurs les plus graves, les plus élevées de ma vie. J'ai appris à aimer Westerbork, et j'en ai la nostalgie. Lorsque je m'endormais là-bas sur mon étroit châlit, j'avais la nostalgie de ce bureau où j'écris en ce moment. Je te suis reconnaissante, mon Dieu, de me rendre la vie si belle, partout où je me trouve, que chaque endroit que je quitte m'emplit de nostalgie. Mais cela rend parfois la vie pesante et dure à porter. Tu vois, il est dix heures et demie passées, les lumières du baraquement s'éteignent, je crois qu'il est temps d'aller me coucher. « La malade doit mener une vie réglée », dit l'impressionnant certificat que l'on m'a délivré. Et je dois manger du riz, du miel et d'autres mets quasi légendaires.

Cela me fait penser tout à coup à cette femme dont les

cheveux de neige encadraient le noble visage ovale ; elle avait un petit paquet de toasts dans sa musette. C'est tout ce qu'elle emportait de vivres pour son voyage en Pologne : elle suivait un régime très strict. Elle était extrêmement gentille et calme ; elle était grande et avait une silhouette de jeune fille. J'ai passé tout un après-midi avec elle, assise au soleil devant les baraquements de transit. Je lui ai donné un petit livre qui venait de la bibliothèque de Spier, *Die Liebe*, de Johanna Müller, cadeau dont elle parut très heureuse. A quelques jeunes filles qui étaient venues nous rejoindre, elle dit : « Attention, demain matin lorsque nous partirons, chacun d'entre nous n'aura pas le droit de pleurer plus de trois fois. » L'une des jeunes filles répondit : « On ne m'a pas encore distribué mon ticket de rationnement pour pleurer ! »

Il est près de onze heures. Comme cette journée a passé vite ; je crois que je vais tout de même me coucher. Demain, Tide mettra son petit tailleur gris clair et chantera *Auf, auf mein Herz, mit Freude* au parloir du cimetière. Pour la première fois de ma vie, je prendrai place dans une voiture à petits rideaux noirs. J'ai encore tant à écrire, des jours et des nuits. Donne-moi la patience, mon Dieu. Une patience d'un genre tout nouveau. Ce bureau m'est redevenu familier et l'arbre devant ma fenêtre n'a plus le tournis. En me permettant de me rasseoir à mon bureau, tu dois bien avoir une intention précise, en tout cas je ferai de mon mieux. Et maintenant, bonne nuit, pour de bon.

J'ai si peur que tu aies des moments difficiles, là-bas, Jopie, et je voudrais tant t'aider. Et je t'aiderai. Bonsoir !

Dimanche soir. Traduire en mots, en sons, en images.

Bien des gens sont encore pour moi de véritables hiéroglyphes, mais tout doucement j'apprends à les déchiffrer. Je ne connais rien de plus beau que de lire la vie en déchiffrant les êtres.

A Westerbork, j'avais l'impression d'avoir devant moi

l'armature dénudée de la vie. Le squelette même de la vie, dépouillé de tout vêtement de chair. Je te remercie, mon Dieu, de m'apprendre à lire de mieux en mieux.

Je sais qu'il me faudra faire un choix. Un choix très difficile. Si je veux écrire, si je veux essayer de noter tout ce qui se presse en moi et demande toujours plus instamment à être exprimé, je devrai me retirer à l'écart des hommes bien plus encore que je ne le fais en ce moment. Alors je devrai fermer ma porte pour de bon et engager une lutte à la fois sanglante et salutaire avec une matière qui me paraît presque impossible à maîtriser. Je devrai me retirer d'une petite communauté pour pouvoir m'adresser à une autre, plus vaste. Il ne s'agit peut-être même pas de s'adresser à une communauté. C'est l'urgence d'une impulsion purement poétique de matérialiser au moins une parcelle de ce trésor d'images que l'on porte en soi – enfin c'est une chose si élémentaire qu'on n'a même pas besoin, à vrai dire, d'expliquer ce que c'est. Je me demande parfois si je n'use pas ma vie jusqu'à la corde ; je vis, je jouis de la vie, je l'assume si complètement que je la consume jusqu'au bout, il ne reste plus rien. Et peut-être faut-il, pour pouvoir créer, disposer d'un reste, d'un résidu non consumé qui fasse naître une tension, stimulant indispensable à toute œuvre de création.

Je parle beaucoup, beaucoup aux gens ces derniers temps. Pour l'instant, je parle d'une façon beaucoup plus imagée et incisive que je ne pourrais le faire en écrivant. Je me dis parfois que je ne devrais pas me disperser ainsi en vaines paroles, que je devrais me retirer en moi-même et suivre en silence, sur le papier, la voie de ma quête personnelle. Toute une part de moi-même désire cette retraite. Une autre ne peut encore s'y résoudre et se perd en paroles au milieu des hommes.

As-tu vu, Max, cette femme sourde et muette au huitième mois de sa grossesse, flanquée d'un mari épileptique. Combien de femmes russes à leur neuvième mois sont-elles chassées en ce moment de leur maison, et prennent encore leur fusil ?

Mon cœur est une écluse où se pressent des flots de souffrance toujours renouvelés.

Jopie était assis sur la lande, sous le grand ciel étoilé, et nous parlions de nostalgie : « Je n'ai aucune nostalgie », dit-il, « puisque je suis chez moi. » Pour moi ce fut une révélation. On est chez soi. Partout où s'étend le ciel on est chez soi. En tout lieu de cette terre on est chez soi, lorsqu'on porte tout en soi.

Je me suis souvent sentie – et je me sens encore – comme un navire qui vient d'embarquer une précieuse cargaison ; on largue les amarres et le navire prend la mer, libre de toute entrave ; il relâche dans tous les pays et prend partout à son bord ce qu'il y a de plus précieux. On doit être sa propre patrie. Il m'a fallu deux soirées pour me décider à lui raconter ce que j'ai de plus intime. Pourtant j'avais très envie de le lui dire, comme pour lui faire un cadeau. Alors je me suis agenouillée là, sur cette vaste lande, et je lui ai parlé de Dieu.

Le docteur se trompe évidemment. Autrefois je me serais laissé impressionner, mais j'ai appris désormais à percer les gens à jour et à apprécier leurs propos à la lumière de mes intuitions personnelles. « Vous avez une vie trop exclusivement spirituelle. Vous ne vous dépensez pas assez. Vous restez étrangère aux choses les plus élémentaires de la vie. » J'ai failli lui demander : « Dois-je m'étendre à côté de vous sur le divan ? » Réplique assez peu raffinée, j'en conviens, mais tout son monologue y tendait. Il ajouta encore : « Vous ne vivez pas assez dans la réalité. » Après l'avoir quitté je pensai : ce que dit cet homme n'a pas le sens commun. La réalité ! La réalité, c'est qu'en maints endroits de ce monde, des hommes et des femmes sont dans l'impossibilité de se rejoindre. Les hommes sont au front. La vie concentrationnaire. Les prisons. La séparation. Voilà la réalité. C'est avec cette réalité-là qu'il faut se tirer d'affaire. Et on n'est tout de même pas obligé de se consumer vainement de désir et de commettre le péché d'Onan ? Cet amour qu'on ne peut plus déverser sur une personne unique, sur l'autre sexe, ne pourrait-on pas le convertir en une force bénéfique à la communauté humaine et qui mériterait peut-être aussi le nom d'amour ? Et lorsqu'on s'y efforce, ne se trouve-t-on pas précisément en pleine réalité ? Réalité sans doute moins tangible que celle d'un homme et d'une femme couchés dans un lit. Mais n'y a-t-il pas d'autres réalités ? Il y a quelque chose de puéril et d'indigent à entendre un petit bonhomme plus tout jeune vous parler (à notre époque, mon Dieu, à notre époque !) de « libérer ses instincts ». J'aimerais bien qu'on m'explique une fois par le menu ce qu'il voulait dire par là.

« Après la guerre, à côté d'un flot d'humanisme, un flot de haine déferlera sur le monde. » En entendant ces mots, j'en ai eu encore une fois la certitude : je partirai en guerre contre cette haine.

22 septembre. Il faut apprendre à vivre avec soi-même comme avec une foule de gens. On découvre alors en soi tous les bons et les mauvais côtés de l'humanité. Il faut d'abord apprendre à se pardonner ses défauts si l'on veut pardonner aux autres. C'est peut-être l'un des apprentissages les plus difficiles pour un être humain, je le constate bien souvent chez les autres (et autrefois je pouvais l'observer sur moi-même aussi, mais plus maintenant), que celui du pardon de ses propres erreurs, de ses propres fautes. La condition première en est de pouvoir accepter, et accepter généreusement, le fait même de commettre des fautes et des erreurs.

Je voudrais bien vivre comme les lys des champs. Si l'on comprenait bien cette époque, elle pourrait nous apprendre à vivre comme un lys des champs.

J'ai écrit un jour dans un de mes cahiers : je voudrais suivre du bout des doigts les contours de notre temps. J'étais assise à mon bureau et ne savais comment approcher la vie. C'était parce que je n'avais pas encore accédé à la vie qui était en moi. C'est à ce bureau que j'ai appris à rejoindre la vie que je portais en moi. Puis j'ai été jetée sans transition dans un foyer de souffrance humaine, sur l'un des nombreux petits fronts ouverts à travers toute l'Europe. Et là, j'ai fait soudain l'expérience suivante : en déchiffrant les visages, en déchiffrant des milliers de gestes, de petites phrases, de récits, je me suis mise à lire le message de notre époque – et un message qui en même temps la dépasse. Ayant appris à lire en moi-même, je me suis avisée que je pouvais lire aussi dans les autres. Là-bas j'ai vraiment eu l'impression de suivre à tâtons, d'un doigt sensible aux moindres aspérités, les contours de ce temps et de cette vie. Comment se fait-il que ce petit bout de lande enclos de barbelés, traversé de destinées et de souffrances humaines qui viennent s'y échouer en vagues successives, ait laissé dans ma mémoire une image presque suave ? Comment se fait-il que mon esprit, loin de s'y assombrir, y ait été comme éclairé et illuminé ? J'y ai lu un fragment de ce temps qui ne me paraît pas dépourvu de sens. A ce bureau, au milieu de mes écrivains, de mes poètes et de mes fleurs, j'ai tant aimé la vie. Et là-bas, au milieu de baraques peuplées de gens traqués et persécutés, j'ai trouvé la confirmation de mon amour de cette vie. Ma vie, dans ces baraques à courants d'air, ne s'opposait en rien à celle que j'avais menée dans cette pièce calme et protégée. A aucun moment je ne me suis sentie coupée d'une vie qu'on prétendait révolue : tout se fondait en une grande continuité de sens. Comment ferai-je pour décrire tout cela ? Pour faire sentir à d'autres comme la vie est belle, comme elle mérite d'être vécue et comme elle est juste – oui : juste. Peut-être Dieu me fera-t-il trouver les mots qu'il faut, quelques mots simples ? Des mots colorés, passionnés et graves aussi. Mais par-dessus tout des mots simples. Comment camper en quelques touches tendres, légères mais puissantes, ce petit village de baraques entre ciel et lande ? Comment faire pour que d'autres lisent avec moi à livre ouvert dans tous ces gens qu'il faut déchiffrer comme des hiéroglyphes, trait par trait, jusqu'à ce qu'ils composent un tout lisible et intelligible, un monde pris entre ciel et lande ?

En tout cas j'ai d'ores et déjà une certitude : jamais je ne pourrai écrire tout cela comme la vie l'a écrit devant moi en lettres mouvantes. J'ai tout lu, de mes yeux et de tous mes sens. Mais je ne pourrai jamais le raconter tel quel. Cela me désespérerait si je n'avais appris à accepter la nécessité de travailler avec les forces insuffisantes dont on dispose mais d'en tirer le meilleur parti possible.

J'observe les êtres comme on passe en revue des plantations et je constate jusqu'où lève en eux l'herbe de l'humanité.

Cette maison, je le sens, commence à se détacher tout doucement de moi comme un vêtement vous glisse des épaules. Tant mieux, le détachement s'accomplira totalement désormais. Précautionneusement, avec une grande mélancolie mais avec la certitude que tout est bien ainsi, je la laisse glisser, de jour en jour.

Une chemise sur moi et l'autre dans mon sac à dos – cela me rappelle le conte de Kormann, l'histoire de l'homme sans chemise : un roi faisait chercher dans tout son royaume la chemise du plus heureux de ses sujets, et quand il eut trouvé celui-ci, on s'aperçut qu'il ne possédait pas de chemise – et dans mon sac aussi ma toute petite Bible, et je pourrai peut-être emporter mes dictionnaires russes et les *Récits populaires* de Tolstoï, et peut-être même restera-t-il un peu de place pour un volume de la correspondance de Rilke ? Et puis un chandail de pure laine tricoté par une amie. Que de biens je possède encore, mon Dieu, et on voudrait devenir un lys des champs ?

C'est donc avec cette unique chemise dans mon sac à dos que je vais au-devant d'un « avenir inconnu ». Mais sous mes pas, dans mes pérégrinations, c'est pourtant partout la même terre, et au-dessus de ma tête ravie partout le même ciel avec tantôt le soleil, tantôt la lune et toutes les étoiles. Alors pourquoi parler d'avenir inconnu ?

23 septembre. Cette haine ne nous mènera à rien, Klaas[1] ; la réalité est bien différente de ce que nous voulons voir à travers nos schémas préétablis. Il y a par exemple au camp un membre de l'administration[2]. Je le revois souvent en pensée. La première chose qui frappe chez lui, c'est son port de tête hautain et rigide. Il voue à nos persécuteurs une haine que je suppose fondée. Mais lui-même est un bourreau. Il ferait un commandant modèle de camp de concentration. Je l'ai souvent observé lorsqu'il se tenait à l'entrée du camp pour accueillir ses frères de race – spectacle généralement assez peu ragoûtant. Je me rappelle l'avoir vu un jour jeter quelques pastilles noirâtres et crasseuses, par-dessus sa table de bois, à un petit enfant de trois ans qui pleurait, en lui disant de son ton le plus paternel : « Attention de ne pas te barbouiller le groin ! » A la réflexion, je crois que c'était plus par maladresse et timidité que par volonté délibérée de blesser : il était incapable de trouver le ton juste. Il n'en était pas moins autrefois l'un des plus brillants juristes de Hollande et ses articles, toujours pénétrants, étaient toujours parfaitement formulés. (Un homme s'était pendu à l'infirmerie du camp : « Il faudra penser à le radier du fichier "Hop-là"[3] ! ») A le voir évoluer parmi les gens, la tête haute, le regard dominateur, la pipe rivée aux lèvres, je me disais

1. Klaas Smelik Sr.

2. Au camp de Westerbork, l'administration courante et une partie du service d'ordre étaient assurées par des Juifs, eux-mêmes surveillés par des gendarmes néerlandais et par les Allemands, d'ailleurs assez peu nombreux.

3. Le fichier des détenus du camp : chaque semaine, au départ du convoi, on enlevait les cartes des nouveaux déportés...

toujours : il ne lui manque qu'un fouet dans les mains, cela lui irait parfaitement. Pourtant je ne le détestais pas, il m'intéressait trop pour cela. Par moments, il me faisait à vrai dire terriblement pitié. A bien y regarder, sa bouche avait un pli insatisfait, profondément malheureux. C'était la bouche d'un enfant de trois ans à qui sa mère a refusé de passer un caprice. En attendant, il avait dépassé la trentaine, il était bel homme, renommé dans sa profession et père de deux enfants. Mais son visage avait gardé cette bouche insatisfaite d'enfant de trois ans, qui s'était contenté de grandir et de s'épaissir au fil du temps. A seconde vue, il n'était pas vraiment bel homme.

Tu vois, Klaas, c'était ainsi : il débordait de haine pour ceux que nous pourrions appeler nos bourreaux, mais lui-même eût fait un parfait bourreau et un persécuteur modèle. Et pourtant il me faisait pitié. Y comprends-tu quelque chose ? Il n'avait aucun contact humain avec ses semblables, et si d'autres avaient une conversation amicale, il leur jetait à la dérobée un regard dévoré d'envie. J'avais tout loisir de le voir et de l'observer, la vie au camp se passait au vu et au su de tous. Plus tard un de ses collègues qui le connaissait depuis des années m'apprit quelques petits détails sur son compte. En mai 40, il s'était jeté du troisième étage sans parvenir à se tuer, ce qui pourtant était apparemment le but recherché. Peu après, il a tenté de se jeter sous une voiture, sans plus de succès. Il a passé alors quelques mois dans un établissement psychiatrique. C'était la peur, rien que la peur. Voilà donc un juriste aussi brillant que subtil, qui avait toujours le dernier mot dans les débats académiques, mais qui, au moment décisif, mort de peur, se jette par la fenêtre. On m'a dit aussi que, chez lui, sa femme devait marcher sur la pointe des pieds car il ne supportait aucun bruit, et qu'il tonnait contre ses enfants et les terrorisait. Il m'inspirait une pitié profonde, très profonde. Quelle vie est-ce donc que cette vie-là ?

Mais ce que je voulais dire, Klaas, c'est ceci : nous avons tant à changer en nous-mêmes que nous ne devrions même pas nous préoccuper de haïr ceux que nous appelons nos ennemis. Nous sommes déjà bien assez ennemis les uns des autres. Et je n'épuise pas non plus la question en disant que chez les nôtres aussi il y a des bourreaux et de méchantes gens. A vrai dire, je ne crois pas du tout à cette prétendue « méchanceté ». J'aimerais toucher cet homme dans ses angoisses, en rechercher l'origine et entreprendre sur lui une sorte de battue, le rabattre vers ses propres domaines intérieurs – c'est tout ce que nous pouvons faire pour lui, Klaas, en un temps comme le nôtre.

Klaas eut un geste de lassitude et de découragement et dit : « Mais ce que tu veux faire est bien trop long, nous n'avons pas tant de temps ! » Je répliquai : « Mais ce que tu veux, toi, on s'en préoccupe déjà depuis le début de l'ère chrétienne, et même depuis des millénaires, depuis les débuts de l'humanité. Et que penses-tu du résultat, si je puis me permettre ? »

Et je répétai une fois encore, avec ma passion de toujours (même si je commençais à me trouver ennuyeuse, à force d'aboutir toujours aux mêmes conclusions) : « C'est la seule solution, vraiment la seule, Klaas, je ne vois pas d'autre issue : que chacun de nous fasse un retour sur lui-même et extirpe et anéantisse en lui tout ce qu'il croit devoir anéantir chez les autres. Et soyons bien convaincus que le moindre atome de haine que nous ajoutons à ce monde nous le rend plus inhospitalier qu'il n'est déjà. »

Et Klaas, le vieux partisan, le vétéran de la lutte des classes, dit, entre l'étonnement et la consternation : « Mais... mais ce serait un retour au christianisme ! » Et moi, amusée de tant d'embarras, je repris sans m'émouvoir : « Mais oui, le christianisme : pourquoi pas ? »

Conserve-moi la force et la santé !

A voir parfois, la nuit, sous la lune, cette baraque faite d'argent et d'éternité, on aurait dit un jouet, échappé de la main distraite de Dieu.

24 septembre. « Il y a au moins une consolation », disait Max en ricanant, de cet air dur et insolent qui lui est familier. « En hiver, la neige forme des congères si hautes qu'elle recouvre les fenêtres des baraques ; alors il y fait noir, même le jour. » Il se trouvait assez spirituel. « Mais au moins on aura bien chaud, la température ne descendra jamais au-dessous de zéro. Et à la baraque-atelier », poursuivait-il d'un air ravi, « on nous a installé deux poêles ; ceux qui les ont apportés nous ont dit qu'ils tiraient tellement bien qu'ils se fendaient dès le premier coup. »

Nous aurons bien des choses, cet hiver, à supporter ensemble et à partager : pourvu seulement que nous nous aidions à supporter le froid, l'obscurité et la faim. Pourvu aussi que nous ne perdions pas de vue que cet hiver, nous l'endurons au même titre que toute une partie de l'humanité, et avec nos « ennemis » ; pourvu que nous nous sentions imbriqués dans un grand tout et que nous nous sachions les combattants d'un des multiples fronts disséminés à la surface de la terre.

Il y aura une baraque de bois sous les étoiles, avec des lits superposés trois par trois, récupérés sur la ligne Maginot, et sans lumière parce que le câble électrique commandé à Paris n'arrive toujours pas. D'ailleurs, aurions-nous de la lumière que nous manquerions toujours de papier pour la camoufler.

J'ai tout laissé en plan – et maintenant c'est déjà le soir. Mon corps se conduit bigrement mal aujourd'hui. Il y a un petit cyclamen rose indien sous ma lampe métallique. Ce soir, j'ai été longuement en compagnie de S. J'ai senti poindre un début de chagrin, mais cela aussi c'est la vie. Et pourtant, mon Dieu, je suis reconnaissante, et presque fière, d'avoir été jugée digne d'affronter tes ultimes, tes plus profonds mystères. Ils pourraient alimenter mes réflexions une vie durant. Mais ce soir j'avais tout à coup tant de questions à lui poser, des questions personnelles aussi, et tant de choses me paraissaient soudain obscures.

Mais désormais je devrai trouver seule les réponses. Quelle lourde responsabilité ! Mais, je dois le dire, je me sens de taille. C'est étrange, lorsque le téléphone sonnera, je n'entendrai plus jamais sa voix, mi-tendre, mi-impérieuse, me dire à l'autre bout du fil : « *Écoutez un peu !* » Ce sera bien difficile, par moments. Comme il y a longtemps que je n'ai pas vu Tide !

Enrichissement des derniers jours : les oiseaux du ciel et les lys des champs, et Matthieu 6, 33 : « Cherchez d'abord le règne de Dieu et sa justice, et tout cela vous sera donné par surcroît. »

Et demain, rendez-vous avec Ru Cohen au *Café de Paris* – sur la place Adama van Scheltema j'ai vu des gens en chemise de nuit et en pantoufles – il commence à faire si froid déjà – on a même emmené quelqu'un qui était au dernier stade du cancer, et hier soir un Juif a été abattu dans la Van Baerlestraat, autant dire au coin de ma rue, alors qu'il tentait de s'enfuir. On abat beaucoup de gens dans le monde entier, en cet instant précis où j'écris ces lignes, près de mon cyclamen rose indien, à la lumière de ma lampe de bureau métallique. Tandis que j'écris, ma main gauche repose sur la petite Bible ouverte, j'ai mal à la tête, mal au ventre, mais au fond de mon cœur il y a encore le soleil des jours d'été dans la lande et le champ de lupins jaunes qui s'étendait jusqu'à la baraque d'épouillage. Il n'y a pas encore un mois, le vingt-sept août, Joop m'écrivait : « Me revoilà assis sur l'appui de la fenêtre, jambes pendant au-dehors, et écoutant le grand silence. Le champ de lupins a perdu le chatoiement triomphant des heures où il baignait dans un soleil consolateur. Tout est maintenant d'une solennité, d'une paix qui m'emplit de silence et de gravité. Je saute de ma fenêtre, fais quelques pas dans le sable fin où je m'enfonce et je regarde la lune. » Et cette lettre nocturne – son écriture serrée, concentrée sur ce papier infâme – s'achève sur ces mots : « Je comprends qu'on puisse dire : le seul geste imaginable ici c'est de s'agenouiller. Non, je ne l'ai pas fait, cela ne me paraît pas nécessaire ; je me suis agenouillé mentalement, assis sur le rebord de la fenêtre, puis je suis allé me coucher. »

C'est une chose si étonnante que l'arrivée soudaine, presque furtive, de cet homme dans ma vie, avec toute sa vitalité et son enthousiasme, au moment précis où le grand ami, l'accoucheur de mon âme, désormais grabataire, souffrait et retombait en enfance. Dans un moment difficile comme j'en ai connu ce soir, il m'arrive de me demander ce que tu veux faire de moi, mon Dieu. Mais peut-être cela dépendra-t-il justement de ce que ce que je veux faire de toi ?

Toutes les détresses et les solitudes nocturnes d'une humanité souffrante traversent soudain mon humble cœur et l'emplissent d'une douleur nauséeuse. Quel fardeau vais-je donc me mettre sur les épaules cet hiver ?

Après la guerre, je veux parcourir les différents pays de ton monde, mon Dieu, je sens en moi ce besoin de franchir toutes les frontières et de découvrir le fond commun à toutes les créatures, si différentes et si opposées entre elles. Et je voudrais parler de ce fond commun d'une petite voix douce, mais inlassable et persuasive. Donne-m'en les mots et la force. Mais d'abord je voudrais être sur tous les fronts et parmi ceux qui souffrent. N'y aurai-je pas aussi le droit de m'exprimer ? C'est comme une petite vague qui remonte toujours en moi et me réchauffe, même après les moments les plus difficiles : « Comme la vie est belle pourtant ! » C'est un sentiment inexplicable. Il ne trouve aucun appui dans la réalité que nous vivons en ce moment. Mais n'existe-t-il pas d'autres réalités que celle qui s'offre à nous dans le journal et dans les conversations irréfléchies et exaltées de gens affolés ? Il y a aussi la réalité de ce petit cyclamen rose indien et celle aussi du vaste horizon que l'on finit toujours par découvrir au-delà des tumultes et du chaos de l'époque.

Donne-moi chaque jour une petite ligne de poésie, mon Dieu, et si jamais je suis empêchée de la noter, n'ayant ni papier ni lumière, je la murmurerai le soir à ton vaste ciel. Mais envoie-moi de temps en temps une petite ligne de poésie.

25 septembre, 11 heures du soir. Tide m'a raconté qu'une de ses amies lui avait dit, après la mort de son mari : « Dieu m'a fait passer dans la classe supérieure, les bancs sont encore un peu hauts pour moi. »

Et comme nous parlions de son absence et nous étonnions de ne ressentir aucun vide, mais plutôt une plénitude, Tide se tassa légèrement et dit avec un petit rire plein de crânerie : « Oui, les bancs sont encore un peu hauts, c'est parfois pénible. »

Matthieu 5, 23 : « Si donc tu présentes ton offrande sur l'autel et que là tu te souviennes que ton frère a quelque chose contre toi, 24 laisse ton offrande devant l'autel et va d'abord te réconcilier avec ton frère, puis viens présenter ton offrande. »

Une flotte de galions chargés d'argent s'est abîmée un jour dans l'océan. Depuis, l'humanité n'a jamais cessé de tenter de repêcher les trésors engloutis. D'innombrables galions ont déjà sombré dans mon cœur et je n'ai pas trop de toute une vie pour tenter de remonter à la surface un peu des trésors enfouis. L'instrument adéquat me manque encore. Je devrai le construire de toutes pièces.

Je trottinais aux côtés de Ru et, à l'issue d'une très longue discussion où nous avions agité une fois de plus les « ultimes questions », je m'arrêtai pile au milieu de la Govert Flinckstraat[1], si étriquée et si monotone, et je lui dis : « Et tu sais, Ru, j'ai encore un autre trait puéril, qui me fait trouver toujours la vie belle et m'aide peut-être à tout supporter aussi bien. » Ru me lançait un regard inter-

1. Une rue populaire du sud, longue et bordée d'immeubles de rapport tous semblables.

rogateur et je lui dis, comme si c'était la chose du monde la plus naturelle (n'est-ce pas le cas, d'ailleurs ?) : « Vois-tu, je crois en Dieu. » Il en fut un peu déconcerté, je pense, et me considéra un moment comme pour lire une indication mystérieuse sur mon visage – mais avec un peu de recul il se dit très content pour moi. Peut-être est-ce pour cela que je me suis sentie tout le reste de la journée si rayonnante et si forte ? D'avoir su dire si simplement, comme une chose coulant de source, dans la grisaille de ce quartier populaire : « Oui, vois-tu, je crois en Dieu. »

Il est bon que je sois restée ici quelques semaines. Je repars avec des forces neuves. Je n'ai pas bien rempli mes obligations vis-à-vis du groupe, je tenais bien trop à mes aises. Bien sûr que j'aurais dû aller voir ces vieilles gens, les Bodenheimer, au lieu de me tirer d'affaire par une mauvaise excuse : « De toute façon je ne peux rien faire pour eux. » Il y a tant de choses où je n'ai pas été à la hauteur. J'ai trop recherché mon agrément personnel. J'aimais tant regarder certains yeux, le soir sur la lande. C'était très beau, et pourtant j'ai failli de toutes parts à ma mission. Même vis-à-vis des filles de ma salle. De temps en temps je leur jetais en pâture un petit morceau de moi-même et puis je me sauvais en courant. Ce n'était pas bien. Et pourtant je suis reconnaissante de ce qui a été, et aussi d'avoir bientôt l'occasion de racheter mes erreurs. Je crois que je reviendrai avec plus de sérieux et de concentration, que je serai moins à l'affût de ma satisfaction personnelle. Quand on veut avoir une influence morale sur les autres, il faut s'attaquer sérieusement à sa morale personnelle. Je vis constamment dans la familiarité de Dieu comme si c'était la chose la plus simple du monde, mais il faut aussi régler sa vie en conséquence. Je n'en suis pas encore là, oh non, et parfois je me conduis pourtant comme si j'avais atteint mon but. Je suis joueuse, j'aime mes aises, j'appréhende souvent les choses en artiste plutôt qu'en femme responsable, et j'ai en moi aussi le goût du bizarre, du caprice et de l'aventure. Mais assise à ce bureau, dans la nuit qui s'avance, je sens en moi la force contraignante et directrice d'une gravité toujours plus présente, toujours plus profonde, sorte de voix silencieuse qui me dicte ce que je dois faire et m'oblige à noter en toute franchise : de toutes parts j'ai failli à ma mission, mon vrai travail ne fait que commencer. Jusqu'ici, au fond, je m'amusais.

26 septembre, 9 heures et demie. Je te remercie, mon Dieu, de m'avoir fait rencontrer aussi complètement l'une de tes créatures et dans ma chair, et dans mon âme.

Je devrais m'en remettre à toi de beaucoup plus de choses, mon Dieu. Et cesser de te poser des conditions : « Si je reste en bonne santé, alors... » Même si je ne suis pas en bonne santé, cela n'empêche pas la vie de continuer et d'être toujours la meilleure possible. Comment pourrais-je formuler des exigences ? Aussi bien m'en garderai-je. Et mes maux d'estomac se sont améliorés d'un coup dès lors que je m'en suis « dessaisie ».

Tôt ce matin j'ai feuilleté mes cahiers. Les souvenirs m'ont assaillie par milliers. Quelle année d'une richesse extraordinaire ! Et combien chaque jour apporte de richesses nouvelles ! Merci de m'avoir donné assez d'espace intérieur pour les abriter toutes.

Rilke a décidément été l'un de mes grands maîtres de l'année écoulée, chaque instant m'en apporte la confirmation.

27 septembre. Comment peut-on brûler d'un tel feu, jeter autant d'étincelles ? Tous les mots, toutes les phrases jamais utilisés par moi dans le passé me semblent en ce moment grisâtres, pâlis et ternes au prix de cette intense joie de vivre, de cet amour et de cette force qui jaillissent de moi comme des flammes.

Mon pianiste de frère, qui à vingt et un ans fait un séjour en hôpital psychiatrique, m'écrit en cette énième année de guerre : « Moi aussi je crois, je sais même, qu'après cette vie il en existe une autre. Je crois même que certaines personnes sont capables de voir et de ressentir la présence de l'autre vie dans cette vie même. C'est un monde où les éternels chuchotements de la mystique se sont mués en réalité vivante, et où les objets et les mots de tous les jours, dans leur banalité, ont accédé à un sens supérieur. Il est fort possible qu'après la guerre les hommes soient plus ouverts à cette réalité et qu'ils se persuadent collectivement de l'existence d'un ordre supérieur du monde. »

« Et quand bien même je donnerais tous mes biens pour l'entretien des pauvres... si je n'ai pas l'amour, cela ne me servirait de rien. »

Tu as la chance de ne plus avoir à souffrir avec moi, mais je suis de taille à affronter un peu de froid et un peu de barbelés, et je prolonge ta vie. Ce qui en toi était immortel, je le prolonge dans ma vie.

C'est étrange comme on finit toujours par s'en remettre aux objets : Tide m'a donné ce petit peigne rose tout cassé qui lui appartenait. En fait, je ne veux même pas avoir de photos de lui, et peut-être même ne prononcerai-je plus jamais son nom, mais ce petit peigne rose sale avec lequel je l'ai vu pendant un an et demi mettre en ordre ses cheveux clairsemés, je l'ai serré dans mon portefeuille entre mes papiers les plus précieux, et je serais désespérée si je venais à le perdre. L'être humain est décidément une créature bizarre.

28 septembre. Audi et alteram partem.

Le criminel aux gaz asphyxiants qui se cachait sous un pseudonyme, le muguet et l'infirmière séduite.

Cela m'a tout de même impressionnée que ce médecin d'humeur flirteuse m'ait dit en me considérant d'un œil mélancolique : « Vous avez une vie spirituelle trop intense, c'est mauvais pour votre santé, votre corps le supporte mal. » Quand j'en parlai à Jopie, il dit, pensif et d'un ton approbateur : « Il a probablement raison. » J'y ai longuement réfléchi et je suis de plus en plus persuadée qu'il se trompe, au contraire. C'est vrai, j'ai une vie intense, d'une intensité démoniaque et extatique, me semble-t-il parfois, mais je renouvelle mes forces chaque jour à la source originelle, à la vie même, et de temps à autre je goûte le repos que m'offre une prière. Et cela, les gens qui me disent « tu vis trop intensément » ne le savent pas, ils ignorent qu'on peut se retirer dans la prière comme dans une cellule monacale et qu'ainsi l'on peut continuer, riche de forces renouvelées et d'une paix reconquise.

Chez la plupart des gens, c'est justement la peur de trop se disperser, je crois, qui les prive de leurs meilleures forces. Quand, au terme d'une évolution longue et pénible, poursuivie de jour en jour, on est parvenu à rejoindre en soi-même ces sources originelles que j'ai choisi d'appeler Dieu, et que l'on s'efforce désormais de laisser libre de tout obstacle ce chemin qui mène à Dieu (et cela, on l'obtient par un travail intérieur sur soi-même), alors on se retrempe constamment à cette source et l'on n'a plus à redouter de dépenser trop de forces.

Je ne crois pas aux constatations objectives. Faisceau infini d'interactions humaines.

On dit que tu es mort trop tôt. Eh bien, cela nous prive d'un traité de psychologie, mais il y aura eu un petit peu plus d'amour dans le monde.

29 septembre. Tu disais souvent : « *C'est un péché contre l'esprit, il faudra le payer. Tout péché contre l'esprit se paie tôt ou tard.* » Je crois aussi que tout péché contre la charité humaine doit se payer, dans l'homme même et dans le monde extérieur.

Encore une fois, je note pour mon propre usage : Matthieu 6, 34 : « Ne vous inquiétez donc pas du lendemain, car le lendemain aura soin de lui-même. A chaque jour suffit sa peine. »

Il faut les éliminer quotidiennement comme des puces, les mille petits soucis que nous inspirent les jours à venir et qui rongent nos meilleures forces créatrices. On prend mentalement toute une série de mesures pour les jours suivants, et rien, mais rien du tout, n'arrive comme prévu. A chaque jour suffit sa peine. Il faut faire ce que l'on a à faire, et pour le reste, se garder de se laisser contaminer par les mille petites angoisses qui sont autant de motions de défiance vis-à-vis de Dieu. Tout finira bien par s'arranger pour mon permis de séjour à Amsterdam et pour mes tickets de rationnement, rien ne sert de me tourmenter pour l'instant, je ferais mieux de me mettre à un thème russe. Notre unique obligation morale, c'est de défricher en nous-mêmes de vastes clairières de paix et de les étendre de proche en proche, jusqu'à ce que cette paix irradie vers les autres. Et plus il y a de paix dans les êtres, plus il y en aura aussi dans ce monde en ébullition.

D'abord téléphoner à Toos. Jopie écrit de ne plus envoyer de colis. Il se passe toutes sortes de choses là-bas. Haanen a écrit à sa femme une lettre où il en dit trop peu pour se faire comprendre, et trop pour ne pas inquiéter. Sentiment affreux. Et voilà qu'en moi aussi je sens se développer une angoisse néfaste. Il faut réagir. Il faut se retirer à l'écart de toutes ces rumeurs stériles qui se répandent comme une maladie contagieuse. Je me représente approximativement ce que doit être la vie intérieure de tous ces gens. Pauvre vie dénudée. C'est ainsi qu'on en vient à dire, comme je l'ai si souvent entendu : « Je ne suis plus capable de lire un livre, je ne puis plus me concentrer. Autrefois ma maison était toujours pleine de fleurs, mais aujourd'hui, non, vraiment je n'en ai plus envie. » Une vie appauvrie, indigente. Je sais fort bien à quoi je dois m'opposer. Ne pourrait-on apprendre aux gens qu'il est possible de « travailler » à sa vie intérieure, à la reconquête de la paix en soi. De continuer à avoir une vie intérieure productive et confiante, par-dessus la tête – si j'ose dire – des angoisses et des rumeurs qui vous assaillent. Ne pourrait-on leur apprendre que l'on peut se contraindre à s'agenouiller dans le coin le plus reculé et le plus paisible de son moi profond et persister jusqu'à sentir au-dessus de soi le ciel s'éclaircir – rien de plus, mais rien de moins. Depuis hier soir, j'ai ressenti dans ma chair, une fois de plus, ce que doit être en ce moment la souffrance des gens ; il est bon de s'y replonger périodiquement et d'éprouver les remèdes à y apporter. Et de reprendre imperturbablement sa route par les vastes et libres prairies de son cœur. Mais je n'en suis pas encore là. Je dois aller chez le dentiste, et cet après-midi, passer au Keizersgracht.

30 septembre. Rester fidèle à tout ce que l'on a entrepris dans un moment d'enthousiasme spontané, trop spontané peut-être.

Rester fidèle à toute pensée, à tout sentiment qui a commencé à germer.

Rester fidèle, au sens le plus universel du mot, fidèle à soi-même, fidèle à Dieu, fidèle à ce que l'on considère comme ses meilleurs moments.

Et, là où l'on est, être présent à cent pour cent. Mon « faire » consistera à « être ». Or il est un point où ma fidélité doit se fortifier, où j'ai failli plus qu'ailleurs à mes devoirs : c'est celui de ce qu'il me faut bien appeler mon talent créateur, si mince soit-il. Quoi qu'il en soit, il y a tant de choses qui attendent d'être dites et écrites par moi. Il serait temps que je m'y mette. Mais je me dérobe sous les prétextes les plus divers, je manque à ma mission. Il est vrai aussi, je le sais bien, que je dois avoir la patience de laisser croître en moi ce que j'aurai à dire. Mais je dois contribuer à cette croissance, aller au-devant d'elle et non l'attendre passivement. C'est toujours pareil : on voudrait écrire d'emblée des choses surprenantes ou géniales, on a honte de ses banalités. Pourtant, si dans ma vie, à ce moment de ma vie, à l'époque où nous sommes, j'ai un devoir véritable, c'est bien d'écrire, de noter, de fixer. Ce faisant, j'encaisserai le choc des événements sans même y prendre garde. Je déchiffre la vie et, certaine de pouvoir la lire à livre ouvert, je me persuade, dans mon inconscience et mon indolence juvéniles, que je retiendrai sans effort et pourrai un jour raconter tel quel tout ce que j'aurai déchiffré. Je devrai tout de même ménager tôt ou tard de discrets points d'ancrage pour mon récit. Je vis intensément, j'use la vie jusqu'à la corde, et je sens croître en moi le sentiment de mes obligations vis-à-vis de ce qu'il faut bien appeler mes talents. Mais par où commencer, mon Dieu ? Il y a tant de choses. Ne commettons pas non plus l'erreur de vouloir jeter sur le papier, sans transition, tout ce que nous vivons si intensément. Ce n'est pas non plus le but recherché. Mais comment m'y prendre pour dominer toute la matière ? Je l'ignore, cela fait trop. Tout ce que je sais, c'est que je vais devoir m'atteler à la tâche. Et que j'aurai la force et la patience d'en venir à bout seule. Mais il me faut rester fidèle à ma mission, cesser de m'éparpiller comme sable au vent. Je me divise et m'offre en partage à la foule des sympathies, des impressions, des êtres et des émotions qui fondent sur moi. Je dois leur demeurer fidèle à tous. Mais j'y ajouterai une nouvelle fidélité, celle que je dois à mon talent. Il ne suffit plus de *vivre* tout cela. Il faut y ajouter quelque chose de mon cru.

Il me semble discerner avec une netteté croissante les abîmes béants où s'évanouissent les forces créatrices d'un être et sa joie de vivre. Ce sont des failles qui s'ouvrent dans notre psychisme et qui engloutissent tout. A chaque jour suffit sa peine. Les pires souffrances de l'homme, ce sont celles qu'il redoute. Et puis il y a la matière, c'est toujours elle qui tire l'esprit à elle, et non l'inverse. « Tu vis trop par l'esprit. » Et pourquoi pas ? Parce que mon corps n'a pas cédé d'emblée à tes mains fébriles ? L'homme est décidément une créature étrange. Que de choses j'aimerais écrire ! Quelque part au fond de moi s'ouvre un atelier où des Titans reforgent le monde. Un jour, à bout de forces, j'ai écrit : « Pourquoi faut-il que ce soit justement dans ma petite tête, sous mon crâne, que le monde attende d'être tiré au clair ? » Il m'arrive encore de le penser, dans un accès de présomption quasi satanique. Je sais comment libérer peu à peu mes forces créatrices des contingences matérielles, de la représentation de la faim, du froid et des périls. Car le grand obstacle, c'est toujours la représentation et non la réalité. La réalité, on la prend en charge avec toute la souffrance, toutes les difficultés qui s'y attachent – on la prend en charge, on la hisse sur ses épaules et c'est en la portant que l'on accroît son endurance. Mais la représentation de la souffrance – qui n'est pas la souffrance, car celle-ci est féconde et peut vous rendre la vie précieuse – il faut la briser. Et en brisant ces représentations qui emprisonnent la vie derrière leurs grilles, on libère en soi-même la vie réelle avec toutes ses forces, et l'on devient capable de supporter la souffrance réelle, dans sa propre vie et dans celle de l'humanité.

Vendredi matin, dans mon lit. Je vais assumer les risques – en ce moment je ne suis pas tout à fait honnête vis-à-vis de moi-même. Il me reste une leçon à apprendre, la plus dure, mon Dieu : assumer les souffrances que tu m'envoies et non celles que je me suis choisies.

Je me livre à une vraie débauche de paroles, ces jours-ci, pour me convaincre et pour convaincre les autres qu'il est temps pour moi de retourner au camp, et que mes maux d'estomac ne sont rien de sérieux ; c'est peut-être vrai, mais quand on a besoin d'une telle débauche d'arguments, c'est que quelque chose ne tourne pas rond. Et c'est vrai, quelque chose ne va pas. Bon, maintenant je vais pouvoir me remettre à m'encourager tout haut : « Bien sûr, mais cela arrive à tout le monde en ce moment d'avoir des nausées ou de se sentir faible, cela passe au bout de quelques jours, on n'en parle plus et on continue comme si de rien n'était. »

J'ai l'impression qu'il me suffit d'écarter les doigts de la main pour pouvoir saisir d'une seule prise l'Europe et la Russie, tant ces terres me sont désormais connues, familières : elles tiendraient au creux de ma main. Tout me paraît si proche, si tangible, même de mon lit. Même de mon lit ! Raccrochons-nous à cette idée. Même si je dois passer des semaines alitée et immobile. Cela m'est encore trop difficile. Je ne puis me faire à l'idée de devoir garder le lit.

Je te promets de vivre en accord avec le meilleur de mes forces créatrices, partout où il te plaira de me placer et de me maintenir. Mais j'aimerais tant retourner au camp dès mercredi, fût-ce pour deux semaines seulement. Oui, je le sais, il y a des risques, le camp s'emplit de SS et se couvre de barbelés, la surveillance se renforce de jour en jour, peut-être ne nous laissera-t-on même pas ressortir dans deux semaines, ces choses-là peuvent toujours arriver. Es-tu prête à prendre ce risque ?

Au fait, mon médecin ne m'a pas du tout ordonné de garder le lit. Il était même étonné que je ne sois pas rentrée à Westerbork. Mais que m'importe ce médecin ! Quand bien même cent médecins de par le monde me déclareraient en parfaite santé, si une voix intérieure m'intime l'ordre de ne pas retourner au camp, eh bien, je n'ai pas à y retourner. J'attendrai un signe de toi, mon Dieu, je suis fermement décidée à partir. Je vais te proposer un marché : veux-tu me faire une faveur ? Pourrais-je regagner la lande mercredi prochain pour deux semaines, et si je ne vais pas bien, je promets de rester ici et de me soigner. Acceptes-tu ce genre de transactions ? J'ai bien peur que non. Pourtant je voudrais bien partir mercredi. J'ai à cela d'excellentes raisons. Mais pour l'instant je devrais dormir. J'ai encore beaucoup à te dire. Pourtant, je le sens bien, ma patience la plus vraie, la plus profonde, s'est envolée. Je sais bien qu'elle se retrouvera dès qu'il le faudra. Et ma sincérité me restera toujours. Mais pour l'instant, c'est bien difficile.

Je me donne jusqu'à dimanche : si je m'aperçois alors qu'il ne s'agissait pas de vertiges passagers, je serai raisonnable et je ne partirai pas. Je me donne trois jours. Mais il faudra se tenir tranquille. Ne va pas faire de bêtises, ma fille. Ne consomme pas en quelques semaines l'énergie de toute une vie. J'aurai bien le temps de joindre les quelques personnes que je dois joindre. Tout ne se joue pas en quelques semaines, ne joue pas avec ta vie, elle est précieuse. Ne provoque pas délibérément les dieux, ils ont tout arrangé pour toi, et de quelle façon ! Ne va pas gâcher maintenant leur travail. Je me donne encore trois jours.

Plus tard. J'ai le sentiment que ma vie là-bas n'est pas achevée, elle ne forme pas un tout. C'est un livre (et quel livre !) que j'ai laissé tomber en plein milieu. J'aimerais tant poursuivre ma lecture. Là-bas, j'ai eu quelquefois l'impression que toute mon existence antérieure n'avait été qu'une longue préparation à la vie au sein de la collectivité du camp, alors que j'avais toujours vécu dans l'isolement et la retraite.

Plus tard. Porter des fruits et des fleurs sur chaque arpent où l'on a été planté, ne serait-ce pas notre finalité ? Et ne devons-nous pas aider à sa réalisation ?

Je me crois capable de l'apprendre. On devrait renoncer à tous ces noms scientifiques, les laisser aux hommes de l'art. Gastrorragie, ulcère à l'estomac, anémie, qu'importe, on n'a pas besoin de connaître les termes scientifiques pour se rendre compte de son état. Je vais sans doute devoir m'arrêter totalement pendant quelque temps, je m'y refuse encore, j'invente les arguments les plus captieux pour me persuader que ce n'est rien et que je pourrai très bien partir mercredi. Je le maintiens, je me donne trois jours, et si je constate que je suis toujours prisonnière de cette carapace de faiblesse que je sens se refermer sur moi en ce moment, alors je renoncerai provisoirement ; je veux dire : je renoncerai à mon ambitieux programme. Et si je me sens mieux lundi ? Alors j'irai trouver Neuberg et je lui dirai de mon air le plus charmeur (je me vois déjà lui sourire de toutes mes dents, découvrant ma nouvelle couronne en porcelaine cerclée d'un filet d'or) : « Docteur, je viens vous parler en amie. Voyez-vous, les choses en sont là, et j'aimerais tant retourner là-bas, trouvez-vous cela raisonnable ? » Et je sais qu'il répondra oui, parce que je l'y amènerai, en présentant l'affaire sous son jour le plus suggestif. Je lui ferai donner la réponse que je veux entendre. C'est ainsi que vivent les hommes. Ils se servent de l'autre pour se laisser persuader d'une chose à laquelle, au fond de leur cœur, ils ne croient pas. On cherche dans l'autre un instrument pour couvrir le son de sa voix intérieure. Si chacun de nous écoutait seulement un peu plus sa voix intérieure, s'il essayait seulement d'en faire retentir une en soi-même – alors il y aurait beaucoup moins de chaos dans le monde.

Je crois bien que j'apprendrai à assumer la part qui me revient, quelle qu'elle soit. Que de choses n'ai-je pas déjà apprises en l'espace d'une matinée de maladie !

Je ressens toujours une profonde satisfaction lorsque je vois les plans humains les plus ingénieux s'écrouler comme châteaux de cartes. Nous devions nous marier ; ensemble, nous eussions certainement affronté avec succès la détresse des temps. Et voilà qu'un corps desséché gît désormais sous une dalle (à quoi ressemble-t-elle d'ailleurs ?) dans le coin le plus reculé de ce grand cimetière de Zorgvlied, enfoui sous les fleurs ; et moi, dans mon cocon de faiblesse, je suis couchée dans la petite pièce qui me sert de chambre depuis près de six ans. Vanité des vanités – mais ce qui n'était pas vain, c'était de découvrir en moi la faculté de me confier totalement à quelqu'un, de me lier à lui et de partager avec lui la détresse. Et pour le reste ? A-t-il libéré pour moi le chemin qui mène directement à Dieu, après avoir tracé ce chemin de ses mains imparfaites, trop humaines ?

Non, ma fille, ce que ton corps ressent là, sous les couvertures, cela ne me dit rien qui vaille.

Rien n'est pire que de ne pas pouvoir bouger. Et comme je bougeais, mon Dieu, comme je bougeais ! J'étais moi-même étonnée et ravie de me voir avancer ainsi le long de tes chemins inconnus, un sac ballottant contre mon dos inexpérimenté. Pour moi c'était un miracle. Des portes de sortie s'étaient soudain ouvertes pour moi vers le monde, auquel j'avais toujours cru ne pas avoir accès. Or cet accès m'était largement ouvert ! Mais me voilà pour l'instant vilainement malade, je le sens parfaitement. Je te donne encore deux jours et demi, petite.

Un jour, j'irai les visiter un par un, tous ceux qui sont passés entre mes mains, là-bas sur ce coin de lande. Et si je ne les trouve pas, je trouverai leurs tombeaux. Je ne pourrai plus rester tranquillement assise à ce bureau. Je veux parcourir le monde, aller m'assurer de mes propres yeux, de mes propres oreilles de ce qu'il est advenu de tous ceux que nous avons laissés partir.

Fin d'après-midi. Fait quelques pas dans la maison. Ah, qui sait, tout va peut-être s'arranger, ce n'est jamais qu'un peu d'anémie générale, que je pourrai guérir aussi bien là-bas à l'aide de quelques potions. Au demeurant, il faut se garder de trop courte vue, et de vivre à trop court terme.

Me voilà donc apparemment sur une « liste bloquée[1] » ! « Si je comprends bien, je devrais sauter de joie », ai-je dit à ce notaire boiteux. Mais je ne veux pas de ces chiffons de papier pour lesquels les Juifs se livrent une lutte à mort ; pourquoi donc tombent-ils d'eux-mêmes dans mon escarcelle ? Je voudrais être présente dans tous les camps dont l'Europe est semée, présente sur tous les fronts, je ne veux pas du tout être en sécurité, je veux être sur le théâtre des opérations, je voudrais, partout où je suis, susciter une timide fraternisation entre tous ces « ennemis » ; je veux comprendre ce qui se passe, et je voudrais que tous ceux que je pourrai atteindre (et ils sont légion, rends-moi la santé, mon Dieu !) comprennent les événements du monde à travers moi.

Samedi matin, 6 heures et demie, dans la salle de bains. Je commence à souffrir d'insomnies ; il ne le faut pas ! Dès la prime aube j'ai sauté du lit et je me suis agenouillée à la fenêtre. L'arbre familier se dressait immobile dans le petit matin grisâtre, figé. Et j'ai prié : « Mon Dieu, accorde-moi cette paix profonde et puissante qui est répandue dans ta nature. Si tu veux me faire souffrir, inflige-moi une grande souffrance, de celles qui envahissent tout, mais non ces mille petits soucis qui vous rongent jusqu'à l'os et ne laissent rien de vous. Donne-moi la paix et la confiance. Fais que chacune de mes journées soit plus et mieux que la somme des soucis de l'existence quotidienne. Toutes nos inquiétudes à propos du ravitaillement, du vêtement, du froid, de notre santé, ne sont-elles pas autant de "motions de censure" vis-à-vis de toi, mon Dieu ? Et ne nous envoies-tu pas un châtiment immédiat ? Sous forme d'insomnies, ou en vidant notre vie de tout

1. Il existait aux Pays-Bas toute une série de « listes bloquées » qui protégeaient en principe de la déportation plusieurs catégories de Juifs plus ou moins privilégiés. On y était inscrit à divers titres, en fait par protection ou en échange d'une forte somme. En réalité ces listes n'offraient qu'une sécurité très illusoire.

contenu ? Je veux bien me reposer encore quelques jours, mais à condition de n'être qu'une grande prière ininterrompue. Et une grande paix. Je dois recommencer à porter ma paix en moi. "La malade doit mener une vie calme." Veux-tu prendre soin de mon repos et de ma paix, mon Dieu, où que je sois ? Il se peut que je perde le sentiment de cette paix en me lançant dans des actions contestables. Cela se peut ; je ne sais pas. Je suis tellement faite pour la vie en société, mon Dieu, et je ne m'en doutais même pas ! Je veux me tenir parmi les hommes, parmi leurs angoisses, je veux tout voir et comprendre moi-même pour le raconter ensuite.

« Mais je voudrais tant être bien portante. Je me tourmente trop pour ma santé, et cela ne me vaut rien. Puissé-je être gagnée par cette impassibilité qui imprégnait ce matin ton aube grisâtre. Puisse ma journée dépasser enfin la préoccupation de mon corps. Mon dernier recours a toujours été de sauter du lit et de m'agenouiller dans un recoin protégé de la pièce. Je ne veux pas non plus t'obliger, mon Dieu, à me guérir en deux jours. Je sais que tout doit se développer organiquement, selon un lent processus. Il est près de sept heures. Je vais faire ma toilette, m'asperger d'eau froide de la tête aux pieds, puis je me recoucherai et ne bougerai plus, plus du tout, je n'écrirai plus dans ce cahier, je m'efforcerai de rester allongée et de n'être plus que prière. Cela m'est déjà arrivé si souvent de me sentir si mal que j'étais sûre de ne pas pouvoir me remettre sur pied avant des semaines – or au bout de quelques jours c'était fini. Mais pour l'instant je ne vis pas comme il faut, je cherche à forcer le destin. Pourtant, si j'en ai la moindre possibilité, j'aimerais beaucoup partir mercredi. Je sais bien que dans mon état, je ne serai pas d'un grand secours à la collectivité, je voudrais bien retrouver un peu de santé. Mais il ne faut pas "vouloir" les choses, il faut les laisser s'accomplir en moi, et c'est précisément ce que j'oublie de faire en ce moment. Que ta volonté soit faite et non la mienne. »

Un peu plus tard. Bien sûr, c'est l'extermination complète ! Mais subissons-la au moins avec grâce.

Il n'y a pas de poète en moi, il n'y a qu'un petit morceau de Dieu qui pourrait se muer en création poétique.

Il faut bien qu'il y ait un poète dans un camp, pour vivre en poète cette vie-là (oui, même cette vie-là !) et pouvoir la chanter.

La nuit, étendue sur mon châlit au milieu de femmes et de jeunes filles qui ronflaient doucement, rêvaient tout haut, pleuraient tout bas et s'agitaient (les mêmes qui affirmaient dans la journée : « Nous ne voulons pas penser », « Nous ne voulons pas sentir, sinon nous allons devenir folles »), j'étais souvent prise d'un attendrissement infini et je demeurais éveillée, laissant défiler devant mes yeux les événements et les impressions toujours trop nombreuses d'une journée toujours trop longue, et me disant : « Puissé-je être le cœur pensant de cette baraque. » Je voudrais l'être de nouveau. Je voudrais être le « cœur pensant » de tout un camp de concentration. Or me voilà alitée ici, mais désormais patiente et apaisée, et je me sens même un peu mieux (non, je ne me force pas, je me sens vraiment mieux) ; je lis les lettres de Rilke sur Dieu, *Über Gott* et chaque mot m'en paraît lourd de sens ; j'aurais pu écrire ces lettres, et si je les avais écrites, je les aurais voulues exactement ainsi. Je me sens de nouveau assez forte pour partir ; je ne pense plus en termes de projets ou de risques, advienne que pourra, et tout sera bien.

Samedi après-midi, 4 heures. Non, j'y renonce, je m'abandonne. Je ne me vois pas partir mercredi sur des jambes aussi flageolantes. C'est bien triste. Mais je suis reconnaissante de pouvoir me reposer ici dans un calme complet, et d'être entourée de gens tout prêts à me soigner. Il me faut commencer par me rétablir totalement, si je ne veux pas être un poids mort pour la collectivité. Je suis tout de même un peu malade, je crois, malade des pieds à la tête, enserrée dans une carapace de faiblesse et de vertiges.

Allons, pas de caprices ni d'impatience. Pourquoi tant de hâte à aller partager toutes les détresses avec mes compagnons d'infortune, derrière des barbelés ? Et que sont six semaines dans toute une vie ? Un cercle de fer comprime mon crâne et le poids de toute une ville avec ruines et gravats accable ma tête. Je ne veux pas être la feuille desséchée, malade, qui se détache du tronc de la collectivité.

Samedi 3 octobre, 9 heures du soir. Si tu veux vraiment guérir, il faut mener une autre vie. Tu devrais cesser de parler pour quelques jours, t'enfermer dans ta chambre et ne laisser entrer personne, c'est le seul moyen. Ce que tu fais n'est pas bien. Finiras-tu par entendre raison ?

On devrait prier nuit et jour pour des milliers de gens. On ne devrait pas interrompre une minute sa prière.

Je sais qu'un jour j'aurai la force de m'exprimer.

Dimanche soir 4 octobre. Ce matin, visite de Tide ; cet après-midi, le professeur Becker. Ensuite Jopie Smelik[1]. Dîné avec Han. Vertiges, faiblesse. Mon Dieu, tu confies à ma garde tant de choses précieuses, espérons que j'y veillerai bien et que je les gérerai à bon escient. Toutes ces conversations avec mes amis ne me valent rien en ce moment. Je m'y use jusqu'à la corde. Je n'ai pas encore la force de m'isoler. Trouver le juste équilibre entre mon côté introverti et mon côté extraverti, voilà la tâche la plus rude qui m'attende. Les deux tendances sont également fortes en moi. J'aime les contacts humains. L'intensité de mon attention réussit à tirer d'eux, dirait-on, ce qu'ils ont

1. Johanna (Jopie) Smelik, fille de Klaas Smelik ; à ne pas confondre avec Joop (Jopie) Vleeschouwer.

de plus profond et de meilleur ; ils s'ouvrent à moi et chaque être m'est une histoire, que me conte la vie même. Et mes yeux émerveillés ne cessent de lire son grand livre. La vie me confie tant d'histoires que je devrais raconter à mon tour et exposer en termes clairs à tous ceux qui ne savent pas lire à livre ouvert le texte de la vie. Mon Dieu, tu m'as donné le don de lire, voudras-tu me donner aussi celui d'écrire ?

En pleine nuit. Je reste seule avec Dieu. Il n'y a plus personne d'autre pour m'aider. J'ai des responsabilités, mais je n'en ai pas encore complètement chargé mes épaules. Je continue à jouer et je suis indisciplinée. Je n'en retire pas un sentiment d'appauvrissement, mais plutôt d'enrichissement et de paix. Je suis désormais toute seule avec Dieu.

Jeudi 8 octobre, après-midi. Je suis malade, je n'y peux rien. Guérie, j'irai recueillir là-bas toutes les larmes et toutes les terreurs. D'ailleurs je le fais déjà ici même, du fond de mon lit. C'est peut-être la vraie raison de mes vertiges et de ma fièvre ? Je ne veux pas me faire le chroniqueur d'atrocités. Ni de sensations violentes. Je disais ce matin même à Jopie : « Et pourtant j'en reviens toujours à la même idée : la vie est belle. » Et je crois en Dieu. Et je veux me planter au beau milieu de ce que les gens appellent des « atrocités » et dire et répéter : « La vie est belle. » Mais pour l'instant me voilà dans mon coin, fiévreuse et prise de vertiges, et incapable de faire quoi que ce soit. Je viens de m'éveiller la bouche sèche, j'ai tendu la main vers mon verre et cette gorgée d'eau m'a emplie de gratitude, et j'ai pensé : « Si seulement je pouvais circuler là-bas pour donner une gorgée d'eau à quelques-uns de ces malheureux entassés par milliers ! » J'ai toujours la même réaction : « Allons, ce n'est pas si grave, calme-toi, ce n'est pas si grave, reste calme. » Chaque fois qu'une femme, ou un enfant affamé, éclatait en sanglots devant l'un de nos bureaux d'enregistrement, je m'approchais et je me tenais là, protectrice, les bras croisés, souriante, et en moi-même je m'adressais à cette créature tassée sur elle-même et désemparée : « Allons, ce n'est pas si grave, ce n'est pas si terrible. » Et je restais là, j'offrais ma présence, que pouvait-on faire d'autre ? Parfois je m'asseyais à côté de quelqu'un, je passais un bras autour de son épaule, je ne parlais pas beaucoup, je regardais les visages. Rien ne m'était étranger, aucune manifestation de souffrance humaine. Tout me semblait familier, j'avais l'impression de tout connaître d'avance et d'avoir déjà vécu cela une fois dans le passé. Certains me disaient : mais tu as donc des nerfs d'acier pour tenir le coup aussi bien ? Je ne crois pas du tout avoir des nerfs d'acier, j'ai plutôt les nerfs à fleur de peau, mais c'est un fait, je « tiens le coup ». J'ose regarder chaque souffrance au fond des yeux, la souffrance ne me fait pas peur. Et à la fin de la journée j'éprouvais toujours le même sentiment, l'amour de mes semblables. Je ne ressentais aucune amertume devant les souffrances qu'on leur infligeait, seulement de l'amour pour eux, pour leur façon de les endurer, si peu préparés qu'ils fussent à endurer quoi que ce fût. Le blond Max au crâne rasé où un léger duvet repoussait timidement, le blond Max aux doux yeux bleus rêveurs. On l'avait tellement maltraité à Amersfoort qu'il a fallu le retirer du convoi et le laisser à l'infirmerie du camp. Un soir, il fit le récit détaillé des tortures qu'il avait subies. D'autres que moi relateront un jour ces pratiques dans toutes leurs finesses ; il le faudra probablement pour transmettre à la postérité l'histoire complète de cette époque. Mais ces détails ne sont pas pour moi, je n'en ai pas besoin.

Le lendemain. Sur ces entrefaites, mon père est arrivé inopinément. Beaucoup d'énervement de part et d'autre. « Petite béguine mielleuse », « Don Quichotte en jupons » et « Seigneur, rends-moi moins désireuse d'être comprise, mais fais que je comprenne ».

Il est onze heures du matin. A l'heure qu'il est, Jopie doit être arrivé à Westerbork. Avec lui, c'est un petit morceau de moi-même qui est là-bas. J'ai dû lutter, ce matin encore, pour surmonter beaucoup d'impatience et de découragement ; j'avais mal au dos, les jambes lourdes, ces jambes qui aimeraient tant parcourir le monde mais n'en sont guère capables pour l'instant. Cela reviendra. Ne soyons pas aussi matérialiste : est-ce que je ne parcours pas aussi le monde du fond de mon lit ?

Les plus larges fleuves s'engouffrent en moi, les plus hautes montagnes se dressent en moi. Derrière les broussailles entremêlées de mes angoisses et de mes désarrois s'étendent les vastes plaines, le plat pays de ma paix et de mon bienheureux abandon. Je porte en moi tous les paysages. J'ai tout l'espace voulu. Je porte en moi la terre et je porte le ciel. Et que l'enfer soit une invention des hommes m'apparaît avec une évidence totale. Je ne vivrai plus jamais mon enfer personnel (je l'ai vécu suffisamment autrefois, j'ai pris de l'avance pour toute une vie), mais je puis vivre très intensément l'enfer des autres. Il le faut, d'ailleurs, si l'on ne veut pas verser dans l'autosatisfaction.

Si paradoxal que cela puisse paraître : lorsqu'on met trop d'acharnement à rechercher la présence physique d'un être aimé, lorsqu'on jette toutes ses forces dans le désir d'être auprès de lui, au fond on ne lui rend pas justice. Car on ne garde plus aucune force en réserve pour être réellement avec lui.

Je vais reprendre ma lecture de saint Augustin. Quelle sévérité, mais quel feu ! Et quelle passion et quel abandon sans réserve dans ses lettres d'amour à Dieu ! A vrai dire, on ne devrait écrire de lettres d'amour qu'à Dieu. Suis-je vraiment très présomptueuse si je dis que j'ai beaucoup trop d'amour en moi pour me contenter de le donner à un seul être ? L'idée que l'on ait le droit d'aimer, sa vie durant, un seul être, à l'exclusion de tout autre, me paraît bien ridicule. Il y a là quelque chose d'appauvrissant et d'étriqué. Finira-t-on par comprendre à la longue que l'amour de l'être humain en général porte infiniment plus de bonheur et de fruits que l'amour du sexe opposé, qui enlève de sa substance à la collectivité ?

Je joins mes deux mains en un geste qui m'est devenu cher, je t'envoie à travers l'obscurité des paroles folles et des paroles graves, j'implore une bénédiction sur ta tête pleine de droiture et de bonté, en un mot on pourrait dire que je prie. Bonne nuit, très cher !

Samedi soir. Je me crois capable de tout supporter, de tout assumer de cette vie et de cette époque.

Et si les turbulences sont trop fortes, si je ne sais plus comment m'en sortir, il me restera toujours deux mains à joindre et un genou à fléchir. C'est un geste que nous ne nous sommes pas transmis de génération en génération, nous autres Juifs. J'ai eu du mal à l'apprendre. C'est l'héritage le plus précieux de l'homme dont j'ai déjà presque oublié le nom, mais dont la meilleure part prolonge sa vie en moi.

Quelle étrange histoire, tout de même, que la mienne, celle de la fille qui ne savait pas s'agenouiller. Ou – variante – de la fille qui a appris à prier. C'est mon geste le plus intime, plus intime encore que ceux que j'ai dans l'intimité d'un homme. On ne peut tout de même pas déverser tout son amour sur un seul être ?

Dimanche après-midi, entre deux siestes. Que l'on ait en soi une substance (je ne trouve pas d'autre nom) qui mène une vie propre et dont on pourrait tirer beaucoup de choses, c'est un fait dont je prends de plus en plus conscience. A partir de cette substance, je peux créer une foule de vies, qui toutes se nourriront de moi. Je ne la domine pas encore assez bien. Peut-être ai-je trop peu confiance en sa vie propre. Pour ma part je n'ai rien d'autre à fournir que l'espace où ces vies pourront se déployer, et rien d'autre à prêter que la main qui tiendra la plume pour enregistrer toutes ces vies, avec leurs idées et leurs expériences propres.

12-10-42. Toutes mes impressions sont là, comme des étoiles scintillant sur le velours sombre de ma mémoire.

L'âge de l'état civil n'est pas celui de l'âme. Je pense qu'à la naissance, l'âme a déjà atteint un certain âge qui ne change plus désormais. On peut naître avec une âme de douze ans. Mais on peut naître aussi avec une âme de mille ans, il y a parfois des enfants de douze ans chez qui l'on voit très bien que l'âme a mille ans. Je crois que l'âme est la part de l'être humain la plus inconsciente, surtout chez l'Européen de l'Ouest ; l'Oriental « vit » beaucoup plus son âme. L'Occidental au fond ne sait pas très bien qu'en faire, il en a honte comme d'une chose indécente. L'âme est bien autre chose que ce que nous appelons le « tempérament ». Il est des gens qui ont beaucoup de « tempérament » mais bien peu d'âme.

Hier j'ai demandé à Maria, en parlant d'une certaine personne : « Est-elle intelligente ? – Oui, m'a-t-elle répondu, mais seulement cérébralement. »

S. disait toujours de Tide : « Elle a *l'intelligence de l'âme.* »

Quand nous évoquions notre différence d'âge, S. et moi, il me disait toujours : « *Mais qui vous dit que votre âme n'est pas plus âgée que la mienne ?* »

Parfois je prends feu et flamme, de toutes parts, lorsque je sens (comme en ce moment) se lever en moi en vraie grandeur et me submerger de reconnaissance cette amitié et tous ces êtres que j'ai connus depuis un an. Me voici malade, anémique, plus ou moins grabataire, et pourtant chaque minute est si féconde, si pleine – que sera-ce lorsque je serai guérie ? Je ne cesse de faire monter vers toi le même alléluia, mon Dieu, tant je t'ai de gratitude d'avoir bien voulu me donner une telle vie.

Une âme est un composé de feu et de cristal de roche. Austère et dure comme l'Ancien Testament, mais douce comme le geste délicat du bout de ses doigts lorsqu'il caressait, parfois, mes cils.

Le soir. Et puis revoilà de ces instants où la vie vous paraît d'une difficulté désespérante. Dans ces moments-là, je suis violente, inquiète, fatiguée à la fois. Cet après-midi, moments d'intense émotion créatrice. Après quoi, je suis retombée dans un état d'épuisement, comme si j'avais répandu ma semence.

Il ne me reste plus qu'à m'allonger immobile sous mes couvertures et à attendre patiemment que cet abattement, cette « petite mort » se détachent de moi et me quittent. Autrefois, dans le même état, je faisais des bêtises, je buvais avec des amis, je songeais au suicide ou je passais des nuits entières à lire sans ordre cent livres à la fois.

Il faut savoir accepter les moments où la créativité vous déserte ; plus cette acceptation est sincère, plus ces moments passent vite. Il faut avoir le courage de se ménager une pause. Il faut oser parfois être vide et abattu. – Bonne nuit, cher argousier.

Le lendemain matin, de bonne heure. Je fais des moulinets sauvages en brandissant mon petit crayon comme une faux, sans parvenir pour autant à couper la végétation drue de mon esprit.

Il est des gens que je porte en moi comme des boutons de fleurs et que je laisse éclore en moi. D'autres, je les porte en moi comme des ulcères, jusqu'à ce qu'ils crèvent et suppurent (Frans Bierenbach).

Vorwegnehmen[1]. Je ne connais pas de bonne traduction hollandaise de ce mot. Depuis hier soir, du fond de mon lit, j'assimile un peu de la souffrance infinie qui, disséminée dans le monde entier, attend des âmes pour l'assumer. J'engrange un peu de cette souffrance en prévision de l'hiver. Cela ne se fait pas en un jour. J'ai une rude journée devant moi. Je vais rester couchée et je prendrai en quelque sorte une « avance » sur toutes les rudes journées qui m'attendent encore.

Lorsque je souffre pour les faibles, n'est-ce pas souffrir en fait pour la faiblesse que je sens en moi ?

J'ai rompu mon corps comme le pain et l'ai partagé entre les hommes. Et pourquoi pas ? Car ils étaient affamés et sortaient de longues privations.

Je ne me lasse pas de citer Rilke, à tout propos. N'est-ce pas étrange ? C'était un homme fragile, qui a écrit une bonne partie de son œuvre entre les murs des châteaux où on l'accueillait, et s'il avait dû vivre dans les conditions que nous connaissons aujourd'hui, il n'aurait peut-être pas résisté. Mais n'est-il pas justement de bonne économie qu'à des époques paisibles et dans des circonstances favorables, des artistes d'une grande sensibilité aient le loisir de rechercher en toute sérénité la forme la plus belle et la plus propre à l'expression de leurs intuitions les plus profondes, pour que ceux qui vivent des temps plus troublés, plus dévorants, puissent se réconforter à leurs créations, et qu'ils y trouvent un refuge tout prêt pour les désarrois et les questions qu'eux-mêmes ne savent ni exprimer ni résoudre, toute leur énergie étant requise par les détresses de chaque jour ? Dans les temps difficiles, on se laisse bien souvent aller à rejeter d'un geste méprisant l'acquis spirituel des artistes d'époques que l'on croit plus douces

1. *Vorwegnehmen* (all.) : « enlever à l'avance », « anticiper sur ».

(mais n'est-il pas toujours aussi dur d'être artiste ?) ; et l'on se demande : de quoi cela peut-il encore nous servir ?

Réaction compréhensible, mais à courte vue. Et infiniment appauvrissante.

On voudrait être un baume versé sur tant de plaies.

Lettres de Westerbork

[Sans date] mercredi après-midi, 2 heures[1].

Aujourd'hui, mon cœur a connu plusieurs morts et plusieurs résurrections aussi. De minute en minute, je prends congé et me sens détachée de toutes choses extérieures. Je romps les amarres qui me retiennent encore, je hisse à bord tout ce dont je crois avoir besoin pour entreprendre le voyage. Je suis assise au bord d'un canal paisible, mes jambes pendent le long du mur de pierre et je me demande si, un jour, mon cœur ne sera pas trop las et trop usé pour continuer à voler à son gré avec la liberté de l'oiseau.

A Han Wegerif et autres. Westerbork, lundi 23 novembre 1942.

Lundi, 1 heure de l'après-midi, dans le cagibi des Mahler[2], où Eichwald est en train de me faire chauffer de la panade.

Mes chéris, j'aimerais bien arriver à terminer enfin une lettre pour vous. Celle-ci est la cinquième que je commence. On voit ici trop de choses et l'on éprouve trop de sentiments contradictoires pour pouvoir écrire. Du moins, moi, je ne peux pas. Je ne vous envoie donc qu'un petit salut rapide. Et je pense que je ne tarderai pas à devoir rentrer pour me faire achever dans un abattoir de première classe, je ne vaux rien, j'en suis très triste, il y aurait tant à faire ici, mais j'ai quelque chose de détraqué, je « marche » aux analgésiques et, un de ces jours, sans crier gare, je vais sans doute me retrouver devant vous, mes chéris. Rien à y faire.

Dire que je suis ici depuis trois jours à peine, cela semble déjà des semaines. L'endroit n'est plus aussi « idyllique » qu'en été, oh non ! Vous savez quoi ? Je m'en tiens à ce petit bonjour pour cette fois-ci, je vais dormir un peu avant de reprendre ma marche sans fin à travers les baraques et dans la boue. Quel dommage que je ne puisse pas rester, je le voudrais tant !

Vleeschhouwer[3] entre à l'instant, je lui donne cette lettre à emporter. A plus tard. Au revoir, chers tous, et pardonnez ce petit mot hâtif et griffonné.

Très affectueuses pensées d'

Etty.

A Han Wegerif et autres. Westerbork, dimanche 29 novembre 1942.

Dimanche soir.

Père Han, Käthe, Hans, Maria,

Un simple bonjour. Vous écrire d'ici m'est impossible, non par manque de temps, mais par trop-plein d'impressions. Trop de choses, ici, fondent sur vous à la fois. Je crois que cette seule semaine me fournirait de quoi raconter pendant un an sans interruption. Je suis sur la liste des « permissions » pour samedi prochain. Quel privilège que de pouvoir encore sortir d'ici et de vous revoir tous ! Je suis heureuse de ne pas avoir pris la poudre d'escampette dès les premiers jours ; de temps à autre je me laisse tomber pour une heure sur mon lit, et la machine repart. Valise, vêtements et couvertures sont arrivés à bon port. Les Mahler prennent formidablement soin de moi. Il est huit heures et demie du soir et je me tiens une fois de plus dans leur petite pièce accueillante, une véritable oasis. A côté de moi, Vleeschhouwer est plongé dans un livre. Mahler, sa femme et deux amis font une partie de cartes. Le petit Eichwald, mon fidèle fournisseur de lait, assis par terre dans un coin à côté du chien Humpie, découd le manteau de Speyer pour en faire un blouson. Le frère de Stertzenbach (ceci pour Hans) est en train d'écrire des lettres et, tout à l'heure, reprendra le récit de ses souvenirs de prison [4]. Le réchaud de Tante Lée a un air familier dans son coin, on y concocte toutes sortes de bonnes choses pour la communauté. A l'instant vient d'entrer Witmondt [5] (Witmondt dont je suis allée voir la femme plusieurs fois à Amsterdam ; tous ces gens font tellement partie de mon univers qu'en écrivant leurs noms j'ai l'impression que vous les connaissez), il était drapé dans une vaste cape et nous nous sommes écriés en chœur : « Mais dis donc, Max, où as-tu déniché cette superbe cape ? » Et Max – ancien d'Amersfoort transféré ici il y a quelque temps à l'état de squelette et « retapé » avec mille attentions par les Mahler – répondit avec une solennité impressionnante : « Cette cape porte encore la marque du sang d'Amersfoort », et de fait, on distinguait sur l'étoffe des taches rouge foncé. Que d'histoires lugubres ! Je suis pelotonnée dans un coin et j'écris par bribes. Et voici qu'entre une personne de plus, un garçon de Kattenburg [6] qui doit partir par le convoi de demain matin.

Et tout cela dans une pièce de deux mètres sur trois. Le chauffage central est allumé – oui, vous avez bien lu – et les hommes sont en bras de chemise tant il fait chaud. Tout, ici, n'est que paradoxe. Dans les grandes baraques, où beaucoup s'étendent sans draps ni couvertures, sans matelas, à même les sommiers de métal, on meurt de froid. Dans les petites maisons, reliées au chauffage central, une chaleur étouffante vous empêche de dormir la nuit. Je loge dans une de ces petites baraques d'habitation avec cinq de mes collègues. Lits superposés deux par deux. Ces lits sont très branlants et lorsque ma voisine du dessus, une grosse Viennoise, se retourne dans son sommeil, tout l'édifice tangue comme un navire dans la tempête. Et, la nuit, des souris rongent nos lits et grignotent nos provisions – pas vraiment le grand calme.

Ce que je fais ici, au juste ? Je louvoie avec mes cinq malheureux gobelets de café parmi les centaines de gens. De temps à autre, je me sauve, tout bonnement malade d'impuissance. Comme l'autre jour, lorsqu'une vieille femme était tombée en syncope dans un coin et que l'on ne trouvait pas une goutte d'eau dans tout le camp, la conduite étant coupée.

Et puis les gens d'Ellecom[7] sont arrivés. On les a immédiatement transportés à l'hôpital, je suis passée de lit en lit, plongée dans un abîme de stupéfaction : je ne comprends toujours pas que des êtres humains en viennent à se malmener de la sorte et qu'on puisse encore en parler tranquillement.

Je suis entrée en campagne pour ramener à la lumière du jour la bibliothèque, conservée ici dans les caves d'un entrepôt verrouillé. Le besoin de lecture se fait sentir partout. Mais tout achoppe sur le problème du manque de place.

Mardi prochain, j'ai rendez-vous à ce sujet avec Paul Cronheim[8], le wagnérien, et maître Spier[9] ; j'aimerais bien m'atteler à la tâche dans ce domaine des nourritures spirituelles ; on verra si j'obtiens quelque chose.

Ici, le tableau n'est guère brillant : vie de nomades, clochardisation, boue. Cet après-midi, j'ai visité quelques grandes baraques, certains mioches vous donnaient l'impression de mourir à petit feu sous vos yeux.

Mes enfants, ce que je vous écris n'est pas très réjouissant, et pourtant je suis contente d'être ici. La santé laisse encore un peu à désirer, toutes sortes de petits maux ont l'air de rôder ici ou là, enfin nous verrons bien.

Cette lettre mérite à peine son nom, mais j'avais gardé trop mauvaise conscience de l'unique petit mot déprimé que je vous avais envoyé. Westerbork m'a littéralement engloutie, je refais surface à la fin de la semaine. Non, d'ici on ne peut pas écrire et l'on n'aura pas trop d'une grande partie de sa vie pour « digérer » cette expérience. Et c'est merveilleux de pouvoir revenir vers vous la semaine prochaine. Merci de votre lettre, Père Han. Et mille affectueuses pensées pour vous tous et à la fin de la semaine.

Etty.

A deux sœurs de La Haye. Amsterdam, fin décembre 1942[10].

Amsterdam, décembre 1942.

Bien sûr, cette fois encore, je suis revenue de la lande chargée de diverses commissions, comme d'habitude. Une ex-soubrette soignée pour des calculs biliaires voulait avoir sa teinture pour les cheveux. Une jeune fille ne pouvait quitter son lit parce qu'elle n'avait pas de chaussures. Et tant d'autres menus faits. Encore que cette histoire de chaussures n'ait rien d'un détail, naturellement. Et puis il y avait une autre mission dont j'avais promis avec empressement de m'acquitter, mais qui s'est mise à me peser de plus en plus. Il y a beau temps que notre soubrette a pu se reteindre les cheveux et que la fille aux pieds nus peut sortir de son lit et affronter la boue, mais je n'ai pas encore donné suite à la demande du docteur K[11] et la maladie qui m'a immobilisée quelques semaines n'en est vraiment pas l'unique raison...

L'un des derniers soirs avant mon départ, je suis entrée dans son petit bureau sobrement installé, où il travaillait parfois jusqu'à une heure avancée de la nuit. Il avait l'air fatigué, menu et pâle. Il poussa un instant de côté un épais dossier, non sans en avoir souligné avec humour les singularités. Puis il regarda autour de lui, comme pour chercher quelque chose ; il semblait trouver ses mots avec difficulté : on commençait à se sentir dans la peau d'un vieillard, ces derniers mois. Cette maudite guerre finirait pourtant bien un jour... D'abord, on voudrait aller se réfugier un long moment au fond d'une grande forêt pour oublier beaucoup de choses. Et puis l'on aimerait bien aller visiter Malaga et Séville car, à l'endroit où l'on voudrait conserver le souvenir de ces deux villes, on avait encore une place vide. On voudrait bien aussi se remettre au travail... Il y aurait sûrement une nouvelle Société des Nations... Comment, de la Société des Nations, nous en vînmes subitement à ces deux sœurs de La Haye, l'une blonde et l'autre brune, je ne le sais plus exactement. Mais, demanda-t-il, lorsque je serais de nouveau en congé à Amsterdam, est-ce que je voulais bien leur écrire pour leur parler à ma manière de la vie à Westerbork ?

« Oui, dis-je, croyant comprendre ; il est certainement indispensable de garder le contact avec l'arrière. »

Votre ami K. était presque indigné : « *L'arrière ?* Mais ces deux femmes représentent pour nous beaucoup plus que *l'arrière*, elles sont une part de notre vie. » Et, dans la tristesse de ce petit bureau nu, tandis que la soirée s'avançait, il me parla de vous avec un enthousiasme si communicatif que j'accédai volontiers à sa demande et acceptai de vous écrire. Mais, pour être franche, maintenant je suis bien ennuyée : que vous dire au juste de la vie à Westerbork ?

J'y suis venue pour la première fois dans l'été. Jusqu'à ce moment-là, tout mon savoir sur la Drenthe se résumait à ceci : on y voyait beaucoup de dolmens. Et voilà que j'y trouvais soudain un village de baraques en bois, serti entre ciel et lande avec en son milieu un champ de lupins d'un jaune éblouissant et des barbelés tout autour. Il y avait là des vies humaines à ramasser par brassées. A dire vrai, je ne m'étais jamais doutée que sur cette lande de Drenthe, des émigrés allemands étaient détenus depuis quatre ans[12] ; en ce temps-là, j'étais trop occupée en collectes pour les petits Espagnols et les petits Chinois.

Les premiers jours, je parcourais le camp comme on feuillette les pages d'un livre d'histoire. J'y ai rencontré des gens qui avaient été internés à Buchenwald et à Dachau à une époque où ces noms ne représentaient pour nous que des sons lointains et menaçants. J'y ai rencontré d'anciens passagers de ce bateau[13] qui a fait le tour du monde sans être autorisé à accoster dans aucun port. Vous vous en souvenez, nos journaux en ont fait leurs gros titres à l'époque. J'ai vu des photos de petits enfants qui, entre-temps, ont dû bien grandir dans tel ou tel endroit inconnu de la planète – on peut se demander s'ils reconnaîtront leurs parents, à supposer qu'ils les revoient jamais.

En un mot, on avait l'impression de voir matérialisé devant soi un peu du destin, du *Schicksal* juif des dix dernières années. Et ce, alors qu'on s'attendait à ne trouver en Drenthe que des dolmens. A vous couper le souffle.

Durant cet été 1942 – c'était il y a des années, nous semble-t-il : il faudrait des mois pour assimiler tout ce qui s'est passé en ces quelques mois –, cette petite colonie a été remuée jusqu'aux moelles : les premiers occupants du camp ont assisté avec stupéfaction à la déportation massive des juifs de Hollande vers l'Est de l'Europe. Eux-mêmes eurent d'ailleurs à payer un lourd tribut humain, lorsque le nombre des « volontaires du travail » ne répondait pas exactement aux prévisions.

Un soir d'été, j'étais en train de manger ma ration de chou rouge en bordure de ce champ de lupins tout jaune qui s'étendait entre notre cantine et la baraque de désinfection, et je déclarai d'un ton méditatif et inspiré : « Il faudrait écrire la chronique de Westerbork. » A ma gauche, un homme d'un certain âge – lui aussi mangeur de chou rouge – répondit : « Oui, mais il faudrait être un grand poète. »

Il avait raison, il faudrait être un grand poète, les récits journalistiques ne suffisent plus.

Toute l'Europe se change peu à peu en un immense camp. Toute l'Europe pourra bientôt disposer du même genre d'amères expériences. Si nous nous bornons à nous rapporter mutuellement les faits nus : familles dispersées, biens pillés, libertés confisquées, nous risquons la monotonie. Et les barbelés et la ratatouille quotidienne n'offrent pas matière à anecdotes piquantes pour les gens de l'extérieur – je me demande d'ailleurs combien il restera de gens à l'extérieur si l'Histoire continue à suivre longtemps encore le cours où elle s'est engagée.

Vous voyez bien, j'en étais sûre, ma description de Westerbork est mal partie ; dès le début je m'enlise dans les considérations générales. Et de toute façon quand, par nature, on est plus ou moins porté à la spéculation, on est à vrai dire inapte à caractériser un lieu ou un événement donné. On s'avise, en effet, que les matières premières de la vie, si j'ose dire, sont partout les mêmes et qu'en n'importe quel endroit de cette terre on peut donner un sens à sa vie ou alors mourir, que la Grande Ourse brille avec la même rassurante fixité au-dessus d'un trou perdu, d'une grande ville au cœur du pays ou – supposition téméraire de ma part – d'une mine de charbon de Silésie [14]. Et que par conséquent l'ordre de l'univers ne semble nullement perturbé...

Je voulais dire en fait ceci : je ne suis pas poète et, de surcroît, je me sens assez désemparée devant cette promesse faite à K. Car si chargé d'émotion que soit pour nous le nom de Westerbork, ce nom qui continuera à résonner dans notre vie jusqu'à la fin de nos jours, je serais aujourd'hui encore bien en peine de savoir exactement que vous en dire. La vie qu'on y mène est tellement agitée, encore qu'il se trouvera sans doute beaucoup de gens pour soutenir qu'elle est au contraire d'une monotonie mortelle.

Mais le lendemain de cette soirée où j'avais entendu votre ami K. prononcer les noms de Séville et de Malaga avec les accents d'un désir si passionné, je le rencontrai dans l'étroit passage pavé entre les baraques 14 et 15. Il était coiffé de son inimitable feutre, que l'on dirait égaré au milieu de toutes ces planches et de ces portes basses. Il marchait vite, car il avait faim, mais trouva le temps de me jeter au passage : « Vous penserez à ce que je vous ai demandé, n'est-ce pas ? Et je vous assure, ce sera pour vous aussi un véritable enrichissement de faire la connaissance de ces deux sœurs. »

Et voilà pourquoi je me retrouve malgré tout, beaucoup plus tard que prévu, devant quelques feuilles de papier blanc...

Oui – Westerbork...

Si j'ai bien compris, cet endroit – aujourd'hui foyer de souffrance juive – était il y a quatre ans encore sauvage et désert, et l'esprit du ministère de la Justice [15] planait sur la lande.

« Il n'y avait ici pas un papillon, pas une fleurette, pas le moindre vermisseau * », m'assurent, tout excités, les plus anciens « résidents » du camp. Et à présent ? Je vous donne au hasard un extrait de l'inventaire : il y a un orphelinat, une synagogue, une morgue et une fabrique de semelles en pleine expansion. J'ai entendu parler de la construction d'un asile d'aliénés et le complexe des baraques hospitalières, qui s'étend continuellement, compte déjà mille lits, d'après les derniers chiffres que je connaisse.

La petite maison d'opérette qui se dresse dans un coin du camp, grande comme un mouchoir de poche, semble ne plus suffire. On projette d'en construire une autre, plus grande [16]. Cela vous paraîtra sans doute assez surprenant : une prison à l'intérieur d'une prison.

Il y a des crises de cabinet en miniature, accompagnées des intrigues et des manœuvres dont elles semblent décidément inséparables.

Il y a un commandant hollandais et un commandant

* En allemand dans le texte : *Noch kein Schmetterling war hier zu sehen, kein Blümchen, ja kein Wurm.*

allemand[17]. Le premier a plus d'ancienneté, le second plus d'autorité. De ce dernier, l'on dit en outre qu'il aime la musique et que c'est un gentleman. Je suis mal placée pour en juger, bien qu'à mon avis il exerce des fonctions tout de même assez inattendues pour un gentleman...

Il y a une salle de théâtre qui, dans un passé glorieux où la notion de « convoi » restait à inventer, a servi de cadre à un Shakespeare affreusement mutilé. Aujourd'hui, la même scène est occupée par des bureaux et des machines à écrire.

Il y a de la boue, tant de boue qu'il faut avoir un soleil intérieur accroché entre les côtes si l'on veut éviter d'en être psychologiquement victime. (Victime de chaussures abîmées et de pieds mouillés – vous me comprenez.)

Notre camp n'a qu'un étage et pourtant on y surprend une multitude d'accents aussi impressionnante que si la tour de Babel avait été élevée parmi nous : bavarois et groninguois, saxon et frison oriental, allemand avec un accent polonais ou russe, hollandais avec un accent allemand et vice versa, amsterdamois et berlinois – et j'attire votre attention sur le fait que notre établissement couvre au maximum un peu plus d'un demi-kilomètre carré.

Les barbelés ne sont qu'une question de point de vue. « *Nous*, derrière des barbelés ? disait un jour un indestructible vieux monsieur avec un geste mélancolique de la main, et *eux*, là-bas, ils ne vivent pas derrière des barbelés, peut-être ? » Et il pointait du doigt dans la direction des hautes villas qui se dressent tels des geôliers de l'autre côté de la clôture.

Si seulement ces barbelés se contentaient d'entourer le camp, on s'y retrouverait, mais c'est aussi à l'intérieur, autour des baraques et entre elles, que ces fils si caractéristiques du XXe siècle serpentent en un réseau labyrinthique et impénétrable. De temps à autre, on rencontre des gens au visage ou aux mains couverts d'égratignures.

Aux quatre coins de notre village de bois se dressent des miradors constitués chacun d'une plate-forme en plein vent juchée sur quatre hauts piliers. Un homme casqué et armé d'un fusil y monte la garde et se dessine contre des ciels changeants. Le soir, on entend parfois des coups de feu claquer sur la lande, comme ce jour où un aveugle en s'égarant s'était un peu trop approché des barbelés...

Voilà bien ce qui rend la tâche si difficile dès que l'on veut parler de Westerbork : son caractère ambivalent. D'un côté, une société stable est en train de s'y former, une communauté constituée certes sous la contrainte, mais douée cependant de toutes les facettes propres à un groupe social humain ; de l'autre, un camp conçu pour un peuple en transit et agité de forts remous à chaque déferlement de nouvelles vagues humaines venues des grandes villes ou de province, de maisons de repos, de prisons ou de camps disciplinaires, de tous les coins et les recoins les plus perdus de Hollande, pour être déportées de nouveau quelques jours plus tard, cette fois vers une destination inconnue.

Vous pensez si l'on se bouscule sur ce demi-kilomètre carré ! Car tout le monde n'est pas, bien sûr, comme cet homme qui bourra un jour son sac à dos pour monter dans le train de son propre mouvement et qui répondit aux questionneurs qu'il voulait être libre de partir quand bon lui semblait – à *lui.* Cela m'a fait penser à ce juge romain qui disait à un martyr : « Sais-tu que j'ai le pouvoir de te tuer ? » Et l'autre : « Mais savez-vous que j'ai le pouvoir d'être tué ? »

Mais à part cela on se bouscule tout de même beaucoup à Westerbork, c'est une vraie mêlée – comme, après le naufrage, autour du dernier bout de bois auquel s'accrochent désespérement beaucoup, beaucoup trop de gens en train de se noyer.

On préfère rester, même dans cette province perdue, la plus déshéritée de Hollande, et passer l'hiver derrière les barbelés plutôt que de se laisser entraîner au fin fond de l'Europe, vers des contrées et des destinations inconnues, d'où seuls des échos très rares et très vagues sont parvenus jusqu'à présent à ceux qui sont demeurés ici. Mais le quota doit être rempli et le train aussi, ce train qui vient chercher sa cargaison avec une régularité presque mathématique – et l'on ne peut retenir chacun en le présentant comme indispensable au camp ou trop malade pour supporter le transport, même si l'on tente de le faire pour beaucoup. On se dit certains jours qu'il serait plus simple de partir soi-même une fois pour toutes « en convoi », plutôt que de devoir être témoin, semaine après semaine, des angoisses et du désespoir des milliers et des milliers d'hommes, de femmes, d'enfants, d'infirmes, de débiles mentaux, de nourrissons, de malades et de vieillards qui glissent entre nos mains secourables en un cortège presque ininterrompu.

Mon stylo ne dispose pas d'accents assez graves pour vous donner une image tant soit peu fidèle de ces convois. Vus du dehors, ils semblaient pouvoir sécréter à la longue une noire monotonie, et pourtant chacun d'entre eux était à part et possédait pour ainsi dire son atmosphère propre.

Lorsque le premier convoi est passé entre nos mains, nous avons cru un moment ne plus pouvoir jamais rire ou être gai, nous nous sommes sentis changés en d'autres êtres, soudain vieillis, étrangers à toutes nos anciennes amitiés.

Mais ensuite, lorsqu'on revient parmi les hommes, on s'aperçoit que partout où il y a des hommes il y a de la vie, et que la vie est toujours là dans ses innombrables nuances – « avec un rire et une larme », pour parler comme les romans populaires.

Tout était différent selon que les nouveaux arrivants avaient eu le temps de se préparer, de se munir d'un sac à dos bien rempli, ou bien avaient été traînés à l'improviste hors de chez eux ou fauchés en pleine rue. À la longue, nous ne connûmes plus que le dernier cas.

Lors des premiers convois de rafles, en voyant arriver des gens en pantoufles et en sous-vêtements, tout Westerbork, en un mouvement unanime d'effroi et d'héroïsme, s'est dépouillé jusqu'à sa dernière chemise. Et l'on a tenté, dans une coopération parfois admirable avec *l'arrière*, de fournir aux partants le meilleur équipement possible. Mais quand on songe à tous ceux qui sont allés presque nus au-devant des rigueurs de l'hiver est-européen, et à cette mince couverture qui était parfois tout ce que nous pouvions leur distribuer dans la nuit, quelques heures avant le départ...

Nous avons vu arriver le prolétariat des grandes villes. Il étalait sa pauvreté et sa crasse dans la nudité des baraques et beaucoup se demandaient, bouche bée : qu'a-t-elle donc fait pour eux, cette fameuse démocratie d'avant-guerre ?

Les gens de Rotterdam formaient une classe à part, aguerris qu'ils étaient par le bombardement de leur ville durant les journées de mai 1940[18]. « Il en faut beaucoup pour nous effrayer, entendait-on dire à beaucoup d'entre eux. Si nous en avons réchappé, nous nous tirerons aussi de cette nouvelle épreuve. » Et, quelques jours plus tard, ils montaient en chantant dans le train, mais on était en plein été et l'on ne voyait pas encore de vieilles gens ou d'infirmes, portés sur des brancards, fermer le cortège des déportés, comme ce fut le cas depuis...

Les récits des juifs de Heerlen, de Maastricht et de je ne sais quelles autres villes de la région bourdonnaient encore des adieux grandioses que les Limbourgeois leur avaient réservés dans leur exode. On sentait qu'ils pourraient vivre encore longtemps sur ce réconfort moral. « Les catholiques nous ont promis de prier pour nous et ils savent le faire, ma foi, mieux que nous ! » disait l'un d'eux.

Les Haarlemmois prenaient leur ton pincé : « Ces gens d'Amsterdam, ils ne peuvent pas s'empêcher de faire de l'humour noir... »

Il y avait de tout jeunes enfants qui refusaient une tartine tant que leur père et leur mère n'étaient pas servis.

Nous avons vécu une journée étrange lorsqu'un transport nous amena des catholiques juifs ou des juifs catholiques – comme on voudra –, nonnes et moines portant l'étoile jaune sur leur habit conventuel[19]. Je me rappelle deux garçons, jumeaux dont le beau visage brun évoquait le ghetto et qui, le regard plein d'une sérénité enfantine sous leur capuce, racontaient aimablement – tout au plus un peu étonnés – qu'on était venu à quatre heures et demie les arracher à l'office du matin et qu'à Amersfoort on leur avait donné du chou rouge.

Il y avait un autre religieux, encore assez jeune d'allure, qui n'avait pas quitté son couvent depuis quinze ans et se retrouvait pour la première fois dans « le monde ». Je demeurai un moment à ses côtés et suivis ses regards qui erraient avec calme à travers la grande baraque où l'on enregistrait les nouveaux venus.

Les hommes au crâne rasé, battus et maltraités, qui déferlèrent ce jour-là chez nous, portés par la même vague que les catholiques, avançaient en trébuchant dans ce hangar de bois, le geste mal assuré, et tendaient leurs mains vers le pain, qui ne suffisait pas.

Un jeune juif s'arrêta devant nous, il flottait dans sa veste, mais un indestructible sourire moqueur perça à travers le maquis noir de sa barbe lorsqu'il nous dit : « Ils ont fait mine de casser le mur de la prison avec ma caboche, mais elle était plus dure que le mur ! »

Parmi la foule des têtes rasées se détachaient curieusement celles, bandées de blanc, des femmes traitées contre les poux à la baraque de désinfection, et qui avaient un air de honte et de chagrin sur le visage.

De petits enfants s'endormaient sur le plancher poussiéreux ou jouaient à la guerre entre les jambes des grandes personnes. Voici deux tout-petits qui volettent, sans défense, autour du corps massif d'une femme étendue sans connaissance dans un coin : ils n'y comprennent rien, leur mère reste couchée sans un geste et ne leur répond pas.

Un vieux monsieur droit comme un i, cheveux gris et profil aigu d'aristocrate, considère fixement ce tableau infernal et répète sans cesse à part lui : « Un jour affreux ! Un jour affreux ! »

Et, dominant le tout, le crépitement ininterrompu d'une batterie de machines à écrire : la mitraille de la bureaucratie.

Par les multiples petits carreaux, on aperçoit d'autres baraques en planches, des barbelés et une lande aride.

Je lève les yeux vers le moine qui retrouve « le monde » pour la première fois depuis quinze ans et lui demande : « Alors, que dites-vous du monde ? »

Mais le regard de l'homme en bure brune reste ferme, aimable et sans émotion, comme si tout ce qui l'entoure lui était connu et familier, et depuis longtemps.

Plus tard, quelqu'un m'a raconté que, le soir même, il avait vu un groupe de religieux s'avancer dans la pénombre entre deux baraques obscures en disant leur chapelet, aussi imperturbables que s'ils avaient défilé dans le cloître de leur abbaye.

Et n'est-il pas vrai que l'on peut prier partout, dans une baraque en planches aussi bien que dans un monastère de pierre et plus généralement en tout lieu de la terre où il plaît à Dieu, en cette époque troublée, de jeter ses créatures ?

Ceux qui jouissent du privilège exténuant pour les nerfs de pouvoir rester à Westerbork « jusqu'à nouvel ordre » sont exposés à un grave danger moral, celui de l'accoutumance et de l'endurcissement.

La somme de souffrance humaine qui s'est présentée à nos yeux durant les six derniers mois et continue à s'y présenter chaque jour dépasse largement la dose assimilable par un individu durant la même période. C'est pourquoi l'on entend répéter autour de soi tous les jours et sur tous les tons : « Nous ne voulons pas penser, nous ne voulons pas sentir, nous voulons oublier aussi vite que possible. » Il me semble qu'il y a là un grave danger.

C'est vrai, il se passe des choses que notre raison, autrefois, n'aurait pas crues possibles. Mais peut-être y a-t-il en nous d'autres organes que la raison, inconnus de nous autrefois et qui nous permettent de concevoir ces choses stupéfiantes. Je crois qu'à chaque événement correspond chez l'homme un organe qui lui permet d'assimiler cet événement.

Si nous ne sauvons des camps, où qu'ils se trouvent, que notre peau et rien d'autre, ce sera trop peu. Ce qui importe, en effet, ce n'est pas de rester en vie coûte que coûte, mais *comment* l'on reste en vie. Il me semble parfois que toute situation nouvelle, qu'elle soit meilleure ou pire, comporte en soi la possibilité d'enrichir l'homme de nouvelles intuitions. Et si nous abandonnons à la décision du sort les dures réalités auxquelles nous sommes irrévocablement confrontés, si nous ne leur offrons pas dans nos têtes et dans nos cœurs un abri pour les y laisser décanter et se muer en facteurs de mûrissement, en substances d'où nous puissions extraire une signification, – cela signifie que notre génération n'est pas armée pour la vie.

Je sais, ce n'est pas si simple, et pour nous, juifs, moins encore que pour d'autres, mais si, au dénuement général du monde d'après-guerre, nous n'avons à offrir que nos corps sauvés au sacrifice de tout le reste et non ce nouveau sens jailli des plus profonds abîmes de notre détresse et de notre désespoir, ce sera trop peu. De l'enceinte même des camps, de nouvelles pensées devront rayonner vers l'extérieur, de nouvelles intuitions devront étendre la clarté autour d'elles et, par-delà nos clôtures de barbelés, rejoindre d'autres intuitions nouvelles que l'on aura conquises hors des camps au prix d'autant de sang et dans des conditions devenues peu à peu aussi pénibles. Et, sur la base commune d'une recherche sincère de réponses propres à éclaircir le mystère de ces événements, nos vies précipitées hors de leur cours pourraient peut-être refaire un prudent pas en avant ?

C'est pourquoi cela m'a paru un si grave danger d'entendre répéter constamment autour de moi : « Nous ne voulons pas penser, nous ne voulons pas sentir, le mieux est de se cuirasser contre toute cette détresse. »

Mais la souffrance, sous quelque forme qu'elle nous touche, n'appartient-elle pas, elle aussi, à l'existence humaine ?

Je m'aperçois tout à coup que j'ai très largement dépassé les limites du service que votre ami K. m'avait innocemment demandé. Je devais vous parler de la vie à Westerbork, non vous exposer mes idées personnelles. Je n'y puis rien, cela m'a échappé...

Mais les vieilles gens ? Tous ces vieillards usés, ces infirmes ? A quoi bon leur jeter à la face mes principes philosophiques ?

De toute l'histoire de Westerbork, le chapitre le plus triste sera sûrement celui consacré aux personnes âgées. Il sera peut-être encore plus poignant que l'épisode des martyrs d'Ellecom, dont l'irruption mutilée a fait courir un frisson d'horreur par tout le camp.

A des gens jeunes et bien-portants, on pouvait dire que l'Histoire chargeait nos épaules d'un destin exceptionnel et que nous devions trouver en nous la grandeur qui nous permettrait d'en soutenir le poids – toutes choses auxquelles on croit soi-même et que l'on peut mettre en pratique dans sa propre vie.

On pouvait leur dire que nous étions en droit de nous considérer comme des soldats placés en première ligne, même s'il était très particulier, le front où l'on nous envoyait. En apparence, nous étions condamnés à une passivité totale, mais qui pouvait nous empêcher de mobiliser nos forces intérieures ?

Mais avez-vous jamais entendu parler de soldats de quatre-vingts ans, brandissant pour seule arme la canne blanche des aveugles ?

Un matin d'été, de bonne heure, je tombai sur un homme qui ne cessait de marmonner, l'air abasourdi : « Vous avez vu ce qu'ils nous ont envoyé comme "travailleurs en Allemagne" ? » Et, m'étant hâtée vers l'entrée du camp, j'arrivai au moment où on les *déchargeait* de vieux camions branlants : une théorie de vieillards. Et nous restions plantés là, plutôt pantois pour tout vous dire. Mais, quelque temps après, nous avions déjà pris le pli et à chaque nouveau convoi nous nous demandions, le plus naturellement du monde : « Y avait-il beaucoup de vieillards et d'infirmes, cette fois ? »

Une petite vieille avait oublié ses lunettes et sa fiole de pilules « à la maison », sur la cheminée : comment faire pour les récupérer, demandait-elle – et d'ailleurs, où se trouvait-elle exactement et où l'emmenait-on ?

Une femme de quatre-vingt-sept ans s'accrochait à ma main avec tant de force que j'ai cru qu'elle ne la lâcherait plus jamais. Elle me racontait que les marches de sa maison avaient toujours relui de propreté et que pas une fois dans sa vie elle n'avait jeté ses habits sous son lit en se couchant[20].

Et ce petit monsieur de soixante-dix-neuf ans. Cinquante-deux ans de mariage, me dit-il, sa femme en traitement à l'hôpital d'Utrecht et lui, on allait l'emmener loin de la Hollande dès le lendemain...

Je pourrais continuer ainsi pendant des pages et des pages, vous n'auriez encore qu'une faible idée de cette masse traînante, trébuchante, effondrée, démunie, de ses questions naïves et puériles. Les mots, ici, nous étaient d'un maigre secours et une main sur l'épaule pesait parfois trop lourd.

Non, vraiment, ces vieilles gens, c'est un chapitre à part. Leurs gestes maladroits, leurs visages éteints peuplent encore les nuits sans sommeil de beaucoup d'entre nous...

En l'espace de quelques mois, la population de Westerbork, grossie d'alluvions diverses, est passée de mille à environ dix mille personnes. La plus forte croissance date des terribles journées d'octobre[21], de l'époque où l'immense battue aux juifs menée par tout le pays avait déclenché à Westerbork une inondation humaine qui faillit submerger le camp.

Il ne s'agit donc pas précisément de ce qu'il est convenu d'appeler une société à la croissance organique, à la respiration régulière, et pourtant – et c'est à vous couper le souffle – on y retrouve toutes les facettes, les classes, les

« ismes », les oppositions et les chapelles qui divisent la société. (Et ce sur la superficie inchangée d'un demi-kilomètre carré.) A la réflexion, faut-il vraiment s'en étonner ? Chaque individu n'emporte-t-il pas avec lui et en lui la tendance politique, la couche sociale, le niveau culturel qu'il incarne ?

Mais ce dont on ne cesse de s'étonner, c'est qu'en présence de la détresse commune, ces oppositions se maintiennent sans céder un pouce.

Dans la boue, entre deux grands baraquements, j'ai rencontré l'autre jour une jeune fille qui a commencé par me dire que si elle était à Westerbork, c'était le fait du hasard. (Il y a là un phénomène général tout à fait étonnant : chacun pense que *son* cas particulier est dû à un hasard malheureux, nous sommes encore bien éloignés d'une conscience historique commune.) Pour en revenir à cette jeune fille : elle me fit sa complainte – paquets qui n'arrivaient pas, chaussures égarées. Mais soudain elle s'interrompit et son visage s'illumina : « Malgré tout, nous sommes très bien tombés, les gens de notre baraque, c'est vraiment l'élite. Tu sais comment les autres appellent notre baraque ? poursuivit-elle, toute fière. La courbe du Herengracht[22]. »

J'en suis restée sans voix ; mon regard allait de ses chaussures abîmées à son visage fardé, et je ne savais plus si je devais rire ou pleurer...

De toutes les pénuries dont souffre Westerbork, la pénurie de place est certainement la pire.

Sur une population de dix mille personnes, deux mille cinq cents environ sont logées dans les deux cent quinze petits pavillons qui constituaient autrefois l'essentiel du camp et qui, à l'ère « prédéportationnaire », abritaient une famille chacun.

Chacune de ces maisonnettes comprend deux petites pièces, parfois trois, avec une cuisine où se trouve un point d'eau, et des toilettes. La porte d'entrée n'a pas de sonnette, ce qui abrège d'autant les formalités. Cette porte ouverte, on se trouve sans transition en plein milieu de la cuisine. Si l'on veut rendre visite à des amis qui ont élu domicile dans la pièce du fond, on tente une percée – avec un sans-gêne qui s'apprend très vite – à travers la première pièce, où la famille vient par exemple de se mettre à table, ou se chamaille, ou se dispose à se coucher, selon les cas. En outre, depuis quelque temps, ces chambrettes sont généralement bourrées de visiteurs qui ont voulu fuir un moment les grandes baraques.

Car les occupants de ces chambres sont les princes de Westerbork, enviés de tous et constamment assiégés.

La grande détresse, la détresse criante de Westerbork ne commence vraiment que dans ces immenses baraques élevées à la hâte, dans ces hangars de planches disjointes bourrés de cargaison humaine et où, sous le ciel bas du linge que font sécher des centaines de personnes, les châlits de fer s'entassent sur trois niveaux.

Ces malheureux Français ne se doutaient pas que, sur les lits qu'ils construisirent jadis pour leur ligne Maginot, des juifs exilés dans quelque lande perdue de Drenthe passeraient leurs nuits anxieuses, peuplées de cauchemars. Je me suis laissé dire, en effet, que nos lits viennent de la ligne Maginot.

Ces châlits, on y vit, on y meurt, on y mange, on y est cloué par la maladie, on y passe des nuits sans sommeil à écouter les enfants qui pleurent, à ressasser la même question : pourquoi ne reçoit-on à peu près aucune nouvelle des milliers et des milliers de gens qui sont partis d'ici ?

Sous les lits s'empilent des valises, aux montants de fer pendent des sacs à dos : pas d'autre place disponible. Le reste du mobilier se compose de tables de bois brut et d'étroits bancs de bois. Quant aux conditions d'hygiène, mieux vaut que cette pudique relation n'en dise rien, sinon je me verrais forcée de vous imposer certains détails peu ragoûtants.

Disséminés dans l'immense salle, quelques poêles dispensent juste assez de chaleur pour les petites vieilles qui s'agglutinent en cercle autour d'eux. Comment fera-t-on pour passer l'hiver dans ces baraques ? Nous nous posons encore la question.

Ces grands entrepôts humains ont tous été montés de la même façon en plein champ de boue et équipés avec la même sobriété, dirons-nous. Mais l'étrange est que, passant par telle baraque, on a l'impression de traverser un misérable taudis, tandis qu'une autre vous fait presque l'effet d'un quartier bourgeois. Plus étonnant encore : on dirait que chaque lit, chaque table de bois sécrète son atmosphère propre.

Dans l'une de ces baraques, je vois par exemple une table où, le soir, une chandelle brûle dans une lanterne de verre. Sept ou huit personnes s'y retrouvent et l'on appelle cela le « coin des artistes ». On avance de quelques pas jusqu'à la table suivante, qu'entourent également sept ou huit personnes et où traînent au lieu de chandelles quelques casseroles sales : c'est la seule différence, mais on a l'impression de tomber dans un autre monde.

Des conditions de vie semblables ne suffisent apparemment pas à produire des êtres humains semblables.

Parmi ceux qui échouent sur cet aride pan de lande de cinq cents mètres de large sur six cents de long, on trouve aussi des vedettes de la vie politique et culturelle des grandes villes. Autour d'eux, les décors de théâtre qui les protégeaient ont été soudain emportés par un formidable coup de balai et les voilà, encore tout tremblants et dépaysés, sur cette scène nue et ouverte aux quatre vents qui s'appelle Westerbork. Arrachées à leur contexte, leurs figures sont encore auréolées de l'atmosphère palpable qui s'attache à la vie mouvementée d'une société plus complexe que celle-ci.

Ils longent les minces barbelés, et leurs silhouettes vulnérables se découpent en grandeur réelle sur l'immense plaine du ciel. Il faut les avoir vus marcher ainsi...

La solide armure que leur avaient forgée position sociale, notoriété et fortune est tombée en pièces, leur laissant pour tout vêtement la mince chemise de leur humanité. Ils se retrouvent dans un espace vide, seulement délimité par le ciel et la terre et qu'il leur faudra meubler de leurs propres ressources intérieures – il ne leur reste plus rien d'autre.

On s'aperçoit aujourd'hui qu'il ne suffit pas, dans la vie, d'être un politicien habile ou un artiste de talent. Lorsqu'on touche au fond de la détresse, la vie exige bien d'autres qualités.

Oui, c'est vrai, nous sommes jugés à l'aune de nos ultimes valeurs humaines.

Ce long bavardage vous a peut-être induites à supposer que je vous ai effectivement donné une description de Westerbork. Mais lorsque j'évoque à part moi ce camp de Westerbork avec toutes ses facettes, son histoire mouvementée, son dénuement matériel et moral, je sens que j'ai lamentablement échoué. Et de surcroît, il s'agit d'un récit très subjectif. Je conçois qu'on puisse en faire un autre, plus habité par la haine, l'amertume et la révolte.

Mais la révolte qui attend pour naître le moment où le malheur vous atteint personnellement n'a rien d'authentique et ne portera jamais de fruits.

Et l'absence de haine n'implique pas nécessairement l'absence d'une élémentaire indignation morale.

Je sais que ceux qui haïssent ont à cela de bonnes raisons. Mais pourquoi devrions-nous choisir toujours la voie la plus facile, la plus rebattue ? Au camp, j'ai senti de tout mon être que le moindre atome de haine ajouté à ce monde le rend plus inhospitalier encore. Et je pense, avec une naïveté puérile peut-être mais tenace, que si cette terre redevient un jour tant soit peu habitable, ce ne sera que par cet amour dont le juif Paul a parlé jadis aux habitants de Corinthe au treizième chapitre de sa première lettre.

A Maria Tuinzing. Amsterdam, samedi 5 juin 1943.

Samedi soir.

Mariette,

Ne soyons pas trop matérialistes : quelques jours de plus ou de moins, que nous ayons eu ou non le temps de nous voir, c'est dommage, mais au fond des choses cela ne change rien entre nous, n'est-ce pas ? J'aurais pourtant bien aimé te voir, mais l'occasion s'en représentera, j'en suis absolument certaine. Il est tard, je ne peux te dire comme je suis fatiguée. J'avais espéré te joindre par téléphone à Wageningen[23] puisque je restais un jour de plus, mais cela n'a pu se faire. Tu demandes à lire mon journal ; parce que c'est toi, je laisse ici un de ces malheureux cahiers – on y trouve vraiment n'importe quoi, petite indiscrète !

Si jamais tu es triste, épanche donc ton âme sur un chiffon de papier et envoie le tout à Etty, je te garantis qu'elle te répondra.

Veille un peu sur ton Père Han, mais tu n'as pas besoin que je te le rappelle. Il te racontera les péripéties palpitantes de ces deux derniers jours, mes yeux se ferment et, mon Dieu ! quel travail de remplir ce sac à dos ! Je ne prends pas congé de toi car nous ne nous séparons pas vraiment.

Je te souhaite mille bonheurs, ma chérie.

Etty.

A Han Wegerif et autres. Westerbork, lundi 7 juin 1943.

Lundi matin, 11 heures, 7 juin 43.

Très chers tous,

Avez-vous continué longtemps à faire de grands signes d'adieu à mes deux boutons de rose ? Vous avez tous été si gentils pour moi ! J'y ai songé pendant tout le voyage de retour, mais désormais ce camp, avec le véritable abîme de détresse qu'offre le spectacle des arrivées et des départs de convois, m'a de nouveau avalée toute crue. Je suis revenue ici depuis un siècle. Le voyage en train s'est passé dans la bonne humeur. Il règne parmi nos gens[24] une sorte d'esprit de camaraderie assez cocasse. Ils m'ont passablement fait marcher, mais j'ai mis un certain temps à m'en apercevoir. Ils ont commencé par m'annoncer que nous devrions faire à pied le trajet d'Assen au camp, avec armes et bagages : je n'étais pas ravie. Mais quand ils en vinrent à me dire qu'un marchand de nougat s'était installé au camp, que les enfants de l'orphelinat avaient organisé un corso fleuri et que le dernier sport à la mode sur la lande était le polo, mes yeux se sont enfin dessillés.

A Assen, un camion à la bâche pleine de trous nous attendait, sous une pluie battante. Nous sommes arrivés trempés. On nous a alors acheminés avec tout notre paquetage vers une grande salle (procédure nouvelle pour moi) où des gendarmes ont fouillé nos sacs à dos et nos valises. J'ai très obligeamment ouvert la petite mallette en rotin recelant le Coran et le Talmud ; mon sac à dos, pourtant gros comme une maison, a échappé à leur attention et je n'en ai pas été autrement chagrinée.

On m'a cantonnée cette fois-ci dans une maisonnette qui tient de l'entrepôt en miniature et du boudoir. Des lits superposés sur deux et trois niveaux, partout des valises et des boîtes, des fleurs sur la table et sur les appuis de fenêtre, et quelques consœurs languissantes en longs peignoirs de soie. Surprenant. Je partage ma chambre avec une ancienne reine de beauté qui exerçait le plus vieux métier du monde. A dix heures, le soir de mon arrivée, elle a posé un miroir contre ma boîte à beurre et s'est occupée de ses sourcils pendant une bonne demi-heure. Il ne restait plus de lit pour moi. Ce n'était pas bien grave, puisque nous devions travailler de nuit : un transport arrivait de Vught[25]. Nous devions être sur le pied de guerre à quatre heures du matin. A onze heures, je me suis roulée tout habillée dans une couverture (mon paquet de draps était trempé, il sèche encore) et me suis allongée sur le lit d'une collègue, dont on m'avait assuré qu'elle était de service toute la nuit. J'y étais depuis une petite heure et appréciais au passage le grignotement musical des souris (qui semblent s'être fortement multipliées en mon absence), lorsque ladite collègue rentra : c'était une demoiselle du Lijnbaansgracht[26], myope et pourvue d'une moustache charbonneuse, dont je n'avais jamais été particulièrement entichée. Et me voilà soudain partageant avec elle une couche étroite, situation piquante s'il en est. Nous nous sommes réveillées vers les quatre heures, plus ou moins ankylosées. J'ai puisé des forces dans ton chef-d'œuvre de froment, ma bonne Käthe, avant de replonger dans le nocturne paysage westerborkien. On nous a d'abord désinfectées au lysol, car les convois de Vught amènent toujours beaucoup de poux. De quatre à neuf, j'ai traîné des petits enfants en pleurs et porté des bagages pour soulager des femmes épuisées. C'était dur – et déchirant. Des femmes et des enfants en bas âge, mille six cents (un autre convoi aussi important est attendu cette nuit), tandis que les hommes ont été volontairement retenus à Vught. Le train est déjà prêt pour le transport de demain matin, Jopie et moi venons de faire un tour de ce côté-là. De grands wagons à bestiaux vides. A Vught, il meurt deux ou trois jeunes enfants par jour. Une vieille femme m'a demandé, complètement désemparée : « Et vous, vous pourriez m'expliquer pourquoi nous devons tant souffrir, nous autres, juifs ? » Je n'ai pas pu le lui dire au juste. Une femme avec un bébé de quatre mois qu'elle n'avait pu nourrir, depuis des jours, que de soupe aux choux, m'a dit : « Je répète sans arrêt "Ah, mon Dieu ! ah, mon Dieu !", mais existe-t-il seulement ? »

Parmi les prisonniers « disciplinaires », j'ai retrouvé un ancien assistant du professeur Scholte avec qui j'avais passé dans le temps mon examen de procédure, je l'aurais à peine reconnu avec ce corps décharné, cette barbe et ce regard fixe. J'y ai retrouvé aussi Schaap, mon médecin interniste de l'Hôpital israélite, qui s'était arrêté près de mon lit avec un groupe de confrères et leur avait expliqué, l'air incrédule : « Messieurs, voici une demoiselle qui n'a rien de plus pressé que de retourner à Westerbork » – comme en présence d'un cas clinique des plus étranges. Schaap m'a paru gai et en pleine forme (il est ici depuis un certain temps) et a accueilli ce matin sa femme et son fils, qui viennent de Vught et donnent eux aussi l'impression d'être en assez bonne santé. (Dites-le à Tide.)

En faisant ma tournée dans le camp, ce matin, rencontré beaucoup de vieux amis et d'amis de mes parents. De bons bourgeois que j'ai connus autrefois menant une vie réglée, tirés à quatre épingles, resurgissent dans les grandes baraques, changés en prolétaires. C'est quelquefois très poignant, l'état dans lequel on retrouve certains. Je préfère décidément ne pas avoir mes parents ici. Pour l'instant, je suis dans la maisonnette de Jopie ; il est assis en face de moi, vêtu d'un pantalon militaire et d'une veste grise maculée, et il vous envoie à tous ses amitiés. Un de ses meilleurs amis vient de mourir il y a quelques heures. Sa femme et son enfant avaient été expédiés vers l'Est un peu plus tôt, lui-même, au dernier stade de la tuberculose, n'avait pu les suivre. Jopie m'a raconté que c'était l'un des rares ménages heureux de sa connaissance. Il y a quelques jours, un autre de ses amis est mort au camp, lui aussi.

Cet après-midi, je vais essayer de dormir un peu puisque j'ai désormais un lit : quelqu'un est parti en congé aujourd'hui. Cette nuit, à quatre heures, un nouveau transport nous arrive de Vught. La nuit passée, j'ai eu le temps de me former une image de ce camp de Vught, une image particulièrement atroce.

Je suis heureuse d'être revenue ici. A chacun de mes pas dans le camp, j'ai droit à de chaleureuses retrouvailles. Je suis allée chez Hedwig Mahler – pour l'instant assurée de rester ici – et j'y ai rencontré celle qui fut un temps proviseur du lycée de papa. On m'y a donné une assiette de bouillie de semoule. Je suis allée chez Kormann[27], qui m'a presque étouffée de joie et m'a servi une assiette de bouillie de semoule. Plus tard, je suis allée voir un autre « ancien » du camp et j'ai eu droit à une assiette de semoule. Après quoi j'ai fait don de ma portion de chou à la communauté. Tout ira bien, croyez-moi.

Entre-temps, il est déjà plus de midi et demi. Je viens d'aller chercher ma ration de pain et dix grammes de beurre à la cuisine, avec une pastille de vitamine C – touchant, non ?

J'arrête ici ce compte rendu désordonné. Ce soir, à sept heures, je rends visite à Herman B.[28] à l'hôpital ; je n'en ai pas eu le temps hier.

Le travail de nuit ne va pas continuer à ce rythme, je tombe seulement en pleine action. Mais ne vous inquiétez pas, je me ménage un peu plus que les autres fois. Ça y est, je sens des démangeaisons partout, malgré le lysol.

Je vous quitte à la hâte, vous tous, trop nombreux pour que je vous nomme chacun. Vous êtes tous très bons pour moi.

A plus tard, plus longuement, chers amis.

Etty.

Vraisemblablement adressée à Han Wegerif et autres. Westerbork, mardi 8 juin 1943.

Mardi matin, 10 heures.

Chers amis,

Il ne reste plus beaucoup de lande ici entre les barbelés, on construit sans arrêt de nouvelles baraques. Il n'y a plus qu'un petit lopin coincé dans un angle du camp et c'est là que je me tiens, au soleil, sous un magnifique ciel bleu, entre quelques buissons bas. Juste en face de moi, à peu de distance même, un uniforme bleu et un casque montent la garde dans leur guérite montée sur pilotis.

Un gendarme, l'air ravi, cueille des lupins violets, et son fusil lui bat l'échine. En tournant la tête à gauche, je vois s'élever une colonne de fumée blanche et j'entends le halètement d'une locomotive. Les gens sont déjà entassés dans les wagons de marchandises, les portes se ferment. Grand déploiement de « police en vert[29] » – qui défilait ce matin en chantant le long du train – et de gendarmes hollandais. Le quota des partants n'est pas encore atteint.

A l'instant, je rencontre la responsable de l'orphelinat portant dans ses bras un petit enfant qui doit partir – seul. On est aussi allé chercher quelques pensionnaires des baraques hospitalières. On fait les choses à fond aujourd'hui, car on reçoit la visite de quelques gros bonnets de La Haye[30]. Étrange spectacle que d'observer de près les faits et gestes de ces messieurs. Dès quatre heures du matin, j'étais de nouveau sur la brèche, portant nourrissons et bagages. En quelques heures, on pourrait faire provision de mélancolie pour toute une vie. Le gendarme amoureux de la nature a fini son bouquet violet, peut-être va-t-il faire sa cour à une jeune paysanne des environs. La locomotive jette un cri affreux, tout le camp retient son souffle, trois mille juifs de plus nous quittent. Là-bas, dans les wagons de marchandises, il y a plusieurs bébés atteints de pneumonie. On a parfois l'impression de rêver. Je ne suis rattachée à aucun service précis, et c'est ce que je préfère. Je circule dans le camp et trouve de moi-même mon travail. Ce matin, j'ai parlé cinq minutes à une femme qui venait de Vught ; en trois minutes, elle m'a fait part de ce qu'elle a vécu ces derniers temps. On peut en dire des choses, en quelques minutes. Parvenue près d'une porte où je n'avais pas le droit de la suivre, elle m'a embrassée et m'a dit : « Je vous remercie du soutien que vous m'avez apporté. »

Je viens à l'instant de monter sur une caisse oubliée parmi les buissons pour compter les wagons de marchandises : il y en avait trente-cinq, avec plusieurs wagons de deuxième classe en tête pour l'escorte. Les wagons de marchandises étaient entièrement clos, on avait seulement ôté çà et là quelques lattes et, par ces interstices, dépassaient des mains qui s'agitaient comme celles de noyés.

Le ciel est plein d'oiseaux, les lupins violets s'étalent avec un calme princier, deux petites vieilles sont venues s'asseoir sur la caisse pour bavarder, le soleil m'inonde le visage et sous nos yeux s'accomplit un massacre, tout est si incompréhensible.

Je vais bien.

Affectueusement.

Etty.

A Maria Tuinzing. Westerbork. Sans date ; mi-juin 1943.

Mariette,

Écris donc un petit mot à Etty pour lui donner de tes nouvelles. Es-tu gaie, es-tu triste, cours-tu à droite et à gauche ou goûtes-tu la paix du foyer, que dit Ernst, que dit Amsterdam, que fait Père Han, Käthe ne se couche-t-elle pas trop tard ? Moi, je marche dans la boue entre des baraques de bois, mais en même temps j'arpente les couloirs de cette maison qui m'a abritée pendant six ans, je suis installée en cet instant précis à une table encombrée dans une petite salle pleine de brouhaha, et en même temps je suis assise à mon cher bureau toujours en désordre. Je vois ici beaucoup de gens qui disent : nous ne voulons rien nous rappeler d'« avant », sinon la vie au camp nous deviendrait impossible. Et moi, je vis justement si bien ici *parce que* je n'oublie rien de cet « avant » (qui n'en est d'ailleurs même pas un pour moi) et que je continue sur ma lancée.

L'après-midi.

Je suis aux anges, Maria, on m'a attribué aujourd'hui quatre baraques hospitalières, une grande et trois petites ; je suis chargée de vérifier si les malades ont des vivres ou des bagages à faire venir de l'« arrière ». Ce qui est merveilleux, c'est que désormais je puis accéder librement à tout le complexe hospitalier, à n'importe quelle heure du jour ou presque.

Plus tard.

Prends ces quelques mots comme ils viennent, chère petite, ici on n'a guère le loisir d'écrire, dans ma pensée les lettres que je t'envoie sont beaucoup plus longues.

Je vais bien et je suis contente, au fond je vis exactement comme à Amsterdam, parfois je n'ai même pas conscience d'être dans un camp – singulière faculté que je me découvre ! Et vous me demeurez tous si proches que je ne ressens même pas votre absence. Jopie m'est un allié précieux. Le soir, nous regardons, derrière les barbelés, le soleil s'enfoncer dans les lupins violets. Et puis j'aurai probablement une nouvelle permission. Écris-moi.

Au revoir !

Etty.

A Han Wegerif et autres. Fragment. Westerbork. Sans date ; postérieur au 26 juin 1943.

Eh oui, mes enfants, me revoilà. Le début de ma lettre est glissé sous mon sac de couchage orange et moi, dans un autre coin du camp, je poursuis mon babillage sur un petit bout de papier de rencontre. Je quitte à l'instant mon cher papa[31]. Il est en train de vivre des moments historiques, il vient de manger une assiette de chou et, ce matin, il a même bu du lait, lui qui avait toujours proclamé « Plutôt la Pologne qu'un verre de lait ! » Son voisin est un Russe, un colosse angélique qui guide chacun de ses gestes maladroits et qui siffle la nuit lorsqu'il ronfle trop fort. Quatre cents pensionnaires de l'hôpital doivent faire partie du prochain convoi, dit-on. C'est un vrai calvaire de traverser ces baraques, surtout celle où sont alitées toutes ces petites vieilles. Chacune s'accroche à vous et vous supplie : « Je ne suis pas du nombre, n'est-ce pas, il n'y a pas de raison ? » Ou bien : « Ils ne vont tout de même pas nous chasser d'ici ? » Et le sempiternel : « Vous ne pouvez pas faire quelque chose pour moi ? » Hier, une très vieille femme malade, maigre et rabougrie, m'a demandé avec une naïveté d'enfant : « Vous croyez que nous aurons des soins médicaux en Pologne ? » Dans ces cas-là, je préfère m'esquiver. On a peine à comprendre comment des gens qui ont pourtant toute une vie derrière eux peuvent être à ce point attachés au malheureux bout de carcasse qui leur reste. Mais chacun veut vivre jusqu'à la paix, revoir ses enfants et sa famille et cela, c'est une aspiration bien naturelle au fond.

Ce matin, juste au moment où je m'apprêtais à descendre du troisième ciel pour regagner le niveau du sol, Anne-Marie est montée jusqu'à moi ; elle avait l'air d'une aviatrice avec son béret et ses grosses lunettes[32]. Elle est de service à la baraque où j'ai été moi-même hospitalisée l'année dernière. Elle va très bien, n'oubliez pas de le dire à Swiep. Elle dort bien, mange bien, n'est pas astreinte à un travail trop dur et n'a pas de famille. Ce dernier point est important, je m'en aperçois à mon corps défendant. L'inquiétude que vous inspirent vos proches vous ronge plus que tout. Je n'ai pas encore vu Mischa et maman aujourd'hui ; hier, Mischa était malade et a gardé le « lit », si l'on peut dire ; maman n'était pas non plus dans son assiette, l'estomac faisait des siennes. J'ai toujours une forte résistance intérieure à surmonter, une sorte d'appréhension, au moment de pénétrer dans leur baraque où un remugle humain aigre et vicié vous saute au visage. Sam de Wolff[33] est dans la même baraque que Mischa, il m'arrive de le rencontrer, tournant en rond entre les châlits de fer.

Nous attendons d'un jour à l'autre un convoi en provenance du Théâtre hollandais[34], dont on suppose qu'il poursuivra directement sa route vers la Pologne. De Jaap, nous ne savons qu'une chose : il est au Théâtre. Je vais tenter l'impossible pour le faire retenir ici, mais on ne peut forcer aucune décision et chacun doit apprendre à porter le destin qui lui échoit, c'est tout.

A l'instant, la femme qui fait le ménage chez Kormann me dit : « Vous, vous êtes toujours aussi radieuse. » Personnellement, je vais ici aussi bien que jamais et que partout ailleurs. Certes, de temps à autre, je me sens un peu fatiguée, brisée, étourdie de soucis, mais ce sont ceux de chacun ici et pourquoi ne les partagerait-on pas fraternellement pour les porter ensemble ?

J'ai ici beaucoup de bons moments. Mechanicus[35], avec qui je fais des promenades sur l'étroite bande de terre aride entre fossé et barbelés, me lit chaque jour ce qu'il a glané depuis le matin. On noue ici des amitiés qui suffiraient à enrichir plusieurs vies. Je trouve encore le temps d'une petite discussion philosophique quotidienne avec Weinreb[36], un homme qui est un monde en soi, entouré d'une atmosphère particulière qu'il parvient à préserver contre vents et marées.

Je regrette d'avoir si peu le temps d'écrire, j'aurais tant à raconter, que j'emmagasine à votre intention pour plus tard – oui, plus tard. Et maintenant, il est l'heure d'attaquer le chou cavalier, un des classiques gastronomiques de ce camp.

Un peu plus tard.

La table est bonne ici, rien à dire. Mes enfants, j'aimerais tant savoir comment vous allez, pourquoi n'ai-je pas de nouvelles de Maria ? Est-ce vrai, Maria, qu'Ernst vient en visite ici ? C'est Renata[37] qui m'en a parlé. Je croise de loin en loin la mère de Paul sur l'un de nos petits chemins fangeux, et nous devisons quelques minutes. Le temps manque pour se rendre de vraies « visites », on ne trouve nulle part d'endroit calme où l'on pourrait s'asseoir ensemble, on se parle en passant, dehors. En fait on marche toute la journée.

Oh oui ! autre chose : j'allais oublier ce qui met en émoi tout le Conseil juif ici. Le Conseil n'est que remous. Aux dernières nouvelles (mais cela a encore le temps de changer plusieurs fois), soixante d'entre nous seront autorisés à rester ici, les soixante autres devront retourner à Amsterdam où ils seront « bloqués * » d'une manière ou d'une autre. Mes parents étant ici, je fais évidemment partie de ceux qui veulent rester au camp coûte que coûte. C'est le cas de la plupart d'entre nous, chacun ou presque a de la famille au camp, qu'il espère pouvoir protéger par sa présence aussi longtemps que possible. D'où ce paradoxe :

* En allemand dans le texte : *gesperrt*, c'est-à-dire préservés – en principe – de toute déportation.

alors que tout le monde ici donnerait ce qu'il a de plus cher pour quitter Westerbork, quelques-uns d'entre nous vont en être expulsés de force. La plus grande agitation règne dans les esprits. Débats, calculs, supputations sont à l'ordre du jour. Je m'en tiens soigneusement à l'écart. Toute cette parlote absorbe beaucoup d'énergie et ne nous donne pas plus de prise sur les choses. Vous n'en croirez peut-être pas vos chères oreilles, mais, je vous assure, je suis la personne la plus silencieuse du Conseil juif. Les gens se dispersent terriblement entre les mille détails insignifiants qui vous assaillent ici jour après jour, ils s'y perdent et s'y noient. C'est ainsi qu'ils cessent de discerner les grandes lignes, qu'ils dévient de leur cap et trouvent la vie absurde. Les quelques grandes choses qui importent dans la vie, on doit garder les yeux fixés sur elles, on peut laisser tomber sans crainte tout le reste. Et ces quelques grandes choses, on les retrouve partout, il faut apprendre à les redécouvrir sans cesse en soi pour s'en renouveler. Et malgré tout, on en revient toujours à la même constatation : par essence la vie est bonne, et si elle prend parfois de si mauvais chemins, ce n'est pas la faute de Dieu, mais la nôtre. Cela reste mon dernier mot, même maintenant, même si l'on m'envoie en Pologne avec toute ma famille.

Bon, il est temps de me mettre en quête de maman et de Mischa. Au revoir, à bientôt.

Dernière étape.

Je suis assise sur ma valise dans notre petite cuisine, les autres pièces sont si pleines qu'on n'y ferait pas tenir un chat. Quelques affaires pratiques pour terminer... – intermède. A l'instant entre un monsieur très gentil qui a été l'un des patients de Spier, il s'assoit sur une autre valise, et nous voilà plongés en pleine chirologie. Je rencontre ici, d'ailleurs, beaucoup de clients et d'élèves de

Spier. Et nous nous disons tous la même chose : quel bonheur qu'il ne soit plus là.

Mais passons aux détails pratiques. Je joins quelques tickets de pain. Cela dérangerait-il beaucoup Frans que vous l'appeliez pour lui demander d'envoyer un peu de Sanovite ? Au fait, Frans est-il toujours là ? Maman ne mange presque rien, elle supporte très mal le pain d'ici, je serais contente de pouvoir lui donner de temps en temps un peu de Sanovite. Cela ne vous ennuie pas trop, dites-moi, que je vous importune de la sorte ?

J'espère que les tickets de savon ne sont pas périmés, j'avais encore oublié de les envoyer. Ici, je fais la lessive moi-même dans un baquet, devant la maison, et nous étendons le linge sur un fil – système un peu primitif, mais qui marche.

Cette lettre s'adresse aussi à Mine Kuyper[38], je n'aurai plus le temps de lui écrire à part aujourd'hui. Voulez-vous lui dire que jusqu'à ce jour – dimanche – aucun des paquets envoyés par elle n'est arrivé ? Ses lettres, elles, sont bien là, preuve qu'elle ne se trompe pas d'adresse, je serais ennuyée que ses colis s'égarent, elle m'écrit qu'elle a déjà fait deux envois. Voulez-vous lui demander si elle veut bien envoyer, par exemple, des tomates et d'autres produits frais : il souffle ici une tempête de sable continuelle qui vous gave de poussière et vous dessèche, si bien que les gens ont plus besoin d'aliments frais que de pain. Quant à moi, je n'en ai pas tellement besoin. C'est curieux, depuis ce dernier transport de rafle, je n'ai plus faim, plus sommeil, plus rien et pourtant je me sens très bien, on concentre à tel point son attention sur les autres que l'on s'oublie soi-même et c'est fort bien ainsi. Mine voudra bien transmettre nos amitiés à Milli Ortmann[39], à qui j'écrirai aussi dès que je pourrai. Espérons qu'on arrivera à faire sortir Mischa de Westerbork, le séjour ici ne lui vaudrait rien à la longue ; mais, tant que ses parents ne seront pas en sécurité, il n'y aura rien à tirer de lui. J'arrête ici cette relation éprouvante pour vos yeux. Un salut à tous ceux qui me sont si chers – vous savez qui !

Au revoir !

Etty.

[P.-S.] Voudriez-vous m'envoyer quelques timbres la prochaine fois ?

A Han Wegerif et autres. Westerbork, mardi 29 juin 1943.

Westerbork.

Père Han, Käthe, Maria, Hans,

Un petit mot en style télégraphique, écrit à la diable. Monté la garde cette nuit pour accueillir Jaap. Il n'était pas du lot. Nous étions fous de joie. Au petit matin, un nouveau grand convoi est parti d'ici. A cinq heures, j'étais encore à l'hôpital pour m'assurer que l'on n'emmenait pas mon père par inadvertance, une erreur est si vite arrivée. De là, à la grande baraque où est maman. Elle reposait sur son petit lit de camp étriqué et fut ravie d'apprendre que Jaap n'était pas là. Mes parents réagissent avec un courage sublime, je suis fière d'eux. La Pologne ne leur fait pas peur – disent-ils. J'espère pouvoir les retenir à Westerbork, mais ici rien n'est sûr. Ici, en l'espace de quelques jours, on est emporté loin de ses bases anciennes et de nouvelles forces se lèvent en vous – pour accepter sa perte aussi, on a besoin de force intérieure.

Leguyt[40] m'a écrit une lettre qui m'a fortement émue, il est de ceux qui vous inspirent l'envie d'en sortir à tout prix dans l'espoir de les revoir. Il y a joint le petit traité de Korff : *Et pourtant Dieu est amour.* J'y souscris pleinement et cela me paraît plus vrai que jamais. M. Leguyt m'écrit entre autres choses : « Je serais étonné que vous ayez conservé assez de souplesse d'esprit pour prêter une oreille plus qu'à demi attentive à ce qui vient de l'arrière. » Croyez-moi, je vous ouvre mes deux oreilles et vous prête toute mon attention, je continue à vivre avec vous comme par le passé et me repose parfois auprès de vous de tout ce qui me submerge ici. Il est plus difficile pour vous que pour nous d'admettre ce qui se passe ici. Je m'aperçois que dans chaque situation, si pénible soit-elle, l'être humain développe de nouveaux organes qui lui permettent de continuer à vivre. A cet égard, Dieu se montre bel et bien miséricordieux. Et pour le reste : plusieurs suicides cette nuit avant le départ du convoi, au rasoir, etc.

Ce matin, en faisant ma toilette avec une de mes collègues, je lui ai ouvert mon cœur et lui ai dit à peu près ceci : « Les champs de l'âme et de l'esprit sont si vastes, si infinis, que ce petit tas d'inconfort et de souffrance physiques n'a plus guère d'importance ; je n'ai pas l'impression d'avoir été privée de ma liberté et, au fond, personne ne peut vraiment me faire de mal. » Oui, mes enfants, c'est ainsi, je me sens pénétrée d'une étrange sérénité mélancolique. S'il a pu m'arriver de vous écrire une lettre désespérée, ne la prenez pas trop au tragique, ce n'était que le fruit d'un instant fugitif, il est permis de souffrir, mais pas pour autant de sombrer dans le désespoir.

Et maintenant je replonge dans les bas-fonds et je retourne à l'hôpital, une boîte à biscuits sous un bras pour mon cher papa et, sous l'autre, mes dossiers de fonctionnaire. Je vais trouver beaucoup de lits vides à l'hôpital après le convoi d'aujourd'hui. Du courage, mes chers bons ! Quelles nouvelles de cousin Wegerif[41] ? Et toi, Käthe, tu tiens le coup ? Et monsieur n'est-il pas trop taciturne ? La mère de Hannes n'a pas été transférée à Theresienstadt. Amitiés à Adri de la part d'Ilse B.

Au revoir !

Etty.

A Johanna et Klaas Smelik[42] *et autres. Westerbork, samedi 3 juillet 1943*

Westerbork, 3 juillet 43.

Jopie, Klaas, chers amis,

Juchée sur mon châlit, au troisième étage, je vais me hâter de déchaîner une petite bacchanale épistolaire tant qu'il en est encore temps : dans quelques jours, la barrière retombera sur notre libre correspondance, je deviendrai « résidente » du camp et n'aurai plus droit qu'à une lettre par quinzaine, que je devrai remettre ouverte. Et j'ai encore à vous parler de quelques petites choses. Ai-je vraiment pu écrire une lettre qui vous a donné à penser que je perdais courage ? J'ai peine à le croire. Il y a des moments, c'est vrai, où l'on pense ne pas pouvoir continuer. Pourtant, on continue toujours – on finit d'ailleurs par s'en rendre compte –, seulement le paysage autour de vous paraît soudain changé : un ciel bas et lourd pèse sur vous, votre sentiment de la vie est bouleversé et vous avez soudain un cœur tout gris, vieux de mille ans. Mais il n'en va pas toujours ainsi. L'être humain est une créature étonnante. On vit ici dans une misère indescriptible. Dans les grandes baraques, on vit vraiment comme des rats dans un égout. On voit beaucoup d'enfants dépérir. On en voit aussi beaucoup d'autres bien-portants. La semaine dernière nous est arrivé en pleine nuit un convoi de prisonniers. Visages cireux et diaphanes. Jamais je n'ai vu sur des visages autant d'épuisement et de fatigue que cette nuit-là. Cette nuit-là, nous les avons « filtrés » : enregistrement, second enregistrement, fouille par une bande de blancs-becs du NSB[43], quarantaine, un chemin de croix de plusieurs heures. Au petit matin, on les a entassés dans des wagons de marchandises. Avant même de passer la frontière, leur train a été mitraillé, d'où un nouvel arrêt. Puis trois jours de trajet vers l'Est. Des litières de papier sur le sol pour les malades. Pour le reste, des wagons nus avec un tonneau au milieu et soixante-dix personnes debout dans un fourgon fermé. On ne leur permet d'emporter qu'une musette. Je me demande combien arrivent vivants. Et mes parents se préparent à un de ces convois, à moins que la solution Barneveld[44] ne tienne contre toute attente. Avec papa, je me suis promenée l'autre jour en luttant contre une espèce de vent de sable ; il est charmant, comme toujours, et montre un beau stoïcisme. Il m'a dit d'un ton aimable et tranquille, avec détachement : « En fait, je préférerais partir en Pologne au plus tôt, j'en aurais plus vite fini, j'y passerais en trois jours, cela n'a plus aucun sens de prolonger cette existence dégradante. Et pourquoi ce qui arrive à des milliers d'autres me serait-il épargné ? » Puis nous nous sommes amusés de ce paysage de circonstance, un vrai désert – malgré des lupins mauves, des œillets des prés et de gracieux oiseaux qui ressemblent à des mouettes. « Les juifs au désert ! Il y a longtemps que nous connaissons ce paysage ! » Cela vous pèse parfois bien lourd, voyez-vous, un petit papa si gentil et qui par moments serait prêt à renoncer. Mais ce sont des sautes d'humeur. Il est aussi d'autres moments où nous rions ensemble et nous étonnons d'une foule de choses. Nous rencontrons beaucoup de parents que nous avions perdus de vue depuis des années, des juristes, un bibliothécaire, que nous trouvons poussant des wagonnets de sable, affublés de bleus de chauffe crasseux, et nous nous lançons de brefs regards, sans nous dire grand-chose. La nuit du départ d'un convoi, un jeune gendarme hollandais m'a dit d'un air triste : « Une nuit comme celle-ci me fait perdre cinq livres ; et encore, on n'a rien d'autre à faire qu'entendre, voir et se taire. » C'est aussi pourquoi je ne vous écris pas beaucoup. Mais je m'égare. Je voulais seulement vous dire : oui, la détresse est grande, et pourtant il m'arrive souvent, le soir, quand le jour écoulé a sombré derrière moi dans les profondeurs, de longer d'un pas souple les barbelés, et toujours je sens monter de mon cœur – je n'y puis rien, c'est ainsi, cela vient d'une force élémentaire – la même incantation : la vie est une chose merveilleuse et grande, après la guerre nous aurons à construire un monde entièrement nouveau et, à chaque nouvelle exaction, à chaque nouvelle cruauté, nous devrons opposer un petit supplément d'amour et de bonté à conquérir sur nous-mêmes. Nous avons le droit de souffrir, mais non de succomber à la souffrance. Et si nous survivons à cette époque indemnes de corps et d'âme, d'âme surtout, sans amertume, sans haine, nous aurons aussi notre mot à dire après la guerre. Je suis peut-être une femme ambitieuse : j'aimerais bien avoir un tout petit mot à dire.

Tu parles de suicide, tu parles de mères et d'enfants. Bien sûr, je comprends tout cela, mais je trouve ce sujet malsain. Il y a une limite à toute souffrance. Un être humain ne reçoit peut-être pas plus de souffrance à endurer qu'il ne le peut – et si la limite est atteinte, il meurt de lui-même. Il y a ici, parfois, des gens qui meurent d'avoir l'esprit brisé, parce qu'ils ne saisissent plus le sens de leurs épreuves – des gens jeunes. Les vieux, les très vieux, s'enracinent encore en un sol plus puissant et acceptent leur sort avec dignité et stoïcisme. Ah ! on voit ici tant de gens différents et l'on surprend leur attitude face aux questions les plus ardues, aux ultimes questions...

Je vais essayer de vous décrire comment je me sens, mais je ne sais si mon image est juste. Quand une araignée tisse sa toile, elle lance d'abord les fils principaux, puis elle y grimpe elle-même, n'est-ce pas ? L'artère principale de ma vie s'étend déjà très loin devant moi et atteint un autre monde. On dirait que tous les événements présents et à venir ont déjà été pris en compte quelque part en moi, je les ai déjà assimilés, déjà vécus et je travaille déjà à construire une société qui succédera à celle-ci. La vie que je mène ici n'entame guère mon capital d'énergie – le physique se délabre bien un peu, et l'on tombe parfois dans des abîmes de tristesse –, mais dans le noyau de son être on devient de plus en plus fort. Je voudrais qu'il en fût de même pour vous et pour tous mes amis, il le faut, il nous reste tant à vivre et à faire ensemble. C'est pourquoi je vous crie : tenez fermement vos positions intérieures une fois que vous les avez conquises, et surtout ne soyez pas tristes ou désespérés en pensant à moi, il n'y a vraiment pas de quoi.

Les Levie[45] connaissent des moments difficiles, mais ils sont de ceux qui s'en tirent et qui ont d'immenses ressources intérieures en dépit d'une santé fragile. Les enfants sont parfois très sales, c'est le plus gros problème ici, l'hygiène. Je vous donnerai de plus amples nouvelles d'eux dans une autre lettre. Je joins un petit mot que j'avais commencé à griffonner à l'intention de mes parents, mais que je n'ai pas eu à envoyer ; peut-être y trouverez-vous quelque chose d'intéressant.

J'ai aussi une demande à formuler, si vous ne la trouvez pas excessive : j'aimerais avoir un oreiller, par exemple un vieux coussin de divan ; la paille est un peu dure à la longue. De province, malheureusement, on ne peut envoyer de colis qu'au tarif lettre et jusqu'à deux kilos, et un coussin est peut-être trop lourd ? Mais si jamais tu vas à Amsterdam voir Han (j'espère que tu lui es très fidèle et que tu voudras bien lui apporter cette lettre comme les précédentes ?), tu pourras peut-être l'expédier de là-bas ? A part cela, mon seul souhait est de vous savoir bien-portants et que le moral soit bon ; envoyez-moi de temps en temps un petit mot de rien du tout.

Très, très affectueuses pensées,

Etty

A Han Wegerif et autres. Westerbork, lundi 5 juillet 1943 – vendredi 9 juillet 1943.

Westerbork, 5 juillet.

Essayons tout de même de produire une lettre d'un coup de baguette magique : demain ou après-demain, si je n'ai plus le droit d'écrire, je regretterai de ne pas l'avoir fait maintenant. Dure journée, aujourd'hui. Un convoi part demain matin. Hier soir, j'apprends que mes parents sont sur la liste des partants[46]. Herman B. me le chuchote à l'oreille au moment même où je bavarde tranquillement avec papa, assise au bord de son lit – lui, bien sûr, ne se doutant de rien. Je n'ai rien dit et j'ai aussitôt commencé à faire le siège de diverses autorités. On m'assure à présent que la « liste des parents[47] » est à l'abri cette fois-ci encore, mais tout peut être remis en question jusqu'à la dernière minute. D'ici à demain matin, il faut donc avoir l'œil à tout. Cette nuit nous arrive un nouveau convoi d'Amsterdam, donc je serai levée de toute façon. Mechanicus, avec qui je me suis liée d'une forte amitié en si peu de temps, est lui aussi sur la liste des départs, nous remuons encore ciel et terre pour lui. Weinreb a été emmené récemment, quelques gros bonnets sont venus personnellement le chercher en voiture pour le conduire à La Haye. On n'a pas le droit de s'attacher trop fortement ici.

Travaillé ce matin à la baraque pénitentiaire, dont les pensionnaires vivent sous une garde renforcée, et servi de messagère entre les détenus et leurs relations dans le reste du camp. A l'instant je suis retournée voir papa qui lisait un petit roman français, l'air assez content : il ignore qu'il n'est pas encore rayé de la liste. Le camp de travail le plus dur vaut mieux que ces tensions nerveuses qui resurgissent chaque semaine. Avant, elles m'étaient épargnées, car j'avais accepté pour moi-même la déportation en Pologne, mais cette vie de crainte et tremblement continuels pour des proches dont on sait bien qu'ils vont au-devant d'un calvaire sans fin auprès duquel la vie que nous menons ici mérite d'être qualifiée d'idyllique – cette vie d'angoisse, à la longue, n'est plus supportable. L'envie me prend parfois de faire en douce mon paquetage et de monter dans un de ces convois en partance pour l'Est, mais que voulez-vous, on ne doit pas non plus céder à la facilité.

Mardi matin.

Il est dix heures. Je suis installée dans notre bureau vide où règne un calme délicieux, la plupart de mes collègues dorment dans leurs baraques. Quelques jeunes garçons sont accoudés à la fenêtre et regardent, l'air mélancolique, la locomotive qui recommence à cracher ses nuages de fumée. D'ici, le reste du train est dérobé à notre vue par une baraque basse. Depuis six heures du matin on s'affaire à « charger » les wagons de marchandises, le train est prêt à partir. Je me sens comme après un accouchement, du moins en ce qui concerne mes parents que, pour cette fois, nous avons réussi à arracher au convoi ; quant au reste, je serais bien incapable de dire comment je me sens. J'ai vécu hier une journée sans précédent dans mon existence. Jusque-là, je n'avais jamais participé au « travail » qui consiste à préserver quelqu'un du transport vers l'Est : il faut dire que je n'ai aucun talent pour la diplomatie. Hier j'ai accompagné Mechanicus dans ses démarches. Ce que j'ai fait exactement, je ne le sais plus très bien moi-même, j'ai frappé à la porte de toutes sortes d'autorités et me suis trouvée soudain entraînée dans le sillage d'un mystérieux personnage que je n'avais encore jamais vu, qui avait une tête de proxénète et aurait fait fureur dans un film français. Avec ce monsieur, je suis allée chez divers « gros bonnets » du camp, d'ordinaire inabordables, surtout à la veille d'un convoi ; d'invisibles portes se sont ouvertes, à telle heure j'avais rendez-vous à la *Registratur*, l'heure d'après je devais me présenter chez un petit vieillard sénile apparemment investi d'un pouvoir occulte et capable d'arracher des gens à la déportation, même quand tout semble perdu[48] – il y a ici à Westerbork tout un monde souterrain qu'hier j'ai touché du doigt, mais je ne comprends pas comment il est fait et je ne crois pas que ce soit bien ragoûtant. Enfin, toute une journée passée à courir ; j'avais confié mes parents à l'œil vigilant de Kormann et à la garde du Conseil juif, qui m'assurait que, cette fois, les choses allaient s'arranger. Le cas de Mechanicus est resté douteux jusqu'au dernier moment. Je l'ai aidé à empaqueter ses affaires, j'ai recousu quelques boutons à son costume, il m'a dit entre autres choses : « Ce camp m'a rendu plus indulgent, tous les hommes sont devenus égaux à mes yeux, ce sont tous des brins d'herbe qui plient sous la tempête, qui se couchent sous l'ouragan. » Et aussi : « Si je survis à cette époque, j'en sortirai plus mûr et plus profond, et si je disparais, je serai mort en homme plus mûr et plus profond. » Plus tard, j'ai passé la main dans les cheveux désormais presque blancs de mon père, qui me disait : « Si je reçois cette nuit mon ordre de marche, je ne le prendrai pas au tragique, je partirai tout tranquillement. » (On reçoit son ordre en pleine nuit, quelques heures avant le départ du convoi.) Après huit heures, je me suis promenée un moment avec maman, j'ai pris congé de plusieurs amis qui devaient partir, fait encore un petit tour avec Liesl et Werner, et vers les dix heures je suis passée chez Jopie, que j'ai trouvé livide d'épuisement. Ensuite je ne tenais vraiment plus sur mes jambes, je me suis fait exempter du service de nuit et j'ai laissé les choses suivre leur cours. Ce matin, à huit heures, Jopie est passé et m'a lancé par la fenêtre que mes parents étaient toujours là, que Jaap n'était pas arrivé cette nuit (nous attendions des gens de l'Hôpital israélite néerlandais) et que Mechanicus avait échappé au convoi.

A présent il est onze heures, je vais à l'hôpital où je

trouverai beaucoup de lits vides. Une journée comme celle d'hier vous tue, et la semaine prochaine le même cirque recommence.

Fin d'après-midi.

Eh oui, mes enfants, me revoilà au perchoir : cet après-midi, pour changer, je suis tombée dans les pommes en visitant une grande baraque où l'air manquait ; ces petites faiblesses ont leur utilité, elles vous rappellent que votre énergie physique a ses limites. Il faut dire aussi que cela commençait à dépasser les bornes. En plus de mes baraques hospitalières, on m'a donné la responsabilité de la baraque pénitentiaire. Depuis le départ de la moitié de nos collègues pour Amsterdam, le secteur est encore plus difficile à « couvrir ». Là-dessus, Kormann m'avertit que mes parents doivent tout de même s'attendre à partir la semaine prochaine, il devient de plus en plus difficile de maintenir des gens ici (mais enfin, on n'est jamais sûr de rien à l'avance, et c'est justement cela qui vous ronge, cette incertitude prolongée jusqu'à la dernière seconde), après quoi je vais voir maman, qui a des vertiges et se sent mal, et là, en désespoir de cause, je ne trouve rien de mieux qu'une petite syncope. Ça ira mieux demain. Je m'aperçois tout à coup que, dans le monde extérieur, c'est le début des « grandes vacances » ; vous avez fait des projets ? Vous me raconterez, n'est-ce pas ?

Merci de ta lettre, Maria ! Elle était exactement ce que j'attends d'une lettre de toi. Si j'ai encore le droit d'écrire demain, j'envoie un petit griffonnage, sinon ce sera le silence pour un moment.

Pour les médecins, nous sommes au courant. Quelle situation désespérante ! Ici, nous avons une pléthore de médecins qui ne peuvent même pas se rendre utiles[49]. Parmi eux, le père de Jan Zeeman !

Au revoir ! Courage !

Etty.

Jeudi après-midi.

Bonjour ! Voilà une demi-heure que je m'exhorte dans mon demi-sommeil à continuer enfin cette lettre. Chaque jour de correspondance est un jour de gagné, on ne nous a pas encore signifié définitivement à quelle date nous n'aurions plus le droit d'écrire. C'est pourquoi je griffonne encore un peu. Commençons par quelques nouvelles, de peur d'oublier. Leo Krijn est parti, pas plus ému que cela. Son frère, qui est encore ici, me disait hier : « Il espère naïvement retrouver *là-bas* sa femme et son fils[50]. »

Herman B. s'inquiète, voilà une semaine qu'il n'a aucune nouvelle de Wiep ni de sa mère[51]. Y a-t-il quelque chose ? Lui va toujours aussi bien. Toute la journée, il s'ingénie à nourrir mon père de concombres et de tomates. Je le plains souvent d'être consigné dans sa baraque, mais cela ne le gêne guère, les nuées de poussière qui tourbillonnent au-dehors ne l'attirent pas.

J'ai apporté à Anne-Marie le paquet de Swiep. Elle était ici à l'instant, j'ai pris rendez-vous avec elle pour l'un des soirs prochains, elle veut me présenter à un Russe, professeur en sciences sociales, pour que nous bavardions un peu ensemble.

J'ai la main droite bandée à cause de ce maudit eczéma[52], et cela rend mon écriture encore plus illisible que d'habitude, il vous faudra suppléer encore plus de lettres, Père Han. Merci de votre gentille lettre, je serais navrée que Käthe s'en aille, est-ce irrévocable ? Dites-moi que non !

Pour l'instant, je suis couchée au milieu d'un vrai champ de bataille de femmes malades, un bacille pernicieux hante notre baraque, nous souffrons toutes de « débâcle », pour le dire en termes fleuris, quant à moi je m'en accommode, car cela me fournit un excellent prétexte pour vous écrire un peu. Aux dernières nouvelles reçues ce matin de Grete Wendelgelst[53], il semblerait que ma famille puisse rester ici. Hier, on s'attendait plutôt au contraire. Après être tombée, le même jour, une seconde fois en pâmoison, j'ai décidé d'entamer une vie nouvelle au-delà de toutes les tensions. Je commençais d'ailleurs à présenter à mon tour les symptômes de la *tamponnite* – il y a des tampons rouges, verts et bleus, on peut en parler vingt-quatre heures sur vingt-quatre, c'est un sujet inépuisable[54]. Jopie en est littéralement malade. Quand il entend le mot « tampon », il a envie de vomir. En ce moment, les esprits sont en ébullition : *tous* les tampons, *toutes* les couleurs sont déclarés périmés, on procède à un vaste regroupement ; personne ne sait de quoi aura l'air le prochain convoi, les listes doivent être refaites, ce qui n'ira pas sans maintes tractations dans la coulisse. On joue avec nous un drôle de jeu, mais nous nous prêtons aussi à ce jeu et ce sera notre honte ineffaçable aux yeux des générations à venir. Je vous ai parlé l'autre jour d'un petit vieillard sénile devant qui les portes closes s'ouvraient mystérieusement. C'est tout de même un bonhomme intéressant, il était courrier pendant la Grande Guerre et a bien connu – entre autres – l'archevêque Söderblom[55] ; et il est le seul à pouvoir aller en visite chez le commandant en personne, lequel va même jusqu'à lui rendre la politesse, ce qui est un bien grand honneur, ma foi ! Hier j'ai passé quelques heures avec lui et Mechanicus à errer dans le camp, il a évoqué ses souvenirs de Poincaré et de la reine[56], excusez du peu, mais, à un moment donné, il a eu ce mot savoureux : « Il n'y a dans tout Westerbork qu'une institution équitable : la conduite d'eau ; elle donne de l'eau à dix mille juifs et autant à chacun. »

Je peux vous écrire un peu de tout et en désordre, n'est-ce pas ? J'ai tellement sommeil. Vous voyez : il y a des mots que je n'ai pas désappris. Une chose que j'ai éprouvée avec force : si l'on se laisse emporter chaque semaine par le flot des tensions qui règnent ici, il ne faut pas plus de trois semaines pour être détruit, mais alors détruit pour de bon et, le moment venu de prendre à son tour la direction de Moscou, on ne serait même plus capable d'affronter le voyage. Aussi, désormais, j'essaie de vivre au-delà * des tampons verts, rouges, bleus et des « listes de convoi », et je vais de temps à autre rendre visite aux mouettes, dont les évolutions dans les grands ciels nuageux suggèrent l'existence de lois, de lois éternelles d'un ordre différent de celles que nous produisons, nous autres hommes. Jopie – qui se sent malade comme un chien et « vidé ** » en ce moment – et sa petite « sœur d'armes », Etty, sont restés cet après-midi un bon quart d'heure à contempler un de ces oiseaux noir et argent, à suivre son vol parmi les puissants nuages bleu sombre gorgés de pluie, et soudain nous avons eu le cœur un peu moins lourd.

Ici, l'on pourrait écrire des contes. Cela vous paraît sans doute étrange, mais si l'on voulait donner une idée de la vie de ce camp, le mieux serait de le faire sous forme de conte. La détresse, ici, a si largement dépassé les bornes de la réalité courante qu'elle en devient irréelle. Parfois en marchant dans le camp, je ris toute seule, en silence, de situations totalement grotesques, il faudrait vraiment être un très grand poète pour les décrire, j'y arriverai peut-être approximativement dans une dizaine d'années.

Le soir.

Au milieu des contes,

Le lendemain matin.

J'ai été contrainte de m'arrêter. On mène ici une vie vagabonde, j'ai juste un petit quart d'heure, j'en profite pour ajouter quelques mots.

* En allemand dans le texte : *jenseits*.
** Idem : *erledigt*.

Oui, c'est vrai, il y a dans la nature des lois très miséricordieuses, à condition du moins que nous ne perdions pas le sens de leur rythme. Je ne cesse de l'observer sur moi-même : quand on est parvenu aux limites extrêmes du désespoir et que l'on se croit incapable de continuer, le fléau de la balance rebondit dans l'autre sens et l'on se sent de nouveau capable de rire et de prendre la vie comme elle vient. Quand, pendant de longues périodes, on est en proie à l'accablement le plus lourd, on peut ensuite et sans transition s'élever au-dessus de toute cette misère terrestre, au point de se sentir léger et libéré comme jamais encore dans sa vie. Je vais de nouveau très bien alors que, quelques jours durant, c'était assez désespéré. L'équilibre se rétablit toujours. Ah ! mes enfants, un monde bien surprenant...

Ici, une vraie maison de fous – de quoi avoir honte pendant trois siècles au moins. Le camp doit expulser un grand nombre de gens par le prochain convoi. Il revient aux *Dienstleiter*, aux chefs de service, de dresser eux-mêmes les listes. Réunions, disputes, scènes affreuses. En plein milieu de ce jeu avec des vies humaines tombe un ordre soudain du commandant : les *Dienstleiter* doivent assister le soir même à la première de la revue que l'on donne en ce moment ici. Ils roulent des yeux ébahis, mais sont bien forcés de rentrer chez eux pour passer leur meilleur costume. Et le soir on se retrouve dans la salle d'enregistrement, où Max Ehrlich, Chaja Goldstein, Willy Rosen[57] et d'autres donnent un spectacle de cabaret. Au premier rang, le commandant et ses invités. Derrière lui, le professeur Cohen[58] Salle pleine à craquer. On rit aux larmes, oui, aux larmes. Quand le flot des gens d'Amsterdam arrive ici, nous installons dans cette grande salle une sorte de barrière en bois qui contient la foule si l'affluence devient trop forte. La même barrière était disposée cette fois sur la scène et Max Ehrlich s'y appuyait pour chanter ses chansons. Je n'y étais pas, mais Kormann vient de le raconter à l'instant, non sans ajouter : « Toute cette comédie me conduit peu à peu au bord du désespoir *. »

Il faut tout de même que je me décide à terminer cette lettre, sinon je n'aurai plus le droit de l'envoyer. Voyons ce qui me passe encore par la tête. Gera[59] m'a envoyé une caissette à cigares pleine de tomates, remerciez-la si vous la voyez, je ne puis plus écrire autant. Jim, celui de Mme Nethe, est ici aussi, il arrive en droite ligne de la maison de Mine[60], c'est vous dire si je suis au courant.

Oh ! j'y pense : Père Han, envoyez-moi de temps en temps un billet de dix florins dans une lettre, je peux en avoir besoin pour aider des gens, aussi curieux que cela paraisse. On s'emploie toujours à nous obtenir une courte permission pour régler définitivement nos affaires ; si elle nous est accordée, je la prendrai comme un supplément, un gros cadeau, mais je n'y compte pas. Si j'ai encore le droit d'écrire demain, je vous envoie un petit griffonnage, sinon il vous faudra un peu de patience.

Aussi invraisemblable que cela puisse vous paraître : ce qui se passe à l'extérieur me rend parfois beaucoup plus triste que le champ de bataille où je suis. Je me rappelle un déjeuner avec Johan Brouwer[61], c'était un esprit subtil...

... voilà qu'on me chasse d'ici.

AU REVOIR !

Etty.

* En allemand dans le texte : *Ich komme allmählich an den Rand der Verzweiflung durch dieses ganze Gewerbe hier.*

A Maria Tuinzing. Westerbork, samedi 10 juillet 1943.

10 juillet.

Maria, bonjour,

Des dizaines de milliers de gens ont quitté ces lieux, habillés ou nus, vieux ou jeunes, malades ou bien-portants – et j'ai continué à vivre et à travailler en toute sérénité. Ce sera bientôt le tour de mes parents de quitter le camp. Si par miracle ils ne partent pas cette semaine, ce sera pour l'une des semaines à venir. Cela aussi, je dois apprendre à l'accepter. Mischa veut partir avec eux, et il me semble après tout que cela vaut mieux : s'il reste ici et les voit s'en aller, sa raison en sera ébranlée. Moi, je ne pars pas, je ne peux pas. Il est plus facile de prier de loin pour quelqu'un que de le voir souffrir à vos côtés. Ce n'est pas la peur de la Pologne qui m'empêche de partir avec mes parents, mais la peur de les voir souffrir. Une forme de lâcheté quand même.

Les gens ne veulent pas l'admettre : un moment vient où l'on ne peut plus *agir*, il faut se contenter d'*être* et d'accepter. Et cette acceptation, je la cultive depuis bien longtemps, mais on ne peut le faire que pour soi, jamais pour les autres. C'est pourquoi ma situation est si désespérante en ce moment. Maman et Mischa s'entêtent à vouloir agir, à remuer ciel et terre, et je suis impuissante à les assister. Je ne puis rien faire, je n'ai jamais rien pu faire, je ne puis qu'assumer et souffrir. C'est toute ma force, et c'est une grande force. Mais pour moi, pas pour les autres.

On a refusé le transfert à Berneveld pour mes parents, nous l'avons appris hier. On a ajouté qu'ils devaient se tenir prêts pour le convoi de mardi prochain. Mischa veut aller voir le commandant du camp pour le traiter d'assassin. Il faudra le surveiller de près, ces jours-ci. Papa est apparemment très calme. Mais ici, dans cette grande baraque, il se serait effondré au bout de quelques jours si je ne l'avais fait entrer à l'hôpital, où d'ailleurs la vie lui est également devenue à peu près insupportable. Il est complètement perdu, incapable de se débrouiller seul.

Je fais fausse route avec mes prières. En priant pour les autres, je le sais, on peut demander qu'ils trouvent la force de traverser victorieusement les épreuves. Mais c'est toujours la même prière qui me monte aux lèvres : « Seigneur, abrège leurs souffrances. » Et c'est pourquoi je suis paralysée maintenant dans mes actes. J'aimerais m'occuper de leurs bagages avec tout le soin possible, mais en même temps je sais qu'ils leur seront enlevés à l'arrivée (nous en avons ici des indices de plus en plus sûrs). Alors, à quoi bon tout ce tintouin ?

J'ai ici un excellent ami [62]. La semaine dernière, il devait faire partie du convoi. Quand je suis allée le voir, je l'ai trouvé droit comme un i, le visage paisible ; son sac à dos attendait à côté de son lit ; nous n'avons pas autrement parlé de son départ, il m'a lu diverses choses qu'il avait écrites et nous avons passé encore un petit moment à philosopher. Nous ne voulions pas nous accabler mutuellement du chagrin de la séparation, nous riions et parlions de nous revoir. Chacun était capable d'assumer son destin. Or c'est cela qui est désespérant ici : incapables d'assumer leur sort, les gens s en déchargent sur les épaules d'autrui. Et c'est sous ce poids-là qu'on risque de succomber, sûrement pas sous celui de son propre destin. Je me sens de force à affronter le mien, mais pas celui de mes parents.

Ceci est la dernière lettre que je puisse écrire librement. Cet après-midi, on nous retirera nos cartes d'identité, dorénavant nous serons des « résidents ». Il te faudra patienter un peu avant d'avoir de mes nouvelles. Je pourrai peut-être faire passer une lettre en fraude de temps en temps.

Reçu tes deux lettres.

Au revoir Maria, chère petite amie.

Etty.

A Christine van Nooten. Avant le 31 juillet 1943. [*Transmis par Maria Tuinzing dans une lettre à Christine van Nooten datée du 31 juillet.*]

Wageningen, 31 juillet 1943.

Chère Mademoiselle van Nooten[63],
Etty Hillesum – Westerbork – me demande de recopier à votre intention les lignes suivantes :

« Le matin, avant six heures, je commence par me rendre à la baraque de papa, je prends sa gourde et l'emporte jusqu'à la chaufferie : quatre robinets d'eau bouillante contre le mur extérieur – une longue file de gens portant des cuvettes, des seaux et des cafetières, un monsieur d'allure professorale qui règle la circulation. j'attends mon tour, j'ai toujours dans la poche de gauche de mon manteau le sachet de thé de Swiep – je me brûle les doigts au robinet et, tandis que je regagne l'hôpital, le thé a le temps d'infuser. De là je vais voir maman, elle aussi à l'hôpital (bronchite, extinction de voix et épuisement général) – je prends sa bouteille Thermos et recommence le même pèlerinage.

Puis je rejoins Mischa, juché tel un prince masqué au “troisième étage” sous une poutre de la grande baraque, pour voir s'il n'a besoin de rien.

C'est à moi qu'arrivent tous les paquets. Je tâche d'être pour toute la famille un juste bureau distributeur – je vais de l'un à l'autre chargée de petites boîtes en fer – et je suis vraiment heureuse de pouvoir jouer ce rôle. Les mots me manquent, tout simplement, pour dire à quel point nos amis – y compris les collègues de papa – nous gâtent, j'en suis parfois presque gênée.

Papa est un gitan impavide – juste une petite dépression

de temps en temps, pendant laquelle il serait prêt à monter de lui-même dans ce fameux train de marchandises pour en finir une bonne fois, mais il reprend toujours le dessus. Il passe ses jours avec une demi-douzaine de petites bibles : en grec, en français, en russe, etc., et me surprend à tout moment de la journée par des citations parfaitement appropriées. Ses exigences sont modestes : il vit principalement de pain. La veille du convoi dont il était certain de faire partie, il était parfaitement calme, lisait Homère avec des petits malades de l'hôpital et devisait avec d'anciens camarades d'études retrouvés ici – et devenus dans l'intervalle des rabbins aux cheveux gris.

Un ami inoubliable – dont la fin paisible me remplit chaque jour encore de gratitude – m'a appris à temps cette grande leçon de Matthieu, 24 : "Ne vous inquiétez pas de demain : demain s'inquiétera de lui. A chaque jour suffit sa peine[64]." C'est la seule attitude qui vous permette d'affronter la vie d'ici. Aussi est-ce avec une certaine tranquillité d'âme que, chaque soir, je dépose mes nombreux soucis terrestres aux pieds de Dieu. Ce sont bien souvent des soucis d'une grande trivialité, par exemple lorsque je me demande comment arriver à faire la lessive de toute la famille, etc. Les vrais, les grands soucis ont totalement cessé d'en être – ils sont devenus un Destin * auquel on est désormais soudé.

J'ai eu profondément honte de cette affaire Puttkammer[65]. Tu vois à quelles extravagances des gens aux abois peuvent en arriver – mais je trouve qu'il y a des limites. Et ces histoires d'argent ne sont pas du tout notre genre. Inutile de continuer à te casser la tête pour cela, je t'en prie. Ce que des dizaines et des dizaines de milliers de gens ont supporté avant nous, nous serons bien capables de le supporter à notre tour. Pour nous, je crois, il ne s'agit déjà plus de vivre, mais plutôt de l'attitude à adopter face à notre anéantissement. »

* En allemand dans le texte : *Schicksal.*

Ici s'achève la lettre d'Etty.

Tous vont donc aussi bien que possible étant donné les circonstances. Etty me tient régulièrement au courant de tout. Elle n'a plus droit désormais qu'à une lettre ou deux cartes-lettres par quinzaine, mais de temps à autre un message ou une lettre clandestine nous parviennent. Jaap est toujours à Amsterdam. Les paquets arrivent à destination, comme vous le savez.

Cordiales salutations de

Maria Tuinzing.

Gabriel Metsustraat 6
Amsterdam-Sud.

P.-S. Ne vous ai-je pas rencontrée une fois chez Etty, lorsqu'elle était malade ?

A Maria Tuinzing. Westerbork, samedi 7 août – dimanche 8 août 1943.

7 août.

Maria, petite amie,

Ce matin, il y avait un arc-en-ciel au-dessus du camp, et le soleil brillait dans les flaques de boue. Quand je suis entrée dans la baraque hospitalière, quelques femmes m'ont lancé : « Vous avez de bonnes nouvelles ? Vous avez l'air si radieuse ! » J'ai inventé une petite histoire où il était question de Victor-Emmanuel, d'un gouvernement démocratique et d'une paix toute proche, je ne pouvais tout de même pas leur servir mon arc-en-ciel, bien qu'il fût l'unique cause de ma joie ?

« La fin est proche, l'édifice s'effondre * », disait à

* En allemand dans le texte : *Es geht bald zu Ende, es kracht zusammen.*

l'instant un vieux professeur tout ratatiné, assis à la table de bois juste en face de moi. Partout le moral est au beau fixe. Entre les châlits de fer et les haillons qui sèchent, c'est une floraison de sonorités italiennes. Il y a probablement un fond de vérité dans l'avalanche des nouvelles que les conversations du camp reflètent comme autant de miroirs déformants. Un « aryen » blessé par balles a été amené dans le camp, on l'a installé dans l'une des baraques hospitalières, dans un box séparé. Peu après, une voiture de police a parcouru nos allées boueuses, précédée du commandant qui, en chemise de polo, lui montrait le chemin à bicyclette. Le blessé subit des interrogatoires répétés et qui durent des heures, dit-on. Mais, au demeurant, traité avec beaucoup d'égards, dit-on encore. Le commandant en personne lui a apporté un oreiller, de chez lui. On dit que c'est un membre de *Vrij Nederland*[66]. On dit aussi que c'est sur le maire de Beilen qu'on a tiré. On dit que plusieurs autres aryens auraient été amenés au camp, tous blessés par balles. On dit enfin que la population de Drenthe s'agite beaucoup. Un de ces derniers soirs, les lueurs d'un incendie se sont découpées sur le ciel gris qui domine nos steppes, je suis restée un long moment sous la pluie à les regarder[67]. Le lendemain matin, un juif en combinaison verte[68] monte la garde devant la baraque qui fait face à l'orphelinat – à l'endroit où les enfants jouent sur un petit tas de sable entouré de barbelés. Cette combinaison verte garde vingt non-juifs, hommes, femmes et enfants qu'on a pris en otages et chassés de leur lit en pleine nuit à cause de ce malheureux incendie. Entre juifs, on s'indigne de devoir garder ainsi des non-juifs dans un camp juif. Mais, avant la fin du jour, les otages ont disparu.

Hier, nous avons eu la visite d'un général[69]. On nous a obligés à nous lever à l'aube, une vraie tornade de nettoyage a fait rage dans tout le camp ; pour ma part, sans abri, j'ai erré quelques heures dans la boue ; les pensionnaires de l'hôpital devaient s'aligner impeccablement dans leurs lits, l'ordinaire semblait avoir été un peu amélioré, les malades présents dans les grandes baraques devaient porter l'étoile jaune sur leur pyjama et, d'une façon générale, gare aux étoiles décousues ! Un gros crapaud en uniforme vert est passé entre les baraquements, ce devait être ça, le général. On dit qu'il est venu à cause de l'agitation qui règne en Drenthe. Le moral ici est excellent. Aucun convoi n'est parti depuis quelques semaines et il semble qu'il n'en partira plus désormais[70]. Dit-on. Westerbork va devenir un camp de travail avec, pour dépendance, un camp de concentration. Les pensionnaires de la baraque pénitentiaire, dont le nombre croît de jour en jour, ont désormais le crâne rasé et doivent porter des tenues de bagnards. On ne savait que faire des vieillards et des enfants, on n'avait pas encore statué sur leur cas : le commandant a décidé qu'ils pouvaient rester. Dit-on.

Mon père, malade, est alité dans une sorte de porcherie avec cent trente autres personnes. « *Les Bas-Fonds* », dit-il en ricanant. Il ricane beaucoup. Sa couverture en désordre est jonchée de petites bibles en différentes langues et de romans français. Son costume, son pardessus d'hiver, tout son bien est roulé en boule derrière son oreiller. Les lits se touchent. Les « infirmiers » passent leur chemin en courant quand on a l'audace de leur demander quelque chose. « Il faut une santé de fer pour survivre à cet hôpital, dit papa ; malade, on n'y arrive certainement pas. » Pendant quelques jours, il a été bien malade : près de quarante de fièvre, dysenterie. Je lui ai grillé du pain chez Anne-Marie et je vais fréquemment à la chaufferie lui chercher de l'eau bouillante pour son thé. J'échange du pain noir contre des biscuits et d'autres produits plus digestes, je tiens un vrai commerce de pain noir. Hier, une dame fort aimable est venue voir papa et lui a apporté un cadeau princier : un rouleau de papier hygiénique. C'était la femme d'un rabbin haut placé, qui donne ici dans les œuvres de charité. Papa l'a remerciée avec une courtoisie exquise.

Je me glisse fréquemment dans sa baraque, ce qui me vaut toujours une petite escarmouche avec le portier, homme de règlement. L'autre jour, dans un moment de distraction, papa l'a traité de *Feldwebel.* Sur quoi l'autre a presque fondu en larmes en lui disant : « Monzieû, ch'apite en Hollande tepuis tix ans. – Et moi depuis trois cents », a répondu père laconiquement. Le lendemain, croyant sans doute arranger les choses, il lui a dit : « Je ne voulais pas vous offenser, et les *Feldwebel* non plus. » Quoi qu'il en soit, ce portier exige de ma part beaucoup de ruse et d'énergie. Nous ricanons beaucoup ensemble, papa et moi, mais on ne peut pas dire que nous riions vraiment. Il a un humour fondamental qui s'approfondit et pétille d'autant plus que le grotesque processus de clochardisation où il est engagé prend des proportions plus catastrophiques.

Ils ne voient pas encore, mon Dieu, que tout ici est sable mouvant, à part Toi. Cela m'a échappé.

En ce moment, je suis installée à une table de bois dans l'une des grandes baraques, trois châlits derrière moi, trois devant. Cette baraque ressemble à une ruelle orientale, pittoresque et étouffante. Les gens avancent à petits pas dans les étroits passages entre les lits. Une petite vieille nous demande : « Pouvez-vous me dire où habite Untel ? – Au numéro tant », répond Mechanicus qui écrit à côté de moi, coiffé d'un feutre de vagabond pour se protéger des mouches. Chaque lit porte ici un numéro et l'on « habite » à ce numéro. Oui, c'est une vraie ruelle orientale, mais lorsque, entre deux rangées de lits, je regarde par la fenêtre, je vois des nuages hollandais tout gris de pluie, des champs de pommes de terre et là-bas, dans le lointain, deux arbres hollandais. En face de moi est assis le père de Jo Spier[71], un septuagénaire à l'éternelle jeunesse ; il dessine des baraques brun-rouge dans un carnet de croquis. A côté de lui, un homme marmonne des prières au-dessus d'un livre en caractères hébraïques. Le vent s'engouffre dans la baraque et il y fait froid – plusieurs carreaux sont cassés –, et en même temps on manque d'air et cela sent mauvais. Avec une agilité de singe, Mechanicus vient de se hisser jusqu'à son « troisième étage », d'où il est redescendu brandissant triomphalement une boîte de soupe aux pois. Une petite place s'est libérée sur le petit poêle de la buanderie. Il est midi et demi, je reste en invitée dans cette ruelle orientale égarée sur la lande de Drenthe et, tout à l'heure, je dégusterai de la soupe aux pois. La belle vie – mais oui !

8 août, dimanche matin 8 heures.

J'ai déjà fait ma toilette au robinet de notre petite cuisine et me suis recouchée. Sur le réchaud, une grande casserole d'endives mijote déjà ; à nous dix, dans cette petite baraque, nous avons ce matin quelques heures de cuisine. Je vis avec de vraies « femmes d'intérieur ». Toute leur vie tourne autour de cet unique réchaud. C'est parfois fort humoristique. Plus souvent à pleurer. Pour ma part, je ne suis presque jamais « à la maison ». Nous avons, tout bien compté, trois livres : *Vif-argent* de Cissy van Marxveldt, *Séparation* de Henri van Booven et *Conversations avec Sri Krishna.* Pour Cissy van Marxveldt, on se bat presque. L'autre jour, comme je lisais la Bible, une de mes compagnes a dit d'un ton de triomphe : « Ma bible à moi, je l'ai mise en sûreté quelque part, et drôlement bien, même ! » La pluie fouette nos petits carreaux, il fait froid, l'été paraît définitivement passé. Dans le lointain, je vois de ma couchette les mouettes évoluer dans un ciel uniformément gris. Elles sont comme autant de pensées libres dans un vaste esprit.

Hier soir, j'étais avec Mechanicus chez la mère de Paul. Elle loge depuis quelques jours à la baraque de quarantaine, car on lui a découvert *un* pou. On en a profité pour lui enlever une dent et la vacciner. En outre, elle passe plusieurs heures par jour sur un banc étroit à peler des pommes de terre. « Travail d'esclave », dit-elle. Elle est abattue. La baraque où elle habite fait penser à une maison de correction : pas le moindre objet pour réchauffer l'atmosphère. Nous parlons de tous ces enfants privés de parents et dont certains ressemblent déjà à des adultes, des vieillards des deux sexes que l'on voit le matin s'attrouper sous la pluie, chassés de leur baraque le temps du ménage, des tâches abrutissantes comme le tri des petits pois et des haricots, du danger de démoralisation et d'avachissement que l'on court ici, de toutes les petites tristesses, tous les petits ridicules de la vie de camp. « Ces choses-là ne se racontent pas, on ne peut que les subir », dit Mechanicus avec une certaine âpreté. Il s'appuie des coudes sur la table de bois – il a des puces, des chaussettes trouées et des frissons – et dit avec une ironie bon enfant : « Ce soir, je me sens comme un tout petit garçon qui a peur du loup. » Plus tard, je l'ai raccompagné à sa baraque et j'ai emporté chez moi ses chaussettes à repriser. La mère de Paul a fait un bout de chemin dans le soir avec nous, un grand châle de laine jeté sur ses épaules, ses cheveux gris dénoués flottant au vent. Te souviens-tu de ce concert chez elle, un après-midi ? Paul jouait de la flûte dans le bow-window et sa mère se tenait majestueusement au milieu de la pièce.

Beaucoup, ici, sentent dépérir leur amour du prochain parce qu'il n'est pas nourri de l'extérieur. Les gens, ici, ne vous donnent pas tellement l'occasion de les aimer, dit-on. « La masse est un monstre hideux, les individus sont pitoyables », a dit quelqu'un. Mais, pour ma part, je ne cesse de faire cette expérience intérieure : il n'existe aucun lien de causalité entre le comportement des gens et l'amour que l'on éprouve pour eux. L'amour du prochain est comme une prière élémentaire qui vous aide à vivre. La personne même de ce « prochain » ne fait pas grand-chose à l'affaire. Ah ! Maria, il règne ici une certaine pénurie d'amour et, moi, je m'en sens si étonnamment riche ; je serais bien en peine de l'expliquer aux autres.

Surtout, dans ta réponse, ne montre pas que tu as reçu cette lettre en dehors de mon jour de correspondance : le courrier à l'arrivée est sévèrement contrôlé par la censure en ce moment.

Amitiés à vous tous.

Etty.

A Christine van Nooten. Westerbork, dimanche 8 août 1943.

8 août.

Chère Christine,

Un petit bonjour du fond du cœur, au nom de toute la famille. Je viens d'avoir une idée : je vais d'abord t'envoyer à toi cette lettre que j'ai écrite à une amie. Une bonne partie de ce que je lui raconte pourrait aussi bien t'être destiné, et cela te permet d'avoir de nos nouvelles. Veux-tu faire suivre ensuite les feuillets ci-joints à Mlle Maria Tuinzing, chez M. Wegerif, Gabriel Metsustraat 6 ? Elle t'a apporté une fois une tasse de café, un dimanche matin que tu étais à mon chevet et que nous parlions du *Livre d'heures*[72], te rappelles-tu ? Ce même *Livre d'heures* est à présent glissé sous mon oreiller avec ma petite bible. Et c'est vrai : ces paroles d'Isaïe sont admirables et consolatrices, elles vous donnent une secrète paix intérieure qui dépasse tous les efforts de la raison. Et ce qui n'était pas moins merveilleux – ici je fais un saut vertigineux du ciel à la terre –, c'était cette boîte de crabe, ces toasts et toutes ces autres précieuses délicatesses. Nous avons eu l'impression que vous puisiez tous dans vos provisions pour en extraire ce qui vous reste de meilleur, et les sentiments que cela nous inspire ne se laissent pas facilement traduire en mots. Adorables aussi, les paquets de ta mère. Et les pommes étaient délicieuses, je ne puis même plus énumérer toutes ces bonnes choses, le papier n'y suffirait pas. Kraak[73] nous a envoyé une lettre charmante, avec beaucoup de musique. Nous espérons que tu t'es bien reposée et que tu reprends le travail avec courage. Papa va un peu mieux, mais presque tous les aliments lui restent interdits, il a beaucoup de patience, le cher homme, et cependant j'espère pour lui (et pour tant et tant d'autres) que cela ne durera plus très longtemps, tu sais.

Encore une fois, j'ai à formuler des souhaits bien terre à terre ; je n'en suis pas fière, mais j'y suis obligée. Ce dont nous avons besoin d'urgence pour papa, c'est de biscuits et d'autres aliments légers, il n'a rien mangé de plusieurs jours et doit reprendre progressivement des forces, le pain du camp est très mauvais. Et puis nous sommes sans sucre, nous avons épuisé notre provision et, ici, on ne nous en donne pas du tout. Peut-on s'en procurer encore par d'obscurs détours ? Pour l'instant, nous n'avons pas de beurre non plus, mais peut-être en recevrons-nous un de ces jours de Deventer, on ne sait jamais ; cette demi-livre que tu avais envoyée d'Amsterdam est vraiment arrivée à point nommé. Voilà, le masque est tombé, vive la matière ! Nous allons tenir bon, des deux côtés des barbelés, n'est-ce pas ? « Tout va bien », dit-on. Pour le reste, vois la lettre ci-jointe. Merci de toutes ces bonnes et gentilles choses, ma chérie. Amitiés à Hansje Lansen[74].

Au revoir !

Etty.

A Maria Tuinzing. Westerbork, mercredi 11 août 1943.

11/8

Plus tard, quand j'aurai cessé d'avoir pour domicile un châlit de fer sur un bout de terre enclos de barbelés, j'aurai une lampe au-dessus de mon lit pour être entourée de lumière, en pleine nuit, chaque fois que je le voudrai. Dans mon demi-sommeil tourbillonnent souvent des pensées et des histoires, légères et diaphanes comme des bulles de savon ; je voudrais les capter sur une feuille blanche. Le matin, je me réveille enveloppée de ces histoires, c'est un réveil somptueux, tu sais. Parfois, cependant, s'amorce un petit épisode de notre calvaire, pensées et images se pressent autour de moi, tangibles, attendant d'être notées, mais nulle part ici on ne peut s'asseoir au calme ; je marche parfois des heures à la recherche d'un coin tranquille. Une fois, en pleine nuit, une chatte errante est entrée chez nous, nous l'avons installée aux toilettes dans un carton à chapeau, et elle y a eu des petits. Je me sens parfois comme une chatte errante sans carton à chapeau.

J'ai trouvé quelque part cette phrase, à propos de Paula Modersohn Becker[75] :

« ... Elle avait dans le sang cette grande absence d'exigences face à la vie, qui n'existe qu'en apparence et n'est en réalité rien d'autre que l'expression authentiquement mûrie d'exigences supérieures : le mépris de toute valeur extérieure, qui naît de la sensation inconsciente de sa propre plénitude et d'une félicité intérieure mystérieuse, impossible à élucider totalement *. »

Cette nuit, Jopie a eu un fils. Il s'appelle Benjamin et

* En allemand dans le texte : *Es lag ihr im Blut die grosse Anspruchlosigkeit dem Leben gegenüber, die nur scheinbar und im grunde nichts*

dort dans le tiroir d'une commode. Ils ont trouvé le moyen de mettre un fou à côté de mon père.

Ah ! tu sais, quand on n'a pas en soi une force énorme, pour qui le monde extérieur n'est qu'une série d'incidents pittoresques incapables de rivaliser avec la grande splendeur (je ne trouve pas d'autre mot) qui est notre inépuisable trésor intérieur – alors on a tout lieu de sombrer, ici, dans le désespoir. C'est si déchirant de voir ces pauvres gens qui perdent leur dernière serviette de toilette, se débattent au milieu de boîtes, de gamelles, de gobelets, de pain moisi, de piles de linge sale entassées sur, sous et à côté de leur châlit, malheureux parce qu'on les injurie ou les rudoie, mais incapables de s'empêcher de crier et ne s'en apercevant même pas ; de voir ces petits enfants abandonnés dont les parents ont été déportés, mais qui n'attirent pas la pitié des autres mères, trop inquiètes de leur propre progéniture tourmentée par la diarrhée, par mille maladies ou petits maux ignorés autrefois. Il faut avoir vu ces mères poules hébétées et affolées de désespoir, près des couchettes de leurs petits qui piaillent et ne veulent pas pousser.

J'aurai noirci cette page en dix endroits différents, à ma table de télégraphiste[76] dans la baraque où nous travaillons, sur une brouette devant la lingerie où peine Anne-Marie (debout des heures entières, dans une chaleur étouffante, au milieu de filles du peuple qui crient à pleins poumons et qu'elle ne peut plus supporter en ce moment) ; j'ai essuyé bien des larmes sur son visage hier, mais, surtout, qu'elle ne se doute pas que je te l'ai écrit (mon griffonnage s'adresse autant à Swiep qu'à toi) ; j'ai écrit encore hier soir à l'orphelinat, pendant la conférence d'un professeur de sociologie des plus prolixes, ce matin en plein air sur un petit coin de « dune » battu des vents ; chaque fois je gribouille un mot de plus et me voici main-

---

anderes ist, als der echt gewachsene Ausdruck höchster Ansprüche : das Geringachten alles Äusserlichen, das aus dem unbewussten Empfinden eigener Fülle und eines geheimen, nicht voll deutbaren innerlichen Glückes erwächst.

tenant à la cantine de l'infirmerie, une découverte toute fraîche, une vraie trouvaille, un asile où il semble que je puisse me retirer de temps en temps.

Demain matin, Jopie va à Amsterdam ; pour la première fois depuis plusieurs mois, malgré toute ma discipline, je sens un petit pincement au cœur à la pensée que les barrières du camp ne se lèvent plus devant moi. Mais quoi, chacun aura son heure. La plupart des gens ici se sentent plus pauvres qu'ils ne devraient parce qu'ils portent dans la colonne des pertes la douleur de l'absence de leur famille et de leurs amis, alors qu'on devrait au contraire compter parmi les biens les plus précieux la faculté d'un cœur à éprouver si fortement amour et nostalgie. Bonté divine * ! Moi qui croyais avoir trouvé un coin tranquille, voilà que des hommes en bleu de chauffe envahissent la pièce, apportant des marmites de ratatouille dans un grand tintamarre de fer-blanc, et le personnel soignant s'installe aux tables de bois pour déjeuner. Il n'est que midi, et je me mets en quête d'un autre refuge.

Un essai de philosophie en fin de soirée, alors que le sommeil me ferme les yeux.

On me dit parfois : « Oui, tu vois toujours le bon côté des choses. » Quelle platitude ! Tout est parfaitement bon. Et en même temps parfaitement mauvais. Les deux faces des choses s'équilibrent, partout et toujours. Je n'ai jamais eu l'impression de devoir me forcer à en voir le bon côté, tout *est* toujours parfaitement bon, tel quel. Toute situation, si déplorable soit-elle, est un absolu et réunit en soi le bon et le mauvais.

Je veux dire simplement ceci : « voir le bon côté des choses » me paraît une expression répugnante, de même que « tirer le meilleur parti de tout », je voudrais pouvoir te l'expliquer plus clairement.

Si tu savais comme j'ai sommeil ; je pourrais dormir quinze jours. Je vais remettre cette lettre à Jopie, demain matin je l'accompagnerai au poste de garde, il prendra le

* En allemand dans le texte : *Du lieber Herrgott.*

chemin d'Amsterdam et moi, celui des baraques. Ô mes enfants !

Au revoir !

Etty.

A Christine van Nooten. Westerbork, jeudi 12 août 1943.

Christine, tu as vraiment été aujourd'hui mon bon ange, jamais je n'avais attendu de paquet avec autant d'impatience que cette semaine ; enfin il en est arrivé un, et quel paquet ! J'ai porté tout de suite à papa les biscuits et les petits pains ; le pauvre est squelettique après toutes ces journées de jeûne, a un abcès à l'œil et un portier qui joue les dictateurs. En somme, c'est assez lamentable, au point même qu'il vaut mieux ne pas trop y penser. Pourtant, il passe pour le prodige de sa baraque, il est le seul à conserver assez de concentration pour lire hébreu, français, hollandais, tout ce qu'on veut ; il n'arrête pas, personne ne comprend comment il y arrive dans un tel environnement. Cela ne te gêne pas, j'espère, que je t'écrive un peu en désordre, j'ai repris du service le soir, je sers de temps en temps quelques personnes et titube de fatigue. J'espère que mes deux derniers messages te sont parvenus : un fragment de ma lettre aux amis d'Amsterdam et un petit mot contenant une lettre à Mlle Tuinzing. Dans le dernier cas, je pense que oui, car il me semble que ton colis si bien garni y était une réponse directe. Je suis heureuse de pouvoir faire passer un message de temps à autre grâce à la complicité de gens courageux. Il semble qu'actuellement on retienne nos lettres « officielles » et que nous ne recevions pas non plus tout le courrier à l'arrivée. Mais ne renonce pas pour autant à m'écrire, je t'en prie, tôt ou tard les lettres recommenceront à nous parvenir.

Je me demande si le Conseil juif de Deventer continue à fonctionner ; plus aucune nouvelle, ces derniers temps.

La famille Gelder est ici. Tu sais que, de province, on peut envoyer des paquet-lettres jusqu'à deux kilos, de préférence non recommandés, car les paquets recommandés ont droit à une réception particulière. On ne cesse d'inventer de nouvelles tracasseries. Si, à la longue, tout contact avec la province devient impossible (on ne sait jamais), le mieux serait de te mettre en rapport avec Mme M. Kuyper, Reynier Vinkeleskade 61, Amsterdam, qui s'occupe de nous acheminer toutes sortes de bagages par l'intermédiaire du Conseil juif d'Amsterdam. On vous complique bien la vie, n'est-ce pas ? Oh ! Christine, je préfère ne pas y penser, j'ai compris cette semaine quelle calamité c'est. Le thé nous a émus aux larmes et le beurre était un don du ciel ; nous avions épuisé notre provision depuis quelques jours – en soi rien de bien dramatique. A Amsterdam, il m'est déjà arrivé, depuis le début de la guerre, de devoir me passer de beurre pendant quelques jours, mais ici c'est beaucoup plus grave, pour la simple raison que les gens sont déjà affaiblis par une foule de maladies, de petits maux chroniques et par la rigueur du climat.

Physiquement, papa est assez mal en point en ce moment, et maman nous fait, pour changer, une histoire de vessie. Cela ne t'ennuie pas trop que j'aie une fois de plus des souhaits à formuler ? Pourrais-tu te procurer en pharmacie des « antiphones » ? Ce sont des boules que l'on peut se mettre dans les oreilles pour se protéger du bruit. La baraque où est maman est très bruyante la nuit : beaucoup de petits enfants malades ; à vrai dire, le bruit ne cesse jamais, et elle voudrait essayer de se « murer » les oreilles, la nuit.

D'autre part, connais-tu un produit qui s'appelle de la Réformite ? C'est une sorte d'extrait végétal que l'on étend sur du pain, et dont maman se sert pour stimuler son appétit. Ici, c'est un genre de maladie vraiment singulier que de n'avoir aucune envie de manger, pendant plusieurs jours parfois. Nous sommes ici dans un pays bizarre. Un dernier détail : il paraît que Brian a encore un peu de graisse qui vient de chez nous ; si tu en envoies un peu de temps en temps, je pourrai faire rissoler des pommes de terre chez des amis qui ont un petit réchaud. Et maintenant j'arrête de quémander, ça me rend malade.

Je termine en t'envoyant tout de même une jolie chose, que je viens de lire à propos de Paula Modersohn Beeker : « Elle avait dans le sang cette grande absence d'exigences face à la vie, qui n'existe qu'en apparence et n'est en réalité rien d'autre que l'expression authentiquement mûrie d'exigences supérieures : le mépris de toute valeur extérieure, qui naît de la sensation inconsciente de sa propre plénitude et d'une félicité intérieure mystérieuse, impossible à élucider totalement[77]. »

Papa veut employer son jour de correspondance pour t'écrire, mais il se peut que le courrier soit retenu. Enfin, de petites tracasseries ne réussiront pas à briser les liens qui existent entre les êtres. Commence la nouvelle année scolaire avec courage et pense à nous quelquefois.

Nous t'envoyons nos plus fidèles amitiés.

Etty.

A Henny Tideman[78]. Westerbork, mercredi 18 août 1943.

Westerbork, 18 août.

Chère petite Tide,

Au départ, je voulais laisser passer mon jour de courrier, tant j'étais fatiguée, et parce que je croyais n'avoir rien à écrire, cette fois. Mais, bien entendu, j'ai beaucoup à raconter. Pourtant je préfère laisser mes pensées s'écouler librement vers vous ; vous finirez bien par les recueillir. Cet après-midi, je me reposais sur mon châlit et tout à coup l'impulsion m'est venue de noter ceci dans mon journal[79], je te l'envoie :

« Toi qui m'as tant enrichie, mon Dieu, permets-moi aussi de donner à pleines mains. Ma vie s'est muée en un dialogue ininterrompu avec Toi, mon Dieu, un long dialogue. Quand je me tiens dans un coin du camp, les pieds plantés dans ta terre, les yeux levés vers ton ciel, j'ai parfois le visage inondé de larmes – unique exutoire de mon émotion intérieure et de ma gratitude. Le soir aussi, lorsque couchée dans mon lit je me recueille en Toi, mon Dieu, des larmes de gratitude m'inondent parfois le visage, et c'est ma prière.

« Je suis très fatiguée depuis quelques jours, mais cela passera comme le reste ; tout progresse selon un rythme profond propre à chacun de nous et l'on devrait apprendre aux gens à écouter et à respecter ce rythme ; c'est ce qu'un être humain peut apprendre de plus important en cette vie. Je ne lutte pas avec Toi, mon Dieu, ma vie n'est qu'un long dialogue avec Toi. Il se peut que je ne devienne jamais la grande artiste que je voudrais être, car je suis trop bien abritée en Toi, mon Dieu. Je voudrais parfois tracer à la pointe sèche de petits aphorismes et de petites histoires vibrantes d'émotion, mais le premier mot qui me vient à l'esprit, toujours le même, c'est : Dieu, et il contient tout et rend tout le reste inutile. Et toute mon énergie créatrice se convertit en dialogues intérieurs avec Toi ; la houle de mon cœur s'est faite plus large depuis que je suis ici, plus animée et plus paisible à la fois, et j'ai le sentiment que ma richesse intérieure s'accroît sans cesse. »

Inexplicablement, Jul[80] plane sur cette lande, ces derniers temps, il continue à me nourrir de jour en jour. Il se produit tout de même des miracles dans une vie humaine, ma vie est une succession de miracles intérieurs. C'est bon d'avoir quelqu'un à qui le dire. Ta photo est dans le *Livre d'heures* de Rilke, à côté de celle de Jul, je les place sous mon oreiller avec la petite bible. Ta lettre aux citations est arrivée, elle aussi ; continue à écrire, oui. Prends bien soin de toi, ma chérie.

Etty.

Ce petit mot est aussi pour Maria – et pour elle seule. Au revoir.

A Han Wegerif et autres. Westerbork. Fragment non daté. Postérieur au 18 août 1943.

[...] Mais enfin, je ne peux tout de même pas dire cela à ces jeunes femmes qui ont avec elles un bébé, et qu'un train de marchandises conduira probablement tout droit en enfer. Et on me rétorquerait encore : « Tu peux parler, toi, tu n'as pas d'enfant. » Mais cela n'a vraiment rien à voir. Il y a une parole de l'Écriture où je puise sans cesse de nouvelles forces. Je la cite de mémoire : « Si vous m'aimez, vous devez quitter vos parents[81]. » Hier soir, luttant une fois de plus pour ne pas me laisser consumer de pitié pour mes parents, une pitié qui me paralyserait totalement si j'y cédais, je l'ai traduite aussi en ces termes : on ne doit pas se noyer dans le chagrin et l'inquiétude que l'on éprouve pour sa famille, au point de ne plus être capable d'attention ni d'amour pour son prochain. L'idée s'impose de plus en plus clairement à moi que l'amour du prochain, de tout être humain rencontré, de toute « image de Dieu », devrait s'élever bien au-dessus de l'amour des parents par le sang. Comprenez-moi bien, je vous en prie. Je sais que l'on prétend que c'est un sentiment contre nature ; mais je m'aperçois que j'ai trop de mal à en parler, alors qu'il est si simple à vivre.

Ce soir, j'accompagne Mechanicus chez Anne-Marie, ou plutôt chez le chef des baraquements qui lui offre une hospitalité permanente dans la chambre particulière dont il dispose. Nous serons donc dans ce qui passe ici pour un pièce spacieuse, avec une grande baie ouverte sur la lande, cette lande vaste et mouvante comme la mer ; l'année dernière, c'est de là que je vous écrivais toutes mes lettres. Anne-Marie fera du café, son hôte parlera de la vie du camp aux temps héroïques (il est ici depuis cinq ans) et Philip y puisera la matière de petits récits. Je vais mettre le nez dans mes boîtes à gâteaux pour voir s'il ne me reste rien de comestible à prendre avec le café, et qui sait, peut-être Anne-Marie aura-t-elle préparé un pudding ? Comme la dernière fois – c'était ton inoubliable pudding aux amandes, Yette[82]. Il a fait chaud aujourd'hui, nous aurons un beau soir d'été devant la fenêtre ouverte, face à la lande. Plus avant dans la nuit, nous irons, Philip et moi, à la recherche de Jopie, et nous nous promènerons, trio paisible, autour de la grande tente de bédouins qui se dresse sur un large espace sableux ; autrefois on y rassemblait les gens promis à l'épouillage, aujourd'hui on y entrepose tous les objets volés aux juifs et destinés à alimenter en Allemagne les « œuvres de charité » ou à aller orner la villa du commandant. De l'autre côté de cette tente, le soleil nous offre soir après soir le spectacle d'un coucher inédit. Ce camp perdu dans la lande de Drenthe abrite des paysages variés. Je crois que la beauté du monde est partout, même là où les manuels de géographie nous décrivent la terre comme aride, infertile et sans accidents. Il est vrai que la plupart des livres ne valent rien, il nous faudra les réécrire.

J'ai envoyé à Tide ma lettre de la quinzaine, nous n'avons plus le droit d'écrire qu'au verso.

Mes enfants, où avez-vous déniché ce cadeau princier, une demi-livre de beurre ! Je n'en croyais pas mes yeux, c'était formidable. Pardonnez cette chute matérialiste.

Il est six heures et demie, l'heure pour moi d'aller chercher les rations familiales.

Je vous salue tous du fond du cœur.

Etty.

A Han Wegerif et autres. Fragment. Westerbork, dimanche 22 août 1943.

Dimanche matin, 21/8/43 *.

Il y a à la pouponnière un bébé de neuf mois, une petite fille, choyée de tous. Un petit bout de chou très joli, très mignon, aux yeux bleus. Elle est arrivée ici il y a quelques mois en qualité de « *S-Fall* », de « cas disciplinaire », après que la police l'eut exhumée d'une clinique. Nul ne sait qui sont ses parents, ni où ils sont. En attendant, on la garde à la pouponnière, les infirmières s'y sont atta chées comme à une mascotte. Mais voici où je voulais en venir : au début de son séjour ici, ce nourrisson n'avait pas le droit de sortir ; les autres bébés étaient dehors dans des landaus, mais celui-ci devait rester enfermé, puisque c'était un « cas disciplinaire » ! Il m'a fallu le vérifier auprès de trois infirmières différentes avant de m'en convaincre, je me heurte ici constamment à des faits qui me paraissent incroyables, mais que l'on me confirme régulièrement.

Dans ma baraque-infirmerie, je trouve une fillette de douze ans, frêle et sous-alimentée. Du même ton tranquille et innocent qu'un autre enfant emploierait pour parler de ses problèmes d'arithmétique, elle me raconte : « Oui, je viens de la baraque pénitentiaire, je suis une “disciplinaire”. »

Un petit garçon de trois ans et demi avait cassé un carreau d'un coup de bâton ; son père lui donne une bonne raclée, le petit fond en larmes et hurle : « Ooh, maintenant on va me mettre à la 51 (= la prison), et on me déportera tout seul en convoi disciplinaire ! »

* Etty s'est trompée d'un jour.

Les propos des enfants entre eux sont consternants, j'entendais l'autre jour un petit garçon dire à un autre : « Non, mon vieux, le cachet "120 000" ce n'est pas ce qu'il y a de mieux ; être moitié aryen, moitié juif portugais[83], ça c'est le fin du fin ! » Et Anne-Marie a surpris une mère qui disait à son enfant : « Si tu ne finis pas ton pudding, tu seras déporté sans maman ! »

Ce matin la « voisine du dessus » de ma mère a laissé tomber une bouteille d'eau dont le contenu s'est répandu en grande partie dans le lit de maman. Cela représente ici une catastrophe naturelle dont vous vous figurez à peine l'étendue. L'équivalent hors du camp serait une maison entièrement inondée.

Je me contente pour l'instant de cette cantine de l'infirmerie. On dirait une cabane indienne, une hutte de rondins. Baraque basse en bois brut, tables et bancs de bois brut, de petites fenêtres qui claquent au vent, c'est tout. On a vue sur une bande de sable sec piquée d'herbes folles, bordée par un talus de sable dragué dans le canal. Des rails désertés serpentent le long de ce talus ; en semaine, on y voit des hommes à demi nus, bronzés, jouer à pousser des wagonnets. On n'a pas ici de vue sur la lande, comme de tous les autres points de cette colonie florissante. Derrière les barbelés, une ligne ondoyante d'arbustes bas – on dirait de petits sapins. Ce bout de paysage d'une aridité impitoyable, la cabane grossière, les tas de sable, l'étroit canal malodorant, tout cela a l'air d'une concession de chercheurs d'or, fait penser au Klondike. Assis en face de moi à la table de bois, Mechanicus mâchonne son stylo. Nous nous regardons par-dessus nos feuilles de papier, couvertes de nos griffonnages. Il enregistre fidèlement, avec une précision quasi bureaucratique, tout ce qui se passe ici. « Non, cela me dépasse, dit-il. Je n'écris pas si mal, mais ici je me sens devant un précipice, ou une montagne ; cela me dépasse. »

Voilà que la pièce se remplit à nouveau de citoyens en costume de confection élimé, pourvus de cartes dûment tamponnées, et qui vont manger du chou-rave dans une écuelle en émail.

Plus tard.

Ellette[84], ta lettre m'a comblée et m'en a dit long.

Jopie a rapporté ici un peu de votre présence vivante. J'en ai été doublement heureuse car, ces derniers temps, c'est à peine si on laisse passer le courrier qui nous est destiné ; à cet égard nous sommes à peu près complètement coupés du monde ; voilà bien l'une des pires tracasseries que nous ayons eu à endurer. Mais même cela ne doit pas trop nous abattre, nous avons assez de ressort intérieur pour le surmonter.

Anne-Marie était folle de joie du petit mot de Swiep.

Le pain de seigle de Léonie a fini – à mon grand regret – dans des estomacs auxquels il n'était pas destiné. Lorsqu'il est arrivé, la « position » de nos réserves de pain était largement excédentaire et je me suis hâtée de la partager entre des gens moins nantis ; le lendemain, il m'était difficile d'aller réclamer cette denrée par essence périssable. La prochaine fois, au moins, je saurai qui doit en profiter.

Touchants, vos raisins et vos poires. Les paquets me plongent toujours dans la confusion, il m'est difficile d'en parler. La Sanovite continue à me ravir, j'en suis très ménagère et la conserve surtout pour mes parents afin de varier leur ordinaire, ce pain du camp toujours prompt à moisir. Merci, Père Han, de cette dynamo qui m'est bien utile, le soir, entre les flaques d'eau et les barbelés. Jopie m'a fait un récit palpitant à propos de Hans ; décidément, chacun vit sous son étoile. Il m'a dit aussi qu'il m'avait rencontrée dans les moindres recoins de la vieille maison, et que je ne vous avais pas quittés.

A Han Wegerif et autres. Westerbork, mardi 24 août 1943[85].

Après une nuit comme celle-ci, j'ai pensé un moment en toute sincérité que ce serait pécher que de rire encore. Mais, un peu plus tard, j'ai fait réflexion que certains étaient partis en riant – encore que cette fois, bien peu. Et en Pologne, il y aura peut-être de temps à autre quelqu'un pour rire – encore que, de ce convoi, bien peu, je le crains.

Quand je pense aux visages des soldats en uniforme vert de l'escorte armée, mon Dieu, ces visages ! Je les ai examinés l'un après l'autre, retranchée dans mon poste d'observation, derrière une fenêtre. Jamais rien ne m'a tant épouvantée que ces visages. Je me suis posé des questions sur cette parole qui est le fil directeur de ma vie : « Et Dieu créa l'homme à son image. » Oui, cette parole a connu chez moi une matinée difficile.

Que ni les mots ni les images ne suffisent à décrire des nuits comme celle-ci, je vous l'ai dit bien souvent. Pourtant il me faut essayer de vous en faire un compte rendu : on se sent en permanence les yeux et les oreilles d'un pan de l'Histoire juive, on éprouve parfois aussi le besoin d'être une petite voix. Il faut bien que nous nous tenions mutuellement au courant des événements qui se produisent aux quatre coins de ce monde, chacun doit apporter sa pierre à l'édifice pour que, après la guerre, la mosaïque puisse se recomposer, couvrant le monde entier.

Au petit matin lorsque j'ai fait un saut jusqu'à la baraque pénitentiaire après une nuit passée à l'hôpital, ce fut comme une bouffée d'air frais. Les occupants, des hommes en majorité, étaient rassemblés avec tout leur paquetage dans l'enceinte de barbelés, et beaucoup d'entre eux avaient l'air de gaillards entreprenants et virils. Un vieil ami – je ne l'ai pas reconnu tout de suite avec son crâne rasé, cela vous change parfois une physionomie – m'a lancé en riant : « A moins qu'ils ne s'acharnent sur moi et me battent à mort, j'en reviendrai. »

Mais les bébés, les petits cris perçants des bébés qu'on a arrachés à leurs berceaux en pleine nuit pour les transporter vers un pays lointain... Je dois me hâter de tout noter, même en désordre, plus tard je n'en serai plus capable parce que je ne pourrai plus croire à la réalité de ce qui s'est passé c'est d'ores et déjà une vision qui ne cesse de s'éloigner de moi. Les bébés, oui, c'était le pire. Et puis cette jeune paralytique, qui ne voulait même pas emporter une assiette et trouvait si dur de mourir. Ou ce garçon pris de panique[86] : il se croyait en sécurité et c'était bien là son erreur, car il s'est retrouvé inopinément sur la liste du convoi ; perdant la tête, il s'est sauvé. Ses frères de race ont dû se lancer dans une chasse à l'homme pour le retrouver, sinon des dizaines d'autres seraient déportés à sa place. On eut tôt fait de l'encercler dans une tente et, malgré cela *... malgré cela les autres ont été emmenés, « pour l'exemple », comme on dit. Il a entraîné ainsi avec lui plusieurs de mes bons amis. Un seul instant d'égarement, et il a fait cinquante victimes. Ou, pour mieux dire, ce n'est pas lui qui les a faites, mais notre commandant, que l'on présente si souvent comme un gentleman. Mais ce garçon pourra-t-il assumer la situation lorsqu'il comprendra pleinement quel mal il a causé ? Et comment la masse des juifs déportés par le même train le traitera-t-elle ? Ce garçon va connaître des moments difficiles. Peut-être les choses auraient-elles encore pu s'arranger si, cette nuit-là, de véritables armadas aériennes n'étaient passées au-dessus de nos têtes. Le commandant n'aura probablement pas été sans les remarquer. « Dieu qu'ils volent bien ** ! » fit en pleine nuit une voix qui semblait s'adresser aux étoiles. On se berçait encore tellement de l'espoir puéril que ce convoi serait annulé ! D'ici, beau-

* En allemand dans le texte : *trotzdem.*

** Idem : « *Donnerwetter ! Fliegen die schön !* »

coup avaient suivi le bombardement d'une ville voisine, peut-être Emden. Et pourquoi une voie ferrée n'aurait-elle pas été touchée, empêchant le train de partir ? Cela n'est encore jamais arrivé, mais, à chaque convoi, on se reprend à l'espérer, avec un optimisme indéracinable.

La veille au soir, je traversais le camp. Les gens s'attroupaient entre les baraques, sous un ciel gris de nuages. « Tenez, c'est ainsi que les gens s'attroupent après une catastrophe, lorsqu'ils la commentent à tous les coins de rue », remarqua mon compagnon.

« Mais c'est justement là ce qui est incompréhensible, éclatai-je. Pour l'instant, nous sommes encore *avant* la catastrophe. » Lorsqu'un accident se produit quelque part, un instinct naturel à l'homme le pousse à porter secours et à sauver ce qui peut l'être. Mais, cette nuit, je vais habiller des bébés et tenter de calmer des mères et c'est cela que j'appelle « porter secours ». Je pourrais me maudire. Nous savons très bien que nous abandonnons nos malades, nos pensionnaires sans défense, à la faim, à la chaleur, au froid, au dénuement, à l'extermination et, pourtant, nous les habillons nous-mêmes et nous les conduisons nous-mêmes jusqu'aux wagons à bestiaux de bois nu – au besoin sur des brancards lorsqu'ils ne peuvent pas marcher. Mais que se passe-t-il donc, quelles sont ces énigmes, de quel fatal mécanisme sommes-nous prisonniers ? Nous ne pouvons nous tirer de ces contradictions en disant que nous sommes tous lâches. Et d'ailleurs nous ne sommes pas si mauvais. Nous nous trouvons ici en face de questions plus profondes...

Cet après-midi-là, la veille du convoi, j'ai fait encore une fois le tour de ma baraque hospitalière, passant de lit en lit. Lesquels seraient vides le lendemain ? Les listes ne sont rendues publiques qu'au tout dernier moment, mais certains savent d'avance s'ils doivent partir. Une jeune fille m'appelle. Elle est assise toute droite dans son lit, les yeux grands ouverts. C'est une jeune fille aux poignets grêles, au petit visage fin et diaphane. Elle est partiellement paralysée, elle venait juste de réapprendre à marcher entre deux infirmières, pas à pas. « On vous l'a dit ? Je dois partir. – Comment, toi aussi ? » Nous nous considérons un moment, la gorge nouée. Elle n'a plus du tout de visage, elle n'a plus que deux grands yeux. Elle finit par dire, d'une petite voix terne et monocorde : « Quel dommage, hein ? Dire que tout ce qu'on a appris dans sa vie n'aura servi à rien. » Et : « Comme c'est difficile de mourir, hein ? » Soudain l'expression étrangement figée de son petit visage se brise, elle laisse couler ses larmes et échapper un cri : « Oh ! d'être obligée de quitter la Hollande, c'est cela le pire ! » Et : « Oh ! pourquoi n'ai-je pas pu mourir avant... » Plus tard dans la nuit, je la reverrai une dernière fois.

Dans la buanderie, une petite bonne femme tient sur son bras du linge encore dégoulinant. Elle m'agrippe au passage. Elle a l'air un peu égarée. Elle déverse sur moi un flot de paroles : « C'est impossible, comment est-ce possible ? Je dois partir, et mon linge ne sera jamais sec pour demain. Et mon enfant est malade, il a de la fièvre ; vous ne pouvez pas obtenir que je reste ici ? Et je n'ai même pas assez d'habits pour le petit, ils m'ont envoyé sa petite grenouillère au lieu de la grande, oh ! il y a de quoi devenir folle. Et dire qu'on ne peut emporter qu'une couverture, on va geler, hein, qu'est-ce que vous croyez ? J'ai ici un cousin, il est arrivé en même temps que moi, mais il n'est pas obligé de partir, parce qu'il a de bons papiers. Pensez-vous que je pourrais en profiter aussi ? Je vous en prie, dites que je ne dois pas partir ; qu'en pensez-vous : est-ce qu'ils laissent les enfants avec leur mère ? Oui, revenez cette nuit, peut-être que vous pourrez m'aider ; qu'en pensez-vous, est-ce que les papiers de mon cousin... »

Quand je dis : cette nuit j'ai été en enfer, je me demande ce que ce mot exprime pour vous. Je me le suis dit à moi-même au milieu de la nuit, à haute voix, sur le ton d'une constatation objective : « Voilà, c'est donc cela l'enfer. »

Impossible de distinguer entre ceux qui partent et ceux

qui restent. Presque tout le monde est levé, les malades s'habillent l'un l'autre. Plusieurs d'entre eux n'ont aucun vêtement, leurs bagages se sont perdus ou ne sont pas encore arrivés. Des dames du « Bureau de bienfaisance * » font le tour de la baraque et distribuent des habits, à la bonne taille ou non, peu importe pourvu que l'on ait quelque chose sur le dos. Certaines vieilles femmes se retrouvent ridiculement accoutrées. On prépare des biberons de lait à donner aux nourrissons, dont les hurlements lamentables transpercent les murs des baraques. Une jeune mère me dit en s'excusant presque : « D'habitude, le petit ne pleure pas, on dirait qu'il sent ce qu'il va se passer. » Elle prend l'enfant, un superbe bébé de huit mois, dans un berceau primitif et lui dit en souriant : « Si tu n'es pas gentil, tu ne partiras pas en voyage avec maman ! » Elle me parle d'amis à elle : « A Amsterdam, quand les "Verts" les ont emmenés, les enfants ont pleuré à fendre l'âme. Alors, leur père a dit : "Si vous n'êtes pas sages, vous n'aurez pas le droit de monter dans le camion vert, ce monsieur en vert ne voudra pas vous emmener." Et ça a marché, les enfants se sont calmés. » Elle m'adresse crânement un clin d'œil, cette petite femme mince et brune au teint olivâtre, au visage spirituel, vêtue d'un pantalon gris et d'un gros chandail de laine verte : « Je ris, mais je n'en mène pas si large. »

La bonne femme au linge mouillé est au bord de la crise de nerfs. « Vous ne pourriez pas cacher mon enfant ? Je vous en prie, cachez-le, faites-le pour moi, il a une forte fièvre, comment pourrais-je l'emmener ? » Elle me désigne un bout de chou aux boucles blondes et à la frimousse enflammée qui s'agite dans un petit lit de bois. L'infirmière veut passer à la mère un chandail de laine supplémentaire par-dessus sa robe. Elle se débat : « Non, je ne veux rien, à quoi bon ?... Mon petit... » Elle sanglote : « Un enfant malade, ils vous l'enlèvent, et on ne le revoit plus jamais. »

* En allemand dans le texte *Fürsorge.*

Une femme s'avance vers elle, une femme du peuple aux formes lourdes, aux traits grossiers et bonasses, elle attire à elle cette mère désespérée et la fait asseoir à côté d'elle sur le rebord d'un lit de fer ; elle lui parle en son dialecte aux accents chantants : « Mais, après tout, tu n'es qu'une juive comme les autres, tu dois partir comme les autres, non... ? »

Quelques lits plus loin, j'aperçois soudain une de mes collègues, dont le visage tavelé a pris un gris de cendre. Elle s'agenouille au chevet d'une mourante qui a absorbé du poison et qui est sa mère...

« Dieu du Ciel, que se passe-t-il ici, que voulez-vous faire ? » m'écrié-je malgré moi. Je suis devant une femme des bas quartiers de Rotterdam, une petite femme affectueuse. Elle est au neuvième mois. Deux infirmières tâchent de l'habiller. Elle appuie son corps difforme contre le lit de son enfant. Des gouttes de sueur ruissellent sur son visage. Ses yeux fixent des lointains où je ne peux la suivre, et elle dit d'une voix blanche, usée : « Il y a deux mois, j'étais prête à accompagner volontairement mon mari en Pologne. A l'époque, on m'en a empêchée parce que j'ai toujours des accouchements difficiles. Et maintenant on me force à partir... parce que quelqu'un s'est sauvé cette nuit. »

Les gémissements des nouveau-nés s'enflent, ils emplissent les moindres recoins, les moindres fentes de cette baraque à l'éclairage fantomatique ; c'en est presque intenable. Un nom me monte aux lèvres : Hérode.

Tandis que, sur un brancard, on la porte vers le train, elle ressent les premières douleurs ; alors seulement l'autorisation arrive de ramener cette femme à l'hôpital au lieu de la hisser dans le train de marchandises, ce qui, cette nuit, peut être mis au nombre des gestes d'humanité les plus remarquables...

Je repasse devant le lit de la jeune paralytique. Elle est déjà partiellement habillée, grâce à l'aide des autres. Jamais je n'ai vu d'aussi grands yeux dans un visage aussi menu. « Je n'arrive pas à m'y faire », me chuchote-t-elle.

A quelques pas de là se tient « ma » petite Russe, une petite bossue dont je vous ai déjà parlé. On la dirait enveloppée dans un voile de tristesse. La jeune paralytique est une de ses amies. Plus tard, elle est venue se plaindre à moi : « Elle n'avait même pas d'assiette, j'ai voulu lui donner la mienne, mais elle ne l'a pas acceptée, elle a dit : "De toute façon, je serai morte en moins de dix jours, et mon assiette irait à ces affreux Allemands." »

Elle se tient devant moi, un kimono de soie verte drapé sur son petit corps difforme. Elle a des yeux d'enfant, très sages et très purs. Elle me lance d'abord un long regard muet et scrutateur : « Je voudrais, oh ! je voudrais me laisser emporter par le courant de mes larmes. » Et : « Je regrette tellement ma chère maman. » (Cette « chère maman » est morte il y a quelques mois d'un cancer ; elle est morte ici, dans la buanderie, près des toilettes. C'était le seul endroit où elle pouvait trouver un instant de solitude pour mourir.) Lioubotchka m'interroge, avec son accent bizarre et du ton d'un enfant qui demande pardon : « Le Bon Dieu comprendra peut-être mes doutes, dans un monde comme celui-ci ? » Puis elle se détourne en un geste presque gracieux d'infinie tristesse, et toute la nuit je vois sa silhouette contrefaite, enveloppée de soie verte, s'affairer entre les lits, rendant de menus services à ceux qui partent. Elle-même ne part pas, du moins pas cette fois-ci...

Je presse des tomates pour remplir des biberons destinés au voyage des bébés. A côté de moi est assise une jeune femme. Elle a l'air active, prête au départ et très soignée. On dirait presque qu'elle pousse un cri de délivrance lorsqu'elle s'exclame, avec un large geste du bras : « Je vais entreprendre le grand voyage, qui sait, je retrouverai peut-être mon mari ? » En face d'elle, une autre l'interrompt avec aigreur : « Moi aussi, je pars, mais je "n'entreprends" pas le voyage, je le subis sans l'accepter. » J'observe la jeune femme assise à mes côtés. Elle n'est ici que depuis quelques jours, après un séjour à la baraque pénitentiaire. Il émane d'elle un air de calme résolution et d'indépendance, sa petite bouche prend volontiers une expression de défi. Dès les premières heures de la nuit, elle est fin prête pour le grand départ, vêtue d'un pantalon long, d'un chandail et d'un gilet de laine. A côté d'elle, un lourd sac à dos avec une couverture roulée est posé par terre. Elle s'efforce d'avaler quelques tartines. Elles sont moisies. « Ce n'est probablement pas la dernière fois que je mangerai du pain moisi ! plaisante-t-elle. En prison, je suis restée plusieurs jours sans manger. » Un petit fragment de son histoire, raconté à sa façon : « Ils m'ont jetée en prison alors que j'étais presque à terme. Avec quels sarcasmes, quel mépris ils m'ont traitée ! J'ai eu le malheur de dire que je ne pouvais pas rester debout et ils m'y ont obligée, pendant des heures, mais j'ai tenu bon sans sourciller. » Elle lance un regard de défi : « Mon mari était dans la même prison. Ce qu'ils lui ont fait subir ! Mais il a été d'un courage ! Ils l'ont déporté le mois dernier. J'avais accouché deux jours plus tôt et je n'ai pas pu le suivre. Mais quel courage il a montré ! » Elle rayonne d'une sorte de fierté attendrie. Elle poursuit : « Notre enfant est mort ici. Je vais peut-être retrouver mon mari. » Elle a un petit rire de défi : « Nous allons peut-être finir par ressembler à des clochards, mais nous nous en tirerons ! » Elle regarde les bébés qui pleurent autour d'elle. « Je vais pouvoir me rendre utile dans le train, j'ai encore du lait maternel. »

Soudain, je jette un cri d'effroi : « Comment, vous aussi ? » Entre les lits défaits des nourrissons qui s'agitent et gémissent, la silhouette élancée d'une femme s'approche en titubant, ses mains brassant l'air à la recherche d'un appui. Elle est vêtue d'un long peignoir noir à l'ancienne mode. Son front aristocratique est couronné d'une chevelure neigeuse, ondoyante, coiffée en hauteur. Son mari est mort ici il y a quelques semaines. Elle a largement dépassé quatre-vingts ans, mais on lui en donne à peine soixante. J'ai toujours admiré la grâce princière avec laquelle elle reposait sur sa misérable paillasse. Sa réponse vient en un cri rauque : « Oui, on ne m'a pas laissée partager la tombe de mon mari. »

« Ah ! mon Dieu, elle aussi ! » C'est la petite bonne femme pétillante de vie, vraie fille du ghetto, qui ne recevait jamais de paquets et se tordait littéralement de faim sur son lit. Elle avait sept enfants au camp. Bourdonnante d'énergie, elle s'affaire en trottinant sur ses jambes courtaudes. « Eh oui, qu'est-ce que vous croyez, j'ai sept enfants, ils ont bien besoin d'une mère qui n'a pas froid aux yeux ! »

Avec des gestes vifs, elle bourre d'affaires un sac de jute.

« Je ne laisse rien derrière moi, mon mari a été déporté il y a un an et mes deux aînés sont déjà partis. » Elle ajoute d'un air rayonnant : « Mes p'tits sont tellement gentils pour moi ! » Elle trottine, elle emballe, elle s'affaire, elle lance à chacun un mot d'encouragement au passage. Une vraie femme du ghetto, petite et laide, les cheveux noirs et graisseux, large de hanches et courte sur pattes. Elle porte une minable robe à manches courtes – je parie qu'elle la mettait déjà pour faire sa lessive dans la Jodenbreestraat[87]. Et, aujourd'hui, elle l'a encore sur le dos pour partir en Pologne, trois jours de voyage, avec sept enfants. « Oui, qu'est-ce que vous croyez, je pars avec sept enfants, et ils ont bien besoin d'une mère qui n'a pas froid aux yeux. »

Cette jeune femme, tout indique qu'en des jours meilleurs elle a connu le luxe et a été très jolie. Elle n'est au camp que depuis peu. Elle s'était cachée pour protéger son bébé. Une dénonciation l'a envoyée ici, comme tant d'autres clandestins. Son mari est à la baraque pénitentiaire. Elle fait peine à voir. Ses cheveux décolorés laissent entrevoir çà et là leur couleur naturelle, noire avec un reflet verdâtre. Elle a enfilé plusieurs dessous et plusieurs ensembles les uns sur les autres. On ne peut pas tout porter dans ses bagages, surtout si l'on a un petit enfant avec soi. Mais cet accoutrement lui donne l'air difforme et ridicule. Son visage est marbré de taches rouges. Elle pose sur chacun un regard voilé et interrogateur, comme un jeune animal abandonné et sans défense.

De quoi aura l'air cette femme déjà totalement désemparée lorsque, au bout de trois jours de voyage, on la déchargera de ce wagon de marchandises bondé où l'on entasse hommes, femmes, enfants, nourrissons, avec leurs bagages, et pour tout mobilier une tonne au milieu ? Ils se retrouveront probablement dans d'autres camps de transit, d'où on continuera à les transborder ailleurs. Ainsi sommes-nous traqués à mort d'un bout à l'autre de l'Europe...

J'erre encore un moment, sans but, dans les autres baraques. Je traverse des scènes qui surgissent devant mes yeux en une multitude de menus détails d'une clarté de cristal et qui sont en même temps aussi diffuses que des visions séculaires et évanescentes. Je vois emporter sur un brancard un vieillard au dernier stade de la maladie, qui dit son propre *scheimes*... « Dire *scheimes* », c'est dire une prière pour un mourant. La prière se compose essentiellement de l'invocation continuelle du nom de Dieu et prend sa valeur la plus haute lorsque le mourant est encore en état d'y mêler sa voix[88]. Je vois un vieil homme emporté sur un brancard jusqu'au train, un vieil homme qui dit son propre *scheimes*... Je vois un père qui, avant le départ, bénit sa femme et son fils et se fait bénir lui-même par un vieux rabbin à la barbe neigeuse et au profil enflammé de prophète. Je vois... ah ! comment pourrai-je jamais le décrire...

Il est déjà six heures du matin ; le train partira à onze heures, on commence à y charger gens et sacs à dos. Les allées qui mènent au train sont fermées par des hommes du service d'ordre[89]. Tous ceux qui ne sont pas concernés par ce « transport » doivent dégager le terrain et rester dans les baraques. Je me glisse dans une baraque qui se trouve juste en face du train. J'entends une voix cynique dire : « D'ici, on a toujours eu une vue imprenable sur les convois entrants et sortants. » Depuis hier déjà, ce train partage notre camp en deux moitiés : en tête, une lugubre série de wagons de marchandises rouillés ; un wagon de voyageurs en queue pour le peloton d'escorte. Dans certains wagons, des litières de papier s'étalent sur le sol. Elles sont destinées aux malades. La chaussée goudronnée qui longe le train s'anime de plus en plus.

Des hommes de la « colonne volante », en combinaison brune, apportent des bagages sur des brouettes. Parmi eux, je découvre en particulier quelques bouffons du commandant : le comique Max Ehrlich et le compositeur de chansonnettes Willy Rosen, qui ressemble à la Mort en marche. A un moment donné, il devait faire partie d'un convoi, la décision était irrévocable, mais quelques jours auparavant il chanta à s'en décrocher les poumons devant un public enthousiaste, où se trouvaient le commandant et sa suite. Il chanta : *Je ne comprends pas que les roses fleurissent* * et d'autres mélodies de circonstance. Le commandant, qui a beaucoup de sens artistique, était ravi. Rosen a ainsi été « bloqué ** » au camp. On lui a même attribué une maison où il vit désormais, derrière de petits rideaux à carreaux rouges, avec sa femme – une blonde peinturlurée qui, le jour, manie l'essoreuse dans les vapeurs bouillantes de la blanchisserie. Quant à lui, le voilà en combinaison kaki, poussant la longue brouette qui lui sert à accomplir sa mission : apporter les bagages de ses frères. On dirait la Mort en marche. Et puis voici un autre bouffon, Erich Ziegler[90], le pianiste favori du commandant. La rumeur rapporte qu'il est suffisamment doué pour jouer en jazz la *Neuvième* de Beethoven, c'est vous dire...

Tout à coup, une troupe de gaillards en uniforme vert se déploie sur l'asphalte, je me demande d'où ils sortent pour surgir aussi brusquement. Paquetage et fusil sur le dos. J'observe les silhouettes et les visages, j'essaie de les considérer sans préjugés.

Lors de précédents convois, on remarquait souvent dans

* En allemand dans le texte : *Ich kann es nicht verstehen dass die Rosen blühen* (avec jeu de mots sur le nom de *Rosen*).

** Idem : *gesperrt.*

le lot des gens encore intacts, débonnaires, qui fumaient tranquillement leur pipe et roulaient des yeux étonnés en traversant le camp, qui parlaient un dialecte incompréhensible et avec qui l'on ne redoutait pas trop d'entreprendre le voyage. Cette fois, l'effroi me saisit. Des trognes obtuses, méprisantes, où l'on chercherait en vain à découvrir un dernier vestige d'humanité. Sur quels fronts a-t-on éduqué ces gens-là, dans quels camps pénitentiaires les a-t-on entraînés ? Mais ne s'agit-il pas cette fois, il est vrai, d'un convoi disciplinaire ? Quelques jeunes femmes se sont déjà assises dans les wagons, elles tiennent leurs bébés sur leurs genoux et laissent pendre leurs jambes à l'extérieur, voulant goûter le plus longtemps possible un peu d'air frais. Des malades passent, portés sur des brancards. C'est un convoi disciplinaire. J'en rirais presque, la disproportion entre gardiens et gardés est trop extravagante. Derrière notre fenêtre, mon compagnon frissonne un peu. Il y a des mois, on l'a transféré ici d'Amersfoort : il était en petits morceaux quand on l'a amené[91]. » Oui, ils sont comme ça, ces types-là, dit-il, ils ont bien cet air-là. » Près de nous, quelques enfants écrasent leur nez aux carreaux. J'écoute leurs propos pleins de gravité. « Pourquoi ces sales types portent du vert, et pas du noir ? Le noir, c'est pourtant la couleur des méchants ? » « Regarde, un malade. » Sur un brancard, une touffe de cheveux gris émerge d'une couverture froissée. « Regarde, encore un autre. » Et, montrant les « Verts » : « Regarde, ça les fait rigoler. »

Les bétaillères se remplissent peu à peu. Voici venir à pas lents sur l'asphalte une longue silhouette, un porte-documents sous le bras. C'est le chef du service des requêtes, l'*Antragstelle*[92]. Jusqu'au dernier moment, il essaie d'arracher des vies humaines aux mains du commandant. Le marchandage se prolonge jusqu'au départ du train ; on parvient fréquemment à délivrer des gens déjà installés dans les wagons. L'homme au porte-documents a le front haut d'un jeune savant et des épaules lasses, très lasses. Une vieille femme toute courbée au petit chapeau noir démodé lui barre la route, elle gesticule et lui brandit sous le nez un tas de papiers. Il l'écoute un moment, hoche la tête en signe de refus, puis se détourne, les épaules encore un peu plus voûtées qu'à l'ordinaire. Cette fois-ci, on ne réussira pas à sortir grand monde du train *in extremis*. Le commandant est furieux. Un jeune juif a osé se sauver, sans qu'on puisse parler d'ailleurs d'une tentative sérieuse d'évasion, il s'est échappé de l'hôpital dans un instant de panique, une veste de lustrine passée sur son pyjama bleu, et s'est caché avec une maladresse presque puérile dans une tente où l'on n'a pas tardé à le retrouver après une sorte de battue dans tout le camp. Mais un juif n'a pas le droit de se sauver, ni celui de céder à la panique. La sentence du commandant est implacable. En représailles, des dizaines d'autres doivent partir par ce convoi, et parmi eux bien des gens qui se croyaient solidement ancrés au camp. Mais c'est ainsi, tout le système est fondé sur le châtiment collectif. Les nombreuses escadrilles qui sont passées cette nuit au-dessus de nos têtes n'ont sans doute guère contribué non plus à améliorer l'humeur du commandant, mais c'est un point sur lequel il ne s'exprime pas volontiers.

Les wagons à bestiaux sont désormais remplis, à première vue. Mais pensez-vous ! Dieu du ciel, et ceux-là, comment vont-ils y tenir ? Un nouveau groupe, nombreux, s'avance. Les enfants ont toujours le nez collé aux carreaux, ils ne perdent rien des événements. « Regarde, il y a des gens qui ressortent, ils ont sûrement trop chaud dans le train. » Soudain, l'un des enfants s'écrie : « Le commandant ! »

Il apparaît au bout de la chaussée goudronnée, telle la grande vedette qui n'entre en scène qu'au *finale* d'une revue. Autour de la personne de ce commandant, on tisse déjà presque des légendes. Il a tant de charme, et de si bonnes dispositions à l'égard des juifs ! Pour le commandant d'un camp de juifs, il professe des opinions bien singulières. Récemment, il a estimé que nous devions avoir une alimentation plus variée et, sur ces entrefaites, on s'est hâté de nous servir – une fois – des petits pois au lieu de chou. On le dépeint aussi comme le père et protecteur de notre vie artistique, et comme un habitué des revues de cabaret. Il lui est même arrivé d'assister trois soirs de suite à la même représentation et de rire chaque fois aussi fort des mêmes plaisanteries usées. Sous ses auspices, un chœur d'hommes s'est constitué, qui a chanté à sa demande *Bei mir bist du schön.* Sur cette lande, cela prenait des accents vibrants, il faut le dire. De temps en temps, il invite chez lui des artistes, il parle et boit avec eux jusqu'au petit matin ; dernièrement, il a reconduit une actrice chez elle en pleine nuit et au moment de la quitter, il lui a tendu la main ; vous vous rendez compte, la main ! On dit aussi qu'il aime particulièrement les enfants, les enfants doivent être bien traités, à l'hôpital on leur donne chaque jour une tomate. Pourtant, il meurt ici beaucoup d'enfants. Pour quelle raison ? C'est un point que la science, jusqu'à ce jour, n'a pas élucidé. Je pourrais multiplier ainsi les anecdotes sur « notre » commandant. Peut-être se sent-il dans la peau d'un souverain débonnaire régnant sur une multitude d'humbles sujets. Dieu seul sait dans quelle peau il se sent. Une voix dit derrière moi : « Nous avions autrefois un commandant qui envoyait les gens en Pologne à coups de pied[93], celui-ci le fait avec le sourire. »

Il longe le train au pas de marche, cet homme encore relativement jeune, qui a fait une brillante carrière – si l'on peut s'exprimer ainsi. Sur cette lande de Drenthe, il règne en maître et seigneur sur la vie et la mort de juifs hollandais et allemands ; il y a un an, il ne savait probablement pas que cette lande existait. Je ne le savais pas moi-même, du reste. Il envoie ce matin cinquante juifs de plus en déportation, parce qu'un jeune homme en pyjama bleu s'est caché dans une tente ; il longe le train, ses cheveux gris soigneusement brossés dépassent, vers la nuque, sous le rebord de sa casquette plate verte. Ces cheveux gris, qui forment un contraste si romantique avec un visage encore assez jeune, font rêver beaucoup d'innocentes fillettes de ce camp, même si elles n'osent pas l'avouer ouvertement. Son visage, en ce matin de colère, est presque gris acier. C'est un visage que je suis encore loin de pouvoir déchiffrer, il me fait parfois penser à une mince cicatrice où la hargne, la morosité et l'insincérité se mêlent indissolublement. Et puis il y a quelque chose dans sa physionomie qui tient le milieu entre le garçon coiffeur tiré à quatre épingles et l'habitué d'un café d'artistes. Mais c'est la hargne et la raideur forcée qui dominent. Au pas de marche, il longe les wagons de marchandises d'où déborde la cargaison humaine. Il passe en revue ses troupes : malades, nourrissons, jeunes mères et hommes au crâne rasé. On amène encore quelques malades sur des brancards, il a un geste d'impatience, cela ne va pas assez vite.

Derrière lui s'avance son secrétaire juif[94], élégamment vêtu d'une culotte de cheval beige et d'une veste de tweed rouille Il a l'allure correcte, sportive, mais insignifiante, de l'Anglais buveur de whisky. Soudain, un beau chien de chasse brun arrive à grands bonds, surgi on ne sait d'où ; le secrétaire en beige folâtre gracieusement avec lui, on jurerait une illustration sortie tout droit d'une revue mondaine anglaise. Le peloton des « Verts » roule des yeux ébahis. Peut-être pensent-ils – enfin, penser est un bien grand mot – que les juifs, ici, ont un tout autre air que sur les planches de leurs manuels d'instruction. Divers caciques juifs du camp vont et viennent le long du train. « En voilà encore qui font les importants », grommelle quelqu'un derrière moi. « Boulevard des déportés », dis-je à haute voix. Je demande à mon compagnon : « Pourra-t-on jamais décrire au monde extérieur tout ce qui s'est passé ici ? » Le monde extérieur, lorsqu'il pense à nous, imagine peut-être une masse souffrante de juifs, incolore et indifférenciée ; il ne sait rien des fossés, des abîmes, des nuances qui séparent les individus et les groupes, et ne serait peut-être même pas capable de les comprendre.

Le commandant vient d'être rejoint par l'*Oberdienstleiter*, le « chef des services » du camp. Le commandant paraît soudain menu, chétif. L'*Oberdienstleiter* est un juif allemand à la stature puissante[95]. Cuissardes noires, casquette noire, tunique militaire noire ornée de l'étoile jaune. Il a des lèvres cruelles et une nuque de potentat. Il y a un an, il était encore terrassier dans l'équipe extérieure. Son ascension fulgurante cristallise un moment privilégié de l'histoire des mentalités de notre époque, il faudra, plus tard, en parler plus longuement. Le commandant en vert clair, raide comme bois, le secrétaire en beige, impassible, et la noire silhouette de brute proconsulaire de l'*Oberdienstleiter* paradent devant le train. On fait le vide autour d'eux, mais tous les yeux se tournent vers eux.

Mon Dieu, toutes ces portes vont-elles vraiment se fermer ? Oui, hélas. Les portes se referment sur des grappes humaines comprimées, rejetées à l'intérieur des bétaillères. Les minces ouvertures en haut des parois laissent entrevoir des têtes et des mains qui s'agiteront tout à l'heure, lorsque le train partira. Le commandant, à bicyclette, remonte une dernière fois le convoi. Puis il fait un petit signe de la main, tel un souverain d'opérette, et une jeune ordonnance accourt pour lui prendre des mains son vélo, avec tout le respect voulu. Le sifflet pousse son cri strident, un train quitte la Hollande avec son chargement de mille vingt juifs. Les quotas n'étaient même pas très élevés cette fois : mille juifs seulement, les vingt autres constituent une réserve pour la route, il est toujours possible que quelques-uns meurent de faiblesse ou soient écrasés dans la presse – dans ce convoi plus que jamais, puisqu'il emporte tant de malades sans la moindre infirmière.

Les auxiliaires du départ refluent lentement, ils vont goûter un repos trop attendu. On voit beaucoup de visages épuisés, blêmes et tourmentés. Notre camp vient d'être amputé d'un nouveau membre, un autre suivra la semaine prochaine, cela dure depuis plus d'un an, semaine après semaine. Nous sommes quelques milliers à rester ici. Cent mille de nos frères de race ont déjà quitté la Hollande et s'épuisent sous des cieux inconnus ou reposent en terre inconnue. Nous ignorons tout de leur sort. Peut-être en saurons-nous bientôt plus, chacun à son tour, car c'est aussi le sort qui nous attend, je n'en doute pas un instant. Mais, pour le moment, il faut que j'aille dormir une petite heure, je suis un peu fatiguée, et la tête me tourne ; ensuite je passerai à la lingerie pour tâcher de récupérer un gant de toilette égaré. Mais d'abord je vais prendre un peu de sommeil et, pour le reste, je suis bien décidée à revenir vers vous après quelques pérégrinations. Je vous dis au revoir pour cette fois, amis très chers.

A Christine van Nooten. Westerbork, mercredi 1er septembre 1943.

Christine, amie chère et attentionnée, c'est à toi que j'envoie l'une des deux cartes-lettres autorisées. La famille est encore au complet, pour le moment du moins. Papa et maman ont réintégré une des grandes baraques, ce qui rend la vie un peu plus difficile. Personne ne peut se représenter ces baraques. Papa est déjà ravi de ne pas se faire piétiner, il lit sur un banc de bois, tandis que de petits enfants s'amusent à grimper sur son dos, ou presque. Ce qu'il lit parle du roi Salomon et de *love* et tu en connais bien l'expéditeur. Mischa, pour sa part, tamponne des tickets à la baraque des bains, une partition ouverte parmi les cartes. Maman s'occupe de ses deux grands empotés d'hommes et elle remercierait le ciel si seulement elle pouvait rester ici. Si seulement... Tous les Adelaar sont partis. Veux-tu dire à Simon qu'il n'a plus besoin d'envoyer de paquets à la famille Franck ? Et veux-tu bien le remercier de l'emballage et de l'expédition irréprochables de tant de bonnes choses d'ici-bas ? Nous n'avons qu'à émettre des souhaits, et vous les réalisez.

Transmets un chaleureux salut à cette bonne Hansje Lansen. Nous voudrions pouvoir vous remercier de vive voix de tout ce que vous faites ; oui, nous voudrions bien.

Peut-être auras-tu bientôt des nouvelles de Maria Tuinzing ? Les photos étaient fraîches et charmantes, tu peux m'en croire ! Pour en revenir à l'inévitable question matérielle : il vaudrait mieux que l'essentiel des envois de pain et de beurre nous parvienne en fin de semaine, à l'extrême limite le lundi, pour parer à toute éventualité. Drame familial de ces derniers temps : l'unique paire de chaussures de papa « s'est égarée » par une triste nuit, et désormais il porte une paire d'emprunt, trop grande pour lui. Il fait pitié, mais enfin, on s'habitue même à cela. On s'habituerait à tout, ici, si l'on était assuré de pouvoir demeurer dans ce petit pays. Mais voilà... Le camp donne l'impression de se vider peu à peu. Et toi, as-tu repris tes cours, face à une jeunesse avide de savoir ? Papa continue à lire Salluste et Homère avec un garçon plein de zèle qui, le jour, creuse des fossés autour du camp. Heureusement, papa est dispensé du triage des haricots et autres tâches hautement éducatives, il est en trop mauvaise condition physique pour travailler.

Je n'ai pas grand-chose à te raconter cette fois, ma bonne ; c'est un jour gris et lourd ; pour l'instant, je me tiens dans un petit terrain herbu derrière une des baraques de l'hôpital, je t'écris perchée sur un lit renversé. Ta sœur nous a envoyé un pain d'épice aux fruits absolument divin. Touchant de voir comme tout le monde a réagi aux besoins en toasts exprimés par papa ; ce n'est plus aussi indispensable, il supporte à nouveau le pain de seigle, peut-être est-ce plus facile pour vous ? Ah ! mes enfants, nous vous en donnons du travail ! A l'occasion, je t'écrirai une lettre toute d'effusions lyriques et sans un mot pour la mangeaille, il faut savoir que j'ai cela en horreur ! Les psaumes sont vraiment magnifiques. Crois-tu qu'il reste quelque part une couverture à Deventer ? Après cette lettre insignifiante, je te dis au revoir, chère bonne, à une autre fois. Bon souvenir de tous. Que tu transmettras aussi aux collègues de papa, n'est-ce pas ?

Etty Hillesum, bar. 41 Westerbork

A Maria Tuinzing. Westerbork, jeudi 2 septembre 1943.

Mariette, j'ai envoyé à Père Han la première moitié de cette lettre, j'espère qu'elles arriveront toutes deux en même temps. C'est un morceau de bravoure journalistique, qui n'entre guère dans tes goûts. Alors, ma chérie, comment vas-tu ? J'ai très envie de quelques mots de toi. Les lettres recommencent à arriver un peu mieux. Recommandées, elles nous parviennent à coup sûr. Veux-tu transmettre le message à Swiep, à charge pour elle d'avertir les autres relations d'Anne-Marie, qui souffre beaucoup de ne plus recevoir de nouvelles de ses amis. J'étais contente du griffonnage de Hans. Porté aussitôt aux parents de Rob le petit mot qui lui était destiné, car je n'ai pas le droit d'aller le voir en personne. Pour l'instant, je suis venue dans la grande baraque tenir compagnie à mon cher papa, qui est sorti de l'hôpital. Le moral connaît des hauts et des bas, mais l'humour finit toujours par percer à travers les nuages. Pourtant c'est un macabre séjour, ici, pour les personnes âgées. Ce mardi, nous sommes passés à travers, une fois de plus. Si un nouveau convoi part mardi prochain, les chances de les maintenir ici seront très minces. Ce sont ces tensions qui vous rongent le plus – les tensions que l'on subit pour les autres, s'entend. En entrant ce matin dans notre petit bureau, j'y ai trouvé une pagaille indescriptible : il avait été réquisitionné pour servir d'atelier de costumes à la revue. Toute la vie du camp est placée sous le signe de la revue. Il n'y a plus de combinaisons pour les gens de l'équipe extérieure, mais la revue comporte un « ballet de combinaisons » et, à cette fin, l'on coud nuit et jour des combinaisons, avec des manches bouffantes. Le plancher de la synagogue d'Assen a été scié pour construire la scène du ballet. Commentaire d'un menuisier : « Que dirait Dieu s'il voyait que l'on utilise sa synagogue à Assen à des fins aussi profanes ? » Superbe, non ? « La synagogue de Dieu à Assen. » Ah ! Maria, Maria... La veille du dernier convoi, on a travaillé toute la journée et toute la nuit à la revue. Tout est ici d'une folie et d'une tristesse indescriptibles et grotesques.

Quant à moi, je vais bien. J'ai recommencé à faire chaque jour une heure de russe, je lis mes psaumes et je bavarde avec des femmes de cent ans qui tiennent à me raconter leur vie. En fait, je vis ici comme je vivais avec vous, à la fois immergée dans la communauté et retranchée en moi-même et j'y arrive très bien, même ici où l'on se heurte constamment aux autres au-dessus, au-dessous et autour de soi. Sais-tu ce que j'aimerais bien avoir ? La robe de chambre de laine bleue que Hesje m'a donnée et mon chapeau de feutre bleu ; c'est encore ce qui me va le mieux à la tête. Peut-être ce ne serait pas mal non plus d'avoir ma robe de tricot bleu, il fait parfois assez froid, et puis ce serait pratique si je dois partir du jour au lendemain. On ne sait jamais, ici. J'espère que vous ne me trouvez pas trop embêtante.

Convenons de ceci encore une fois : chaque mardi, j'enverrai un télégramme aux Nethe : « Vivres pour quatre personnes » (aucun rapport avec la faim) et, si mes parents sont partis, « pour deux personnes ». Beaucoup d'entre nous ne pourront plus jamais, de toute leur vie, échapper au remords d'avoir laissé partir les premiers nos anciens et nos malades. C'est une politique concertée qui procède de l'instinct de conservation *. Papa a demandé à un infirmier chargé du dernier convoi : « Comment se fait-il qu'on laisse sortir de l'hôpital des gens plus morts que vifs · c'est contraire à l'éthique médicale, il me semble ? » Et l'infirmier de répondre, sérieux comme un pape : « L'hôpital livre un cadavre pour pouvoir garder ici un vivant. » Il ne cherchait pas du tout à faire de l esprit, c'était dit du ton le plus grave.

* En allemand dans le texte : *Selbsterhaltungstrieb.*

Vois-tu encore Tide ? Veux-tu bien la prévenir aussi, pour les lettres recommandées ? J'écris à nouveau en désordre – et ce que j'écris ne vaut pas grand-chose. De temps à autre, ici, on tombe de sommeil, et c'est précisément mon cas ce matin ; mais cette lettre doit partir tout à l'heure et je griffonne encore un peu. Vous voudrez bien faire suivre ou apporter vous-mêmes les lettres ci-jointes de Mechanicus ? C'est grâce à lui que je peux faire passer celle-ci. Toute la famille de Jopie est en ce moment à l'hôpital, on maintient difficilement en vie le petit dernier. L'année dernière, nous étions encore des jeunots sur cette lande, Maria ; aujourd'hui, nous avons pris un peu d'âge. On ne s'en rend pas soi-même encore très bien compte : on est devenu un être marqué par la souffrance, pour la vie. Et pourtant cette vie, dans sa profondeur insaisissable, est étonnamment bonne, Maria, j'y reviens toujours. Pour peu que nous fassions en sorte, malgré tout, que Dieu soit chez nous en de bonnes mains, Maria...

Je manque sans cesse à ma mission, je suis incapable de répondre à la demande * de tous ceux qui voudraient que je m'occupe d'eux, je suis souvent beaucoup trop fatiguée. Veux-tu accorder à Käthe un regard aimable, de ma part, et poser ta joue contre celle de Père Han, également en mon nom ? Et tout va-t-il toujours aussi bien entre vous ?

Et veux-tu saluer mon cher bureau, le meilleur coin de cette terre ? Et Swiep et Wiep et Hesje et Frans et les autres ? Je te regarde dans les yeux, ma chérie, et préfère ne plus rien dire.

Etty.

* En allemand dans le texte : *bewältigen*, littéralement : « venir à bout ».

(Écrit dans la marge)

Hilde Cramer[96] vient de m'apprendre que les lettres recommandées n'arrivent pas très bien non plus, vous pouvez donc vous épargner cette peine. De temps en temps, une petite carte-lettre, oui, il en passe un peu, au compte-gouttes.

Et comment va Ernest ? Ce matin, une de mes collègues m'a dit, faisant allusion aux situations dramatiques qu'on voit ici : « Tout instant de la vie où l'on manque de courage est un instant perdu. » Bon, je vais chez le coiffeur. Et peut-être devrons-nous déménager tout à l'heure, quitter notre maisonnette pour une grande salle commune ; ces choses-là se règlent toujours en cinq minutes, ici. Ce matin, j'ai vu Liesl Levie, elle a constamment des vertiges, elle dit : « J'en sortirai, même en tournant comme une toupie *. » La mère de Werner est partie.

Au revoir. Affectueusement.

Etty.

A Christine Van Nooten. Près de Glimmen[97].
Mardi 7 septembre 1943.
Cachet de la poste : 15 septembre 1943.

Christine, j'ouvre la Bible au hasard et trouve ceci : « Le Seigneur est ma chambre haute. » Je suis assise sur mon sac à dos, au milieu d'un wagon de marchandises bondé. Papa, maman et Mischa sont quelques wagons plus loin. Ce départ est tout de même venu à l'improviste[98]. Ordre subit de La Haye, spécialement pour nous. Nous avons quitté ce camp en chantant, père et mère très calmes

* En allemand dans le texte : *Ich schwindle mich durch.*

et courageux, Mischa également. Nous allons voyager trois jours. Merci de tous vos bons soins. Les amis restés au camp vont écrire à Amsterdam, peut-être te fera-t-on suivre ? Peut-être aussi ma dernière longue lettre ?

Un au revoir de nous quatre.

Etty

Notes

1. Fragment non daté du journal d'Etty, noté sur une feuille volante et inséré dans un de ses cahiers à la page du mercredi 22 juillet 1942. C'est apparemment le jour où Etty s'est portée volontaire auprès du Conseil juif pour être affectée à Westerbork.

2. Josef Mahler (1894-1943) et son épouse Hedwig Mahler-Abraham (1897-1943) étaient tous deux des opposants actifs au nazisme. Ayant fui l'Allemagne en 1933, ils furent successivement déclarés indésirables en Hollande et en Belgique en raison de leurs activités politiques, avant d'être internés à Westerbork. Ils faisaient partie d'un groupe de résistance du camp et organisaient des évasions. Josef Mahler mourut à la prison de Düsseldorf, sa femme à Auschwitz.

3. Joseph (Jopie) Vleeschhouwer (1905-1945), ancien employé de banque, travaillait comme Etty pour le Conseil juif et devint l'un de ses meilleurs amis au camp. Déporté à Bergen-Belsen en 1944, il mourut du typhus au moment de sa libération.

4. Des deux frères Stertzenbach, l'aîné, Herbert (1906-1963), artiste peintre, était un ami de Hans Wegerif. L'autre, Werner, dont il est question ici, était un opposant actif au nazisme. Emprisonné en Allemagne puis interné à Westerbork, il réussit à s'évader du camp à la fin de 1943 et entra dans la clandestinité. Il voulait convaincre Etty de se cacher et d'entrer comme lui dans la résistance active, offre qu'elle repoussa à plusieurs reprises.

5. Max Witmondt (né en 1899), qui avait eu un poste important dans une compagnie d'assurances d'Amsterdam, était marié à une chrétienne – ce qui constituait un délit mais, paradoxalement, permettait en fait d'échapper à la déportation. Interné d'abord au camp d'Amersfoort, il y fut, comme tous les détenus, terriblement maltraité. Etty servait de messagère entre sa femme et lui.

6. Kattenburg est un quartier populaire du port d'Amsterdam. Il se peut qu'Etty veuille dire ici : « un garçon qui *travaillait* à Kattenburg ». Il s'y trouvait en effet une usine (« Hollandia ») qui produisait pour la Wehrmacht et employait des juifs préservés à ce titre de la déportation. Toutefois, après la découverte d'actes de sabotages, la plupart d'entre eux furent envoyés en Pologne.

7. A Ellecom, en Gueldre, se trouvait un centre de formation de SS néerlandais. Cent cinquante juifs environ y furent employés à l'installation de terrains de sport et y furent affreusement maltraités. Les travaux achevés, on les transféra à Westerbork, où ils apprirent que leurs familles avaient déjà été déportées.

8. Paul Cronheim (Amsterdam 1892-1975), musicologue spécialiste de Wagner, administrateur du Concertgebouw. Membre du Conseil juif.

9. Maître Eduard Spier, notaire (1902-1980), était l'un des principaux fonctionnaires du Conseil juif à Westerbork. Déporté à Theresienstadt en septembre 1944, il survécut.

10. C'est la première des deux lettres d'Etty éditées clandestinement en 1943 par le journaliste résistant David Koning, sous le titre trompeur de *Drie brieven van den kunstschilder Johannes Baptiste van der Pluym (1843-1912)* [*Trois lettres du peintre J. B. van der Pluym*]. Elles connurent plusieurs rééditions après la guerre et constituaient, jusqu'en 1981, les seuls textes publiés d'Etty Hillesum. Le texte présenté ici a été revu d'après le manuscrit.

11. Le « docteur K. » est probablement Herbert Kruskal, juif allemand installé à Scheveningen où il fut arrêté en 1942. A Westerbork, il appartenait à un service important, celui des « requêtes » *(Antragstelle). Voir Avant-propos.*

12. *Voir Avant-propos.*

13. Le *Saint-Louis*, parti de Hambourg le 13 mai 1939 à destination de La Havane. Malgré des promesses formelles, le gouvernement cubain refusa de laisser entrer la plupart des neuf cent trente-six réfugiés qui avaient pris place à bord. Après des tractations humiliantes avec les États-Unis, la Colombie et le Chili, le paquebot reprit la direction de l'Europe. Ses passagers, tous juifs allemands, trouvèrent refuge en Angleterre, en France, en Belgique et, pour cent quatre-vingt-un d'entre eux, aux Pays-Bas. Ceux-ci furent mis en résidence à Westerbork.

14. Cette allusion à une « mine de charbon de Silésie » se comprend mieux si l'on sait qu'Etty, comme tant d'autres, croyait encore – ou voulait croire – que les juifs déportés étaient affectés à des travaux pénibles, sans plus.

15. Tant que Westerbork était encore un camp de réfugiés, il ne dépendait que du gouvernement néerlandais. Il fut placé d'abord sous la tutelle du ministère de l'Intérieur (ce qu'Etty ignore apparemment) puis, à compter du 16 juillet 1940, sous celle du ministère de la Justice. Il fallut attendre le 1er juillet 1942 pour qu'il passe sous commandement allemand, sans toutefois que l'autorité néerlandaise fût formellement écartée – d'où la présence, d'ailleurs transitoire, de deux commandants.

16. La prison proprement dite était complétée par le complexe des baraques pénitentiaires, dont Etty ne parle pas ici, et qui pouvaient contenir plusieurs centaines de personnes.

17. Le commandant hollandais : le capitaine Jacques Schol, en fonction jusqu'au mois de janvier 1943. Le commandant allemand : Albert Konrad Gemmeker, en fonction d'octobre 1942 à mai 1945.

18. Le bombardement de Rotterdam, ultime moyen de pres-

sion des Allemands pour amener les Pays-Bas à capituler, eut lieu le 14 mai 1940. Par rapport à d'autres bombardements de la Seconde Guerre mondiale, il fit relativement peu de victimes (neuf cents environ), mais détruisit tout le centre de la ville.

19. Environ trois cents catholiques d'origine juive furent arrêtés le 2 août 1942. Les Pays-Bas comptaient quelque sept cents juifs convertis au catholicisme. A la différence des protestants, ils furent en majorité déportés à Auschwitz et exterminés.

20. Ce qu'on était obligé de faire au camp où l'on ne disposait d'aucun meuble de rangement.

21. Les grandes rafles des 2 et 3 octobre 1942 amenèrent à Westerbork plus de douze mille personnes.

22. Partie d'un des canaux d'Amsterdam où se concentrent de beaux hôtels particuliers. Transposé en termes de géographie parisienne : l'avenue Foch.

23. Maria Tuinzing était originaire de Wageningen, en Gueldre.

24. Apparemment d'autres employés du Conseil juif qui regagnaient le camp en même temps qu'Etty.

25. A Vught, près de Bois-le-Duc, se trouvait un camp de concentration rassemblant juifs et non-juifs. Pour les juifs, c'était à la fois un camp de travail et un camp de transit, car tôt ou tard ils étaient transférés à Westerbork et, de là, en Pologne. Les 6 et 7 juin 1943, deux convois emmenèrent mille deux cent quatre-vingt-huit femmes et mille deux cent soixante-six enfants, dans des conditions effroyables. C'est à leur arrivée à Westerbork qu'a assisté Etty. Dès le 8 juin, ils repartaient pour Sobibor où tous furent aussitôt exterminés.

26. C'est-à-dire du bureau du Conseil juif où Etty avait travaillé en juillet 1942. Le Lijnbaansgracht est un canal du Jordaan, quartier populaire d'Amsterdam.

27. Moishe, dit Max Kormann (1895-1959), connu à Wester

bork sous le prénom d'emprunt d'Osias, était un juif d'origine polonaise établi dans les années vingt à Hambourg. Il fut l'un des passagers du *Saint-Louis* et était à ce titre l'un des plus anciens « résidents » de Westerbork, où il dirigeait un service. Etty et lui nouèrent à Westerbork de tendres relations. Osias Kormann passa toute la guerre au camp ; il émigra en 1946 aux États-Unis.

28. Herman Boasson (1908-1981), juriste, ami d'Etty. Arrêté sur dénonciation en février 1943, il fut interné à Vught, puis à Westerbork, et finalement déporté à Auschwitz où il réussit à survivre en jouant dans l'orchestre du camp.

29. Unité de police allemande en uniforme vert (d'où son nom), chargée du maintien de l'ordre, des rafles, de l'accompagnement des convois et des exécutions.

30. En particulier Franz Fischer, officier SS surnommé « Juden-Fischer », l'un des principaux responsables de la déportation des juifs des Pays-Bas.

31. Les parents d'Etty et son frère Mischa étaient arrivés à Westerbork le 21 juin 1943 ; quelques mois plus tôt, ils avaient dû quitter leur grande maison de Deventer pour s'installer à Amsterdam dans le quartier dit du Transvaal, transformé par les Allemands en une sorte de ghetto. C'est là qu'ils furent victimes de la grande rafle des 20 et 21 juin, qui devait amener cinq mille cinq cent vingt-quatre juifs à Westerbork.

32. La Berlinoise Anne-Marie Riess avait été correspondante à Paris d'un journal allemand jusqu'en 1933. Depuis lors, elle vivait à Amsterdam ; Etty l'avait connue par son amie Swiep van Wermeskerken. Pendant la grande rafle des 20-21 juin, Anne-Marie Riess s'était cachée, mais elle fut arrêtée quelques jours plus tard. Elle venait d'arriver au camp lorsque Etty écrivit cette lettre. Anne-Marie Riess fut déportée à Bergen-Belsen et survécut à l'épidémie de typhus.

Les « lunettes d'aviateur » dont parle Etty étaient destinées à protéger les yeux de la poussière et du sable omniprésents à Westerbork.

33. Sam de Wolff (1878-1960), économiste et homme politique, socialiste néerlandais influent. Déporté à Bergen-Belsen, il put bénéficier d'un échange entre juifs et prisonniers allemands retenus en Palestine, et vécut en 1944-1945 à Tel-Aviv. Il revint ensuite aux Pays-Bas. Etty connaissait très bien son fils Leo de Wolff, mort à Bergen-Belsen.

34. Le Théâtre hollandais (Hollandse Schouwburg), dont la façade orne toujours le Plantage Middenlaan à Amsterdam, servait depuis juillet 1942 de point de rassemblement pour les juifs en instance de déportation à Westerbork. Il s'y entassait parfois plus de quinze cents personnes, qui y passaient selon le cas quelques heures ou quelques jours. Contrairement aux bruits dont Etty se fait ici l'écho, son frère Jaap ne se trouvait pas au Théâtre hollandais à ce moment-là. Il ne fut transféré à Westerbork qu'en septembre 1943, après le départ d'Etty, de Mischa et de leurs parents.

35. Philip Mechanicus (Amsterdam 1889-Auschwitz 1944), grand reporter, spécialiste de politique étrangère d'un des meilleurs journaux néerlandais de l'époque, l'*Algemeen Handelsblad*, était arrivé à Westerbork en novembre 1942 ; grâce à différents appuis, il réussit à s'y maintenir jusqu'en mars 1944, date à laquelle il fut déporté à Bergen-Belsen. En octobre de la même année, il fit partie d'un convoi disciplinaire à destination d'Auschwitz. Le groupe entier fut exécuté. Durant la majeure partie de son séjour à Westerbork, Mechanicus tint un journal qui constitue le témoignage le plus complet et le plus précis sur la vie de ce camp. Il a été édité plusieurs fois en néerlandais sous le titre *In dépôt (En dépôt)*. Mechanicus avait beaucoup de sympathie pour la famille Hillesum et en particulier pour Etty – qui a d'ailleurs contribué une fois à le sauver de la déportation.

36. Friedrich Weinreb, né à Lemberg en 1910, mais élevé aux Pays-Bas, était un économiste réputé. Son attitude pendant la guerre a fait l'objet d'une des affaires judiciaires les plus complexes de l'histoire néerlandaise : il crut pouvoir échapper à la déportation en feignant de se mettre au service des Allemands, mais fut probablement manipulé par eux et causa, volon-

tairement ou non, la perte d'un grand nombre de juifs. Condamné pour trahison en 1948, mais aussitôt gracié, son cas n'a jamais été totalement élucidé. Dans ses Mémoires en forme d'apologie, *Collaboratie en verzet* (*Collaboration et Résistance*, 1969), Weinreb a laissé un très beau portrait d'Etty (t. II, p. 1071-1075).

37. Renata Laqueur était la fille du professeur Ernst Laqueur, un chimiste qui avait mis au point des gaz toxiques pour l'armée allemande en 1914-1918 et jouissait apparemment d'une protection particulière. Il était le compagnon de Maria Tuinzing, l'amie d'Etty. Renata Laqueur fut déportée par la suite à Bergen-Belsen en compagnie de son mari Paul Goldschmidt (« Paul »).

38. Mine Kuyper-Canté (1898-1957), pianiste et mécène, protégeait particulièrement Mischa Hillesum et lui permit de donner des concerts chez elle lorsqu'il fut interdit aux artistes juifs de se produire en public. Elle joua d'ailleurs un rôle important en aidant certains d'entre eux à entrer dans la clandestinité.

39. Emilie (Milli) Ortmann, d'origine allemande, avait émigré aux Pays-Bas en 1933 ; son mari, Théo Ortmann, était un artiste réputé. Bien que juive elle-même, elle réussit à échapper aux persécutions grâce à des papiers habilement falsifiés. Elle eut même le courage d'intervenir auprès du chef d'orchestre Willem Mengelberg et des autorités allemandes en faveur de Mischa Hillesum et de sa famille.

40. J. Leguyt (1897-1969) était l'associé de l'expert-comptable Han Wegerif.

41. Cornelis Wegerif (1919-1943) était le neveu de Han Wegerif. Il faisait partie d'un réseau de résistance et avait été arrêté par les Allemands. Il devait être exécuté le 20 juillet 1943.

42. Klaas Smelik (1897-1986), journaliste et écrivain, avait eu une brève liaison avec Etty lorsque celle-ci avait vingt ans. Etty était restée en bons termes avec lui et surtout avec sa fille Johanna (Jopie). Klaas et Johanna Smelik avaient supplié Etty

de se cacher et lui avaient offert diverses « adresses », mais elle avait toujours refusé.

43. Le Mouvement national-socialiste néerlandais (Nationaal-Socialistische Beweging) fournissait apparemment des auxiliaires pour diverses opérations de police allemandes. Ce parti qui, malgré son nom, était à l'origine plus nationaliste que pronazi intéressait surtout les Allemands en tant que réservoir d'hommes pour leurs divisions SS.

44. A l'initiative d'un haut fonctionnaire néerlandais, Frederiks, les Allemands acceptèrent de créer dans deux grandes villas avec parc de la petite commune de Barneveld une sorte de « camp d'élite » où furent rassemblés des intellectuels et plus généralement des membres de la bonne société. Ce « camp » de Barneveld comptait environ six cent cinquante personnes. Il ne fut en service que de décembre 1942 à la fin de septembre 1943. Ses occupants furent alors transférés à Westerbork où ils demeurèrent un an environ, avant de partir pour Theresienstadt. La plupart, cependant, survécurent à leur déportation.

Au moment où divers amis de la famille tentaient d'intervenir pour faire transférer Mischa et ses parents à Barneveld, le camp était déjà condamné par les Allemands.

45. Liesl et Werner Levie, tous deux berlinois, n'avaient émigré à Amsterdam qu'en 1939. Etty, qui les cite très souvent dans son journal, les avait connus grâce à Spier. Werner Levie, sioniste convaincu, aida après 1933 de nombreux artistes à émigrer en Palestine. Sa femme et lui furent transférés à Westerbork le 20 juin 1943, puis au début de 1944 à Bergen-Belsen. Ils ne purent profiter comme d'autres du fameux « échange » avec la Palestine *(voir note 33)* et ne furent libérés qu'en avril 1945. Werner mourut alors du typhus en soignant d'autres malades. Après 1948, Liesl et ses filles émigrèrent en Israël.

46. Cette liste, encore appelée « liste de convoi » *(transportlijst)*, était constituée dans les quarante-huit heures précédant le départ de chaque convoi. Le commandant se déchargeait de ce soin sur les chefs des différents services – des juifs, donc. Il

lui suffisait d'obtenir le nombre demandé. La liste était susceptible de modifications jusqu'au dernier moment.

47. Il s'agit d'une liste acceptée par les Allemands, qui « garantissait » que les parents de collaborateurs du Conseil juif ne seraient pas déportés.

48. Tout cet épisode est raconté par Mechanicus dans son journal *In dépôt*, p. 70-72. Le « mystérieux personnage » à « tête de proxénète » est Schripperman, une relation de Mechanicus Le « petit vieillard sénile », beau-père du précédent, s'appelait Trottel – un ancien fonctionnaire du ministère de la Guerre à Berlin. La *Registratur* (le « fichier ») était le service où l'on préparait les listes de convoi.

49. Etty fait sans doute allusion à la relative pénurie de médecins qui devait résulter de la déportation des praticiens juifs – en effet assez nombreux.

50. Leo Krijn, agent de change à Amsterdam, était le beau-frère de Julius Spier. Sa femme et son fils étaient en réalité déjà morts à Auschwitz, lui-même et son frère devaient trouver la mort à Sobibor à une semaine de distance.

51. Wiep Poelstra, la fiancée d'Herman Boasson.

52. Etty souffrait d'eczéma par intermittence depuis les années trente.

53. Grete Wendelgelst était la sœur de Milli Ortmann *(voir note 39).* Comme elle, elle intercédait pour la famille Hillesum.

54. Ces tampons – il y en avait une infinité – attestaient que l'on figurait sur une liste, donc que l'on était (très provisoirement) protégé. Tampons et listes bloquées étaient sans cesse remis en question.

55. Lars Söderblom (1866-1931), archevêque d'Uppsala, théologien suédois et prix Nobel de la paix en 1930.

56. La reine Wilhelmine des Pays-Bas.

57. Max Ehrlich (1892-1945), chansonnier et acteur allemand,

installé aux Pays-Bas à partir de 1934. Associé pendant la guerre à Willy Rosen, il monta avec lui les fameuses revues de Westerbork. Déporté à Theresienstadt, puis à Auschwitz où il mourut.

La comédienne Chaja Goldstein avait quitté l'Allemagne pour les Pays-Bas en 1933. Détenue à Westerbork, elle dut sa libération à son mariage avec un cinéaste allemand. Elle émigra aux États-Unis en 1949.

Willy Rosen, de son vrai nom Julius Rosenbaum (1892-1945), célèbre auteur-compositeur de chansons populaires dans le Berlin des années vingt. Après 1933 et jusque sous l'occupation, il monta de nombreuses revues avec Max Ehrlich. Mort à Auschwitz.

58. Le professeur David Cohen, helléniste et égyptologue néerlandais (1882-1967), sioniste actif avant-guerre, accepta sous l'occupation la coprésidence du Conseil juif avec le diamantaire Abraham Asscher. Totalement soumis aux exigences allemandes, il a été souvent tenu pour responsable en partie de l'efficacité de la « solution finale » aux Pays-Bas.

59. Gera Bongers, née en 1914, professeur d'anglais, était l'une des élèves de Spier, et c'est chez lui qu'Etty avait fait sa connaissance.

60. « Jim » était le surnom de Simon van Gelder, un pianiste qui se cacha un moment chez Mme Nethe – la logeuse de Spier – puis plus brièvement chez Mine Kuyper. Arrêté lors d'une rafle ; mort en déportation.

61. Johan Brouwer (1898-1943), écrivain et historien, membre d'un groupe de résistance qui tenta de détruire les registres d'état civil d'Amsterdam – dont se servaient les Allemands. Il fut fusillé avec seize autres résistants le 1er juillet 1943. Etty venait probablement d'apprendre la nouvelle.

62. Philip Mechanicus.

63. Christine van Nooten (née en 1903), professeur de lettres classiques au lycée de Deventer, avait eu Etty pour élève. Très

liée à la famille Hillesum, elle assura une bonne part du ravitaillement d'Etty et de ses parents durant leur internement à Westerbork.

64. En réalité Matthieu 6, 34. L'« ami inoubliable » : Julius Spier.

65. E.A.P. Puttkammer, fonctionnaire allemand d'une banque néerlandaise, servit pendant la guerre d'intermédiaire entre les nazis et de riches juifs qui cherchaient à émigrer. Il suffisait de verser une forte somme en devises étrangères pour figurer sur la « liste Puttkammer », sur laquelle les autorités allemandes devaient statuer. Aucun des juifs ainsi grugés n'émigra jamais, sinon, dès 1943, vers la Pologne. Les parents d'Etty avaient tenté de s'y faire inscrire par l'intermédiaire de Christine van Nooten.

66. *Vrij Nederland* – « la Libre Hollande » – était un journal illégal confectionné et distribué par un réseau dont certains membres pratiquaient aussi la résistance armée.

67. Le 2 août 1943, trois fermes proches de Westerbork furent incendiées ; les Allemands prirent une dizaine de personnes en otages et les internèrent provisoirement à Westerbork.

68. C'est-à-dire un membre du service d'ordre *(Ordedienst)* du camp *(voir note 89).*

69. Wilhelm Harster, chef de la police de sûreté et du SD, bras droit de Rauter, chef suprême de la police et des SS aux Pays-Bas.

70. En réalité, l'interruption fut de courte durée : du 20 juillet au 24 août 1943. Seule la destination des convois devait changer : non plus Sobibor, mais Auschwitz.

71. Joseph Eduard Adolf (« Jo ») Spier (1900-1978), caricaturiste et illustrateur néerlandais. Il fut déporté à Theresienstadt et émigra en 1951 aux États-Unis.

72. Le *Stundenbuch* de Rainer Maria Rilke, un des livres de chevet d'Etty, qu'elle cite souvent dans son journal.

73. Willem Kraak, collègue et ami de Louis Hillesum au lycée de Deventer. Violoncelliste amateur.

74. Johanna Maria, dite Hansje, Lansen était la fille d'un instituteur de Deventer et une amie d'enfance d'Etty.

75. Paula Becker-Modersohn (1876-1907), artiste peintre allemande, épouse du fondateur de la colonie d'artistes de Worpswede, Otto Modersohn. Ses lettres et ses carnets intimes ont été édités en 1917 par Sophie Gallwitz. C'est de ce livre qu'Etty tire cette citation. Elle reprend la même phrase dans sa lettre du 12 août à Christine van Nooten.

76. L'une des tâches d'Etty consistait à recueillir les messages de pensionnaires du camp et à envoyer leurs télégrammes à *l'arrière.*

77. *Voir ci-dessus, note 75.*

78. Henny Tideman (« Tide »), née en 1907, était depuis 1939 l'une des plus fidèles amies de Julius Spier. C'est chez celui-ci qu'Etty avait fait sa connaissance. « Tide » partageait avec Etty un certain mysticisme.

79. Aucun des carnets tenus par Etty à Westerbork n'a été retrouvé.

80. Jul = Julius Spier.

81. La « citation » d'Etty est très libre. On trouve l'idée exprimée deux fois dans l'Évangile selon Luc. En 14, 26 : « Si quelqu'un vient à moi et ne hait pas son père, et sa mère, et sa femme, et ses enfants, et ses frères, et ses sœurs, et jusqu'à sa propre vie, il ne peut pas être mon disciple », et en 18, 29-30 : « En vérité, je vous dis que personne n'aura laissé maison, ou femme, ou frères, ou parents, ou enfants à cause du royaume de Dieu, qui ne reçoive bien davantage en ce temps-ci, et dans l'âge qui vient la vie éternelle. »

82. Yette : Henrica van der Hagen (1903-1984), amie de Swiep van Wermeskerken.

83. Les tampons qui protégeaient – provisoirement – leurs

détenteurs de la déportation étaient numérotés. Le tampon « 120 000 » était réservé à ceux qui pouvaient fournir aux Allemands des sommes considérables – 20 000 à 40 000 florins – en diamants, métaux précieux ou devises. Les quelque treize cents juifs néerlandais possédant ce tampon devaient être échangés contre des prisonniers allemands. En fait, ils furent déportés à Bergen-Belsen où un quart d'entre eux environ devait mourir, notamment du typhus.

Les juifs portugais, quant à eux, formaient l'un des plus vieux noyaux de peuplement des Pays-Bas ; ils n'étaient que quelques milliers. La politique des Allemands à leur égard fut pleine de revirements. Au départ, on sembla admettre qu'ils formaient un groupe distinct, et un millier d'entre eux tentèrent de démontrer qu'ils étaient certes de confession, mais non de race juive. Quatre cents d'entre eux reçurent de ce fait un traitement privilégié ; ils ne devaient pas être déportés, mais « rapatriés » vers leur « pays d'origine » – l'Espagne ou le Portugal qu'ils avaient quittés depuis environ quatre cents ans ! Mais au cours de l'année 1943, ils furent transférés à Westerbork, puis, au printemps de 1944, à Theresienstadt – et de là à Auschwitz où presque tous trouvèrent la mort.

84. « Ellette » : Léonie Snatager, née en 1918, qui avait connu Etty à Amsterdam durant ses études, en 1937 ou 1938. Elle resta jusqu'à la guerre l'une des meilleures amies d'Etty.

85. Seconde lettre d'Etty éditée clandestinement en 1943. *Voir note 10.*

86. Ce « garçon » était en réalité un ami d'Etty, Herman Boasson. *Voir note 28.*

87. La *Jodenbreestraat*, littéralement « rue large aux juifs », était l'artère principale du quartier juif historique d'Amsterdam.

88. Etty ne pratiquait pas la religion de ses pères, et son explication paraît un peu fantaisiste. *Sheimes* semble être une forme yiddish de l'hébreu *shema*, « écoute », premier mot de l'invocation célèbre, « Écoute Israël, l'Éternel est notre Dieu, l'Éternel est un », qui est en fait la prière du matin.

89. Le service d'ordre – juif – de Westerbork avait été fondé en mars 1942, lorsque le camp était encore placé sous commandement hollandais. Cette police, qui devait comprendre jusqu'à cent quatre-vingts hommes, était chargée d'assurer le maintien de l'ordre lors du départ des convois et devait même participer à certaines rafles, à Amsterdam notamment. Responsables sur leur tête de toute défection ou évasion, les membres de ce service d'ordre se montraient aussi zélés que leurs persécuteurs, ce qui leur valut le surnom de « SS juifs ».

90. Erich Ziegler avait écrit la musique de nombreuses revues de Willy Rosen. A Westerbork, il était le pianiste attitré de tous les spectacles.

91. Le compagnon d'Etty durant cette nuit est Max Witmondt. *Voir note 5.*

92. Le chef de l'*Antragstelle*, le « service des requêtes », était le docteur Ottenstein, un juif allemand réfugié aux Pays-Bas et transféré à Westerbork en janvier 1942. Philip Mechanicus, dans *In dépôt*, le cite fréquemment et l'évoque toujours avec respect.

93. J. H. Dischner, prédécesseur éphémère de Gemmeker, avait commandé le camp de Westerbork en septembre-octobre 1942. Il était alcoolique et brutalisait les détenus, faisant souffler un vent de panique et de révolte. C'est justement ce que les autorités allemandes voulaient éviter, aussi fut-il promptement envoyé sur le front de l'Est.

94. Heinz Todtmann, ancien journaliste, était en effet le « bras droit » de Gemmeker. Il était officiellement à la tête des différents « services » du camp administrés par des juifs, même si la réalité du pouvoir lui échappait au profit de Kurt Schlesinger. *Voir note suivante.*

95. Kurt Schlesinger (né en 1902) portait le titre d'*Erste Dienstleiter* ou *Oberdienstleiter* (« premier chef de service »). En un an, il s'était élevé de la qualité de détenu à celle de favori de Gemmeker. C'est lui qui décidait en dernier ressort de la composition des convois, Gemmeker vérifiant essentiellement si le nombre demandé était atteint. Craint et haï de tous.

96. Hilde Cramer était une collègue d'Etty, comme elle employée du Conseil juif à Westerbork.

97. Cette carte a été jetée du train par Etty ; des paysans l'ont retrouvée près de la voie et postée. Etty avait fait parvenir de la même manière une carte à Han Wegerif et Maria Tuinzing. Elle n'a pas été conservée, mais Maria Tuinzing en a recopié deux brefs extraits, qui semblent très proches du texte de cette carte.

98. *Voir Avant-propos.*

ANNEXES

PRÉFACE À L'ÉDITION ORIGINALE NÉERLANDAISE D'*UNE VIE BOULEVERSÉE*

Huit cahiers couverts d'une petite écriture serrée, difficile à lire, c'est ainsi que m'est apparu ce qui devait m'occuper ensuite presque sans interruption : la vie d'Etty Hillesum. Ces cahiers recélaient l'histoire d'une femme de vingt-sept ans, habitant Amsterdam-Sud. Ils constituaient son journal des années 1941 et 1942, années de guerre mais aussi – on s'en persuade à leur lecture – années de développement personnel et, paradoxalement, de libération. Années où, dans l'Europe entière, on parachevait le scénario de l'extermination des Juifs. Etty Hillesum était juive, elle a écrit un contre-scénario.

Refusant de perdre toute prise sur « un monde saccagé », elle part à la recherche des sources de son existence et trouve sa morale personnelle dans l'affirmation d'un altruisme absolu. Les derniers mots de son dernier cahier sont : « On voudrait être un baume versé sur tant de plaies. » Qui était Etty Hillesum ?

Entre deux notations, celle du jeudi 10 novembre 1941 : « Angoisse devant la vie à tout point de vue. Dépression totale. Manque de confiance en moi. Dégoût. Angoisse », et celle du vendredi 3 juillet 1942 : « Bon, on veut notre extermination complète : cette certitude nouvelle, je l'accepte. Je le sais maintenant. Je n'imposerai pas aux autres mes angoisses et je me garderai de toute rancœur s'ils ne comprennent pas ce qui nous arrive à nous, les Juifs. Mais une certitude acquise ne doit pas être rongée ou affaiblie par une autre. Je travaille et je vis avec la même conviction et je trouve la vie pleine de sens, oui, pleine de sens – malgré tout », entre ces deux notations, toute la vie d'Etty Hillesum se trouve enserrée. Et entre ces deux extrêmes aussi, toutes les nuances de sa réflexion : sa liaison avec S. (dont nous reparlerons) et avec d'autres hommes ; ses rapports avec sa famille, ses considérations sur la « question féminine », ses découvertes en littérature russe et allemande, Rilke surtout ; sa vision de l'histoire et du judaïsme, son évolution constante vers une forme de vie tout entière opposée à la haine qui empoisonne amis et ennemis ; sa sincérité et sa liberté dans les choses du sexe, ses états d'âme, sa sensibilité lyrique ; la menace des événements, l'évidence de plus en plus aveuglante d'une « vie bouleversée » autour d'elle – tout cela elle le sonde, elle le note, avec clarté, avec intensité, avec un talent littéraire évident.

Son journal commence le dimanche 9 mars 1941. Au mois de février, elle a rencontré un homme qui va désormais focaliser sa pensée et son affectivité. Cet homme est le « psychochirologue » Julius Spier (sa technique d'interprétation des lignes de la main connaissait alors une certaine célébrité). Spier – qu'Etty désigne d'un bout à l'autre de son journal par l'initiale S. – était un Juif berlinois émigré. Né le 25 avril 1887 à Francfort, il y avait exercé la profession de directeur de banque. Au fil des ans, il prit conscience du don qu'il possédait de lire les aptitudes et le caractère des gens dans les lignes de leur main. En 1925, il fondait les Éditions Iris, suivait une formation de chant classique, puis se rendait à Zurich pour y entrer en analyse avec Carl Gustav Jung et suivre son enseignement pendant deux ans. C'est Jung qui l'incita à faire de la « psychochirologie » son métier. Partout où il allait, Spier faisait école. Il émigra aux Pays-Bas en 1939, à Amsterdam où sa sœur résidait déjà. Ses enfants, Ruth et Wolfgang, étaient restés en Allemagne auprès de sa femme, qui n'était pas juive et dont il s'était séparé en 1935. C'était un homme hors du commun, une « personnalité magique », au dire de beaucoup de gens, et surtout des femmes. La faculté qu'il possédait de percer les secrets de la vie par l'observation des mains semble avoir été stupéfiante et fascinante. Et ce qu'il découvrait ainsi, il tentait d'en approfondir l'analyse en psychologue.

Ces données un peu sèches sont impuissantes à suggérer, même de loin, l'influence bénéfique qui émanait de son travail.

Pour Etty, en tout cas, il est le catalyseur de la tentative d'introspection systématique dans laquelle elle s'engage ce dimanche 9 mars. Analyse menée sans relâche, qui prend bien souvent une dimension universelle : en se décrivant elle-même, Etty Hillesum décrit du même coup les possibilités humaines de chacun, et à tout moment de l'Histoire.

En même temps, se développe chez Etty un sentiment religieux qui paraîtra peut-être à certains lecteurs incompréhensible ou rebutant. Etty était une « chercheuse de Dieu » ; elle finit par éprouver dans sa vie même la certitude de l'existence de « Dieu ». Dès ses premiers cahiers, on relève le mot « Dieu », mais il y semble employé de façon presque inconsciente. Lentement mais sûrement se produit un glissement vers une expérience presque ininterrompue de la présence de Dieu. Les écrits d'Etty prennent un ton très particulier lorsqu'elle s'adresse à Dieu. Elle le fait très directement, sans l'ombre d'une gêne. Le sentiment religieux d'Etty n'est pas conventionnel ; elle n'appartenait à aucune communauté – ni à la synagogue, ni à aucune Église ; elle vivait sa foi selon son propre rythme. Dogmes, théologie et systèmes en la matière lui étaient totalement étrangers. Elle s'adresse à Dieu comme à elle-même. Tout au long de ces années, elle prend conscience d'être portée et nourrie par une réalité plus profonde que celle du monde extérieur. Elle écrit : « Quand je prie, je ne prie jamais pour moi, toujours pour d'autres, ou bien je poursuis un dialogue extravagant, infantile ou terriblement grave *avec ce qu'il y a de plus profond en moi et que pour plus de commodité j'appelle "Dieu"*[1]. » Et plus loin : « Voilà peut-être ce qui exprime le plus parfaitement mon sentiment de la vie : je me recueille en moi-même. Et ce "moi-même", cette couche la plus profonde et la plus riche en moi où je me recueille, je l'appelle "Dieu". » Ailleurs on trouve des passages qui rappellent le lyrisme amoureux : « Et ils disent : moi, je ne tomberai pas entre leurs griffes. Ils oublient qu'on n'est jamais dans les griffes de personne, tant qu'on est dans tes bras. » Ailleurs encore, elle semble s'absorber ou s'abîmer totalement dans ce dialogue avec « Dieu ». Était-ce une mystique ? Sans doute, mais une mystique capable d'écrire : « Tout mysticisme doit reposer sur une sincérité d'une pureté cristalline. Il faut avoir pénétré jusqu'à la réalité la plus nue des choses. » Sous la plume d'Etty, le nom de Dieu semble dépouillé de toute tradition ; des siècles de judaïsme et de chrétienté semblent n'avoir laissé aucune trace. J'incline à penser que les croyants reconnaîtront immédiatement cette foi « sans antécédents », mais que les non-croyants n'auront pas grand mal à l'accepter, ni même à la comprendre.

De quoi était faite la vie d'Etty avant la guerre ? Les données biographiques sont assez maigres. Esther (Etty) Hillesum est née le 15 janvier 1914 à Hilversum. Son père, professeur de langues anciennes, était un érudit qui

1. Souligné par l'éditeur néerlandais.

entretenait de nombreux contacts avec le monde scientifique. Les livres et l'étude étaient la grande affaire de sa vie. Après avoir enseigné à Tiel et à Winschoten, il s'installait en 1924 avec sa famille à Deventer. Le Dr L. Hillesum y fut directeur adjoint, puis à partir de 1928, directeur du lycée municipal. Etty vécut une jeunesse ardente, dans une maison haute et solennelle, au numéro 9 de la rue Geert Groote. Sa mère était d'origine russe ; fuyant les pogroms, elle avait fini par se fixer aux Pays-Bas. Les parents d'Etty avaient une vie conjugale orageuse. Etty et ses frères Michael (Mischa) et Jaap – tous deux ses cadets – étaient extrêmement doués. Etty était très intelligente, sans posséder la rigueur intellectuelle de son père. Mischa était un pianiste génial ; d'après de multiples témoignages, il était à ranger parmi les tout premiers pianistes d'Europe, ou l'eût été s'il avait vécu. Son talent n'était pas sans lui poser de grands problèmes et il dut même faire quelques séjours dans des établissements psychiatriques.

Jaap devint médecin, on sait peu de chose de lui. Bien que son grand-père fût grand rabbin des trois provinces du Nord, Etty n'a pour ainsi dire pas été élevée dans la religion juive. La profondeur de ses liens avec le peuple juif et la force de son sentiment religieux ne devaient se révéler que plus tard.

En 1932, Etty quittait le lycée paternel pour faire ses études à Amsterdam, où elle devait obtenir sa maîtrise en droit avec une facilité déconcertante, tout en menant à bien simultanément l'étude des langues slaves. Lorsqu'elle entreprend des études de psychologie, on est en pleine guerre mondiale et sa vie commence à prendre la dimension que nous voyons apparaître dans ses carnets.

Le 15 juillet 1942, Etty Hillesum obtient un petit emploi au service « Affaires culturelles » du Conseil juif[1]. Pendant quinze jours, elle se rend quotidiennement au 93, quai de l'Amstel, un lieu qu'elle surnomme « l'enfer ».

Lorsqu'elle reçoit sa « convocation » au début du mois d'août, elle part sans hésiter pour Westerbork. Elle ne veut pas se dérober au sort commun des Juifs, à ce « destin de masse » (*Massenschicksal*[2]), qu'elle juge inéluctable. Elle se rend compte que le prolétariat juif n'a pas la possibilité d'entrer dans la clandestinité et c'est par solidarité qu'elle décide de partir. Elle pense que la seule façon de rester fidèle à sa vie est de ne pas abandonner des gens en danger de mort et d'employer ses talents à leur apporter quelque soulagement.

Des survivants des camps ont confirmé que, jusqu'à la fin, Etty fut effectivement une « personnalité rayonnante ». En possession d'un laissez-passer spécial, elle revint encore plusieurs fois de Westerbork à Amsterdam.

Pourtant, le 7 septembre 1943, elle fait partie d'un convoi à destination d'Auschwitz, avec toute sa famille. Il s'agissait probablement d'une déportation de représailles, son frère Mischa ayant refusé de faire usage du statut privilégié de « Juif culturel » *(sic)* que lui avait obtenu Willem Mengelberg et qui lui permettait d'échapper à la déporta-

1. Le Conseil juif *(Joodse Raad)* était l'un de ces organes officiels juifs créés par les nazis en Allemagne même et dans de nombreux pays occupés pour assurer l'administration courante de la communauté juive. C'était en fait un organe tampon, forcé de collaborer à l'application des mesures antijuives imaginées par les Allemands, et en particulier à l'organisation des déportations. Son siège à Amsterdam était au 93, quai de l'Amstel.

2. C'est Etty elle-même qui recourt à ce terme allemand. Son journal contient d'ailleurs de très nombreux passages ou expressions isolées en allemand.

tion, si sa famille n'en bénéficiait pas en même temps que lui.

D'après un communiqué de la Croix-Rouge, Etty est morte le 30 novembre 1943 à Auschwitz. Ses parents et ses frères périrent également.

Qu'il me soit permis d'ajouter qu'en ma qualité de directeur des Éditions De Haan, je suis entré en possession des huit cahiers du journal d'Etty Hillesum grâce au Dr K.A.D. Smelik, qui les tenait lui-même de sa sœur Johanna Smelik, une amie d'Etty. Qu'ils trouvent ici l'expression de ma reconnaissance pour le concours qu'ils ont bien voulu apporter à cette édition. Il ne m'a pas été possible d'identifier la personne qui, après la guerre, a apporté les cahiers à la famille Smelik. Les conversations que j'ai eues avec les amis d'Etty m'ont permis de retrouver la trace de certaines personnes mentionnées dans les cahiers. Partout où c'était possible, j'ai donné en note quelques renseignements complémentaires. Je tiens à remercier Mme H. Starreveld-Stolte, H. M. Neitzel-Tideman, M. E. Glassner et Mme Ruth Busse-Spier (la fille de S.) pour les informations qu'ils ont bien voulu me communiquer.

Je voudrais également signaler l'opuscule *Deux Lettres de Westerbork, par Etty Hillesum* remarquablement édité et préfacé par David Koning et publié en 1962 chez Bert Bakker. Pour le Pr J. Presser, ces lettres constituaient « un témoignage inégalé [1] ». Etty a écrit beaucoup de lettres de Westerbork. Parmi celles qui étaient à ma disposition, j'en

1. L'historien Jacques Presser (1899-1970) est l'auteur d'un grand ouvrage sur la déportation des Juifs néerlandais, *Ondergang* (« Extermination »), La Haye, 1965, ainsi que d'une nouvelle ayant pour cadre le camp de Westerbork, *De Nacht der Girondijnen* (« La Nuit des Girondins »), qui lui fut inspirée entre autres par les lettres d'Etty Hillesum.

ai sélectionné quelques-unes que j'ai réunies à la fin de ce volume.

Les huit cahiers ont été déchiffrés et transcrits par Mmes Johanna Smelik, E. J. Wefers Bettink-Wolter et A. Kalff-Schreuder. L'abondance de la matière m'a contraint à faire un choix dans le texte qu'elles avaient ainsi recueilli au prix des plus grands efforts. J'ai tenté de donner une image aussi fidèle que possible des cinq premiers cahiers ; quant aux trois derniers, je les ai repris à peu près intégralement. L'orthographe a été adaptée çà et là, de même que la ponctuation.

J. G. Gaarlandt,
Haarlem, 10 août 1981.

PRÉFACE À L'ÉDITION NÉERLANDAISE DE 1982 DES *LETTRES DE WESTERBORK*

« ... avant de reprendre ma marche sans fin à travers les baraques et dans la boue » : une phrase parmi d'autres, extraite d'une des nombreuses lettres écrites en 1942 et 1943 par Etty Hillesum, « résidente » de Westerbork, baraque 41. Boue, détresse, maladie, promiscuité, angoisse, bruit, toute une société comprimée sur une superficie d'un demi-kilomètre carré : Westerbork.

Westerbork, pour tant de gens tout au plus un nom, un symbole lointain, pour d'autres une blessure jamais effacée. Pour Etty Hillesum, un monde qu'elle accepte jusqu'en ses moindres recoins, dont elle partage toute la vie, qu'elle aime et qu'elle décrit.

Elle veut être « le cœur pensant de la baraque », elle a pris la mesure de ses forces et ne cesse de répéter ces mots, telle une formule conjuratoire : « En dépit de tout, cette vie est belle et riche de sens. »

Les lecteurs de son journal, paru en 1981 sous le titre *Het verstoorde leven* (Une vie bouleversée) et réédité huit fois en un an, ne manqueront pas de reconnaître cette phrase. D'un bout à l'autre ou presque, le journal est un long dialogue entre l'absurdité et les menaces de l'époque et la conviction, ancrée toujours plus profondément chez Etty, de la bonté et de l'indestructibilité de la vie. Elle consigne les moments de son existence en fragments qui, dès la première lecture, vous restent à jamais en mémoire. Interrogeant constamment ses sentiments, ses pensées, elle se lance dans une plongée au centre même de sa vie : elle cherche et trouve sa source la plus profonde, le ressort auquel elle ne saurait se soustraire et qu'elle appellera « Dieu » ou « moi-même ».

Cette « expédition polaire » entreprise à la recherche de sa vérité, elle en note les étapes avec le talent inné d'un écrivain qui poursuit contre vents et marées la formulation libératrice : « Chaque mot, une nécessité intérieure : l'écriture ne doit pas être autre chose. »

Etty Hillesum a vingt-sept ans lorsqu'elle entame la rédaction de son journal, en 1941. Elle habite le quartier sud d'Amsterdam, au 6 de la rue Gabriel Metsu, et son monde prend la forme qui, quarante ans plus tard, produira une impression si forte sur des dizaines de milliers de lecteurs.

La publication des lettres d'Etty complétera à tous égards l'image de sa vie, l'éclaircira et même, peut-être, la fixera. Je veux dire par là que c'est au camp de Westerbork, dans cet « enfer » comme elle le dit quelque part, que ses idées les plus profondes acquerront leur forme et leur validité définitives. Si, à Amsterdam, elle se sentait incapable de haïr quelque ennemi que ce fût, Westerbork la confirme dans sa volonté de déclarer partout son amour à la vie. Le journal qu'elle tenait au camp a été perdu, il l'a suivie dans le train qui l'emmenait vers Auschwitz : « J'emporte mes cahiers, ma petite bible, ma grammaire russe et Tolstoï », disait-elle, au témoignage d'un de ses amis, en remontant le « boulevard » où le convoi attendait, ce 7 septembre 1943. Mais les lettres qu'elle envoya entre le 19 novembre 1942 et le 2 septembre 1943 nous ont pour une part, été conservées. Etty écrivait ces lettres à l'intention de ses amis d'Amsterdam, qui avaient coutume de se les communiquer entre eux. C'est ce qui explique que la plupart des lettres, même adressées à d'autres, aient fini par parvenir à une seule personne, qui les a conservées : Mme Maria Anhalt, de son nom de jeune fille Maria Tuinzing – la « Mariette » des lettres –, qui était en cette dernière année une amie intime d'Etty. Elle habitait elle aussi la maison de la famille Wegerif, rue Gabriel Metsu.

On retrouve dans les lettres bien des noms déjà cités dans le journal. Han Wegerif (« Père Han ») et son fils Hans, Käthe, la gouvernante, et « Tide », Henry Tideman. Les frères d'Etty, Mischa et Jaap, le premier pianiste de grand talent, le second médecin à Amsterdam. Son grand amour, Julius Spier, le « S. » du journal, déjà décédé à l'époque. Christine, à qui sont adressées plusieurs lettres ainsi que la dernière carte écrite par Etty dans le train, était une amie de son père, Christine van Nooten, profes seur de lettres classiques au lycée de Deventer, dont Louis Hillesum avait été le proviseur.

Durant les mois passés au camp, Etty fit plusieurs fois l'aller et retour entre Westerbork et Amsterdam. En sa qualité de membre du Conseil juif, elle disposait d'un laissez-passer spécial et était chargée de diverses missions. Elle allait voir des amis ou des parents de personnes internées au camp, rapportait parfois des médicaments, transmettait des lettres ou des messages. C'est ce qui explique qu'Etty ait pu rencontrer ses propres amis, rencontres auxquelles elle fait allusion dans ses lettres ; l'une d'entre elles, la troisième de la présente édition, a d'ailleurs été écrite à Amsterdam durant une de ces périodes de « congé ». Cette lettre de décembre 1942 ainsi que celle du 24 août 1943 furent éditées clandestinement au début de l'automne 1943 par le journaliste David Koning. Koning en avait reçu les manuscrits par l'entremise de Mme Petra Eldering, rédactrice de la revue *De Vrije Katheder* (La Tribune libre). Il les publia dans un opuscule « camouflé » sous le titre de *Drie brieven van den kunstschilder Johannes Baptiste van der Pluym (1843-1912)* (Trois Lettres du peintre J.B. van der Pluym).

Tiré à cent exemplaires vendus dix florins pièce, cet ouvrage permit à Koning de rassembler des fonds destinés à aider des Juifs obligés de se cacher. Après la guerre, en 1962, Bert Bakker devait rééditer ces lettres sous le titre *Twee brieven uit Westerbork* (Deux lettres de Westerbork). Cette réédition ne rencontra aucun écho, sauf auprès de quelques personnalités isolées, qui surent reconnaître le ton unique d'Etty et tentèrent d'attirer l'attention du public : Marga Minco, David Koning, Jacques Presser. C'est d'ailleurs sous le choc de la lecture de ces lettres que Presser écrivit son récit *De Nacht der Girondijnen* (La Nuit des Girondins). Mais, à côté de ces deux longues lettres, descriptions exhaustives où l'on est en droit de voir le monument littéraire de Westerbork, il en est d'autres, simples billets parfois, qui fixent la trace de la vie du camp avec une intimité rare. Les observations d'Etty portent partout la marque de sa personnalité, de cette sensibilité « sismographique » qui lui permet d'enregistrer les moindres traces de dignité, toute disposition au bien. Mais elle reconnaît avec non moins d'acuité la schizophrénie, la folie qui dominent l'univers du camp, détenus et gardiens confondus. Le lecteur se sent bientôt en pleine familiarité avec les amis d'Etty au camp – même si je n'ai bien souvent trouvé d'autres renseignements sur eux que ceux qui sont présentés en note [1]*.

Philip Mechanicus, avec qui Etty se lia d'amitié au camp et à qui elle devait consacrer quelques esquisses remarquables, est l'auteur du journal *In Dépot* (En dépôt),

1. Les notes figurant dans l'édition française ne reprennent pas littéralement celles de l'édition néerlandaise de 1982 ; plus nombreuses et plus détaillées, elles sont fondées sur des travaux plus récents.

publié chez Polak & Van Gennep. Dans son livre, Mechanicus donne plusieurs portraits d'Etty sans citer son nom. Les lettres d'Etty et le journal de Mechanicus se complètent parfaitement. De Jopie Vleeschhouwer, celui qu'Etty appelle son « compagnon d'armes », on ne sait malheureusement rien. Mechanicus et lui occupaient auprès d'Etty une place centrale dans l'univers du camp. Comme elle, tous deux ont trouvé la mort dans des camps d'extermination allemands. La Croix-Rouge signale la mort d'Etty à Auschwitz le 30 novembre 1943.

Le titre que j'ai donné à cette édition des lettres, *Het denkende hart van de barak* (Le Cœur pensant de la baraque), est une phrase extraite du journal d'Etty. Il s'agit d'une notation isolée, d'une exclamation – littéralement d'une sorte de cri du cœur. Le témoignage des survivants confirme qu'elle fut pour eux, jusqu'au dernier moment, une « personnalité lumineuse », et cette conclusion s'impose en effet au lecteur. Etty assurait au camp des fonctions d'« assistante sociale » auprès des détenus ; l'hôpital était son champ d'action privilégié. Dans l'une des lettres non publiées ici, et qui date d'avant son départ pour Westerbork, Etty écrit à S. : *« Dass man soviel Liebe in sich hat, dass man Gott verzeihen kann ! »* (« Dire que l'on a en soi assez d'amour pour pardonner à Dieu ! »). Formule magistrale, et bien révélatrice de la « philosophie » de son auteur. Si je tiens à la citer ici, c'est aussi pour souligner que ce recueil n'épuise pas tous les textes publiables d'Etty Hillesum. Une édition de l'ensemble de son œuvre est en préparation pour la fin de 1983[1]*, et je me permets à

1. Cette édition complète ne devait voir le jour qu'en octobre 1986, publiée à l'initiative de la Fondation Etty Hillesum par les éditions Balans, sous le titre *Etty, De nagelaten geschriften van Etty Hille-*

cette fin d'inviter une nouvelle fois les lecteurs à me communiquer les lettres ou les photos d'Etty qu'ils auraient en leur possession.

Les lettres reproduites ici me sont parvenues grâce à M. K.A.D. Smelik, qui les a mises à ma disposition en même temps que les cahiers du journal, avec le consentement de sa demi-sœur Johanna Smelik et de son père, Klaas Smelik. Conformément à la volonté d'Etty, c'est en effet à la famille Smelik que Maria Anhalt-Tuinzing avait transmis après la guerre tous les documents subsistant.

La transcription du manuscrit a été assurée par Annetje Kalff-Schreuder, à qui j'exprime ici mes remerciements. Comme dans le journal, l'orthographe employée par Etty a été modernisée par endroits.

J. G. Gaarlandt,
Haarlem, 25 avril 1982.

---

sum, 1941-1943 (Etty, les écrits posthumes d'Etty Hillesum, 1941-1943) (*NdT*).

RÉALISATION : IGS-CP À L'ISLE-D'ESPAGNAC
IMPRESSION : CPI BRODARD ET TAUPIN À LA FLÈCHE
DÉPÔT LÉGAL : AVRIL 1995. N° 24628-18 (3001364)
IMPRIMÉ EN FRANCE

Éditions Points

DERNIERS TITRES PARUS

P2330. Petit Abécédaire de culture générale
40 mots-clés passés au microscope, *Albert Jacquard*
P2331. La Grande Histoire des codes secrets, *Laurent Joffrin*
P2332. La Fin de la folie, *Jorge Volpi*
P2333. Le Transfuge, *Robert Littell*
P2334. J'ai entendu pleurer la forêt, *Françoise Perriot*
P2335. Nos grand-mères savaient
Petit dictionnaire des plantes qui guérissent, *Jean Palaiseul*
P2336. Journée d'un opritchnik, *Vladimir Sorokine*
P2337. Cette France qu'on oublie d'aimer, *Andreï Makine*
P2338. La Servante insoumise, *Jane Harris*
P2339. Le Vrai Canard, *Karl Laske, Laurent Valdiguié*
P2340. Vie de poète, *Robert Walser*
P2341. Sister Carrie, *Theodore Dreiser*
P2342. Le Fil du rasoir, *William Somerset Maugham*
P2343. Anthologie. Du rouge aux lèvres, *Haïjins japonaises*
P2344. L'aurore en fuite. Poèmes choisis
Marceline Desbordes-Valmore
P2345. « Je souffre trop, je t'aime trop », Passions d'écrivains
sous la direction de Olivier et Patrick Poivre d'Arvor
P2346. « Faut-il brûler ce livre ? », Écrivains en procès
sous la direction de Olivier et Patrick Poivre d'Arvor
P2347. À ciel ouvert, *Nelly Arcan*
P2348. L'Hirondelle avant l'orage, *Robert Littell*
P2349. Fuck America, *Edgar Hilsenrath*
P2350. Départs anticipés, *Christopher Buckley*
P2351. Zelda, *Jacques Tournier*
P2352. Anesthésie locale, *Günter Grass*
P2353. Les filles sont au café, *Geneviève Brisac*
P2354. Comédies en tout genre, *Jonathan Kellerman*
P2355. L'Athlète, *Knut Faldbakken*
P2356. Le Diable de Blind River, *Steve Hamilton*

P2357. Le doute m'habite.
Textes choisis et présentés par Christian Gonon
Pierre Desproges
P2358. La Lampe d'Aladino et autres histoires pour vaincre l'oubli
Luis Sepúlveda
P2359. Julius Winsome, *Gerard Donovan*
P2360. Speed Queen, *Stewart O'Nan*
P2361. Dope, *Sara Gran*
P2362. De ma prison, *Taslima Nasreen*
P2363. Les Ghettos du Gotha. Au cœur de la grande bourgeoisie
Michel Pinçon et Monique Pinçon-Charlot
P2364. Je dépasse mes peurs et mes angoisses
Christophe André et Muzo
P2365. Afrique(s), *Raymond Depardon*
P2366. La Couleur du bonheur, *Wei-Wei*
P2367. La Solitude des nombres premiers, *Paolo Giordano*
P2368. Des histoires pour rien, *Lorrie Moore*
P2369. Déroutes, *Lorrie Moore*
P2370. Le Sang des Dalton, *Ron Hansen*
P2371. La Décimation, *Rick Bass*
P2372. La Rivière des Indiens, *Jeffrey Lent*
P2373. L'Agent indien, *Dan O'Brien*
P2374. Pensez, lisez. 40 livres pour rester intelligent
P2375. Des héros ordinaires, *Eva Joly*
P2376. Le Grand Voyage de la vie.
Un père raconte à son fils
Tiziano Terzani
P2377. Naufrages, *Francisco Coloane*
P2378. Le Remède et le Poison, *Dirk Wittenbork*
P2379. Made in China, *J. M. Erre*
P2380. Joséphine, *Jean Rolin*
P2381. Un mort à l'Hôtel Koryo, *James Church*
P2382. Ciels de foudre, *C.J. Box*
P2383. Robin des bois, prince des voleurs
Alexandre Dumas
P2384. Comment parler le belge, *Philippe Genion*
P2385. Le Sottisier de l'école, *Philippe Mignaval*
P2386. « À toi, ma mère », Correspondances intimes
sous la direction de Olivier et Patrick Poivre d'Arvor
P2387. « Entre la mer et le ciel », Rêves et récits de navigateurs
sous la direction de Olivier et Patrick Poivre d'Arvor
P2388. L'Île du lézard vert, *Eduardo Manet*
P2389. « La paix a ses chances », *suivi de* « Nous proclamons la création d'un État juif », *suivi de* « La Palestine est le pays natal du peuple palestinien »
Itzhak Rabin, David Ben Gourion, Yasser Arafat

P2390. « Une révolution des consciences », *suivi de* « Appeler le peuple à la lutte ouverte »
Aung San Suu Kyi, Léon Trotsky
P2391. « Le temps est venu », *suivi de* « Éveillez-vous à la liberté », *Nelson Mandela, Jawaharlal Nehru*
P2392. « Entre ici, Jean Moulin », *suivi de* « Vous ne serez pas morts en vain », *André Malraux, Thomas Mann*
P2393. Bon pour le moral ! 40 livres pour se faire du bien
P2394. Les 40 livres de chevet des stars, The Guide
P2395. 40 livres pour se faire peur, Guide du polar
P2396. Tout est sous contrôle, *Hugh Laurie*
P2397. Le Verdict du plomb, *Michael Connelly*
P2398. Heureux au jeu, *Lawrence Block*
P2399. Corbeau à Hollywood, *Joseph Wambaugh*
P2400. Pêche à la carpe sous Valium, *Graham Parker*
P2401. Je suis très à cheval sur les principes, *David Sedaris*
P2402. Si loin de vous, *Nina Revoyr*
P2403. Les Eaux mortes du Mékong, *Kim Lefèvre*
P2404. Cher amour, *Bernard Giraudeau*
P2405. Les Aventures miraculeuses de Pomponius Flatus
Eduardo Mendoza
P2406. Un mensonge sur mon père, *John Burnside*
P2407. Hiver arctique, *Arnaldur Indridason*
P2408. Sœurs de sang, *Dominique Sylvain*
P2409. La Route de tous les dangers, *Kriss Nelscott*
P2410. Quand je serai roi, *Enrique Serna*
P2411. Le Livre des secrets. La vie cachée d'Esperanza Gorst
Michael Cox
P2412. Sans douceur excessive, *Lee Child*
P2413. Notre guerre. Journal de Résistance 1940-1945
Agnès Humbert
P2414. Le jour où mon père s'est tu, *Virginie Linhart*
P2415. Le Meilleur de « L'Os à moelle », *Pierre Dac*
P2416. Les Pipoles à la porte, *Didier Porte*
P2417. Trois tasses de thé. La mission de paix d'un Américain au Pakistan et en Afghanistan
Greg Mortenson et David Oliver Relin
P2418. Un mec sympa, *Laurent Chalumeau*
P2419. Au diable vauvert, *Maryse Wolinski*
P2420. Le Cinquième Évangile, *Michael Faber*
P2421. Chanson sans paroles, *Ann Packer*
P2422. Grand-mère déballe tout, *Irene Dische*
P2423. La Couturière, *Frances de Pontes Peebles*
P2424. Le Scandale de la saison, *Sophie Gee*
P2425. Ursúa, *William Ospina*
P2426. Blonde de nuit, *Thomas Perry*

P2427. La Petite Brocante des mots. Bizarreries, curiosités et autres enchantements du français, *Thierry Leguay*
P2428. Villages, *John Updike*
P2429. Le Directeur de nuit, *John le Carré*
P2430. Petit Bréviaire du braqueur, *Christopher Brookmyre*
P2431. Un jour en mai, *George Pelecanos*
P2432. Les Boucanières, *Edith Wharton*
P2433. Choisir la psychanalyse, *Jean-Pierre Winter*
P2434. À l'ombre de la mort, *Veit Heinichen*
P2435. Ce que savent les morts, *Laura Lippman*
P2436. István arrive par le train du soir, *Anne-Marie Garat*
P2437. Jardin de poèmes enfantins, *Robert Louis Stevenson*
P2438. Netherland, *Joseph O'Neill*
P2439. Le Remplaçant, *Agnès Desarthe*
P2440. Démon, *Thierry Hesse*
P2441. Du côté de Castle Rock, *Alice Munro*
P2442. Rencontres fortuites, *Mavis Gallant*
P2443. Le Chasseur, *Julia Leigh*
P2444. Demi-Sommeil, *Eric Reinhardt*
P2445. Petit déjeuner avec Mick Jagger, *Nathalie Kuperman*
P2446. Pirouettes dans les ténèbres, *François Vallejo*
P2447. Maurice à la poule, *Matthias Zschokke*
P2448. La Montée des eaux, *Thomas B. Reverdy*
P2449. La Vaine Attente, *Nadeem Aslam*
P2450. American Express, *James Salter*
P2451. Le lendemain, elle était souriante, *Simone Signoret*
P2452. Le Roman de la Bretagne, *Gilles Martin-Chauffier*
P2453. Baptiste, *Vincent Borel*
P2454. Crimes d'amour et de haine
Faye et Jonathan Kellerman
P2455. Publicité meurtrière, *Petros Markaris*
P2456. Le Club du crime parfait, *Andrés Trapiello*
P2457. Mort d'un maître de go.
Les nouvelles enquêtes du Juge Ti (vol. 8)
Frédéric Lenormand
P2458. Le Voyage de l'éléphant, *José Saramago*
P2459. L'Arc-en-ciel de la gravité, *Thomas Pynchon*
P2460. La Dure Loi du Karma, *Mo Yan*
P2461. Comme deux gouttes d'eau, *Tana French*
P2462. Triste Flic, *Hugo Hamilton*
P2463. Last exit to Brest, *Claude Bathany*
P2464. Mais le fleuve tuera l'homme blanc, *Patrick Besson*
P2465. Lettre à un ami perdu, *Patrick Besson*
P2466. Les Insomniaques, *Camille de Villeneuve*
P2467. Les Veilleurs, *Vincent Message*
P2468. Bella Ciao, *Eric Holder*

P2469. Monsieur Joos, *Frédéric Dard*
P2470. La Peuchère, *Frédéric Dard*
P2471. La Saga des francs-maçons
Marie-France Etchegoin, Frédéric Lenoir
P2472. Biographie de Alfred de Musset, *Paul de Musset*
P2473. Si j'étais femme. Poèmes choisis
Alfred de Musset
P2474. Le Roman de l'âme slave, *Vladimir Fédorovski*
P2475. La Guerre et la Paix, *Léon Tolstoï*
P2476. Propos sur l'imparfait, *Jacques Drillon*
P2477. Le Sottisier du collège, *Philippe Mignaval*
P2478. Brèves de philo, *Laurence Devillairs*
P2479. La Convocation, *Herta Müller*
P2480. Contes carnivores, *Bernard Quiriny*
P2481. « Je démissionne de la présidence », *suivi de* « Un grand État cesse d'exister » *et de* « Un jour je vous le promets »
Richard Nixon, Mikhaïl Gorbatchev, Charles de Gaulle
P2482. « Africains, levons-nous ! », *suivi de* « Nous préférons la liberté » *et de* « Le devoir de civiliser »
Patrice Lumumba, Sékou Touré, Jules Ferry
P2483. « ¡ No pasarán ! », *suivi de* « Le peuple doit se défendre » *et de* « Ce sang qui coule, c'est le vôtre »
Dolores Ibárruri, Salvador Allende, Victor Hugo
P2484. « Citoyennes, armons-nous ! », *suivi de* « Veuillez être leurs égales » *et de* « Il est temps »
Théroigne de Méricourt, George Sand, Élisabeth Guigou
P2485. Pieds nus sur les limaces, *Fabienne Berthaud*
P2486. Le renard était déjà le chasseur, *Herta Müller*
P2487. La Fille du fossoyeur, *Joyce Carol Oates*
P2488. Vallée de la mort, *Joyce Carol Oates*
P2489. Moi tout craché, *Jay McInerney*
P2490. Toute ma vie, *Jay McInerney*
P2491. Virgin Suicides, *Jeffrey Eugenides*
P2492. Fakirs, *Antonin Varenne*
P2493. Madame la présidente, *Anne Holt*
P2494. Zone de tir libre, *C.J. Box*
P2495. Increvable, *Charlie Huston*
P2496. On m'a demandé de vous calmer, *Stéphane Guillon*
P2497. Je guéris mes complexes et mes déprimes
Christophe André & Muzo
P2498. Lionel raconte Jospin, *Lionel Jospin*
P2499. La Méprise – L'affaire d'Outreau, *Florence Aubenas*
P2500. Kyoto Limited Express, *Olivier Adam*
avec des photographies de Arnaud Auzouy
P2501. « À la vie, à la mort », Amitiés célèbres
dirigé par Patrick et Olivier Poivre d'Arvor

P2502. « Mon cher éditeur », Écrivains et éditeurs
dirigé par Patrick et Olivier Poivre d'Arvor
P2503. 99 clichés à foutre à la poubelle, *Jean-Loup Chiflet*
P2504. Des Papous dans la tête – Les Décraqués – L'anthologie
P2505. L'Étoile du matin, *André Schwarz-Bart*
P2506. Au pays des vermeilles, *Noëlle Châtelet*
P2507. Villa des hommes, *Denis Guedj*
P2508. À voix basse, *Charles Aznavour*
P2509. Un aller pour Alger, *Raymond Depardon*
avec un texte de Louis Gardel
P2510. Beyrouth centre-ville, *Raymond Depardon*
avec un texte de Claudine Nougaret
P2511. Et la fureur ne s'est pas encore tue, *Aharon Appelfeld*
P2512. Les Nouvelles Brèves de comptoir, tome 1
Jean-Marie Gourio
P2513. Six heures plus tard, *Donald Harstad*
P2514. Mama Black Widow, *Iceberg Slim*
P2515. Un amour fraternel, *Pete Dexter*
P2516. À couper au couteau, *Kriss Nelscott*
P2517. Glu, *Irvine Welsh*
P2518. No Smoking, *Will Self*
P2519. Les Vies privées de Pippa Lee, *Rebecca Miller*
P2520. Nord et Sud, *Elizabeth Gaskell*
P2521. Une mélancolie arabe, *Abdellah Taïa*
P2522. 200 dessins sur la France et les Français, *The New Yorker*
P2523. Les Visages, *Jesse Kellerman*
P2524. Dexter dans de beaux draps, *Jeff Lindsay*
P2525. Le Cantique des innocents, *Donna Leon*
P2526. Manta Corridor, *Dominique Sylvain*
P2527. Les Sœurs, *Robert Littell*
P2528. Profileuse – Une femme sur la trace des serial killers,
Stéphane Bourgoin
P2529. Venise sur les traces de Brunetti – 12 promenades au fil
des romans de Donna Leon, *Toni Sepeda*
P2530. Les Brumes du passé, *Leonardo Padura*
P2531. Les Mers du Sud, *Manuel Vázquez Montalbán*
P2532. Funestes carambolages, *Håkan Nesser*
P2533. La Faute à pas de chance, *Lee Child*
P2534. Padana City, *Massimo Carlotto, Marco Videtta*
P2535. Mexico, quartier Sud, *Guillermo Arriaga*
P2536. Petits Crimes italiens
Ammaniti, Camilleri, Carlotto, Dazieri, De Cataldo,
De Silva, Faletti, Fois, Lucarelli, Manzini
P2537. La guerre des banlieues n'aura pas lieu, *Abd Al Malik*
P2538. Paris insolite, *Jean-Paul Clébert*
P2539. Les Ames sœurs, *Valérie Zenatti*

P2540. La Disparition de Paris et sa renaissance en Afrique *Martin Page*
P2541. Crimes horticoles, *Mélanie Vincelette*
P2542. Livre de chroniques IV, *António Lobo Antunes*
P2543. Mon témoignage devant le monde, *Jan Karski*
P2544. Laitier de nuit, *Andreï Kourkov*
P2545. L'Évasion, *Adam Thirlwell*
P2546. Forteresse de solitude, *Jonathan Lethem*
P2547. Totenauberg, *Elfriede Jelinek*
P2548. Méfions-nous de la nature sauvage *Elfriede Jelinek*
P2549. 1974, *Patrick Besson*
P2550. Conte du chat maître zen *(illustrations de Christian Roux), Henri Brunel*
P2551. Les Plus Belles Chansons, *Charles Trenet*
P2552. Un monde d'amour, *Elizabeth Bowen*
P2553. Sylvia, *Leonard Michaels*
P2554. Conteurs, menteurs, *Leonard Michaels*
P2555. Beaufort, *Ron Leshem*
P2556. Un mort à Starvation Lake, *Bryan Gruley*
P2557. Cotton Point, *Pete Dexter*
P2558. Viens plus près, *Sara Gran*
P2559. Les Chaussures italiennes, *Henning Mankell*
P2560. Le Château des Pyrénées, *Jostein Gaarder*
P2561. Gangsters, *Klas Östergren*
P2562. Les Enfants de la dernière chance, *Peter Høeg*
P2563. Faims d'enfance, *Axel Gauvin*
P2564. Mémoires d'un antisémite, *Gregor von Rezzori*
P2565. L'Astragale, *Albertine Sarrazin*
P2566. L'Art de péter, *Pierre-Thomas-Nicolas Hurtaut*
P2567. Les Miscellanées du rock *Jean-Éric Perrin, Jérôme Rey, Gilles Verlant*
P2568. Les Amants papillons, *Alison Wong*
P2569. Dix mille guitares, *Catherine Clément*
P2570. Les Variations Bradshaw, *Rachel Cusk*
P2571. Bakou, derniers jours, *Olivier Rolin*
P2572. Bouche bée, tout ouïe… ou comment tomber amoureux des langues, *Alex Taylor*
P2573. La grammaire, c'est pas de la tarte ! *Olivier Houdart, Sylvie Prioul*
P2574. La Bande à Gabin, *Philippe Durant*
P2575. « Le vote ou le fusil », *suivi de* « Nous formons un seul et même pays », *Malcolm X, John Fitzgerald Kennedy*
P2576. « Vive la Commune ! », *suivi de* « La Commune est proclamée » et de « La guerre civile en France » *Louise Michel, Jules Vallès, Karl Marx*

P2577. « Je vous ai compris ! », *suivi de* « L'Algérie n'est pas la France » et de « Le droit à l'insoumission »
Charles de Gaulle, Gouvernement provisoire algérien, Manifeste des 121
P2578. « Une Europe pour la paix », *suivi de* « Nous disons NON » et de « Une communauté passionnée »
Robert Schuman, Jacques Chirac, Stefan Zweig
P2579. 13 heures, *Deon Meyer*
P2580. Angle obscur, *Reed Farrel Coleman*
P2581. Le Tailleur gris, *Andrea Camilleri*
P2582. La Vie sexuelle d'un Américain sans reproche
Jed Mercurio
P2583. Une histoire familiale de la peur, *Agata Tuszyńska*
P2584. Le Blues des Grands Lacs, *Joseph Coulson*
P2585. Le Tueur intime, *Claire Favan*
P2586. Comme personne, *Hugo Hamilton*
P2587. Fille noire, fille blanche, *Joyce Carol Oates*
P2588. Les Nouvelles Brèves de comptoir, tome 2
Jean-Marie Gourio
P2589. Dix petits démons chinois, *Frédéric Lenormand*
P2590. L'ombre de ce que nous avons été, *Luis Sepúlveda*
P2591. Sévère, *Régis Jauffret*
P2592. La Joyeuse Complainte de l'idiot, *Michel Layaz*
P2593. Origine, *Diana Abu-Jaber*
P2594. La Face B, *Akhenaton*
P2595. Paquebot, *Hervé Hamon*
P2596. L'Agfa Box, *Günter Grass*
P2597. La Ville insoumise, *Jon Fasman*
P2598. Je résiste aux personnalités toxiques
(et autres casse-pieds), *Christophe André & Muzo*
P2599. Le soleil me trace la route. Conversations avec Tiffy Morgue et Jean-Yves Gaillac, *Sandrine Bonnaire*
P2600. Mort de Bunny Munro, *Nick Cave*
P2601. La Reine et moi, *Sue Townsend*
P2602. Orages ordinaires, *William Boyd*
P2603. Guide farfelu mais nécessaire de conversation anglaise
Jean-Loup Chiflet
P2604. Nuit et Jour, *Virginia Woolf*
P2605. Trois hommes dans un bateau (sans oublier le chien !)
Jerome K. Jerome
P2606. Ode au vent d'Ouest. Adonaïs et autres poèmes
Percy Bysshe Shelley
P2607. Les Courants fourbes du lac Tai, *Qiu Xiaolong*
P2608. Le Poisson mouillé, *Volker Kutscher*
P2609. Faux et usage de faux, *Elvin Post*
P2610. L'Angoisse de la première phrase, *Bernard Quiriny*

P2611. Absolument dé-bor-dée !, *Zoe Shepard*
P2612. Meurtre et Obsession, *Jonathan Kellerman*
P2613. Sahara, *Luis Leante*
P2614. La Passerelle, *Lorrie Moore*
P2615. Le Territoire des barbares, *Rosa Montero*
P2616. Petits Meurtres entre camarades. Enquête secrète au cœur du PS, *David Revault d'Allonnes*
P2617. Une année avec mon père, *Geneviève Brisac*
P2618. La Traversée des fleuves. Autobiographie *Georges-Arthur Goldschmidt*
P2619. L'Histoire très ordinaire de Rachel Dupree *Ann Weisgarber*
P2620. À la queue leu leu. Origines d'une ribambelle d'expressions populaires, *Gilles Guilleron*
P2621. Poèmes anglais, *Fernando Pessoa*
P2622. Danse avec le siècle, *Stéphane Hessel*
P2623. L'Épouvantail, *Michael Connelly*
P2624. London Boulevard, *Ken Bruen*
P2625. Pourquoi moi ?, *Omar Raddad*
P2626. Mes étoiles noires, *Lilian Thuram*
P2627. La Ronde des innocents, *Valentin Musso*
P2628. Ô ma mémoire. La poésie, ma nécessité, *Stéphane Hessel*
P2629. Une vie à brûler, *James Salter*
P2630. Léger, humain, pardonnable, *Martin Provost*
P2631. Lune captive dans un œil mort, *Pascal Garnier*
P2632. Hypothermie, *Arnaldur Indridason*
P2633. La Nuit de Tomahawk, *Michael Koryta*
P2634. Les Raisons du doute, *Gianrico Carofiglio*
P2635. Les Hommes-couleurs, *Cloé Korman*
P2636. Le Cuisinier, *Martin Suter*
P2637. N'exagérons rien !, *David Sedaris*
P2638. Château-l'Arnaque, *Peter Mayle*
P2639. Le Roman de Bergen. 1900 L'aube, tome I *Gunnar Staalesen*
P2640. Aurora, Kentucky, *Carolyn D. Wall*
P2641. Blanc sur noir, *Kriss Nelscott*
P2642. Via Vaticana, *Igal Shamir*
P2643. Le Ruban rouge, *Carmen Posadas*
P2644. My First Sony, *Benny Barbash*
P2645. « On m'a demandé de vous virer », *Stéphane Guillon*
P2646. Les Rillettes de Proust. Ou 50 conseils pour devenir écrivain, *Thierry Maugenest*
P2647. 200 expressions inventées en famille, *Cookie Allez*
P2648. Au plaisir des mots, *Claude Duneton*
P2649. La Lune et moi. Les meilleures chroniques, Haïkus d'aujourd'hui
P2650. Le marchand de sable va passer, *Andrew Pyper*

P2651. Lutte et aime, là où tu es !, *Guy Gilbert*
P2652. Le Sari rose, *Javier Moro*
P2653. Le Roman de Bergen. 1900 L'aube, tome II
Gunnar Staalesen
P2654. Jaune de Naples, *Jean-Paul Desprat*
P2655. Mère Russie, *Robert Littell*
P2656. Qui a tué Arlozoroff ?, *Tobie Nathan*
P2657. Les Enfants de Las Vegas, *Charles Bock*
P2658. Le Prédateur, *C.J. Box*
P2659. Keller en cavale, *Lawrence Block*
P2660. Les Murmures des morts, *Simon Beckett*
P2661. Les Veuves d'Eastwick, *John Updike*
P2662. L'Incertain, *Virginie Ollagnier*
P2663. La Banque. Comment Goldman Sachs dirige le monde
Marc Roche
P2664. La Plus Belle Histoire de la liberté, *collectif*
P2665. Le Cœur régulier, *Olivier Adam*
P2666. Le Jour du Roi, *Abdellah Taïa*
P2667. L'Été de la vie, *J.M. Coetzee*
P2668. Tâche de ne pas devenir folle, *Vanessa Schneider*
P2669. Le Cerveau de mon père, *Jonathan Franzen*
P2670. Le Chantier, *Mo Yan*
P2671. La Fille de son père, *Anne Berest*
P2672. Au pays des hommes, *Hisham Matar*
P2673. Le Livre de Dave, *Will Self*
P2674. Le Testament d'Olympe, *Chantal Thomas*
P2675. Antoine et Isabelle, *Vincent Borel*
P2676. Le Crépuscule des superhéros, *Deborah Eisenberg*
P2677. Le Mercredi des Cendres, *Percy Kemp*
P2678. Journal. 1955-1962, *Mouloud Feraoun*
P2679. Le Quai de Ouistreham, *Florence Aubenas*
P2680. Hiver, *Mons Kallentoft*
P2681. Habillé pour tuer, *Jonathan Kellerman*
P2682. Un festin de hyènes, *Michael Stanley*
P2683. Vice caché, *Thomas Pynchon*
P2684. Traverses, *Jean Rolin*
P2685. Le Baiser de la pieuvre, *Patrick Grainville*
P2686. Dans la nuit brune, *Agnès Desarthe*
P2687. Une soirée au Caire, *Robert Solé*
P2688. Les Oreilles du loup, *Antonio Ungar*
P2689. L'Homme de compagnie, *Jonathan Ames*
P2690. Le Dico de la contrepèterie.
Des milliers de contrepèteries pour s'entraîner et s'amuser
Joël Martin
P2691. L'Art du mot juste.
275 propositions pour enrichir son vocabulaire
Valérie Mandera

P2692. Guide de survie d'un juge en Chine, *Frédéric Lenormand*
P2693. Doublez votre mémoire. Journal graphique
Philippe Katerine
P2694. Comme un oiseau dans la tête.
Poèmes choisis, *René Guy Cadou*
P2695 Poète… vos papiers !, *Léo Ferré*
P2696. La Dernière Frontière, *Philip Le Roy*
P2697. Country blues, *Claude Bathany*
P2698. Le Vrai Monde, *Natsuo Kirino*
P2699. L'Art et la manière d'aborder son chef de service pour lui demander une augmentation, *Georges Perec*
P2700. Dessins refusés par le *New Yorker*, *Matthew Diffee*
P2701. Life, *Keith Richards*
P2702. John Lennon, une vie, *Philip Norman*
P2703. Le Dernier Paradis de Manolo, *Alan Warner*
P2704. L'Or du Maniéma, *Jean Ziegler*
P2705. Le Cosmonaute, *Philippe Jaenada*
P2706. Donne-moi tes yeux, *Torsten Pettersson*
P2707. Premiers Romans, *Katherine Pancol*
P2708. Off. Ce que Nicolas Sarkozy n'aurait jamais dû nous dire
Nicolas Domenach, Maurice Szafran
P2709. Le Meurtrier de l'Avent, *Thomas Kastura*
P2710. Le Club, *Leonard Michaels*
P2711. Le Vérificateur, *Donald Antrim*
P2712. Mon patient Sigmund Freud, *Tobie Nathan*
P2713. Trois explications du monde, *Tom Keve*
P2714. Petite sœur, mon amour, *Joyce Carol Oates*
P2715. Shim Chong, fille vendue, *Hwang Sok Yong*
P2716. La Princesse effacée, *Alexandra de Broca*
P2717. Un nommé Peter Karras, *George P. Pelecanos*
P2718. Haine, *Anne Holt*
P2719. Les jours s'en vont comme des chevaux sauvages dans les collines, *Charles Bukowski*
P2720. Ma grand-mère avait les mêmes.
Les dessous affriolants des petites phrases
Philippe Delerm
P2721. Mots en toc et formules en tic. Petites maladies du parler d'aujourd'hui, *Frédéric Pommier*
P2722. Les 100 plus belles récitations de notre enfance
P2723. Chansons. L'Intégrale, *Charles Aznavour*
P2724. Vie et opinions de Maf le chien et de son amie Marilyn Monroe, *Andrew O'Hagan*
P2725. Sois près de moi, *Andrew O'Hagan*
P2726. Le Septième Fils, *Arni Thorarinsson*
P2727. La Bête de miséricorde, *Fredric Brown*
P2728. Le Cul des anges, *Benjamin Legrand*

P2729. Cent seize Chinois et quelque, *Thomas Heams-Ogus*
P2730. Conversations avec moi-même.
Lettres de prison, notes et carnets intimes
Nelson Mandela
P2731. L'Inspecteur Ali et la CIA, *Driss Chraïbi*
P2732. Ce délicieux Dexter, *Jeff Lindsay*
P2733. Cinq femmes et demie, *Francisco González Ledesma*
P2734. Ils sont devenus français, *Doan Bui, Isabelle Monnin*
P2735. D'une Allemagne à l'autre. Journal de l'année 1990
Günter Grass
P2736. Le Château, *Franz Kafka*
P2737. La Jeunesse mélancolique et très désabusée d'Adolf Hitler
Michel Folco
P2738. L'Enfant des livres, *François Foll*
P2739. Karitas, livre I – L'esquisse d'un rêve
Kristín Marja Baldursdóttir
P2740. Un espion d'hier et de demain, *Robert Littell*
P2741. L'Homme inquiet, *Henning Mankell*
P2742. La Petite Fille de ses rêves, *Donna Leon*
P2743. La Théorie du panda, *Pascal Garnier*
P2744. La Nuit sauvage, *Terri Jentz*
P2745. Les Lieux infidèles, *Tana French*
P2746. Vampires, *Thierry Jonquet*
P2747. Eva Moreno, *Håkan Nesser*
P2748. La 7e victime, *Alexandra Marinina*
P2749. Mauvais fils, *George P. Pelecanos*
P2750. L'espoir fait vivre, *Lee Child*
P2751. La Femme congelée, *Jon Michelet*
P2752. Mortelles Voyelles, *Gilles Schlesser*
P2753. Brunetti passe à table. Recettes et récits
Roberta Pianaro et Donna Leon
P2754. Les Leçons du Mal, *Thomas Cook*
P2755. Joseph sous la pluie. Roman, poèmes, dessins
Mano Solo
P2756. Le Vent de la Lune, *Antonio Muñoz Molina*
P2757. Ouvrière, *Franck Magloire*
P2758. Moi aussi un jour, j'irai loin, *Dominique Fabre*
P2759. Cartographie des nuages, *David Mitchell*
P2760. Papa et maman sont morts, *Gilles Paris*
P2761. Caravansérail, *Charif Majdalani*
P2762. Les Confessions de Constanze Mozart
Isabelle Duquesnoy
P2763. Esther Mésopotamie, *Catherine Lépront*
P2764. L'École des Absents, *Patrick Besson*
P2765. Le Livre des brèves amours éternelles, *Andreï Makine*
P2766. Un long silence, *Mikal Gilmore*

P2767. Les Jardins de Kensington, *Rodrigo Fresán*
P2768. Samba pour la France, *Delphine Coulin*
P2769. Danbé, *Aya Cissoko et Marie Desplechin*
P2770. Wiera Gran, l'accusée, *Agata Tuszyńska*
P2771. Qui a tué l'écologie ?, *Fabrice Nicolino*
P2772. Rosa Candida, *Audur Ava Olafsdóttir*
P2773. Otage, *Elie Wiesel*
P2774. Absurdistan, *Gary Shteyngart*
P2775. La Geste des Sanada, *Yasushi Inoué*
P2776. En censurant un roman d'amour iranien
Shahriar Mandanipour
P2777. Un café sur la Lune, *Jean-Marie Gourio*
P2778. Caïn, *José Saramago*
P2779. Le Triomphe du singe-araignée, *Joyce Carol Oates*
P2780. Faut-il manger les animaux ?, *Jonathan Safran Foer*
P2781. Les Enfants du nouveau monde, *Assia Djebar*
P2782. L'Opium et le Bâton, *Mouloud Mammeri*
P2783. Cahiers de poèmes, *Emily Brontë*
P2784. Quand la nuit se brise. Anthologie de poésie algérienne
P2785. Tibère et Marjorie, *Régis Jauffret*
P2786. L'Obscure Histoire de la cousine Montsé, *Juan Marsé*
P2787. L'Amant bilingue, *Juan Marsé*
P2788. Jeux de vilains, *Jonathan Kellerman*
P2789. Les Assoiffées, *Bernard Quiriny*
P2790. Les anges s'habillent en caillera, *Rachid Santaki*
P2791. Yum Yum Book, *Robert Crumb*
P2792. Le Casse du siècle, *Michael Lewis*
P2793. Comment Attila Vavavoom remporta la présidentielle
avec une seule voix d'avance, *Jacques Lederer*
P2794. Le Nazi et le Barbier, *Edgar Hilsenrath*
P2795. Chants berbères de Kabylie, *Jean Amrouche*
P2796. Une place au soleil, *Driss Chraïbi*
P2797. Le Rouge du tarbouche, *Abdellah Taïa*
P2798. Les Neuf Dragons, *Michael Connelly*
P2799. Le Mécano du vendredi
(illustrations de Jacques Ferrandez), *Fellag*
P2800. Le Voyageur à la mallette *suivi de* Le Vieux Quartier
Naguib Mahfouz
P2801. Le Marquis des Éperviers, *Jean-Paul Desprat*
P2802. Spooner, *Pete Dexter*
P2803. « Merci d'avoir survécu », *Henri Borlant*
P2804. Secondes noires, *Karin Fossum*
P2805. Ultimes Rituels, *Yrsa Sigurdardottir*
P2806. Le Sourire de l'agneau, *David Grossman*
P2807. Le garçon qui voulait dormir, *Aharon Appelfeld*
P2808. Frontière mouvante, *Knut Faldbakken*

P2809. Je ne porte pas mon nom, *Anna Grue*
P2810. Tueurs, *Stéphane Bourgoin*
P2811. La Nuit de Geronimo, *Dominique Sylvain*
P2812. Mauvais Genre, *Naomi Alderman*
P2813. Et l'âne vit l'ange, *Nick Cave*
P2814. Les Yeux au ciel, *Karine Reysset*
P2815. Un traître à notre goût, *John le Carré*
P2816. Les Larmes de mon père, *John Updike*
P2817. Minuit dans une vie parfaite, *Michael Collins*
P2818. Aux malheurs des dames, *Lalie Walker*
P2819. Psychologie du pingouin et autres considérations scientifiques, *Robert Benchley*
P2820. Petit traité de l'injure. Dictionnaire humoristique *Pierre Merle*
P2821. L'Iliade, *Homère*
P2822. Le Roman de Bergen. 1950 Le Zénith – tome III *Gunnar Staalesen*
P2823. Les Enquêtes de Brunetti, *Donna Leon*
P2824. Dernière Nuit à Twisted River, *John Irving*
P2825. Été, *Mons Kallentoft*
P2826. Allmen et les libellules, *Martin Suter*
P2827. Dis camion, *Lisemai*
P2828. La Rivière noire, *Arnaldur Indridason*
P2829. Mary Ann en automne. Chroniques de San Francisco, épisode 8, *Armistead Maupin*
P2830. Les Cendres froides, *Valentin Musso*
P2831. Les Compliments. Chroniques, *François Morel*
P2832. Bienvenue à Oakland, *Eric Miles Williamson*
P2833. Tout le cimetière en parle, *Marie-Ange Guillaume*
P2834. La Vie éternelle de Ramsès II, *Robert Solé*
P2835. Nyctalope ? Ta mère. Petit dictionnaire loufoque des mots savants, *Tristan Savin*
P2836. Les Visages écrasés, *Marin Ledun*
P2837. Crack, *Tristan Jordis*
P2838. Fragments. Poèmes, écrits intimes, lettres, *Marilyn Monroe*
P2839. Histoires d'ici et d'ailleurs, *Luis Sepúlveda*
P2840. La Mauvaise Habitude d'être soi *Martin Page, Quentin Faucompré*
P2841. Trois semaines pour un adieu, *C.J. Box*
P2842. Orphelins de sang, *Patrick Bard*
P2843. La Ballade de Gueule-Tranchée, *Glenn Taylor*
P2844. Cœur de prêtre, cœur de feu, *Guy Gilbert*
P2845. La Grande Maison, *Nicole Krauss*
P2846. 676, *Yan Gérard*
P2847. Betty et ses filles, *Cathleen Schine*

P2848. Je ne suis pas d'ici, *Hugo Hamilton*
P2849. Le Capitalisme hors la loi, *Marc Roche*
P2850. Le Roman de Bergen. 1950 Le Zénith – tome IV
Gunnar Staalesen
P2851. Pour tout l'or du Brésil, *Jean-Paul Delfino*
P2852. Chamboula, *Paul Fournel*
P2853. Les Heures secrètes, *Élisabeth Brami*
P2854. J.O., *Raymond Depardon*
P2855. Freedom, *Jonathan Franzen*
P2856. Scintillation, *John Burnside*
P2857. Rouler, *Christian Oster*
P2858. Accabadora, *Michela Murgia*
P2859. Kampuchéa, *Patrick Deville*
P2860. Les Idiots (petites vies), *Ermanno Cavazzoni*
P2861. La Femme et l'Ours, *Philippe Jaenada*
P2862. L'Incendie du Chiado, *François Vallejo*
P2863. Le Londres-Louxor, *Jakuta Alikavazovic*
P2864. Rêves de Russie, *Yasushi Inoué*
P2865. Des garçons d'avenir, *Nathalie Bauer*
P2866. La Marche du cavalier, *Geneviève Brisac*
P2867. Cadrages & Débordements
Marc Lièvremont (avec Pierre Ballester)
P2868. Automne, *Mons Kallentoft*
P2869. Du sang sur l'autel, *Thomas Cook*
P2870. Le Vingt et Unième cas, *Håkan Nesser*
P2871. Nous, on peut. Manuel anticrise à l'usage du citoyen
Jacques Généreux
P2872. Une autre jeunesse, *Jean-René Huguenin*
P2873. L'Amour d'une honnête femme, *Alice Munro*
P2874. Secrets de Polichinelle, *Alice Munro*
P2875. Histoire secrète du Costaguana, *Juan Gabriel Vásquez*
P2876. Le Cas Sneijder, *Jean-Paul Dubois*
P2877. Assommons les pauvres !, *Shumona Sinha*
P2878. Brut, *Dalibor Frioux*
P2879. Destruction massive. Géopolitique de la faim
Jean Ziegler
P2880. Une petite ville sans histoire, *Greg Iles*
P2881. Intrusion, *Natsuo Kirino*
P2882. Tatouage, *Manuel Vázquez Montalbán*
P2883. D'une porte l'autre, *Charles Aznavour*
P2884. L'Intégrale Gainsbourg. L'histoire de toutes ses chansons
Loïc Picaud, Gilles Verlant
P2885. Hymne, *Lydie Salvayre*
P2886. B.W., *Lydie Salvayre*
P2887. Les Notaires. Enquête sur la profession la plus puissante
de France, *Laurence de Charette, Denis Boulard*

P2888. Le Dépaysement. Voyages en France
Jean-Christophe Bailly
P2889. Les Filles d'Allah, *Nedim Gürsel*
P2890. Les Yeux de Lira, *Eva Joly et Judith Perrignon*
P2891. Recettes intimes de grands chefs, *Irvine Welsh*
P2892. Petit Lexique du petit, *Jean-Luc Petitrenaud*
P2893. La Vie sexuelle d'un islamiste à Paris, *Leïla Marouane*
P2894. Ils sont partis avec panache. Les dernières paroles, de Jules César à Jimi Hendrix, *Michel Gaillard*
P2896. Le Livre de la grammaire intérieure, *David Grossman*
P2897. Philby. Portrait de l'espion en jeune homme
Robert Littell
P2898. Jérusalem, *Gonçalo M. Tavares*
P2899. Un capitaine sans importance, *Patrice Franceschi*
P2900. Grenouilles, *Mo Yan*
P2901. Lost Girls, *Andrew Pyper*
P2902. Satori, *Don Winslow*
P2903. Cadix, ou la diagonale du fou, *Arturo Pérez-Reverte*
P2904. Cranford, *Elizabeth Gaskell*
P2905. Les Confessions de Mr Harrison, *Elizabeth Gaskell*
P2906. Jón l'Islandais, *Bruno d'Halluin*
P2907. Journal d'un mythomane, vol. 1, *Nicolas Bedos*
P2908. Le Roi prédateur, *Catherine Graciet et Éric Laurent*
P2909. Tout passe, *Bernard Comment*
P2910. Paris, mode d'emploi. Bobos, néo-bistro, paniers bio et autres absurdités de la vie parisienne
Jean-Laurent Cassely
P2911. J'ai réussi à rester en vie, *Joyce Carol Oates*
P2912. Folles nuits, *Joyce Carol Oates*
P2913. L'Insolente de Kaboul, *Chékéba Hachemi*
P2914. Tim Burton : entretiens avec Mark Salisbury
P2915. 99 proverbes à foutre à la poubelle, *Jean-Loup Chiflet*
P2916. Les Plus Belles Expressions de nos régions
Pascale Lafitte-Certa
P2917. Petit dictionnaire du français familier.
2000 mots et expressions, d'« avoir la pétoche » à « zigouiller », *Claude Duneton*
P2918. Les Deux Sacrements, *Heinrich Böll*
P2919. Le Baiser de la femme-araignée, *Manuel Puig*
P2920. Les Anges perdus, *Jonathan Kellerman*
P2921. L'Humour des chats, *The New Yorker*
P2922. Les Enquêtes d'Erlendur, *Arnaldur Indridason*
P2923. Intermittence, *Andrea Camilleri*
P2924. Betty, *Arnaldur Indridason*
P2925. Grand-père avait un éléphant
Vaikom Muhammad Basheer

P2926. Les Savants, *Manu Joseph*
P2927. Des saisons au bord de la mer, *François Maspero*
P2928. Le Poil et la Plume, *Anny Duperey*
P2929. Ces 600 milliards qui manquent à la France. Enquête au cœur de l'évasion fiscale, *Antoine Peillon*
P2930. Pensées pour moi-même. Le livre autorisé de citations *Nelson Mandela*
P2931. Carnivores domestiques (illustrations d'OlivSteen) *Erwan Créac'h*
P2932. Tes dernières volontés, *Laura Lippman*
P2933. Disparues, *Chris Mooney*
P2934. La Prisonnière de la tour, *Boris Akounine*
P2935. Cette vie ou une autre, *Dan Chaon*
P2936. Le Chinois, *Henning Mankell*
P2937. La Femme au masque de chair, *Donna Leon*
P2938. Comme neige, *Jon Michelet*
P2939. Par amitié, *George P. Pelecanos*
P2940. Avec le diable, *James Keene, Hillel Levin*
P2941. Les Fleurs de l'ombre, *Steve Mosby*
P2942. Double Dexter, *Jeff Lindsay*
P2943. Vox, *Dominique Sylvain*
P2944. Cobra, *Dominique Sylvain*
P2945. Au lieu-dit Noir-Étang…, *Thomas H. Cook*
P2946. La Place du mort, *Pascal Garnier*
P2947. Terre des rêves. La Trilogie du Minnesota, vol. 1 *Vidar Sundstøl*
P2948. Les Mille Automnes de Jacob de Zoet, *David Mitchell*
P2949. La Tuile de Tenpyô, *Yasushi Inoué*
P2950. Claustria, *Régis Jauffret*
P2951. L'Adieu à Stefan Zweig, *Belinda Cannone*
P2952. Là où commence le secret, *Arthur Loustalot*
P2953. Le Sanglot de l'homme noir, *Alain Mabanckou*
P2954. La Zonzon, *Alain Guyard*
P2955. L'éternité n'est pas si longue, *Fanny Chiarello*
P2956. Mémoires d'une femme de ménage *Isaure (en collaboration avec Bertrand Ferrier)*
P2957. Je suis faite comme ça. Mémoires, *Juliette Gréco*
P2958. Les Mots et la Chose. Trésors du langage érotique *Jean-Claude Carrière*
P2959. Ransom, *Jay McInerney*
P2960. Little Big Bang, *Benny Barbash*
P2961. Vie animale, *Justin Torres*
P2962. Enfin, *Edward St Aubyn*
P2963. La Mort muette, *Volker Kutscher*
P2964. Je trouverai ce que tu aimes, *Louise Doughty*
P2965. Les Sopranos, *Alan Warner*

P2966. Les Étoiles dans le ciel radieux, *Alan Warner*
P2967. Méfiez-vous des enfants sages, *Cécile Coulon*
P2968. Cheese Monkeys, *Chip Kidd*
P2969. Pommes, *Richard Milward*
P2970. Paris à vue d'œil, *Henri Cartier-Bresson*
P2971. Bienvenue en Transylvanie, *Collectif*
P2972. Super triste histoire d'amour, *Gary Shteyngart*
P2973. Les Mots les plus méchants de l'Histoire
Bernadette de Castelbajac
P2474. La femme qui résiste, *Anne Lauvergeon*
P2975. Le Monarque, son fils, son fief, *Marie-Célie Guillaume*
P2976. Écrire est une enfance, *Philippe Delerm*
P2977. Le Dernier Français, *Abd Al Malik*
P2978. Il faudrait s'arracher le cœur, *Dominique Fabre*
P2979. Dans la grande nuit des temps, *Antonio Muñoz Molina*
P2980. L'Expédition polaire à bicyclette
suivi de La Vie sportive aux États-Unis, *Robert Benchley*
P2981. L'Art de la vie. Karitas, Livre II
Kristín Marja Baldursdóttir
P2982. Parlez-moi d'amour, *Raymond Carver*
P2983. Tais-toi, je t'en prie, *Raymond Carver*
P2984. Débutants, *Raymond Carver*
P2985. Calligraphie des rêves, *Juan Marsé*
P2986. Juste être un homme, *Craig Davidson*
P2987. Les Strauss-Kahn, *Raphaëlle Bacqué, Ariane Chemin*
P2988. Derniers Poèmes, *Friedrich Hölderlin*
P2989. Partie de neige, *Paul Celan*
P2990. Mes conversations avec les tueurs, *Stéphane Bourgoin*
P2991. Double meurtre à Borodi Lane, *Jonathan Kellerman*
P2992. Poussière tu seras, *Sam Millar*
P2993. Jours de tremblement, *François Emmanuel*
P2994. Bataille de chats. Madrid 1936, *Eduardo Mendoza*
P2995. L'Ombre de moi-même, *Aimee Bender*
P2996. Il faut rentrer maintenant…
Eddy Mitchell (avec Didier Varrod)
P2997. Je me suis bien amusé, merci !, *Stéphane Guillon*
P2998. Le Manifeste Chap. Savoir-vivre révolutionnaire
pour gentleman moderne, *Gustav Temple, Vic Darkwood*
P2999. Comment j'ai vidé la maison de mes parents, *Lydia Flem*
P3000. Lettres d'amour en héritage, *Lydia Flem*
P3001. Enfant de fer, *Mo Yan*
P3002. Le Chapelet de jade, *Boris Akounine*
P3003. Pour l'amour de Rio, *Jean-Paul Delfino*
P3004. Les Traîtres, *Giancarlo de Cataldo*
P3005. Docteur Pasavento, *Enrique Vila-Matas*
P3006. Mon nom est légion, *António Lobo Antunes*

P3007. Printemps, *Mons Kallentoft*
P3008. La Voie de Bro, *Vladimir Sorokine*
P3009. Une collection très particulière, *Bernard Quiriny*
P3010. Rue des petites daurades, *Fellag*
P3011. L'Œil du léopard, *Henning Mankell*
P3012. Les mères juives ne meurent jamais, *Natalie David-Weill*
P3013. L'Argent de l'État. Un député mène l'enquête
René Dosière
P3014. Kill kill faster faster, *Joel Rose*
P3015. La Peau de l'autre, *David Carkeet*
P3016. La Reine des Cipayes, *Catherine Clément*
P3017. Job, roman d'un homme simple, *Joseph Roth*
P3018. Espèce de savon à culotte ! et autres injures d'antan
Catherine Guennec
P3019. Les mots que j'aime et quelques autres…
Jean-Michel Ribes
P3020. Le Cercle Octobre, *Robert Littell*
P3021. Les Lunes de Jupiter, *Alice Munro*
P3022. Journal (1973-1982), *Joyce Carol Oates*
P3023. Le Musée du Dr Moses, *Joyce Carol Oates*
P3024. Avant la dernière ligne droite, *Patrice Franceschi*
P3025. Boréal, *Paul-Émile Victor*
P3026. Dernières nouvelles du Sud
Luis Sepúlveda, Daniel Mordzinski
P3027. L'Aventure, pour quoi faire ?, *collectif*
P3028. La Muraille de lave, *Arnaldur Indridason*
P3029. L'Invisible, *Robert Pobi*
P3030. L'Attente de l'aube, *William Boyd*
P3031. Le Mur, le Kabyle et le marin, *Antonin Varenne*
P3032. Emily, *Stewart O'Nan*
P3033. Les oranges ne sont pas les seuls fruits
Jeanette Winterson
P3034. Le Sexe des cerises, *Jeanette Winterson*
P3035. À la trace, *Deon Meyer*
P3036. Comment devenir écrivain quand on vient
de la grande plouquerie internationale, *Caryl Férey*
P3037. Doña Isabel (ou la véridique et très mystérieuse histoire
d'une Créole perdue dans la forêt des Amazones)
Christel Mouchard
P3038. Psychose, *Robert Bloch*
P3039. Équatoria, *Patrick Deville*
P3040. Moi, la fille qui plongeait dans le cœur du monde
Sabina Berman
P3041. L'Abandon, *Peter Rock*
P3042. Allmen et le diamant rose, *Martin Suter*
P3043. Sur le fil du rasoir, *Oliver Harris*

P3044. Que vont devenir les grenouilles ?, *Lorrie Moore*
P3045. Quelque chose en nous de Michel Berger
Yves Bigot
P3046. Elizabeth II. Dans l'intimité du règne, *Isabelle Rivère*
P3047. Confession d'un tueur à gages, *Ma Xiaoquan*
P3048. La Chute. Le mystère Léviathan (tome 1)
Lionel Davoust
P3049. Tout seul. Souvenirs, *Raymond Domenech*
P3050. L'homme naît grâce au cri, *Claude Vigée*
P3051. L'Empreinte des morts, *C.J. Box*
P3052. Qui a tué l'ayatollah Kanuni ?, *Naïri Nahapétian*
P3053. Cyber China, *Qiu Xiaolong*
P3054. Chamamé, *Leonardo Oyola*
P3055. Anquetil tout seul, *Paul Fournel*
P3056. Marcus, *Pierre Chazal*
P3057. Les Sœurs Brelan, *François Vallejo*
P3058. L'Espionne de Tanger, *María Dueñas*
P3059. Mick. Sex and rock'n'roll, *Christopher Andersen*
P3060. Ta carrière est fi-nie !, *Zoé Shepard*
P3061. Invitation à un assassinat, *Carmen Posadas*
P3062. L'Envers du miroir, *Jennifer Egan*
P3063. Dictionnaire ouvert jusqu'à 22 heures
Académie Alphonse Allais
P3064. Encore un mot. Billets du Figaro, *Étienne de Montety*
P3065. Frissons d'assises. L'instant où le procès bascule
Stéphane Durand-Souffland
P3066. Y revenir, *Dominique Ané*
P3067. J'ai épousé Johnny à Notre-Dame-de-Sion
Fariba Hachtroudi
P3068. Un concours de circonstances, *Amy Waldman*
P3069. La Pointe du couteau, *Gérard Chaliand*
P3070. Lila, *Robert M. Pirsig*
P3071. Les Amoureux de Sylvia, *Elizabeth Gaskell*
P3072. Cet été-là, *William Trevor*
P3073. Lucy, *William Trevor*
P3074. Diam's. Autobiographie, *Mélanie Georgiades*
P3075. Pourquoi être heureux quand on peut être normal ?
Jeanette Winterson
P3076. Qu'avons-nous fait de nos rêves ?, *Jennifer Egan*
P3077. Le Terroriste noir, *Tierno Monénembo*
P3078. Féerie générale, *Emmanuelle Pireyre*
P3079. Une partie de chasse, *Agnès Desarthe*
P3080. La Table des autres, *Michael Ondaatje*
P3081. Lame de fond, *Linda Lê*
P3082. Que nos vies aient l'air d'un film parfait
Carole Fives

P3083. Skinheads, *John King*
P3084. Le bruit des choses qui tombent, *Juan Gabriel Vásquez*
P3085. Quel trésor !, *Gaspard-Marie Janvier*
P3086. Rêves oubliés, *Léonor de Récondo*
P3087. Le Valet de peinture, *Jean-Daniel Baltassat*
P3088. L'État au régime. Gaspiller moins pour dépenser mieux *René Dosière*
P3089. Refondons l'école. Pour l'avenir de nos enfants *Vincent Peillon*
P3090. Vagabond de la bonne nouvelle, *Guy Gilbert*
P3091. Les Joyaux du paradis, *Donna Leon*
P3092. La Ville des serpents d'eau, *Brigitte Aubert*
P3093. Celle qui devait mourir, *Laura Lippman*
P3094. La Demeure éternelle, *William Gay*
P3095. Adulte ? Jamais. Une anthologie (1941-1953) *Pier Paolo Pasolini*
P3096. Le Livre du désir. Poèmes, *Leonard Cohen*
P3097. Autobiographie des objets, *François Bon*
P3098. L'Inconscience, *Thierry Hesse*
P3099. Les Vitamines du bonheur, *Raymond Carver*
P3100. Les Trois Roses jaunes, *Raymond Carver*
P3101. Le Monde à l'endroit, *Ron Rash*
P3102. Relevé de terre, *José Saramago*
P3103. Le Dernier Lapon, *Olivier Truc*
P3104. Cool, *Don Winslow*
P3105. Les Hauts-Quartiers, *Paul Gadenne*
P3106. Histoires pragoises, *suivi de* Le Testament *Rainer Maria Rilke*
P3107. Œuvres pré-posthumes, *Robert Musil*
P3108. Anti-manuel d'orthographe. Éviter les fautes par la logique, *Pascal Bouchard*
P3109. Génération CV, *Jonathan Curiel*
P3110. Ce jour-là. Au cœur du commando qui a tué Ben Laden *Mark Owen et Kevin Maurer*
P3111. Une autobiographie, *Neil Young*
P3112. Conséquences, *Darren William*
P3113. Snuff, *Chuck Palahniuk*
P3114. Une femme avec personne dedans, *Chloé Delaume*
P3115. Meurtre au Comité central, *Manuel Vázquez Montalbán*
P3116. Radeau, *Antoine Choplin*
P3117. Les Patriarches, *Anne Berest*
P3118. La Blonde et le Bunker, *Jakuta Alikavazovic*
P3119. La Contrée immobile, *Tom Drury*
P3120. Peste & Choléra, *Patrick Deville*
P3121. Le Veau *suivi de* Le Coureur de fond, *Mo Yan*
P3122. Quarante et un coups de canon, *Mo Yan*

P3123. Liquidations à la grecque, *Petros Markaris*
P3124. Baltimore, *David Simon*
P3125. Je sais qui tu es, *Yrsa Sigurdardóttir*
P3126. Le Regard du singe
Gérard Chaliand, Patrice Franceschi, Patrick Gambache
P3127. Journal d'un mythomane. Vol. 2 : Une année particulière
Nicolas Bedos
P3128. Autobiographie d'un menteur, *Graham Chapman*
P3129. L'Humour des femmes, *The New Yorker*
P3130. La Reine Alice, *Lydia Flem*
P3131. Vies cruelles, *Lorrie Moore*
P3132. La Fin de l'exil, *Henry Roth*
P3133. Requiem pour Harlem, *Henry Roth*
P3134. Les mots que j'aime, *Philippe Delerm*
P3135. Petit Inventaire des plaisirs belges, *Philippe Genion*
P3136. La faute d'orthographe est ma langue maternelle
Daniel Picouly
P3137. Tombé hors du temps, *David Grossman*
P3138. Petit oiseau du ciel, *Joyce Carol Oates*
P3139. Alcools (illustrations de Ludovic Debeurme)
Guillaume Apollinaire
P3140. Pour une terre possible, *Jean Sénac*
P3141. Le Baiser de Judas, *Anna Grue*
P3142. L'Ange du matin, *Arni Thorarinsson*
P3143. Le Murmure de l'ogre, *Valentin Musso*
P3144. Disparitions, *Natsuo Kirino*
P3145. Le Pont des assassins, *Arturo Pérez-Reverte*
P3146. La Dactylographe de Mr James, *Michiel Heyns*
P3147. Télex de Cuba, *Rachel Kushner*
P3148. Promenades avec les hommes, *Ann Beattie*
P3149. Le Roi Lézard, *Dominique Sylvain*
P3150. Scènes de la vie quotidienne à l'Élysée, *Camille Pascal*
P3151. Je ne t'ai pas vu hier dans Babylone
António Lobo Antunes
P3152. Le Condottière, *Georges Perec*
P3153. La Circassienne, *Guillemette de Sairigné*
P3154. Au pays du cerf blanc, *Zhongshi Chen*
P3155. Juste pour le plaisir, *Mercedes Deambrosis*
P3156. Trop près du bord, *Pascal Garnier*
P3157. Seuls les morts ne rêvent pas.
La Trilogie du Minnesota, vol. 2, *Vidar Sundstøl*
P3158. Le Trouveur de feu, *Henri Gougaud*
P3159. Ce soir, après la guerre, *Viviane Forrester*
P3160. La semaine où Jérôme Kerviel a failli faire sauter
le système financier mondial. Journal intime
d'un banquier, *Hugues Le Bret*